Célia Dariva

GAVINHAS

Literare Books
INTERNATIONAL
BRASIL · EUROPA · USA · JAPÃO

Copyright© 2021 by Literare Books International.
Todos os direitos desta edição são reservados à Literare Books International.

Presidente:
Mauricio Sita

Vice-presidente:
Alessandra Ksenhuck

Projeto gráfico, capa e diagramação:
Gabriel Uchima

Revisão:
Priscila Evangelista

Diretora de projetos:
Gleide Santos

Diretora executiva:
Julyana Rosa

Diretor de marketing:
Horacio Corral

Relacionamento com o cliente:
Claudia Pires

Impressão:
Gráfica Paym

Dados Internacionais de Catalogação na Publicação (CIP)
(eDOC BRASIL, Belo Horizonte/MG)

D218g Dariva, Célia.
        Gavinhas / Célia Dariva. – São Paulo, SP: Literare Books International, 2021.
        14 x 21 cm

        ISBN 978-65-86939-97-2

        1. Ficção espírita. 2. Literatura brasileira – Romance. I. Título.
                                                              CDD B869.3

Elaborado por Maurício Amormino Júnior – CRB6/2422

Literare Books International Ltda.
Rua Antônio Augusto Covello, 472 – Vila Mariana – São Paulo, SP.
CEP 01550-060
Fone: (0**11) 2659-0968
site: www.literarebooks.com.br
e-mail: contato@literarebooks.com.br

*Quando você se olhar no espelho,
não olhe somente para a sua imagem.
Tente vislumbrar as pessoas
que fizeram parte da sua vida.
Aquelas que, quando você
precisou de gavinhas,
estavam prontamente lá.*

Ofereço
Ao espírito que habita em mim
que, à luz do Espiritismo,
aprendeu tão tardiamente
a amar e a deixar ir.
A Rafael,
meu anjo da guarda
que vai segurar a minha mão
quando eu partir.

A autora

PRIMEIRA PARTE

ADELINE E BOB

PRIMEIRA PARTE

Eu já sabia que eu ia nascer numa noite branca. Ou então, se não houvesse nuvens de teto baixo, seria uma noite de superlua. Naquele dia 11 de julho, começou a nevar já de manhã.

Aqui na serra faz um frio danado no inverno. É por isso que deixamos o pala de lã por cima de todas as cobertas. Sempre. É só pegar. Ele serve de cobertor para você sair até logo ali nessas noites de geada ou neve. Todo mundo tem o seu.

Foi enrolada no pala de lã do meu pai, naquela noite gelada, que eu comecei mais uma viagem. De novo não pude escolher minhas gavinhas. Vou ter que reconhecê-las sozinha. Eu me fiz de morta e aceitei. Mas ninguém pode saber que eu trouxe comigo, na memória, o som de um riso alegre e franco. Memorizar a musicalidade de um riso não é para qualquer um. Já é um começo. Vou ficar atenta.

Por mim eu voltarei sempre. Essas minhas viagens são sempre de minha escolha. Eu venho dos mundos ditosos e felizes, e venho exclusivamente para me apaixonar. Nunca abrirei mão de um amor verdadeiro. Isso não. Eu sempre quero ter alguém por quem viver ou morrer e iluminar-lhe o espírito. É meu propósito. Esse é o meu brilho.

Eu sei que vou passar por maus momentos, mas, se é o preço de fantásticos momentos, que seja.

A vida é sempre uma grande aventura.

ASILO SANTA MARTA. Noite escura, neve acumulada nas roseiras em varas. Se não houvesse nuvens de teto baixo, seria uma noite de superlua. A mulher grávida caminhava com dificuldade pela sombra dos plátanos que ladeavam a cerca. Ela chegou até a última árvore, agarrou-se no portão e olhou para a casa lá embaixo no fim da trilha. Cabelos lisos, loiros, olhos azuis, jovem aparentando seus 25 anos. Acocorou-se.

Dentro da casa, Padre Rovílio acordou-se de repente. Que estranho sonho... – pensou. Então, levantou-se rápido, apanhou a boina, vestiu o pala por cima do pijama e saiu para o terraço. Olhou para além da alameda. Havia alguém lá. Caminhou depressa. Chegou. A mulher, de cócoras, estava parindo uma criança. O Padre abriu metade do portão em tempo de aparar o bebê. A mulher olhou para ele. O Padre suspendeu a criança. Cortou o cordão com a tesoura pendurada numa roseira do jardim.

— É uma menina!

O bebê chorou. Então, ele dobrou a ponta do pala e a aconchegou junto a si.

— Eu não a quero! Eu não a quero! – sussurrava a mulher.

— Quem é o pai?

A mulher não quer falar.

— Pode falar. Eu sou Padre.

Ela está de cócoras, pega uma pedrinha do chão e escreve o nome na terra.

— O médico?... O famoso médico?

Ela faz que sim com a cabeça.

— Você é prostituta? – perguntou o Padre.

— Não. Fui amante dele durante dois anos.

— Ele sabe do bebê?

— Sim.

— Crie sua filha. Peça ajuda a ele... Eu o conheço. Ele não tem filhos. A esposa dele não pode ter... Quem sabe?...

— Não. Ele me ameaçou de morte se eu não desaparecesse. Eu vou sumir do mapa.

O Padre ficou pensativo. Por fim, fala:

— A criança, nós a daremos em adoção.

— Pode dar... pode dar... – ela disse, abanando uma das mãos com descaso. – Eu não a quero. Tentei abortar de tudo o que é jeito e não consegui.

— Você tem que assinar alguns papéis.

PRIMEIRA PARTE

— Fique tranquilo, Padre. Eu nunca vou voltar.
— Como é seu nome?
Ela pegou a pedrinha de novo e escreveu o nome na terra. O Padre Rovílio leu, memorizou e apagou com o pé os dois nomes escritos.
— Olhe aqui, moça: se você voltar, o caldo vai entornar. Eu escalpelo você! Ah, avise o pai da menina que você entregou ela aqui. Avise ou eu mando prendê-la. Avise! Avise! Diga a ele que eu estou sabendo de tudo! Se ele não ajudar o asilo, eu boto ele também na cadeia. Avise! Avise!
A moça puxou-se pela grade do portão e se levantou. Foi andando pelas sombras dos plátanos. O Padre Rovílio ficou vendo-a sumir na escuridão.

※※※

Noite de julho, muito frio, nem uma brisa nas árvores.
O Padre levou a criança para dentro e a deitou em sua própria cama. Cobriu-a e saiu rápido em direção à lavanderia. Trouxe um enorme lençol e embrulhou o bebê. Sentou-se na cama. Tirou a boina e olhou intrigado para a pequena que chupava os dedos.
Que estranhos sonhos – pensou – que o acordaram naquela hora. Sonhara com sua mãe, falecida há tanto tempo... A mulher no portão estava no sonho... O bebê estava no sonho... Abanou a cabeça afirmativamente.
O amanhecer no asilo, neste dia, teve certo alvoroço. Padre Rovílio contou seu sonho para Ana, a cozinheira, e para Maria, que eram suas irmãs mais novas e trabalhavam ali há muitos anos.
A menina foi batizada com o nome de Adeline. O nome da mãe do Pe. Rovílio, de Ana e de Maria.
Na capela do asilo, Ana segura o bebê. Ao lado dela, Fareed, um grande amigo do Padre Rovílio. São os padrinhos. Adeline Maines, porque era o nome de solteira da mãe do Padre Rovílio e ele quis assim.

— Adeline Maines, o nome de mamãe! – diz ele erguendo o bebê e sorrindo.
— Adeline Maines, o nome de mamãe! – diz Maria, erguendo a pequena trouxinha, rindo.
— Adeline Maines, o nome de mamãe! – diz Ana com os olhos cheios de lágrimas.
E os três concordaram: Adeline não iria para a adoção.
— Nem pensar! Nunca! Jamais! A nossa princesinha!

Padre Rovílio bate numa porta: um senhor de seus 40 anos atende.
— Senhor Roncatto?
— Sim.
— Posso entrar?
Os dois sentam nos grandes sofás.
O Padre pega um papel do bolso da batina.
— Vamos às finanças.
O outro se assusta.
— Finanças??
— Você mandou a Senhora Adriana entregar o seu bebê no orfanato. Não queria dar pensão a ela. É, né? Para o orfanato você vai dar, ah vai!
O Padre estende o papel diante dos olhos do assustado homem.
— Tudo isso? Eu não vou pagar!
— Até que a menina tiver 18 anos, o encargo é seu. Só seu.
O homem engole em seco e fica inquieto.
— Eu disse para aquela vagabunda...
— Olha aqui seu vagabundo, aqui, aqui está o preço da sua vagabundagem. Mas há uma flexibilidade. Divido 18 anos em meses e você terá um valor perfeitamente pagável, eis.
O homem olha.
— Faça um cheque agora mesmo. Eu não saio daqui sem o cheque.

PRIMEIRA PARTE

— O homem tira do bolso do paletó um talão de cheques. O Padre olha ao redor. "Você mora bem, não é seu filho da puta?". Então, uma mulher chega da rua. Ela vê o Padre bem acomodado no sofá tamborilando os dedos e vê o marido preenchendo o cheque. Ela fita curiosa o Padre, ao que ele responde, espalmando as mãos:
— A sociedade precisa sustentar o asilo. Hoje saí para algumas visitas.
O Padre pega o cheque, abana e sai.

※※※

Fareed agora está com uma caixa de ferro que serve de arquivo. Ele vai dedilhando os documentos e separando sobre a mesa.
— Rovílio, estamos com as mensalidades de três senhoras atrasadas, atrasadíssimas. Vou bater nas portas às seis da manhã como a polícia faz.
Fareed pega o caminhão e sai. Bate numa porta que dá para ver é muito bonita. É um apartamento. Um homem atende. Fareed põe um papel na frente do nariz dele. O homem assusta-se e vai para dentro. Da porta Fareed vê o homem fazendo um cheque. Ao pegar o cheque, Fareed vai saindo e volta-se para dizer:
— Não ouse não honrar este cheque, crápula!
Agora está batendo na porta de uma casa. Também é bonita, com vasos floridos na varanda e dois carros na garagem. Uma mulher vem atender.
— Cadê o colhudo?
Um homem vem lá de dentro ainda de pijamas. Fareed ergue o papel na frente dele.
— Não tenho dinheiro nem cheque. Volte amanhã.
Fareed senta no chão em frente à porta.
— Vou esperar aqui.
Dois vizinhos abrem suas portas. Fareed grita apontando o dedo polegar.

— Deixaram a vovó no asilo e não pagam faz seis meses. O que é que estão pensando?

Os vizinhos fecham as portas. O homem vai para dentro e volta com um cheque. Fareed levanta e vai saindo. Então, se volta para trás:

— Não ouse desonrar este cheque, crápula.

Agora, Fareed está diante de uma casa muito simples. Ele confere o endereço e o nº da casa. Olha de novo. Uma senhora o vê da janela. Ela, então, sai para fora. Ela não tem uma perna e tem cabelos totalmente brancos. Ela usa uma cadeira para apoiar o toco acima do joelho.

— Quem é Dona Eteluina? – Fareed pergunta.

— Minha mãe. Tive que deixá-la no asilo. Eu não conseguia cuidar dela.

Então, vem para fora um senhor em cadeira de rodas e observa Fareed, que agora olha o papel e pensa no que vai dizer. Então, fala:

— Só vim ver se a família ainda mora no mesmo lugar, só isso.

— Como ela está?

— Está bem, está bem. Gosta de jogar cartas com as amigas.

A mulher sorri.

Fareed despede-se e entra no caminhão. Suspira. Olha mais uma vez para o casal, abana com uma das mãos e se vai.

Adeline agora tem cinco anos. Pele branca, cabelos negros, olhos escuros. Às vezes alegre, irrequieta e tagarelas. Às vezes triste, quieta e pensativa...

PRIMEIRA PARTE

A boneca, em seu colo, tem cabelos ruivos, aloirados. A menina vai prendendo neles uma fita, olha para o Padre ao seu lado e diz baixinho:

— Padre Rovílio, estou com dor de cabeça de novo... de novo...

Maria e Ana entreolham-se e sabem. Hoje Adeline terá um dos seus pesadelos.

É madrugada. Adeline agita-se na cama e grita:

— Não me deixe aqui! Não me deixe aqui!

Padre Rovílio para a mão na cabeça da menina.

— Foi só um sonho... Foi só um sonho...

Adeline acorda-se.

— Por que ela insiste em não me querer?

— Ela quem? – pergunta o Padre.

Aquela moça de olhos azuis e cabelo da cor do trigo maduro... Sempre vem para me dizer: "Eu não a quero! Eu não a quero!".

~~~*~~~

Adeline realmente chamava a atenção. Andava com desenvoltura pela sala. Estava hoje com um vestido de algodão estampado, de flores miúdas, e um pequeno chapéu de pano. Nas mãos, uma corda de pular. Ela chegou perto da mesa e se encostou no Padre Rovílio. Olha para o casal e sorri.

— Vá brincar lá fora, Adeline.

— Sim, papaaai! – e sai correndo, às risadas.

O Padre volta-se para o casal:

— Adeline tem problemas sérios. Não se ajustará com uma família normal. Convulsões... Pesadelos...

O casal, então, leva Janice para adoção. Tem seis anos. O Padre entrega uma caixa com documentos. Janice era meiga, dócil. Seria filha única deste casal – pensou o Padre. – Se ajustará perfeitamente.

Ao despedir-se de Adeline, as duas choravam muito. Estavam no terraço.

— Vamos combinar uma coisa, – diz Adeline. – Aquela que morrer primeiro avisa a outra, tá bom?
O casal observa as duas e ri.
— Ela virá visitar você. Viva, bem viva!
Janice partiu.
Adeline vai para a cozinha. O Padre vai atrás.
— Por que aquela... estranha promessa?
— Janice vai para tão longe... Ela não sabe escrever, nem eu...
— Não faça mais isso! – disse o Padre com firmeza.
Adeline ficou parada junto à pequena mesa. Olhou para a porta da cozinha e seu olhar a ultrapassou. Sua tristeza alcançou a distante campina que se via ao longe, verde e cintilante ao sol, depois da chuva, naquela manhã fria de setembro.
— E eu, Padre Rovílio, quando é que eu vou? Eu também quero ir...
O Padre a olhou.
— Você não pode... Você vai assustar as pessoas com seus gritos e pesadelos. Nós vamos começar o seu tratamento médico... Depois você vai. Que tal? Em julho você faz seis anos, vai para a escola, tudo vai ficar bem, e então você vai ganhar uma família.
Ela fica quieta, imóvel.
— Eu já sei ler. Não vou para a escola, não vou, não vou.
Padre Rovílio passa a mão na cabeça da menina.

O rádio está dando uma nota de falecimento. O Padre aproxima-se para ouvir melhor.
— "Uma queda de avião mata o famoso médico neurocirurgião... e sua esposa...".
Padre Rovílio pega a van e vai ao centro comercial. Para numa banca e compra o jornal do dia. Na primeira página, a reportagem e a foto do pai de Adeline. Em casa, ele recorta a foto da folha do jornal e escreve nas margens, ao lado da foto do homem, a

PRIMEIRA PARTE

data. Ana está com ele. Padre Rovílio aperta os lábios: "Perdemos nosso benfeitor".

⊱⋆⋆⋆⋆⋆⋆⋆⋆⊰

Sofia e João eram chacareiros da família Warrior. As chácaras que ficavam entre o asilo e a casa dessa família eram todas de propriedade dos Warrior: as campinas, as matas nativas com seus ipês enormes sobressaindo-se nas floradas, o riozinho, o açude das rãs, a criação de coelhos, as vacas de leite...

Quando o Padre Rovílio deixou Adeline ir morar com eles, bem o sabia, ela ficaria por perto, teria uma família, e ainda continuaria o tratamento no centro de Parapsicologia.

Sofia e João sabiam dos problemas da menina. Eles eram velhos e precisavam de alguém para ajudar. Tudo se encaixou.

Adeline levava para os Warrior todas as manhãs, num cesto, verduras, rãs ou coelhos preparados, e leite. Ainda não era dia quando ela descia pela trilha das árvores, depois do riozinho. Chegava aos fundos pela porta da cozinha.

Agora Maria pega o cesto. Adeline aguarda na porta e espia para dentro. Bob está encostado na parede de braços cruzados. Está crescido, alto, com seus treze anos. Cabelo loiro, pendendo para ruivo. Ele sorri para Adeline. A menina lhe aponta o dedo:

— Eu tenho uma boneca igual a você, olhos assim, cabelos assim.

Ele apenas sorri.

No dia seguinte, Maria chega com Adeline.

Bob olha para ela com simpatia. O encantamento da menina por Bob era indisfarçável. Ela ergueu o dedo indicador para cima e foi logo dizendo:

— Você viu, Bob? Os plátanos estão amarelos. Vão cair as folhas e vai esfriar. O inverno vai chegar e os passarinhos não fazem mais ninhos.

Ele sorriu.

Ela continuou:

— Depois vem a primavera. Em setembro, florescem os ipês-amarelos, em outubro, as glicínias do caramanchão, em novembro, os ipezinhos roxos, em dezembro, as extremosas. Os passarinhos já fazem os ninhos.

Bob sorria, os olhos brilhantes, o rosto iluminado.

Maria entregou para Adeline o cesto e os litros vazios. Ela os pegou. Abanou para Bob e saiu.

Bob ainda ficou com o sorriso nos lábios. Cruzou os braços e se encostou na parede.

Maria colocou torradas, suco de laranja e manteiga numa bandeja. O jarrinho de leite, o jarrinho de café, o açúcar. A xícara, a colherinha.

— Senhor Robert, o seu desjejum. Estou levando para a sala.

Bob se levantou e foi para a sala. Abriu a porta e saiu pela frente da casa. Adeline ia lá adiante, já sumindo na trilha das árvores. Ela pressentiu, parou e se voltou. Espreitou pelos troncos e viu Bob pisando a relva e olhando para o chão. Caminhava em direção à cerca de arame que isolava a pequena entrada de terra que ia até a casinha dos chacareiros.

John está numa corretora de imóveis e se queixa.

— Ninguém pensa em pagar os aluguéis em dia... Alugar apartamentos é um pé.

Ele olha os papéis do Edifício Granville.

— Só um apartamento paga corretamente... Estou pensando em relocar o asilo para uma chácara no interior. Quero construir lá um hotel, uma pousada, um SPA...

O corretor fala colocando a mão sobre os papéis do balcão.

— Aquele asilo está numa pior, o senhor nem calcula. No mês passado, a prefeitura levou trator e jardineiros para limpar tudo e começar uma horta... Verdura, legumes, milho...

PRIMEIRA PARTE

— Quem manda lá?
— Frei Rovílio.
— Vou dar uma sondada como quem está apenas a passeio.

※

John estaciona o carro em frente ao asilo. Abre o portão e vai indo devagar pela alameda. Então, ele avista uma menina de cabelos negros numa trança, bem vestida. Ela está podando as roseiras com uma tesourinha. Ele se aproxima e estala a língua.
Ela levanta os olhos e sorri. Ele retribui o sorriso.
— Estou podando as roseiras. Veja. Tem que deixar três olhinhos, um, dois, três – ela toca com os dedos.
— Como é o seu nome?
— Adeline.
— Quantos anos você tem?
— Seis hoje.
— Meu nome é John.
Ele olha ao redor, então sugere:
— Vamos sentar naquele banco?
Ela se senta educadamente e coloca a tesourinha ao seu lado no banco. John se debruça e olha para o rosto dela demoradamente. Ela está serena e sorri. Ele segura o rosto de Adeline com as duas mãos e fica assim longamente. Ela também o fita. Ele então tira do bolso do paletó uma pequena barra de chocolate e estende a ela.
— Não posso aceitar. Os outros podem ver.
— Eles não precisam ver, nem saber.
— Não posso aceitar.
Ele fica surpreso. Hesita alguns momentos, guarda o chocolatinho e volta a debruçar-se para olhá-la longamente. Então, ele pergunta:
— O que você gostaria de ganhar?
— Oh, eu já tenho um padrinho.
— Quantas crianças têm aqui?

— Só eu. Às vezes estamos em meia dúzia. Mas eles são adotados e vão embora para longe... também quero ir, mas o Padre Rovílio, Ana e Maria não me deixam ir. Então, eu fui adotada aqui perto, na casinha depois da mansão.

— Como estão todos aqui, isto é, os velhos... todos, enfim?

— Estamos bem... mas faz 15 dias que comemos só feijão, ovo e mandioca. O nosso benfeitor morreu.

John ouve atento.

— Nós temos galinhas, mas não podemos comê-las senão ficaremos sem ovos.

John observa que ela fala português correto. Deve saber ler. Ela continua.

— Eu sempre digo para o Padre Rovílio que vamos ter um benfeitor rico de novo. E ele responde: você acha que benfeitor rico cai do céu? E eu digo sim, o outro não caiu do céu? Você sempre diz isso...

Ela fita os olhos de John.

— Sabe, todas as noites o Padre vai lá fora rezar, e reza e reza, e termina sempre gritando: Deus, seu filho da puta, mexa-se! Mexa-se!

John fita Adeline demoradamente, segura as mãos sujas de terra, beija-as em silêncio.

— Você está com as mãos sujas de terra.

Ela abre os dedos e olha.

— Hoje plantamos um mar de alfaces.

John olha para ela e fita o rosto tranquilo da menina. Ele então vai se levantando devagar. Ela fala:

— Livros eu aceito. Livros de adulto. Histórias de amor, histórias de verdade.

— Você não gosta de livros infantis?

— Não.

— Por quê?

— Porque todos têm pai, mãe, vovô, vovó – ela bate as mãozinhas sobre os joelhos.

— E livros de adulto?

PRIMEIRA PARTE

— Ah, os adultos só querem amar... abraços, beijos, e paixão na cama. Beijos na cama.
John diz a ela:
— Fica aí sentadinha que eu vou comprar alguns livros. Eu volto logo.

※

Maria vem para fora.
— O que John queria?
— Você o conhece?
— É o pai de Bob. Ele vem, fica uns dois ou três dias e vai embora. Os negócios dele são em Roma. Ele está vendendo as terras na fronteira. Uns alagados. Vamos entrar. A noite vai ser fria. Vai gear na serra.
— Vou esperar John. Ele foi comprar livros para mim. Você viu, Maria, como ele é bonito?
— É. Ele não tem noção do quanto ele é bonito.
Adeline continua no banco.
É noite. Ana vem para fora.
— Vamos entrar. Está frio. John não vem mais. Ele vem amanhã. Vem... vem...
— Não, não, ele vem.
— Adeline!
Um carro estaciona no portão.
John chega com livros e senta ao lado de Adeline.
Ana observa os dois.
— Está frio aqui fora. Você devia ter entrado – ele diz.
— Eu estava esperando você.
— Veja, são livros de adulto. *O segredo de uma promessa*, este outro *O anel de noivado*, este *Horizonte perdido* e este é *Ninguém é uma ilha*. A vendedora jura que são bons.
Ela fica feliz e vai olhando para o rosto de John. Ela lhe diz inocentemente:

— Como você é bonito.
Ela afaga o rosto do homem com as duas mãos ainda sujas de terra e fala:
— A sua barba está crescendo. Não deixa. Vai faltar lugar para eu fazer carinho. Posso lhe dar um beijo... ah... quatro beijos, um para cada livro?
Ele se inclina, ela segura o rosto de John e dá quatro beijinhos em cima dos lábios dele. Ele sorri e se levanta. Ela espicha o pescoço em direção ao portão da rua.
— Quem está lá?
— É Bob. Não quis descer. Ele vai embora hoje. Temos que correr para ele não perder o voo.
De volta para o carro, Bob olha para o pai.
— Pedófilo.
John fica em silêncio. Bob repete:
— Pedófilo.

※*ⅉⅉⅉⅉ*ⅉⅉⅉⅉ※

John está na corretora.
— Sim, o Edifício Granville. Usufruto em favor do asilo a todos os aluguéis desde agora nesta conta. Menos o terraço e a cobertura. – ele estende um papel – E discrição, por favor. Ah, e faça uma circular comunicando que agora eles são inquilinos do asilo.
John pensa alguns momentos.
— Quem atrasar vai tocar a viola noutra freguesia. Risquei a palavra insolvência no meu dicionário. Agora vai ser no pontapé.
O corretor trabalha em silêncio e John fica imóvel, mas seus pensamentos vão longe... para o rosto de Adeline. E pensa:
— Ela nunca vai ser Miss Brasil, mas é encantadora.
John chega à cozinha.
— Maria, depois dos seus afazeres, acompanho você pelo campo. Preciso falar com você.

PRIMEIRA PARTE

John visita o Edifício Granville e diz para o síndico:
— Não vou bater em todas as portas, mas, se precisar, eu vou. Quem é o mais abastado?
O síndico alcança-lhe um papel:
— Este. E é sempre o mais atrasado.
John bate em uma porta e um homem bem-apessoado atende:
— Senhor Inácio. O senhor costuma atrasar o aluguel. Neste momento, dois meses de atraso. Agora, o asilo é dono desse prédio. Tem gente passando fome lá. Ponha tudo em ordem, sim? Ah, e converse com seus vizinhos.
Na mansão o telefone toca e John atende:
— Conseguiu resolver tudo?
— Preciso de mais alguns dias.
— Pai, não vacila. Bota um pé na bunda daquela gente.

John está no centro da cidade e caminha devagar, vai andando pensativo. Então, para diante de uma livraria. Observa os livros infantis expostos. Somente os livros infantis. A vendedora vem para fora.
— Seus filhos vão amar. Lançamentos da hora.
John olha para o rosto animado da velha senhora. Ela volta para dentro para atender outras pessoas. Ele fica ali, longos momentos. Então, segue pela calçada.

John vem pelo portão caminhando devagar. Adeline espera por ele no banco do jardim.

— Olha o sapato que alguém me deu de presente. Apareceu em cima da minha cama.
John fala:
— Não serve; é muito pequeno.
— Vou guardar para dar para a nenê mais bonita que eu encontrar. – ela diz – E também ganhei esta camisola, vê? Rendas e pérolas. Considero presente de aniversário. Estive de aniversário semana passada.
Ela levanta a peça para ele olhar.
— Você vai ficar gorda assim?
Ela sorri e fala:
— Tem que ser grande para quando eu me deitar com você, você poder entrar com as mãos por baixo e... e... você sabe.
Ele se assusta. Ela sorri.

Na mansão, John fala com Maria.
— Ela é maliciosa. Ela fala coisas de mulher adulta. Eu vou parar na cadeia.
— Você trouxe livros de adulto para ela ler.
— Não há esses detalhes nos livros, não há. Quem vai acreditar em mim?
Maria fica em silêncio, pensativa. John está inquieto e sussurra:
— Ela está contando para alguém? Isto é, essas conversas... Ou é só comigo?
Maria olha para John.
— Ela só conversa com você. Ela não conversa com outras pessoas.
John senta e faz sinal para que Maria sirva-lhe uma dose de bebida. Ela se serve também.
John fica silencioso e quieto, com as mãos sobre a mesa. Maria fala baixinho.

PRIMEIRA PARTE

— Ela só tem você, acredite. Ela trabalha em silêncio, não fala muito, não ri. Quando você está por aí, ela fica alegre, diferente, mas é só isso. Mas fica atento, Rovílio está sempre aí pelas roseiras ouvindo vocês. Deixa ela falar o que ela quer, mas não dê corda. Ninguém poderá acusar-lhe de alguma coisa.

Na outra visita de John, um ano depois, ela se queixa:
— Lembra, John, aquela camisola de pérolas? Eu escondi e ela sumiu. A caixinha ficou guardada e eu só vi agora que ela estava vazia. Foi Rovílio que desapareceu com ela. Só pode ter sido ele. Só porque eu disse que a guardaria para quando eu me deitasse com você. Rovílio é um fresco, foi ser padre porque não tem... você sabe... armamentos para enfrentar uma mulher.

John ouve e acha graça. Então, ele se inclina para olhá-la nos olhos.
— Vamos fazer um desaforo para ele. Vou procurar uma camisola de pérolas e você vai entregar para ele na frente de todo mundo, embrulhadinha para presente, e eu vou fazer um cartão como se fosse uma mulher mandando para ele. Você diz que o carteiro entregou.

Ela sorri e fala.
— Aí, se ele começar a gritar, vou ter que correr.
— Você não precisa correr muito. Rovílio está com os passos mais curtos que os do Carlinhos de Jesus.

Adeline pensa um pouco e fala.
— Ele tem artrite, dói tudo, até as orelhas.

No outro dia, John pergunta para Adeline:
— Tem certeza que o Rovílio saiu?

John está trazendo duas caixinhas para presente. Ele aponta o dedo para a caixa maior.
— A camisola, e veja o cartão.
Ela lê: "Rovílio, você foi sorteado com um ingresso para sábado à noite no bordel da Manuela. Você é sempre bem-vindo. Estamos com saudades".
John pega a outra caixinha:
— Aqui tem dois peixinhos mortos. Põe um embaixo do travesseiro e o outro dentro do roupeiro. Jogue bem atrás dos mijados dele. Daqui uns três dias vão baixar corvos em revoada.

Noutra viagem, John traz livros infantis e mostra para Adeline.
— Livros escritos em inglês. Vou ensinar inglês para você, que tal?
— Sim, claro. – ela diz alegre – Quero saber como se diz "eu amo você de paixão". Também quero saber como pedir beijos para o meu homem amado – ela olha com malícia para ele.
Ele não acredita no que ouve.
Ela está alegre. John não sabe o que dizer, então espalma as mãos e fala:
— Ouça, Adeline. Nós vamos falar das coisas que fazemos todos os dias, tipo cozinhar, fazer receita de biscoitos, fazer bolo, gelatina, pudim, sagu. Mexer, bater, moer, açúcar, sal, pimenta...
Ela fica séria e ergue o dedo indicador.
— Nem precisa me ensinar isso. Eu não quero saber, tá bom?
— E italiano, você não gostaria de aprender?
— Não. Se não posso dizer o que eu quero, nem vou querer aprender. Não se preocupe, se não quiser ouvir eu te amo em português, fique sem ouvir, tá bom?
Ele olha para ela. Está sério. Ela continua de mau humor. Ele então fala:
— Vou embora hoje à noite e...
Ela ergue uma das mãos.

PRIMEIRA PARTE

— Não precisa nem voltar.
— Ouça, Adeline, pessoas que se amam nunca vão dormir sem esclarecer os mal entendidos do dia.
— John, você está querendo que eu, depois de tudo o que eu faço, ainda tenho que aprender a cozinhar? Se depender disso, vou comer só banana. Você há de comer só bananas, você verá.

※※※

Os plátanos, costeando a cerca lá em cima, estão só nas varas. John caminha com Adeline entre as roseiras. Ela está com uma tesourinha de poda na mão.
— Está na hora de podar as roseiras. Eu nunca esqueço porque é sempre no dia do meu aniversário e hoje estou completando treze anos. Era uma noite fria quando eu fui deixada lá em cima no portão. Eu sonho muitas vezes com isso, e vejo o rosto da minha mãe. Se ela não mudou muito, eu posso reconhecê-la se ela passar por mim na rua.
— Como assim? – John pergunta sério.
— Ela pariu lá no portão. Eu vi o rosto dela. Quando eu digo para o Rovílio que eu conheço ela, ele não acredita. Então, eu não falo mais, ponto final.
Ela olha para ele, e fala com tristeza:
— Você vem uma vez por ano, eu sinto saudades. Eu sei que você trabalha bastante, então não posso querer que você largue tudo e venha me ver. Se você me amasse, você viria mais vezes. Isso é certo. Mas a vida é assim, as coisas são assim, amar é assim, às vezes é um lado só.

※※※

Quatro invernos passaram-se. Bob sai a caminhar pela campina. Olha para o Leste, a casa de Adeline, o açude... Lá mais longe, os ipês-amarelos floridos.

GAVINHAS

Ele está adulto... 18 anos... Sim, 18 anos...
No único quarto no piso térreo ele vai abrindo duas malas – dois ternos nos cabides, e umas dez ou 15 camisas, brancas, muitas e coloridas gravatas. Vai arrumando nas gavetas, tudo cuidadosamente dobrado. Tudo pronto.
Ele se atira na cama e abre os braços em cruz. Está cansado, dá longos suspiros. Então, se levanta e vai para a cozinha.
Maria está lá e Adeline também. Bob olha para ela e vê que ela já é adulta. Ele pergunta:
— Quantos anos você tem?
— 13.
Adeline estava de vestidinho branco e chapéu. A trança nos cabelos até o meio das costas. Ele, de terno e gravata, os cabelos revoltos.
Ela sorriu.

※※※

Agora os dois, lado a lado, olhando para as campinas, as árvores lá longe. O sol da manhã alongava as sombras sobre a relva.
— Você viu, Bob? Os ipês-amarelos florescem em setembro e as glicínias em outubro... os ipezinhos roxos em novembro...
— As extremosas em dezembro. – completou ele, sorrindo.
Bob voltou-se:
— Preciso trabalhar, ganhar dinheiro. Quero ficar rico, casar, ter filhos, nessa ordem.
Entrou no carro e deu partida. Abanou para ela com a mão para fora do carro.
Adeline ficou vendo o carro, lá em cima, entrar à direita e sumir. Depois fechou a cancela e foi caminhando para sua casa, pela estradinha de terra.

PRIMEIRA PARTE

Nesta tarde, chegou ao asilo toda contente. Beijou o rosto do Padre Rovílio que estava sentado na cadeira de balanço. Correu para a cozinha. Viu a cestinha de pêssegos sobre a mesa. Pegou um e foi para fora sentar-se no chão, ao lado da cadeira do Padre. Começa a comer o pêssego. Olha, faz uma cara feia e diz:

— Tem bichinhos!

Ela coloca o pêssego no chão, debruça-se e olha fixo para a fruta. Padre Rovílio inclina-se e olha. Adeline estende a mão a uma pequena distância da fruta e aguarda. Cinco ou seis bichinhos saem lentamente da fruta e morrem.

Ela olha para o Padre e ri.

— Onde você aprendeu isso?

— Eu faço com as rãzinhas do açude. – e riu. – Outro dia eu matei um passarinho no ninho assim! – e fez uma careta com os olhos arregalados. – Ontem, peguei um coelhinho.

Padre Rovílio não deixou ela continuar.

— Não pode!... é maldade!

— É só de brincadeira! – ela riu.

— Amanhã, depois do almoço, avise Sofia que você vai sair comigo. Venha sem falta!

Adeline se debruçou e olhou para os bichinhos mortos fora da fruta. Cutucou-os com o dedo.

— Mortinhos!

No outro dia, Adeline está numa cadeira, debruçada sobre a mesa, olhando risonha para o Frei Boaventura. Ele gesticula devagar, fala calmamente. Ela ri.

Padre Rovílio observa de fora, através do vidro. Ela olha para trás, vira-se e volta a escutar o frade. De vez em quando ri. Padre Rovílio abana a cabeça e vai sentar numa cadeira no canto para não ver mais nada. Depois de um tempo, Frei Boaventura abre a porta. Adeline sai e ele vem logo atrás. Ela olha para o Padre Rovílio e ri alto. Ele fica sério, bravo.

Adeline diz:

— Eu vou fazer só coisas boas!

Ela olha para o frade, apontando-lhe o dedo indicador.

— Eu prometi, mas vou pensar.

Frei Boaventura olha para o Padre Rovílio, ergue as sobrancelhas, arregala os olhos e dá um longo suspiro... o que quer dizer: Não vai ser fácil!

Um belo carro cor de vinho desce a estrada devagar e para na cancela. Bob sai do carro. Ergue o rosto para receber em cheio o sol da tardinha. Está de costas para a casa. Fecha os olhos e fica assim por alguns instantes. Abre os olhos. À sua frente, uma parada de ônibus que não havia quando ele se fora. A pequena estrada de outrora continuava para o outro lado, de maneira que o ônibus fazia a volta para ali chegar. À margem da estrada, algumas casas novas, enfileiradas em direção ao centro.

Olhou para leste e avistou a casinha velha dos chacareiros.

Voltou-se à sua casa lá embaixo. A relva. Nenhuma árvore florida.

Andou alguns passos, abriu a cancela, voltou para o carro e desceu pelos trilhos de pedras até a casa. Estacionou o carro no lado leste da casa sob o caramanchão de glicínias. Foi para os fundos. O alpendre continuava para trás e cobria a calçada atrás da cozinha.

Bob olhou para os cipós acima de sua cabeça. Logo, logo estariam floridos. Entrou em casa. A porta da cozinha estava aberta. Viu Maria, ela também o viu.

PRIMEIRA PARTE

— Oi, Maria. Papai mandou-lhe um abraço e beijos para a Adeline. Onde ela está?

Bob desce os degraus. Por detrás da cortina, vê o ônibus parando no abrigo, do outro lado da rua, em frente à cancela. Desce uma garota.

— É Adeline!

Ela começa a caminhada do trecho até a sua casa. Atravessa a rua e vem para perto da cancela. Olha para baixo, distraída. Vê o carro estacionado sob o caramancháo. Volta-se e vê a cancela aberta. Sim, não tinha se dado conta. Bob mora lá agora.

Ficou parada, olhando para baixo.

Bob, detrás da cortina, olhava para a garota. Então, puxou a cortina para o lado e se debruçou para fora com os braços no parapeito da janela e olhou para Adeline. Ela sorriu lá da cerca e abanou com uma das mãos. Bob fez sinal para que ela o esperasse e saiu pela porta da sala. Caminhou pela trilha das árvores até um pedaço, depois se desviou e subiu até a cerca na beira da estrada por onde vinha Adeline.

Chegou perto. Olhou para a garota de cima a baixo. Nem bonita nem feia, mas encantadora – avaliou. Ela estava alegre. Roupas simples, sapatos simples... Bob sorriu. Uma criatura tão despojada de vaidade para ele era algo excêntrico...

Adeline sorria apertando os livros contra o peito.

A menina sorria. Olhava para ele em silêncio.

Bob a olhava, ainda avaliando. Que fizera ela nestes últimos quatro anos?

Ela, então, fala alegre:

— Agora sou funcionária do asilo. De manhã, cuido das crianças lá. De tarde, vou à escola. Estou voltando nesta hora.

Bob olha para Adeline com as mãos nos bolsos do paletó. Ele recorda as viagens com sua mãe e a rapaziada ao redor dela. A mãe glamourosa, roupas bonitas, o iate... E olha para a garota e fala:

— Você é tão pobre... eu não imagino como é que você vive.

Ela sorri.

— É, sou pobre, mas não sinto falta do que eu nunca tive.

Adeline começa a andar. Abana para Bob, despedindo-se e segue pela beira da cerca em direção à sua casa. De vez em quando olha para trás. Bob continuava lá, parado.

O rosto erguido, os olhos semicerrados, Bob cuidava Adeline. De repente, lembrou-se de alguma coisa e começou a caminhar a passos largos para alcançá-la. Alcançou-a já entrando em casa.

— Como estão seus pais?

— Papai morreu faz... seis anos e mamãe em maio deste ano – disse ela, largando os livros sobre a mesa da pequena peça que fazia a função de sala e cozinha.

— Você ficou sozinha?

Adeline procurava algo no armário.

— Sozinha, não. – e sorriu para Bob.

Ela achou as luvas de borracha e começou a colocá-las.

— Eu passo o dia no asilo e na escola. Mas não quero mais ir para a escola. As meninas me chamam de filhote de asilo. Já sei ler. De que mais eu preciso?

Foram saindo pela porta dos fundos. Adeline abriu a bica de água, ligou a mangueira e principiou a molhar as verduras. Largou o esguicho e deixou a água correr.

Bob desceu os desníveis da pedra e foi mais para adiante. Olhou para o viveiro das rãs junto à água, a fonte, o riozinho que iniciava a partir do pequeno dique do açude.

Ela levantou os olhos para ele.

— Você viu, Bob? Não temos mais vacas, nem coelhos. Só rãs.

Ela agora está de cócoras, cortando pés de alface, lavando-os na mangueira e os colocando cuidadosamente na cesta a seu lado. Ela levanta os olhos.

— São para você. Eu levo todas as manhãs.

Bob não respondeu. Olhava para a garota de cócoras com sua trança nas costas.

— Ciao! – disse ele.

Adeline voltou-se e abanou com a luva enlameada. Anoitecia. Bob seguiu para baixo, pulou sobre o riozinho com um passo largo e se foi por entre as árvores. De lá, ficou a observar.

PRIMEIRA PARTE

Naquela noite, Bob estava com pressa. Aguardou o jantar, junto à janela, sentado no braço do sofá. Dali avistava-se tudo. Acendeu apenas o abajur da mesinha de canto, e ficou assim na semiescuridão...

Então, foi para o banho, vestiu pijamas e foi sentar-se no braço do sofá junto à janela. Lá embaixo, a casinha de Adeline.

Maria trouxe o jantar, arrumou tudo na mesa. Acendeu todos os abajures.

Bob vem se sentar. Serve-se e vai comendo devagar.

— Maria, Adeline está sozinha.

— É...

Ele vai revirando a comida no prato. Termina de comer. Maria vai levando as louças e talheres. Bob então apaga todos os abajures e vai para a janela. Senta-se no braço do sofá, afasta as pernas e começa a masturbar-se, suspirando e gemendo baixinho. Maria ouve da cozinha e vai ver o que está acontecendo e para no escuro do corredor e vê. Ela volta cautelosamente para a cozinha.

No asilo, ela fala com Frei Rovílio:

— Adeline devia ficar aqui conosco. Ela apaixonada mais os hormônios daquele rapaz... vai dar cacaca.

O Padre olha para Maria. Fica pensativo. Então diz:

— Adeline tem juízo. Ela sabe como é ter filhos na hora errada.

É domingo de tarde. Adeline saiu para andar pelas chácaras, como sempre fazia. A brisa trazia e levava em lufadas o perfume adocicado das flores. E lá vem Bob. Ela o aguardou. Foram andando os quase 500 metros até avistarem o asilo. Ela, colhendo uma folha aqui, uma flor ali, e colocando por entre as páginas do livro que trazia consigo. A alegria brejeira de Adeline era reconfortante. Bob estava calado, mas contente.

Adeline olha para ele e diz:

— Eu tenho um esconderijo. É ali.

Chegam. É uma porção de árvores que formam um círculo e unem as copas lá em cima. Os espaços entre os troncos mal permitem uma pessoa passar. Os dois entram e olham para cima. É quase escuro ali dentro.

— Quando eu era criança – diz Adeline – era aqui que eu vinha chorar de pena de mim mesma. Eu queria ser adotada, morar com uma família... mas o Padre Rovílio não deixava eu ir.

Ela olha para Bob, sorri e continua:

— Com Sofia e João ele deixou.

— Você ainda chora?

— Não, não. Depois eu fiquei com esperanças de que minha mãe viesse me buscar. Aí eu pensava que foi bom não ter ido embora... Pode ser que na época em que ela me deixou no asilo não podiam me criar. Mas agora eles sabem que já eu tenho 13 anos, já trabalho para me sustentar e não vou incomodar ninguém...

Ela sai do meio das árvores e Bob sai logo atrás.

— Você trabalha no domingo?

— Não.

Caminharam em silêncio.

— Lá no asilo há pessoas tristes, abandonadas, que a sociedade chama de sucata, sabia? Velhos e crianças. A gente tem que dar banho, trocar a roupa. Às vezes temos de contar belas estórias para deixá-los alegres. Às vezes temos de mentir para não serem mais infelizes... Temos lá dez crianças esperando para serem adotadas. Há dias em que o dia deveria ter mais de 24 horas.

— Eu sei.

— Para quem sofre – diz Adeline, considerando outra situação –, o dia podia ter menos de 24 horas.

— É. Eu sei.

Voltaram devagar. Bob está apalpando os próprios genitais.

PRIMEIRA PARTE

Mais uma folha... Mais uma flor... O livro que Adeline estava lendo ficou completo. Flores e folhas de todos os tipos, anotações nas margens. Se um dia ela reler este romance, ela lembrará o tempo e os sonhos que o perfumaram. E ela gostava de rever os livros já lidos. Nas suas páginas, quantos sonhos, meu Deus, quantos sonhos!
— É para, quando eu reler, lembrar melhor. – e mostrou seu livro já grosso de flores dentro e riu para Bob. – Seu pai me deu este livro... E mais outros.
Ele abre a primeira página do livro e lê: "Com amor, John".
Escurecia.
Os moirões da cerca pareciam fantasmas ao anoitecer.
Agora tudo parecia insólito. O ruído da mata, um pássaro sozinho, gritando ao longe, a relva espessa e verde. O silêncio.
A casa de Bob lá embaixo. A casa de Adeline mais a leste... O açude, olhando dali, negro como a noite. Os vultos deles dois na paisagem...
Sentaram-se na saída da mata, à beira do atalho. Tudo estava misterioso e quieto. Adeline colocou o livro sobre os joelhos e as duas mãos em cima.
Bob a olhava, mas ela não viu. Bob a desejava, mas ela não sentiu. Ele chegou mais perto. A respiração quente nas faces de Adeline... Ela olhava para suas próprias mãos sobre o livro. Bob tirou o livro e o colocou no chão. Pegou uma das mãos e, devagarinho, empurrou Adeline para deitar-se de costas na relva, e foi se debruçando sobre ela.
Ela se voltou para ele e ele veio com ansiedade e indelicadeza. Ela suportou. Foi tudo muito rápido. Ele não a beijou, não acariciou seus seios...
Ela olhou para o céu, para a lua, para as estrelas... Ele se escorou num dos cotovelos e perguntou:
— O que foi, D. Adeline?
Ela ficou em silêncio, longo silêncio. Ela pensou: "Os livros de adultos inventam? Mentem? Aqueles enlevos todos... Aqueles calores...".
Ela então fala:
— Eu amo você.

— O que é que você sabe sobre o amor? Você nunca teve pai... Nunca teve mãe...

— Mas eu tenho muitas pessoas que me amam: Padre Rovílio, Maria, Ana e o meu padrinho Fareed. Todos me amam e eu amo a todos.

— Aquele caminhoneiro Fareed deve ser um bastardinho que sobrou no asilo, não é não?

Adeline olha ainda para o céu escuro. Fica em silêncio. Bob vai para cima dela e transa com ela de novo. Com ansiedade, indelicadamente. Ela nem se mexe, não recebe e não dá carícias.

Ele está deitado ao lado dela, braços abertos e ofegante.

Ele pede:

— Vem dormir comigo lá em casa...

Ela pensa, ele insiste:

— Uma cama macia, lençóis perfumados... Quem transa no mato é cachorro.

Bob entrega um de seus pijamas para Adeline. Ela vai para o banho. Pega outro pijama e coloca aos pés da cama. Abre as cobertas, arruma os travesseiros. Estica-se, atravessado na cama contente.

Ouve barulho no banheiro. Adeline vem saindo. Ele pega o seu pijama e entra.

— Está frio, deite-se. Já estou indo. – diz baixinho.

Os dois estão transando. Adeline queixa-se:

— Você está sempre com pressa. Fica mais um pouco, Bob... fica mais um pouco...

Ele vai com o rosto colado ao rosto dela e diz furioso:

PRIMEIRA PARTE

— Não me peça o impossível, quando deu, deu!
De manhã, Adeline está quieta. Bob olha para ela e não fala. Vai se vestindo e olhando para ela. Ela continua em silêncio. Ele levanta o pé e cutuca o pé dela:
— Vá pra casa.

À noite, Bob volta do trabalho e vai encontrá-la junto à horta. Ela está com um cestinho de flores e está colocando pequenos galhos floridos sob o diadema. Bob pega alguns ramos e coloca na trança dela e vai ajeitando para que fiquem presos.
Na cama, os dois estão nus e Bob vai colocando flores nos cabelos soltos de Adeline.
Então, ele a empurra para deitá-la e transar com ela, com indelicadeza.
— Bob, demore mais um pouco, mais um pouco...
— Eu já te disse mil vezes: quando deu, deu!
Ela fica triste e fala:
— Nos livros, os amantes sempre fazem tudo devagarinho. Se beijam longamente antes... Se beijam longamente depois...
— Larga mão de ser carente. A vida está lhe dando mais do que você merece...

No escritório, Bob chama Loretta.
— Loretta, você faria um favor para mim?
Bob está feliz.
Loretta é uma moça negra, bonita. Foi contratada por John. A mãe dela trabalhara nas empresas do pai, muitos anos. Aposentou-se lá. Loretta é mesmo o braço direito de Bob.

Ela sorri.

— Compre... – e Bob tira do bolso interno do paletó o talão de cheques, assina uma folha em branco, arranca-a com cuidado – ...uma camisola bonita para alguém do seu tamanho. – ele olha, avaliando, para os ombros dela. – Quero dar à minha garota no Natal.

— Ela é loira, morena ou pretíssima como eu?

— A minha garota? Pele branca e cabelos pretos – responde ele, olhando para o teto com olhar sonhador. – Por quê?

— A cor?...

— Cor-de-rosa? – sugere Bob.

— Cor-de-rosa – diz Loretta.

Os dois estão nus na cama e Bob estica o braço para pegar um bonito embrulho e o alcança. Ele abre e pega de dentro uma linda camisola e vem junto uma calcinha de renda.

— Vista que eu quero ver.

Adeline veste e fica em pé ao lado da cama.

— Ficou bom, muito bom. Você nem parece pobre.

Ele a empurra para deitá-la e se joga sobre ela com ansiedade como sempre. Ela espera em silêncio olhando para o teto. Ele se atira para o lado e abre os braços.

— Eu não quero outra vida.

Nem olha para Adeline. Ela está imóvel, em silêncio, e pensa, "vai ser sempre assim?". E sim, foi sempre assim.

Adeline está junto com todas as pessoas do asilo na grande mesa do refeitório. Estão almoçando. Padre Rovílio está sentado

ao lado dela. Adeline para de comer e sai correndo para a cozinha. O Padre não se mexe. Pensa um pouco. Larga as toalhas. Levanta-se e vai atrás de Adeline. Ela está sentada no terraço dos fundos. Os lençóis brancos no varal desfraldam ao vento. O Padre chega perto, põe as duas mãos na cintura e diz furioso:
— Então, tudo o que lhe ensinei de nada valeu? Você nem ouviu!
Está mesmo alterado.
Adeline não diz nada.
— Bob já sabe?
Adeline desvia os olhos. Não é preciso falar. Padre Rovílio deve saber desde quando aconteceu.
Ela olhou de novo para o Padre.
— Não.
Padre Rovílio vira-se de costas furioso.
— Adeline! Adeline!
Adeline foi para o outro lado e parou diante do Padre:
— Bob queria... eu também queria... – disse ela baixinho.
Ela chega bem perto do rosto do Padre e diz:
— E também não queria ser como Ana, Maria ou você, que nunca amaram ninguém...

Adeline volta do asilo e vai direto para a sua casa. Começa a colher as verduras. Bob chega contente. Senta-se no degrau da porta e fica vendo Adeline.
— Hoje estou contente, Adeline. Olha bem pra mim!
Adeline olha e sorri.
— O que foi que aconteceu?
Ele se vira de lado, encosta-se na porta e olha para cima satisfeito.
— Só hoje fiz quatro bons negócios. Só hoje! Ganhei bastante dinheiro! As coisas estão dando certo. Eu quero que meu pai se

orgulhe de mim! Sabe, já posso me considerar um bom executivo. Vou fechar o ano com lucros!

Adeline olha para ele. Estava agora convivendo com Bob. Ele nunca estivera tão alegre e feliz... Sim, hoje ela contaria a ele do seu bebê e ficariam felizes. Amanhã é véspera de Natal, e este seria o presente que ela daria a Bob. Se um homem tem dinheiro, uma bela casa, o que mais lhe falta? Uma família. Um filho. Sim – pensou Adeline – um filho.

Adeline está sentada nos degraus da escada de pedra, nos fundos da sua casa. O cesto de verduras já cheio de pés de alface ao seu lado. O chapéu de Adeline esconde metade do seu rosto, deixando aparecer apenas a ponta do nariz e a boca. Ela dobra a barra do vestido uma vez, duas, três e solta.

Bob está mais abaixo, sentado no dique do açude. Está mesmo furioso e revoltado.

— Como é que na sua idade você não se cuida?

Ela inclina a cabeça, mas não levanta os olhos.

— Todas se cuidam!

Ela fica em silêncio, longo silêncio. Então, ela vem para perto dele. Para tentar conversar. Ele ergue a mão.

— E agora? – ele esbraveja.

— Agora nada, Bob.

Bob ficou diante dela e pensou: "Nem precisa calcular muito".

— Temos que casar, não é?

— Não precisamos casar, Bob.

— Vamos casar, sim senhora! O filho é meu! – ele grita.

— Bob, ninguém vai saber que o filho é seu...

— Oh! – disse Bob, erguendo os olhos para o céu e abrindo os braços.

Os dois ficaram em silêncio.

Por fim, ele, mais calmo, se senta e diz:

PRIMEIRA PARTE

— Vamos casar em janeiro. Eu não quero um filho bastardo.
Silêncio. Bob levanta o rosto para o céu. Está escuro. Volta-se e olha para Adeline. Ela está quieta.
— Não espere nada de mim, Adeline.
Ele levanta e grita:
— Você deveria ter me consultado se eu queria ter um filho ou não!
— Bob, você disse "vou ficar rico, vou casar e ter filhos". Rico você já é.
— Já vi tudo, você é interesseira!
Ele sai furioso.

※

Adeline levou o cesto para dentro. Fechou a porta da cozinha e seguiu para a casa de Bob.
— Oi, Maria. Bob está lá dentro?
— Sim.
Adeline entrou pelo corredor e foi até a sala. Estava totalmente no escuro. Bob estava sentado na poltrona do canto, mas ela não o viu. Chegou à porta do quarto e bateu de leve.
— Bob? Eu quero falar com você... Bob? – e bateu de novo.
Bob estendeu a mão e acendeu o abajur da mesinha do canto. Adeline voltou-se.
— Bob...
— Eu não quero ouvir!
— As aulas terminaram. Não preciso estudar no ano que vem. Eu vou morar no asilo. Ninguém saberá. Ninguém mesmo vai saber de quem é o bebê, eu te juro!
Bob olha para ela. Está surpreso.
— Você é espertinha, não é?
— Oh, Bob, só se o bebê for muito parecido com você alguém vai desconfiar. Se for parecido comigo... Sei de muita criança que veio parar no asilo que não é parecida com nenhum dos pais.

— Adeline!... Adeline!... – disse Bob furioso – Vá para sua casa! Suma!

Ela hesita e vai pelo corredor. Sai pela cozinha. Maria está logo fora da porta. Olham-se.

No asilo, Adeline está pendurando enfeites numa árvore de Natal. O Padre Rovílio segura uma caixinha de onde ela vai tirando um por um e vai amarrando nos galhos. Alguns velhos estão espalhando musgo no chão. Três meninos estão desembrulhando as estatuetas do presépio.

Ela olha para o Padre:

— Bob está furioso não sei por quê. Ele dizia que ia ficar rico, casar, ter filhos. Rico ele já ficou...

O Padre fica em silêncio.

Ela faz planos:

— Venho morar no asilo. Ele vai esquecer que eu existo.

— Adeline, querida, estou cansado de ver crianças sem pai, sem mãe, sem nenhum dos dois. Você vai largar os estudos... e...

— E vou. Vou mesmo. Não me obrigue a ouvir a vida toda "filhote de asilo". Não mesmo! Não mesmo!

Frei Rovílio senta na cadeira de balanço.

Longo silêncio.

Adeline vem para perto.

— Que horas faremos a ceia, Padre?

— Aí pelas 20 horas. Mais tarde não, porque os velhos não aguentam.

Adeline vem pelas chácaras. São 21 horas. Vê a casa de Bob.

PRIMEIRA PARTE

Desce pelos fundos e chega até a porta da cozinha. Maria não está preparando comida.

— Oi, Maria. Bob está?

Ela afirma com a cabeça. Adeline então vai pelo corredor até a sala. Um abajur acende-se. Bob está ao lado. Ela olha e vai sentar-se na poltrona ao lado dele. Ele não se mexe. Ela vê a mesa vazia.

— A que horas você vai cear?

Ele se mexe impaciente.

Ela fica quieta.

Ele vê com o canto dos olhos que ela pretende ficar por mais tempo. Então levanta-se, vai para o quarto e fecha a porta.

No quarto, Bob senta na cama. Passa as duas mãos no rosto. Está exausto. Os últimos acontecimentos foram desgastantes. Ele assopra com força o ar dos pulmões uma, duas, três vezes. Abre os braços em forma de cruz e faz planos: ninguém saberá. Não vai levar meu sobrenome. Não mudo o seguro de vida, a ficha do clube, a ficha da hípica, a propriedade dos bretões...

Adeline estava na janela quando Bob saiu. Eram 23 horas. Ele irá ao clube, com certeza. – pensou.

Chegou o dia do casamento.

No quarto, na casa de Bob, Adeline fala para a moça que está com ela:

— Deixa tudo como está. Eu quero o cabelo assim.

Então, a moça enche a trança com flores brancas minúsculas.

Enquanto isso, Bob está no escritório, de terno e gravata. Olha

o relógio. Está angustiado. Passa a mão na nuca. Abre as gavetas e guarda tudo o que há sobre a mesa. Vai à sala ao lado.
— Averi, voltarei somente à tarde.
O assessor vem para a sua sala e pega agenda de Bob e volta para dentro.
— Qualquer coisa, mande voltar depois das 14 horas.
Loretta entra com alguns papéis. Bob pega e os coloca na gaveta.
— Volto só à tarde, às 14 horas.
Loretta vai saindo.
— Loretta? Só um minuto.
— Sim?
— Na sua casa... Na sua família... todos são pretos?
Ela sorri.
— Não. Preta, preta, só eu. Tenho dois irmãos bem mais claros. E três irmãs bem mais claras. Uma delas tem olhos azuis!
Loretta fala alegremente.
— As minhas irmãs têm cabelos lisos. Um de meus irmãos tem cabelo liso e olhos verdes! É de morrer de rir. Aqui no Brasil a mistura de raças ficou uma beleza!
Bob escuta interessado.
— Sabe, – continua ela – vovô era índio e vovó alemã. Deu mais mistura quando minha mãe se casou com meu pai, um espanhol de olhos verdes. Deu no que deu, uma salada! – ela riu – Papai sempre diz que qualquer um de nós pode ter filhos de qualquer cor.
Bob ficou pensativo. Loretta levanta e diz:
— Se você casar com alguém que tenha antecedentes... negros, por exemplo, mesmo que seja branco, só Deus sabe!... Só deus Sabe!...
Bob ficou chocado.
— Pode ir, Loretta.
Ele começa a suar. Afrouxa a gravata. Continua suando. Vai para o banheiro anexo, molha a ponta da toalha e passa no rosto...
Sai do escritório apressado.
Chega a casa e vai direto para o quarto.
Adeline está quase pronta.

PRIMEIRA PARTE

Ele diz para a maquiladora:
— Deixe-me a sós com Adeline.
Então, ele chega bem perto do ouvido dela e pergunta sussurrando:
— O Padre Rovílio nunca lhe falou se sabe ou não quem são os seus pais?
— Não, Bob. Fui deixada no portão do asilo – ela sussurra, olhando para o rosto de Bob.
Ele ouve e se afasta. Suspira. Esfrega as mãos no rosto. Vai para a sala. Senta-se numa poltrona. Sim, – pensou ele – o bebê pode até nascer negro.
Há pavor nos seus olhos.

⚜

Bob e Adeline estão sentados diante do juiz. Ela está com um conjunto de saia e blazer azul-marinho. Estão escutando. Ela tenta pegar a mão de Bob, ele rejeita e põe as mãos em cima da mesa. Ela então descansa a mão em cima da coxa de Bob. Ele empurra a mão dela. Continuam ouvindo.
O juiz estende um papel e uma caneta dourada. Adeline assina. Bob assina e guarda a caneta, distraído, no bolso interno do paletó.
Saem.
O Padre Rovílio está lá na rua, à sombra de uma árvore. Eles não o veem.
Os dois entram no carro. Bob vai guardar o registro de casamento no bolso do paletó e vê a caneta que guardou por distração. Sai do carro.
— Já volto.
Lá no fórum, Bob chega à porta. Todos o veem, menos o juiz que está de costas. Bob ouve:
— Foi o casamento mais ridículo que eu já fiz até hoje, – vai dizendo o juiz, guardando alguns arquivos no armário. – Eu não... –

continua ele, juntando os dedos indicadores das duas mãos – como é que estes dois se encontraram, meu Deus? Como? Quando? Em que circunstâncias? Ele é milionário, filho daquele outro milionário... e ela é filhote do asilo. Eu, com cinco filhas pra casar, essa vagabundinha engravida e tira o milionário de circulação!

Bob continua na porta, ouviu tudo. De repente, o juiz se volta e o vê.

— A sua caneta – disse Bob, e olhou para o juiz. – A propósito: eu nunca me casaria com uma de suas filhas, porque eu não caso com vagabundas, que é o que elas são. Quando preciso de prostitutas, eu pago!

— Vou processar você!

— Experimente! Pergunte a elas pra quem elas ainda não deram o rabo. Um deles sou eu.

Bob vai saindo e fechando a porta.

— Filho da puta! – diz o juiz.

Bob abre a porta e vem para dentro:

— Você garante a sua mãe?

※※※

Bob volta para o carro e dá partida. Quando Adeline vê que estão chegando a casa, volta-se para ele.

— Não vamos tirar uma foto?

Ele para o carro e olha para ela. Pensa um pouco. Ela insiste:

— Ninguém precisa saber, é só uma foto.

Ele dá meia volta.

Estão no estúdio. A fotógrafa dá uma rosa branca para Adeline segurar. Depois lhe alcança um par de luvas brancas de renda. Bob fica atrás dela. Enlaça-a por trás e segura suas mãos, o seu queixo tocando a fonte de Adeline. É como a fotógrafa quer. Adeline sorri levemente, lábios cerrados. Ele fica sério. Uma foto de meio corpo.

PRIMEIRA PARTE

Voltaram para casa. Na penumbra da sala, Bob tira o paletó e o joga sobre o sofá.

— Pois bem, Dona Adeline! Não dormiremos na mesma cama, – disse furioso. – O seu quarto será ao lado da cozinha. – e apontou para o corredor. – Sim, porque outro filho, jamais! Eu juro por Deus!

A raiva dele crescia.

Adeline olhava para ele sem baixar os olhos. Ele ficou inquieto.

Bob veio para perto dela. Olhou-a nos olhos. Ela ficou firme. Ele desviou os olhos e foi para o outro lado da sala. Apontou o dedo para ela:

— O meu sobrenome você está proibida de usar. Você ainda é Maines.

Então, ele foi para o quarto e bateu a porta com força. Lá dentro foi direto para o banheiro. Lava o rosto, tira a gravata e a camisa. Atira-se de bruços na cama e chora.

Adeline sai pela porta da cozinha. Contorna o canto da casa sob o caramanchão. Maria está lá, ao lado do carro de Bob, sob as janelas da sala. Ela ouvira tudo.

— Maria, você me ajuda a trazer minhas coisas?

Naquela tarde, trouxeram elas duas a cama, o colchão, o roupeiro de duas portas, a escrivaninha e a estante que fica sobre ela, a cadeira, alguns livros, a boneca, a flauta, dois bibelôs de louça branca, pequeninos.

— Você deveria ir para um quarto no andar superior. Lá todos os quartos têm seu próprio banheiro. Pegue um quarto ao lado do meu, Adeline!

— Oh, Maria, eu gostei desse aqui... É perto da cozinha.

Adeline coloca os braços sobre a mesa e fica assim de olhos baixos. Bob vem para a cozinha. Maria está de costas lavando louça.

Adeline nem levanta os olhos. Ele se encosta na parede e cruza os braços. Adeline continua como está, imóvel, em silêncio.

À noite, sentado no braço da poltrona junto à janela, Bob remoía os fatos do dia. Levanta, caminha pela sala e volta para o braço da poltrona.

Resolveu ligar para o pai.

— Papai, eu tenho uma notícia ruim. Casei hoje... Com Adeline, aquela que você namora faz anos. Pois é, ela está grávida. – a sua voz demonstrando raiva e revolta.

O pai ficou em silêncio.

— Pai?
— Sim, filho?
— Você não diz nada?
— Quantos anos ela tem?
— 13.

Ao que John fala:
— Pedófilo.

Longo silêncio. Bob então continua:
— Eu não quero mulher buzinando no meu ouvido.
— Filho, não faça isso! O que sua mãe fez ou deixou de fazer, não é o que as mulheres costumam fazer. Você não pode passar a vida magoado com todas as mulheres. Adeline é meiga, encantadora.

Bob não respondia.
— Filho? Vou para aí amanhã mesmo e então conversaremos.
— Bob desligou o telefone. Levantou-se e chutou uma cadeira. Foi à janela. Está anoitecendo. Eis que chega Adeline à sala. Feições alegres. Ele se volta e olha ela de cima a baixo. O ventre, sob o vestido leve de algodão, já demonstra a gravidez.

— O que foi? – diz ele agressivo.

Ela apaga o sorriso dos lábios. Bob a olha nos olhos e desvia o olhar. Vira-se de costas e ergue a mão aberta:

— Suma da minha vista!

Adeline ficou séria e foi para o quartinho.

Maria pôs a mesa do jantar. Colocou o prato de Bob na cabeceira da mesa, e o de Adeline ao lado esquerdo de Bob. Maria virou as costas e foi para a cozinha. Bateu na porta do quarto de Adeline.

— O jantar está na mesa, Adeline!

Na sala, Bob empurra o prato para longe do seu, lá para a metade da mesa. Copo, talheres, tudo para lá.

Adeline foi para a sala e se sentou onde estava o segundo prato. Maria aguardou Bob servir-se e depois serviu Adeline. Antes de começar a comer, ela baixou a cabeça.

— O quê? A quem mesmo você está agradecendo a comida?

Bob olhou-a furioso. Bateu com força a mão na mesa. Adeline assustou-se. Ele então gritou:

— Suma da minha frente!

Adeline levantou. Hesitou em pegar o prato. Por fim, pegou o prato de comida e foi para a cozinha. No corredor escuro, encontrou Maria, parada a observar. Ela foi calada para a cozinha e ficou a um canto, vendo Adeline comer com apetite. Na sala, Bob larga os talheres, sai da mesa e vai para o quarto.

John chega de viagem. Entra pela porta da frente e vai para a cozinha. Então, a primeira coisa que vê é Adeline chorando. Ele se aproxima devagar, ela lhe acaricia o rosto com as duas mãos e beija nos lábios como sempre faz. E ele a abraça. E ela chora no seu ombro.

— O que foi que aconteceu, Maria?

— Bob a insulta e a despreza.

Adeline está sentada no banco junto às roseiras floridas. Olha para cima, está esperando alguém. Um carro para no portão.

John aparece lá em cima e vem devagarinho. Ele se senta ao lado dela. Adeline alcança-lhe uma foto de meio corpo, onde ela aparece nos seus oito anos.
— Para você, John. É antiga, mas sou eu quando eu tive a certeza que estava apaixonada por você.
Ele vira a foto e lê: "Com amor, Adeline".
Ele abre o paletó:
— Aqui, bem perto do meu coração.
Eles trocam a costumeira bitoca sobre os lábios. Ele segura as mãos dela.
— Maria disse que você quer falar urgente comigo.
Ela suspira.
— John, eu não posso deixar de lhe falar. Bob não é seu filho. Luiza enganou você.
John aperta os olhos, então olha para a menina ao seu lado. Ela não tem idade para entender, não tem como contar toda a história. Então, ele toca o queixo dela e sorri.
— Os sonhos são sempre malucos...
Ela diz, passando os dedos nos lábios dele:
— Não os meus, não os meus.
Ele segura o rosto dela entre as mãos e tem os olhos cheios de lágrimas.
— E você, John, pedia para uma moça loira (Luiza é assim?): Fica comigo! Fica comigo! Fica comigo! Então, eu acordei com o barulho das chaves.
— Chaves?
— Ela jogou o molho de chaves no chão.
John ainda segura o rosto dela. Ela fala:
— Ela foi embora e deixou um bebê no sofá.
Adeline suspira:
— John, você não deve implorar para alguém ficar. Quando alguém quer ir, deve ir.
Agora os dois estão sentados, quietos. John acende o cachimbo e dá baforadas. Adeline debruça-se no ombro dele. Ficam assim quantas horas?

PRIMEIRA PARTE

— Três horas, Rovílio! Três horas sem se falar.
O Padre suspira, levanta-se e vai para fora.
— Adeline, entre. Você precisa ajudar Ana...
John olha para o Padre.
— Ela sabe de coisas que só eu sei... Ela sonhou com coisas que só eu sei...
O Padre olha para cima e revira os olhos.
— Eu já tenho uma caixa cheia de bilhetes com todos os sonhos de Adeline, que... bem... confirmaram-se.
— Todos?
— Não, porque esse que ela teve com suas coisas ela nem perderá o tempo em me contar.

De manhã, Adeline espiou e viu Bob na sala. Foi para lá. Ela estava tomando o desjejum. Ele a olhou. Ela achou que ele estaria mais calmo.
— Bob, você faz quatro fotos para mim?
Bob baixa os olhos e não diz nada.
— Uma para Ana, uma para Fareed. Eles são meus padrinhos. Uma para Padre Rovílio, ele é o meu pai.
Bob levanta os olhos.
— Ele é o meu pai, – repete ela. – e uma foto eu quero pra mim...

Adeline vai para o asilo e todos a recebem contentes. Ela está feliz.
— Bob vai trazer as fotos. Eu trago para vocês.

Padre Rovílio já sabia de tudo o que estava acontecendo. A revolta de Bob. Ele na sala, ela na cozinha, os quartos separados.

Bob estaciona o carro atrás de umas árvores. Sai. A noite é escura. Encosta-se ao lado do carro e observa ao longe.
Uma casa grande com luz vermelha na porta. Vê-se por entre as janelas, no interior da casa, a iluminação colorida.
É madrugada. Bob olha no relógio. São três horas.
Desencosta-se do carro e caminha devagar, desviando das árvores. Chega perto da escada e hesita. Por fim, sobe os degraus. Para na porta. Uma velha muito maquilada chega-se a ele e o toca no braço. Ele reage.
— Não toque em mim.
Agora ele mastiga uma goma de mascar imaginária. Caminha entre as poltronas onde se encontra uma porção de moças sentadas. A maquilagem carregada se sobressai na semiescuridão. Bob para e olha para uma mulher feia, loira.
— Sim, – pensou – a mais diferente de Adeline.
A moça se levantou e tomou a dianteira para um dos quartos. Lá dentro, ao fechar a porta, a moça passa os braços pelo pescoço dele e vai beijá-lo. Ele a agarra pelos braços e lhe dá um empurrão.
— Não toque em mim!
Ele abre a calça, olha para a moça.
— Vire-se!
Ela se virou de costas, debruçou-se por sobre o balcão, levantou seu próprio vestido, expondo as nádegas. Bob vestiu seu pênis com um preservativo. Chegou-se. Não tocou a moça. Afirmou-se no balcão com nojo, com raiva.

PRIMEIRA PARTE

Agora está no carro, embaixo do caramanchão.
Adeline olha pela janela do seu quarto, por detrás da cortina de renda. Ele está recostado no banco do automóvel.
Fica pensativo. Não se move. O silêncio da noite o perturba.
Abre a porta do carro e entra pela porta da sala.
Ela sai do quartinho, abre a porta da cozinha que dá para o corredor e olha para lá. Vê apenas o vulto dele.
— Bob? Você está bem?
Ele se volta e olha para o corredor. Vê o vulto de Adeline no escuro. Fica um pouco e depois abre a porta do quarto e entra. Adeline volta para o seu quarto.
Uns dias depois, Bob está na sala almoçando. Está na mesa, no seu lugar de sempre. A claridade do dia entra por todas as janelas. Ele está quieto.
As travessas à sua frente estão repletas de comida. Peixe numa; carne assada noutra. Saladas, frutas em pedaços... Olha para tudo. Fica assim pensativo.
Maria vem para a sala e coloca um baldinho de gelo no canto da mesa, ao alcance de Bob.
— Maria...
— Sim, Senhor?
— Adeline está almoçando na cozinha?
— Não. Ela almoça no asilo.
Ele a olha surpreso.
— Por quê?
Maria inclina a cabeça.
— Ela sempre almoçou lá.
Bob desvia os olhos, pensativo.
— E jantar... ela janta lá, também?
— Quase sempre. Já que ela tem que cuidar dos idosos e das crianças. Ele levanta os olhos e franze a testa, olhando para Maria.
Sopas, mingau, lá o jantar é às 17 horas...
Bob levanta-se e vai para janela. Faz cinco dias que não vê Adeline.

GAVINHAS

John aparece no asilo.
Adeline vem para encontrá-lo. Ela acaricia o rosto dele com as duas mãos e lhe beija os lábios como sempre faz. Ele recebe e retribui encantado.
— Amanhã de manhã estou indo. É como eu sempre digo: Não sei quando volto. Vou para o Sul e de lá volto para casa.
Ela o acompanha até o portão.
E mais um carinho e um beijo de leve.
E mais carinho e mais beijinhos.
Ele acaricia o rosto dela até as orelhas e canta baixinho "*remember me, remember me*".
Fareed vem devagarinho e sussurra no ouvido do Frei Rovílio:
— Ele é homossexual. Ele é lindo... Todo limpinho... Mãos bonitas... Tranquilo... se deixa o tempo todo ser amado por Adeline... É apaixonado, se vê nos olhos.
— *Gays* não amam mulheres – diz o Padre.
— Todos, todos, todos amam intensamente uma mulher. Uma, uma só. John escolheu Adeline.
— Mas ele vai pagar e pecha de pedófilo!
— Ela vai crescer, Rovílio, e aqueles olhos negros que veem tantas coisas vão ver o amor dele mesmo fechados.

No escritório de Bob, John olha longamente para a foto do filho com Adeline. Está quieto. Longos momentos. Então, murmura:
— Ela nunca vai ser *Miss* Brasil, mas ela é encantadora.
Ele observa mais alguns instantes, então guarda a foto no bolso interno do paletó.

PRIMEIRA PARTE

— Filho, ainda me dói. Se a sua mãe não tivesse aprontado tanto... depois de todos esses anos... só agora estou me livrando das mágoas. Meu coração está de novo amando. Eu me apaixonei de novo. Você não pode passar a vida sem sentir uma verdadeira paixão. Filho... Filho... Apaixone-se por Adeline!... apaixone-se!
— Já comi com vontade. Mas, agora, nem posso olhar para ela.
— Você botou a mão na menina...
Ele volta-se para o pai e diz:
— Em momento algum ela me pareceu menina!
— Você a seduziu, Bob.
Bob levanta-se e vai para a janela. Olha a rua por detrás da persiana. Murmura: "Ela me dando bandeira... Eu sempre de pau duro".
John fica em silêncio. Então, põe as mãos no peito.
— Filho, vamos começar tudo de novo. Você casou com Adeline hoje. Vocês se amam e se desejam. Você a leva para seu quarto... Você está estupidamente apaixonado.
— Sem chance. Eu não amo Adeline, casei por causa do bebê e meu desejo por ela já passou. E paixão... O que seria isso?
John levanta-se repentinamente e vai para junto de Bob. O rosto no rosto.
— Sendo assim, filho, eu nunca lhe ensinei nada? – grita – Quantos filhos você semeou por aí? – completa furioso.
— Pai, que horror! Nenhum, nenhum! Eu não sou louco – diz Bob com calma. – Com Adeline eu quis diferente... na minha casa... Oh, pai, acho até que eu queria que acontecesse assim... Mas agora... eu nem posso olhar para ela...
— É? É? Então é assim? O bebê está longe de chegar e tudo acabou! Olha o que você aprontou! Olha o que você aprontou! Adeline já foi abandonada uma vez e agora está sendo abandonada outra vez!
— Eu já disse que não vou abandoná-la. – grita Bob. – Eu vou ficar por perto! Ela não vai fugir! A sua história não vai se repetir comigo! Deixa de ser estressado!
— Você está insinuando que Luiza foi embora por culpa minha? Você não conheceu a senhora sua mãe? Você morou anos com ela!

John procurou uma poltrona e se sentou. Jogou a cabeça para trás. Estava mesmo precisando respirar fundo.
E ficou assim um bom tempo. Longo silêncio. E um cachimbo fumegando.

No escritório de Bob, John está preenchendo uma folha de cheque e Bob conferindo alguns papéis. Alguma coisa não o agrada e ele se levanta furioso e vai para a sala das funcionárias. As cinco funcionárias levantam a cabeça e olham para ele.
— Quem foi que redigiu isto aqui? Quem foi?
E vai passando a folha a um centímetro do nariz de todas, menos de Loretta.
— Fui eu. – diz uma delas.
Ele joga o papel sobre a mesa dela e volta para a sua sala.
As funcionárias olham-se e vão ver o que há de errado naquela carta, e vão dizendo:
— Timbre da empresa... OK.
— Grifados... Sublinhados... OK.
— Centralizado... OK.
Bob grita:
— A data! Você pôs a data de ontem!
— É, mas é de ontem. Eu redigi ontem...
Todas vão sentar. A Funcionária começa a redigir uma nova carta.
Bob aperta o interfone.
— Loretta!
Ela vem. John está de cabeça baixa, em silêncio.
— Precisamos de um favor seu.
Bob entrega a ela o cheque de John.
— Saque em espécie e depois tome um táxi e leve o dinheiro para o Asilo Santa Marta. Entregue nas mãos de um tal de Padre Rovílio. Só para ele. E discrição.
Loretta sai.

PRIMEIRA PARTE

Loretta está no portão. Padre Rovílio pega o pacote e olha dentro. Ela lhe dá as costas e entra no táxi.

John e Bob estão no escritório.
— Tem dó, pai. Todo aquele dinheiro para o asilo... Crianças bastardas, velhos já com os pés na cova...
— Oh, Bob, cale-se, por favor.
Então, ele olha para o relógio:
— Não posso perder o meu voo. Vamos.
Os dois saem.
John fala:
— Quero me despedir de Adeline.
Bob para o carro no portão e John desce apressado. Adeline vem de braços abertos. Os dois se abraçam e não esquecem o beijinho. De volta ao carro, Bob olha para o pai e diz:
— Pedófilo.

Na casa de Bob, Adeline pede a ele:
— Estou com medo de ficar sozinha. Eu gostaria que você não chaveasse a porta do seu quarto... se eu precisar...
— Está bem. Eu deixo a porta sem chave.
Adeline ficou parada diante da mesa. Bob de cabeça baixa, olhando os papéis à sua frente, os cabelos loiros caindo sobre a testa, permanecia imóvel e cuidando do que ela faria. Ela então estendeu a mão e lhe tocou a cabeça levemente.

— Boa noite, Bob.
Ele então lhe agarrou o pulso com força e o torceu. E, sem olhá-la, gritou:
— Nunca mais toque em mim!

No asilo Adeline olha-se demoradamente no espelho da porta do guarda-louças do refeitório. Ela está imóvel, olhos nos olhos de si mesma. Padre Rovílio observa-a. Ela continua a mirar-se no reflexo. A barriga já aparecendo.
O Padre vem para perto.
— O que é que está havendo, Adeline? Você está com medo? De Bob, quero dizer?
— Medo de Bob? Não, não... Eu não tenho medo dele. Ele é diferente, só isso. Quer tudo como quer... Não quer ninguém perto... Se eu ficar quieta, ele fala o que tem que falar, depois se acalma. Eu evito falar com ele para não provocar... É que... eu estava pensando: e se o Bob só está esperando o bebê nascer para me mandar embora?
Padre Rovílio ficou chocado. Não havia pensado nisso...
— E daí? Embora pra cá. Aqui é a sua casa, sempre foi.

Adeline grávida chega à casa à noite e Maria não está. Bob como sempre encostado da parede de braços cruzados. Adeline pega o pacote de biscoitos, põe na mesa e pega um copo de leite da geladeira. Maria chega apressada com um pote de sorvete na mão. Bob pergunta:
— O que é isso?

PRIMEIRA PARTE

— Sorvete. Adeline passou a tarde com desejo de sorvete, mas ninguém estava disponível. Mulheres grávidas têm desejos e...
— Por que não ligou para mim?
— Liguei. Loretta disse que você estava com amigos e o telefone desligado. Ela pegou um táxi e trouxe o sorvete só agora.
Bob vem para perto de Adeline e fala:
— Você vai embarangar, vai mesmo.
Adeline olha para o sorvete, mas continua a comer biscoitos e beber o leite. Bob aponta o dedo para o pote de sorvete.
— Coma o sorvete já que você incomodou meio mundo, coma o sorvete.

No escritório, Loretta explica para Bob.
— Mulheres grávidas sentem desejo de comer coisas fora de hora, às vezes absurdas.
— É lenda, – Bob afirma – é lenda.
Loretta olha para o patrão e espera. Ele lhe alcança alguns papéis e ela vai para a porta em direção à sala dos computadores. Bob a chama.
— Loretta, não faça mais isso. Adeline vai se aproveitar da boa vontade dos outros. Não faça mais isso. Ela vive dando umas de carente, sempre agarrada no meu pai.

Numa tarde, Bob estaciona o carro e vê, quase ao seu lado, na calçada, Padre Rovílio e Adeline. A gravidez adiantada sob o vestido largo. Ela segura nas mãos, um em cada lado, dois meninos negros. Bob fica olhando. Eles caminham apressados e entram no posto de saúde.

GAVINHAS

No carro, Bob começa a suar. Passa a mão na testa. Joga a cabeça para trás. Reage rápido. Dá partida no carro e vai para o escritório. Chama Loretta pelo interfone. Ela vem, ele está sentado numa poltrona. Ergue a mão e entrega um cartão para ela. Ele aponta com o dedo indicador para o papel. É o nome de um médico e o telefone. Ele não consegue falar. Loretta corre para o telefone e chama o médico.

Olha para Bob. Ele parece estar mal. Ela corre para o lavabo anexo, pega a toalha, molha-a e vem para junto de Bob. Ele apanha toalha, passa-se no rosto, no pescoço e na nuca.

O médico chega.

— É estresse. Pela milésima vez eu lhe digo: fique em repouso alguns dias! É puro cansaço!

Bob faz que não com a cabeça.

O médico dá-lhe uma receita.

— Tome à noite para dormir melhor.

Bob faz que não com a cabeça.

O médico sai.

Loretta leva a toalha para molhá-la na água fria e a traz para ele. Ele a coloca na nuca.

— Obrigado, Loretta, obrigado. Estou melhor... Eu pensei que ia morrer.

Ela olha para o patrão. – Ele está em pânico – pensou ela –, o que tanto o assustou, meu Deus do céu?

Ele murmura para ela:

— Será que o bebê de Adeline vai nascer pretinho?

Adeline está na cozinha fazendo tricô. Um sapatinho amarelo sobre a mesa. Outro nas agulhas, quase pronto.

Maria está guardando a louça.

— Eu queria que nascesse um menino. Parecido com Bob. Já pensou Maria? – e Adeline ri – Dois Bobs?

PRIMEIRA PARTE

Maria vem para perto de Adeline e diz baixinho no ouvido dela:
— Pra que dois?
Adeline ri alto. O telefone toca na sala e ela ouve Bob atender. Ele aparece na cozinha pelo corredor. Maria vira-se para a pia. Adeline olha para ele. Ele então diz a ela:
— O pedófilo lhe mandou um abraço.
Adeline sorri. Bob olha o sapatinho amarelo sobre a mesa. Está encostado na parede ao lado da porta do corredor, de braços cruzados.
Adeline voltou os olhos para o tricô, ajeitou tudo numa caixinha de sorvete vazia e foi para o quarto. Bob ficou no mesmo lugar. O conforto do silêncio, sem perguntas, sem respostas.

No quarto, ela abre um livro à toa. E lê por acaso: "E então ela soube que encontrou alguém por quem vale a pena viver". Ela fecha o livro, e procura a primeira página: "com amor, John".
Ela sorri.
Ainda de braços cruzados, encostado na parede, Bob pergunta para Maria:
— Tem algum médico atendendo Adeline?
— Sim, o Dr. Sérgio. É o médico do asilo. Ele vem lá todos os dias.
— Ela está bem?
— Está, está. Você sabe que está na hora, Bob.
Ele fica do jeito que estava. Braços cruzados. Pensativo.

As dores começaram de madrugada. Não doía muito. Adeline pegou a sacola de roupas. Olhou ao redor. Vestiu o casacão. Pegou o chinelo do chão e colocou na sacola. Veio para a cozinha e olhou o relógio da parede: três horas. Abriu a porta da cozinha, fechou-a cuidadosamente e sumiu na escuridão.

Maria vem para a cozinha. Passa na frente da porta do quarto de Adeline. Volta e bate de leve. Abre. Adeline não está. Ela corre para a porta dos fundos. Lembra de alguma coisa. Volta e escreve um bilhete: "Já volto. Maria". Coloca-o entre as frutas da cestinha no centro da mesa, e sai pelos fundos a correr.

Bob chega à cozinha. Está às escuras. Acende a luz. Olha a hora. Vê o bilhete de Maria. Abre a geladeira. Pega o leite, põe uma porção na leiteira e liga o gás. Pega uma maçã, lava na bica e começa a comer.

No escritório, Loretta passa a ligação.
— É o Padre Rovílio.
Bob atende.
— Sua filha nasceu.

Ele pegou o paletó do encosto da cadeira. Pegou o casacão do cabide do lavabo e saiu às pressas. Abriu a porta da sala dos funcionários e avisou:
— Loretta, volto só de tarde.
E saiu correndo.

Adeline estava deitada numa cama simples, com uma camisola simples. A criança envolta em panos simples.

Bob olhou para tudo, indignado. Aproximou-se e olhou para o bebê. Adeline diz alegre:
— É parecida com você, Bob. Ruiva, de olhos azuis!
Ele completou:

PRIMEIRA PARTE

— E branca, branca, branca. Branquíssima!
A respiração alterada. Ele engoliu em seco. Fechou os olhos. Passou a mão na testa para secar o suor. A voz treme.
— Vamos para casa.
Era quase meio-dia.

Chegam à casa.
Maria chega-se a Bob:
— Hoje não saiu o almoço, senhor Robert...
— Eu almoço no centro.
O bebê resmungou. Adeline foi para seu pequenino quarto, sentou-se na cama, tirou o seio e colocou o bebê para mamar.
Ela pensava: "E agora? As coisas vão mudar? O que Bob vai fazer?".
Ela continua de cabeça baixa, olhando para o bebê.
Bob está na porta e olha a cena. Cruza os braços. O bebê parou de mamar e Adeline escondeu o seio. Olhou para a porta e sorriu para Bob. Ele se retirou e foi para a sala. Sentou-se no braço do sofá. Olhou para o teto da sala.
Mais tarde, Bob chega à cozinha e larga a certidão de nascimento sobre a mesa.

Adeline está tomando sopa. Larga a colher e abre o papel: Aline Warrior. Ela sorri e olha para ele.
— Parecido com Adeline.
Ele fica em pé em frente à Adeline. Ela o olha. Bob parece querer dizer-lhe algo. Ela aguarda. Ele não fala. Então, ele passa a mão na sua própria nuca, vira-se e volta para a sala.

— Precisamos batizá-la. – disse Adeline para Maria.
Bob ouve e sai pela porta da sala, gritando.
— Não! Não! E não! – as duas ficam chocadas. – Escute bem, Adeline: Não é não!

No outro dia, Adeline vê Bob chegar pela sala. Está acompanhado de uma moça. Era a babá. Bob levou-a para o quarto.
Adeline vai para lá, para perto da porta entreaberta e ouve Bob falar:
— Ouça bem, eu não vou repetir. A responsabilidade é sua. Mamadeira e cuidados, só você! Quanto menos Adeline chegar perto, melhor. Não deixe! Ela trabalha no asilo e pode trazer doenças para casa. Mamar no seio nem pensar! – e Bob sai. Assusta-se quando vê Adeline no corredor.

John veio para ver Adeline. Estão os dois em casa. A babá traz a nenê e a entrega a John. Ele olha e ri alto, contente.
— Igualzinha a você, Bob! O seu avô, meu pai, também era ruivo. – e riu alto de novo, satisfeito.
— Onde está Adeline?
John sentou-se com o bebê no colo.
— Está no asilo, trabalhando.
Ele ficou sério.
— Mas… Só faz dez dias… Ela não está amamentando?
Bob hesitou.
— Achamos melhor ela não amamentar.
— Achamos? Quem?
— Eu achei melhor.

PRIMEIRA PARTE

Adeline chega à casa. John a vê e vem para a cozinha.
— Adeline!
Ele lhe dá um abraço demorado. Ela suspira uma, duas, três vezes com prazer.
Ela se solta, sorri para ele e se aproxima. Ele a beija nas faces.
— Venha, vamos para a sala!
Ele se senta e a puxa pelo braço para sentar-se ao seu lado.
— Eu estava dizendo a Bob: Aline é igualzinha a ele quando nasceu! – e ri contente.
— Eu também disse logo: igualzinha!
John está feliz.
Bob está na poltrona e escuta sem se importar com a conversa.
— O seu emprego não lhe deu licença-maternidade? Você sabe que tem três meses para ficar com o bebê?
Adeline mexe-se no sofá.
— Eu sei, mas a babá cuida melhor que eu. E lá no asilo temos quatro bebês sem ninguém para cuidar…
John observa. Olha para Adeline. Maria traz o jantar. Vai colocando as travessas na mesa. Bob senta-se do lado e deixa a cabeceira para o pai. Adeline contorna a mesa e senta-se à esquerda de John.
Todos se servem. Adeline vai beliscando devagarinho e fica ouvindo os dois falando de negócios. De repente, Bob olha fixo para os seios de Adeline. John olha para ele e acompanha o olhar. Em cada seio, por sobre a blusa fina de Adeline, uma grande mancha de leite vazando.
John fita os seios de Adeline que estão molhando a blusa. Ele parece encantado. Bob olha para o pai e fica inquieto. John parece mesmo encantado.

No quarto, Bob está indignado e olha para o pai:

— Você olhou com volúpia para os seios de Adeline, eu vi. Se você pudesse, abaixaria a blusa dela e a deixaria com os seios jorrando leite! Parece que nunca viu isso!
— E nunca vi mesmo. E gostaria de ver. Quando Luiza saiu da maternidade, botou você e suas mamadeiras sobre o sofá e sumiu por mais de cinco anos. Ela nunca amamentou você. Ela fez planos de não estragar os seios.
Bob fica imóvel e olha para o pai.

É madrugada.
Adeline tem pesadelos e grita.
Maria desce as escadas e vem para o quartinho. Maria passa uma toalha molhada no rosto de Adeline. Ela acorda e abre os olhos.
Adeline senta-se na cama. Maria pergunta:
— Bob sabe? Ele já ouviu?
— Ele toma remédio para dormir, Maria. Nunca ouvirá.
John, que ouve as conversas lá embaixo, desce a escada.
— Um pesadelo, Adeline?
Ela não responde. Ele diz:
— Eu estou aqui... Eu amo você...
John aproxima-se e a abraça apertado. Ela chora em seu ombro.

Uma garota com seus 20 anos de idade chega ao asilo.
— Eu trouxe este bebê para adoção. Está com um mês.
O Padre Rovílio está acompanhado de Ana. É noite escura.
— Eu não vou criar filho. Não tô a fim. Cansei.
Ela se inclina e coloca o bebê sobre as lajotas do terraço. O Padre agarra ela pelos cabelos:

— O nome do colhudo. Eu quero o nome do colhudo!
— O alemão, pai dele – diz ela apontando para o bebê. – Prrrometeu voltarrr. – Ela acentua o sotaque, – e nunca mais voltarrr... férrrias no Brrrasilll... Willian Fish... Fisher... man. Sim, Fisherman.
— De onde? Eu arranco os seus cabelos! De onde?
— Berlim.

No dia seguinte.
Ainda está escuro.
Adeline caminha pela campina, passa pela cerca de arame farpado, abaixando-se quase até o chão, e segue. Está massageando os seios. Ela vem chegando, lá atrás da horta, pela trilha de terra.
No asilo, o Padre Rovílio espia pela janela da cozinha e sorri para Ana, que está ao seu lado.
Ao entrar pelo portão da horta, Adeline vê uma trouxinha à beira do caminho. Vai para olhar de perto. É um bebê! Ela se abaixa e o recolhe. O bebê chupa os dedos. Ela olha ao redor, fica nervosa e começa a correr para a casa.
Lá dentro, Ana corre para um lado, Padre Rovílio para outro. Adeline chega e bate na porta. Padre Rovílio abre.
— Lá, na beira do caminho! – ela aponta com o dedo. – Estava lá...
O Padre pegou o bebê, colocou-o no sofá e abriu as fraldas:
— É um menino.
Adeline enrolou-o de novo. Ana apareceu com um xale de lã e a ajudou a cobrir o bebê que continuava a chupar os dedos.
Fareed fala com o Padre:
— Berlim? Em que porta vamos bater? Esses vagabundos que espalham suas sementes em qualquer lugar!

John vai ao roupeiro e pega algumas roupas e vai colocando na pequena mala.
— Amanhã me vou. Agora vou ver minha nora.
Ao que Bob diz debochando:
— É melhor ouvir isso do que ser surdo.
Bob espera no carro. John chega ao asilo e vê Ana e Maria na sala. Ele se inclina e se posiciona para ver melhor. Adeline está com a blusa abaixada e com os seios nus jorrando leite. Agora, o Padre Rovílio traz um bebê e todos vão ajudando para que o pequenino pegue o bico do seio e comece a mamar com vontade. Está mesmo com fome.
John vem para perto e Adeline acaricia o rosto dele com uma das mãos.
— Achei ele lá no portão da horta, agorinha mesmo quando eu vinha para cá... Olha, John! Olha! Cabelos de trigo maduro!
Agora John caminha pela alameda em direção ao carro. Quer chorar, não consegue... suspira... engole em seco...
Entra no carro, recosta-se no banco e sorri.
Bob olha para o pai e pergunta:
— Viu um passarinho verde?

A mala de John está na porta da frente. Então, John vai pelo corredor e vê Bob de braços cruzados no escuro.
— Você sabia?
— Ela tentou me contar, mas eu nunca vi.
— John vai para o fim do corredor e chama:
— Maria?
Ela vem para a sala.
— Estes... pesadelos de Adeline acontecem de modo seguido?
— Não, às vezes passa até um ano sem ter nenhum... Ela... tem medo porque as pessoas com que ela sonha vão morrer.
John olha para o filho:

— Será que ela sonhou com você? – e tamborila os dedos sobre a mesa.
Bob olha para o pai com os olhos enviesados.
— Fique por aí abraçando ela, pai, dá linha, dá linha...

— Padre Rovílio?
Adeline está atrás de cadeira de balanço. O Padre está lendo um livro. Tira os óculos e aguarda, sem se voltar.
— Será que Bob vai pedir o divórcio? Ele pode dizer que eu não tenho condições de criar Aline...
Adeline chora em silêncio. As lágrimas escorrem pelas faces.
— Ontem eu tive pesadelos. Assustei todo mundo.
O Padre olha pela janela; não diz nada.

Adeline chegou a casa mais cedo e foi olhar curiosa: o quarto de Aline estava sendo reformado. Bob estava acompanhado de três funcionários. Estavam terminando e recolhendo os papelões das embalagens. Levaram tudo para os fundos da cozinha e saíram.
Adeline entrou no quarto. Nunca vira nada igual. Os móveis brancos com detalhes em três tons de rosa. Passou as mãos nas portas do roupeiro, na madeira torneada do berço de Aline. Olhou para as duas camas de solteiro, as cortinas, os quadros, o espelho.
Bob estava na porta de braços cruzados.
Adeline disse feliz:
— É lindo! É lindo!
Então ela fala, olhando para Bob:
— Fareed está aí fora. Ele quer conhecer Aline.

— Aquele seu padrinho vive sujo. Aqui ele não entra. Leva o bebê lá na cozinha já que ele quer ver. Aquele caminhoneiro sempre maltrapilho. Filhote de asilo. É olhar e ver.
Fareed ouve tudo da cozinha.
Adeline não traz o bebê e beija de leve os lábios do jovem.
Então, Bob vai falando:
— O que interessa querer ver a menina, aquele bichola!
Adeline e Fareed vão embora. Maria recosta-se no balcão da cozinha. Está esperando a água ferver para fazer café.

Uma tarde, sem dizer nada a ninguém, Adeline sai com o bebê e vai para a parada de ônibus, na outra esquina, depois do asilo.
Chegou ao cartório. Sentou-se e deu o seio ao bebê.
O funcionário vem e Adeline entrega a sua carteira de identidade com o nome de solteira.
— A senhora é casada?
— Não.
— Precisa de duas testemunhas para registrar a criança.
Adeline olha e se faz de desentendida. Há várias pessoas aguardando. Olham para ela e olham para o bebê que mama com vontade. O funcionário pede em voz alta:
— Alguém assina como testemunha?
Duas mulheres fazem sinal. Elas passam pela frente de Adeline e veem a cena. Assinam sem dúvida nenhuma. "É dela o bebê mamando com vontade... Sem dúvida nenhuma."
O funcionário entrega o papel para Adeline. Ela olha: Adriano Maines, e sorri.
E agora Adeline tinha um filho para cuidar. Um bebê seu. Só seu.

PRIMEIRA PARTE

Ela chega de volta ao asilo. Padre Rovílio a vê chegar contente.
— Adriano! Adriano! Você vai ser a minha grande paixão!
O Padre a segue.
— Adeline! Onde é que você esteve?
Ela continua a erguer o bebê, contente.
— Adeline! Escute aqui! – o Padre grita.
Ela se volta, rindo sem parar de andar e vai entrando na cozinha.
— O que é que você fez? – diz o Padre, furioso.
Ela estende a Certidão de Nascimento. E ergue Adriano.
— Você vai ter a melhor mãe do mundo. Espere para ver!

※

Padre Rovílio olha a Certidão aberta em cima da mesa da cozinha. Pega o papel na mão e o larga de novo. Senta-se. Fica pensando. Não havia papel nenhum que permitisse a adoção deste bebê. E se lembrou da mulher da noite anterior, entregando-lhe o pequenino e saindo a dançar pela escuridão. Ela é louca – pensou – e pode voltar.

O Padre tamborilou os dedos sobre o papel. Virou-se na cadeira e olhou para fora. Passou a mão no queixo. Era preciso resolver isso já. Logo. Hoje. Hoje.

Levantou-se e foi ao telefone.

— Dr. Sérgio? É o Padre Rovílio. Doutor, hoje uma senhora esteve aqui no asilo e me entregou um bebê. Só que ele já estava morto... A louca saiu correndo e eu não pude fazer nada!

— Você quer que eu vá até aí?
— Preciso de um atestado de óbito.
— Venha buscar.
— O bebê nem tem nome!
— Venha buscar os papéis.

Desligou o telefone. Passou a mão na testa. Assoprou o próprio rosto. Pegou a boina e foi saindo. Passou pela janela da sala e viu Adeline logo dentro. Debruçou-se no parapeito:

— Adeline, isso dá inferno, viu?
O Padre olha sério para ela, abana a cabeça e se vai.
E foi assim que "sobrou" no asilo um bebê loiro de olhos azuis.

No banco do jardim, Adeline e John estão de mãos dadas. Adriano brinca a seus pés sobre um cobertor. Ela fala:
— John, olha, as roseiras estão florindo fora do tempo! Agora não é tempo de rosas; é tempo de geadas e neves. Alguém está voltando para a Terra e começando mais uma viagem.
John franze e testa e pergunta:
— Alguém?
— Sim, roseiras floridas fora do tempo é um sinal. Um espírito vem para viver outra vida com o propósito de ajudar alguém. Sente John, perfume de rosas.
John olha para o céu. Fica imóvel e pensativo. Então, se volta para ela:
— Ajudar como?
— Amando esse alguém e lhe ensinando a acreditar em vidas e vidas e vidas que já viveu e, se quiser, viverá. Mas tem que acreditar em alguma coisa divina.
John olha sério para ela. – E se não acreditar em nada?
Adeline olha para ele e diz:
— O espírito, na hora da morte, segue por um túnel de luz, mas logo ao chegar ao fim vai para a sombra e lá vai ficar esquecido.
— Para sempre?
— Sim. Quem vai achá-lo?
John olha para ela e inclina o rosto para fitar os seus olhos.
E um longo silêncio, olhos nos olhos.

PRIMEIRA PARTE

Frei Rovílio vem para frente dos dois, abaixa-se para pegar Adriano no colo e olha indignado para Adeline.
— Já para dentro – ele diz.
Ela se levanta e dá uma bitoca nos lábios de John. Ele sorri e permanece ali imóvel até a noite chegar. Noite escura. Noite fria. Noite sem lua.

E foi assim: enquanto a babá e Bob saíam com Aline para o clube, Adeline saía com Adriano para as praças, para os parques de diversões, para o cinema e para o futebol.
E foi assim que Adeline levantava tão cedo, tão cedo que nem via Bob. Chegava a casa tão tarde, tão tarde que Aline estava sempre dormindo. E Bob só a via se ainda estava acordado e vinha na cozinha encostar-se na parede de braços cruzados e olhar para ela enquanto Maria esquentava-lhe um copo de leite.
Bob, sempre calado, rosto sombrio. E sim, uma figura marcante quando está com seus roupões de seda. Adeline ainda o observa com interesse. "Uma feiura cheia de estilo".

Um casal aparentando seus sessenta anos está em pé no terraço. Adeline e Ana estão chegando da cozinha. Adeline adianta-se.
— Sim?
O advogado que está com eles se apresenta.
— Sou advogado. Eu trouxe este casal para adotarem uma criança. Já falamos por telefone com o Padre Rovílio. Viemos ver as crianças.
— Ah.

— Eles escolheram aquele menino ali.
O advogado apontou com o dedo para a caixa de areia onde somente Adriano brincava. Os outros cinco meninos estavam nos balanços...
— Oh, aquele é meu filho! Não está para adoção.
— Você é a mãe? Cadê o pai?
— Ele não tem pai.
— Então? Você é pobre e sem marido... Estou autorizado por este casal – e ele faz um sinal com a mão para os dois sorridentes velhotes – a pagar-lhe uma boa quantia. Dá para comprar uma casa e sobra dinheiro. Pense bem... A senhora ainda pode casar e ter outros filhos...
Ana fica indignada, cruza os braços e diz:
— Cale a boca!
O velho então fala:
— Estamos ficando velhos. Logo mais precisaremos de um enfermeiro para cuidar de nós. Claro, ele irá para a universidade estudar enfermagem.

※※※※※

Em casa Adeline chora debruçada sobre a mesa, com o rosto escondido entre os braços. Maria está quieta.
— Você viu, Maria? Só porque ele é branco, loiro e de olhos azuis...
Bob aparece no corredor. Vê a cena, cruza os braços e se encosta na porta. Maria olha para ele. Adeline continua:
— Se ele fosse negrinho, eles não insistiriam tanto... Oh... Oh... que horror!
Então, ela levanta a cabeça, vê os dois do outro lado da mesa, olhando em silêncio para ela e se assusta. Sai porta afora e desaparece na escuridão. Bob apressa-se para ver aonde ela vai e se volta para Maria:
— O que houve?

PRIMEIRA PARTE

— Problemas com as crianças do asilo.
— Que tipo de problema?
— Adoções para estrangeiros.
— Como assim? O que houve afinal?
— Quando a criança é loira e de olhos azuis, os casais querem adotar a qualquer custo... Chegam a oferecer fortunas!

Ele ouve atento. Olha novamente para a noite lá fora. Desce os degraus, sai para a calçada, sob o caramanchão, e caminha pela relva até a beira da cerca. Encosta-se no tronco do enorme plátano e olha a paisagem.

A lua ilumina tudo. Ele se volta e vê, lá na casinha, caminhando sobre o dique do açude, o vulto de Adeline. Fica observando, imóvel.

Olha para o relógio de pulso. Passa as mãos no rosto. Volta a olhar para baixo. Adeline agora está sentada nas pedras. Ele fecha os olhos e se deixa ficar. O vento despenteia-lhe os cabelos. O farfalhar dos galhos e os pios de um pássaro perdido são os únicos ruídos da noite.

Abre os olhos e começa o caminho de volta. Entra pela cozinha e vai ter com Maria.

— É quase meia-noite... Por que é que ela não vem?
— Ela vai andar um pouco, já volta.

Bob então se chega mais perto.

— Por que é que ela chora tanto?
— Ela não está acostumada com isso.

Bob senta-se junto à mesa e se apoia nos cotovelos.

— Adeline devia largar esse emprego. Se não suporta o serviço do asilo, deve largar tudo e sair de lá. Aquele depósito de problemas...

Maria ouve e se apressa a falar.

— Não, não, não! Ela gosta de trabalhar lá. Hoje foi um fato bastante... diferente. Ela gosta de trabalhar lá. Gosta mesmo!

Ele ergue as duas mãos como a dizer "que seja assim". Levanta-se e vai para a sala.

Bob está com cinco amigos no escritório. Serve *whisky* para todos. Desliga o interfone e conversam alegres. Um deles está de costas para a janela e se vira para a rua.

— Mais um acidente lá embaixo – diz ele.

Ninguém olha.

Lá na rua, Adeline e o Padre Rovílio descem e olham ao redor da van, que parou de andar.

— Vou ver se Bob me dá uma carona até em casa. Pego o dinheiro e volto. Hoje o guincho cobra 100 reais. Amanhã é sábado. Custará o dobro.

Adeline atravessa a rua e sobe as escadas de mármore. Chega ao primeiro piso. Loretta sai da sala e vem atendê-la. Olha para Adeline que está com o jaleco do asilo e as mãos sujas. Pede a Carteira de Identidade e tenta ligar o interfone. Sabe que está desligado.

— Está de reunião. Ele não vai atendê-la.

— Leve o meu nome. Ele vai me atender.

— Não posso. Mas avisarei que a senhora esteve aqui.

A secretária vira-se de lado e tira um xerox da identidade. Devolve a original.

— Leve – insiste Adeline – Ele vai me receber.

— Vou tentar de novo. – ela aperta o botão – O interfone não toca. Está desligado. Quando é assim, melhor não insistir. O velho é ruim das patas. Tens noção!

Adeline despede-se e sai. Chega até o motorista do guincho e diz-lhe:

— Vai levando. Antes de anoitecer estou lá com o dinheiro. Vou de ônibus.

O Padre Rovílio entra na cabine do guincho e Adeline vai para a parada de ônibus.

PRIMEIRA PARTE

Os amigos de Bob saem alegres. Eles caminham em direção às escadas. Despedem-se. Bob volta devagar em direção à sua sala. Passa pela mesinha da secretária e vê o xerox: Adeline Maines. Loretta sai da sala e vem para fora, junto à mesa onde ele está.
— Ela esteve aqui. Insistiu muito para ser recebida. Diz que o senhor a conhece.
— Quanto tempo faz?
— Umas três horas.
Bob pega o xerox e entra. Ergue o papel diante dos seus olhos. Adeline Maines. Filiação – pai: desconhecido; mãe: desconhecida.
Passa a mão no queixo, pensativo. Vai à janela. As luzes da rua já estão acesas. Está anoitecendo. Quanto tempo faz que não conversa com Adeline?

※※※

Raios e trovoadas. Adeline chega pela porta da cozinha correndo.
— Maria! Está o fim do mundo! A campina tem poças de água por tudo! O riacho inundou a nossa horta...
Bob está no sofá da sala e ouve a voz de Adeline sobressaindo-se do barulho ensurdecedor da chuva lá fora. Vem pelo corredor, encosta-se e fica ali no escuro ouvindo.

※※※

No asilo, Ana está com os cotovelos na janela da sala e olha para a rua. Vê o Padre com uma moça junto a um táxi.
Padre Rovílio vem com um grosso envelope nas mãos, para na sacada e olha para o portão:
— É a segunda vez que aquela negrinha traz um envelope com dinheiro.

— Ela é secretária de Bob – diz Ana.
— Veja só. As pessoas mudam. Bob está ajudando o asilo!
Ana sorri.
— Bob? Não me faça rir, Rovílio. É John, tudo John, sempre John! Ele chegou ontem.

É domingo de manhã. Adeline está na cozinha. São nove horas. Bob veio pelo corredor, ainda de pijamas.
— Oi, Bob!
Ela está contente. Ele fecha a cara.
Ela vai colocando sanduíches num pote vazio de sorvete, põe na mochila e puxa o fecho.
Aline vem para a cozinha com a babá. A menina está linda, toda arrumada para sair.
Adeline debruça-se para Aline.
— Vocês vão ao clube?
— Vamos! – respondeu a babá.
— Aline, vocês vão ao clube? – Adeline repete a pergunta.
— Sim, responde Aline.
Bob fica olhando para tudo. Está quieto, braços cruzados.
— Então, até a tarde! – e beija novamente a filha.
A babá pega Aline pela mão e a leva para a sala. Adeline acompanha as duas com os olhos. Fica triste. Volta-se e pega a mochila. Calça os sapatos e se vira.
— Já estou indo. Tchau, Maria! Tchau, Bob!
Ele ergue alguns dedos da mão em resposta.
Bob vai para a sala.
— Demoro menos de 15 minutos! – diz para Aline e a babá.
E lá se vão os três: pai, filha e babá.

PRIMEIRA PARTE

À tarde, Bob passeia com Aline de carro. Para pra comprar sorvete. Leva para ela e, ao voltar-se para entrar no carro, vê Adeline na fila do estádio de futebol. Entra no carro e fica observando. Um menino loiro está com ela e tem nas mãos um pacote de salgadinhos e uma flauta. O menino corria para longe e voltava a encostar-se em Adeline. Ela passava a mão no cabelo loiro do garoto e sorria.

A babá, no banco de trás do carro, vê tudo.

Eles voltam para o clube. Bob senta-se com os amigos, mas não está para muitas conversas. Fica lembrando-se do que vira.

Está anoitecendo. Bob e a babá recolhem as coisas de Aline e vão para o carro. Bob está calado. A menina, ao lado dele, está sonolenta e cansada. A babá passa a mão no pescoço de Bob e sussurra na sua nuca:

— Eu seria uma boa mãe.

Bob para o carro subitamente. Aline cai do banco, assusta-se e começa a chorar. Ele não presta atenção na menina. Olha para trás e diz para a babá:

— Não se atreva a tocar outra vez em mim!

— O que é? Pensa que eu sou cega? Quer manter aparências? Eu vou contar para todo mundo como é na sua casa!

John vem pela escada, mas fica lá em cima e assiste tudo.

Bob entra em casa chutando a porta. Aline está chorando, segurando a mão da babá. Ele fala furioso:

— Passe para cá a sua carteira de trabalho! A senhora está demitida!

Adeline ouve os gritos e vem para fora do quartinho e vai para o corredor. Maria ouve os gritos e também vai para o corredor.
— Tenho direito a 30 dias de aviso prévio!
— Trinta? Trinta segundos!
— Vou ao meu sindicato. Isso não fica assim!
— Vá! Pegue suas coisas e vá! É lá que vou acertar suas contas!
Bob entrou no quarto, abriu o roupeiro, jogou uma mala no corredor e a chutou. Pegou outra mala e a chutou para mais longe.
Voltou para o roupeiro, tirou todos os cabides junto com as roupas, jogou-os por cima das malas e empurrou tudo com os pés para fora da porta.
— Trinta segundos!
A moça socou tudo dentro das malas.
— Seu idiota!
— Vagabunda!
Ela levanta os olhos, vê Adeline e grita:
— Adeline cornuda! – e sai pela porta afora.
Bob está furioso. A respiração alterada. Volta-se e vai pelo corredor e encontra Adeline e Maria. Para e olha as duas.
— Aline não precisa mais de babá.
— Precisa sim, Bob. Eu não vou cuidar dela 24 horas por dia.
Então, ele fala:
— Arrume alguém com um perfil que não me deixe puto da vida. Eu não quero piriguetes.

Adeline voltou para o quarto. Maria voltou aos afazeres.
Bob está no quarto com Aline. Ela está de pijama. Está com sono. O pai segura-lhe a mão. Ela dorme. Ele sai e apaga a luz. Só fica aceso um pequeno abajur.
Bob vai direto para a cozinha e se encosta em Maria. Olha ao redor.

PRIMEIRA PARTE

— Quem é o menino?
Maria esquiva-se e caminha para o outro lado. Bob contorna a mesa rápido e chega perto de novo. Ele grita:
— Quem é o menino? Quem é o menino?
John vem para perto.
— É o filho de Adeline. Pare de gritar.
Bob olha para Maria.
— Nós o colocamos no caminho por onde Adeline passaria de manhã. A mãe o havia abandonado no asilo à noite. A nossa intenção era somente que Adeline o amamentasse. Ela estava com febre, os seios cheios de leite, vazando... Só que ela foi ao Cartório e o registrou como se ela fosse mãe solteira...
Maria ergueu os olhos para Bob. Ele ainda estava assimilando o que acabara de ouvir. Depois fechou os olhos apertados. Maria sorriu e pensou: "Doeu, Bob?".
John olhou para Bob e sorriu.
— Eu estava lá quando ela o amamentou a primeira vez. Os seios vazando leite... Fiquei encantado.
Bob olha para o pai.
— Tarado.

John chega ao asilo. Ana está na janela da sala. Ela se volta para Adeline:
— É a primeira vez que vejo o bonitão sem terno e gravata. Ele não tem noção do quanto é bonito.
Adeline corre para fora.
Os dois abraçam-se. Ele lhe entrega meia dúzia de livros e voltam a se abraçar. Ela lhe dá vários beijos sobre os lábios.
Os dois sentam-se no banco em meio às roseiras.
— Hoje vai haver uma festa no clube. A turma de Aline vai comemorar o fim do primeiro grau da escola. Já começou a

choradeira. As melhores amigas ainda se manterão em contato. As outras se perderão neste mundão sem fim.

— O mundo não é um mundão sem fim, John. O mundo é pequeno; é bem aqui onde nós estamos.

Ela acaricia o rosto dele com as duas mãos, e pede:

— John, abre um pouco os seus lábios. Eu quero sentir o seu gosto.

Ele a fita. Ela está esperando. Então, ele abre levemente os lábios e ela pega os lábios com os seus. Um beijo seco. Ela sorri.

— Gosto de fumo. Adocicado. Perfumado. Gosto bom.

Ele sorri.

— Agora eu.

Adeline entreabre levemente os lábios. Ele segura o rosto de Adeline e faz o mesmo que ela.

— Ah, você tem gosto de laranja!

Os dois abraçam-se.

Ana observa os dois por uma fresta da cortina.

— Rovílio, esse agarra-agarra de John com Adeline... Tem alguma coisa que eu não estou vendo?

— Ele é *gay*. Sossega.

~*~

Bob está com os amigos no clube.

— Daqui a duas semanas o baile é especial. O clube completa 25 anos. Não quero perder.

Bob escuta. O amigo volta-se para ele:

— Traga sua esposa, Bob!

Bob fica em silêncio. O amigo insiste:

— Está certo, está certo. Você a detesta. Eu também detesto a minha, mas... com quem vamos dançar? Com o copeiro?

— Com Júlio aqui, "o garanhão"! – apresentou-se Júlio, erguendo o copo, já embriagado. Todos riram.

PRIMEIRA PARTE

Bob fica sério. Levanta o copo que tem nas mãos e o coloca diante dos olhos. O brilho amarelo da bebida faz reflexos no seu rosto, como um espelho.
— Humilhante precisar de mulher... – murmura.

※※※

Em casa, na cozinha, Bob dirige-se para Adeline:
— Estamos convidados para um baile na outra semana. É aniversário do clube.
Adeline faz que não com a cabeça e ergue as mãos abertas, dizendo não com o gesto.
— E por que não? E por que não? – ele diz quase a gritar. – Hoje vou buscá-la às 18h. Esteja no portão!

※※※

Foram à loja de Dinah. Adeline provou vários vestidos. O ateliê de costura ficava atrás da loja. Bob não entrou. Dinah levou dois vestidos para ele:
— Só servem estes dois.
Bob escolhe o vermelho.
— Temos de fazer mais uma prova.
Bob então entra junto no ateliê. Para diante de um busto de gesso. Dinah explica:
— Eu tenho clientes que não gostam de provar roupas, principalmente o busto que requer várias provas, conforme o tipo de roupa. Assim, fazemos o vestido sem maiores problemas.
— Faremos um para Adeline.
Adeline estava atrás de um biombo. A costureira traz o vestido e diz:

— Subir a bainha dez centímetros.
Bob tentou ver Adeline atrás da cortina. Dinah e a costureira vão de novo para lá com o vestido.
Bob volta-se e vai andando pela loja. Dinah e Adeline vêm. A dona da loja põe o vestido vermelho sobre o balcão e traz dois pares de sapato e os coloca perto. Bob olha e escolhe um par.
— Uso com meias de nylon? – pergunta Adeline.
— Ah sim! Esta. É com calcinha para não marcar o vestido.
Bob entregou o cartão de crédito.
— O molde? Quando Adeline pode vir fazê-lo?
— Segunda-feira, às 18 horas, pode ser?
Bob olhou para Adeline.
— Sim. – ela disse.

※※※

Bob olha a vitrine de uma joalheria. Entra. Olha os prendedores de cabelo.

※※※

No escritório, Bob desenha numa folha de papel uma cabeça de mulher com os cabelos puxados para cima, retorcidos e presos com dois prendedores. Noutro papel, o desenho de um prendedor.
Loretta bate na porta e vem trazer um documento. Olha para o desenho sobre a mesa. Bob não levanta os olhos. Ela se posiciona melhor e fica olhando. Ele não quer conversar nem olhar o documento que ela trouxe.
Ela então sai da sala e pensa:
— Quem vai ganhar aquela joia?

PRIMEIRA PARTE

※※※

Adeline e Bob chegam ao salão de beleza. Ele entrega à recepcionista a caixinha dos prendedores com o desenho. Ele entra com Adeline.
— Que cor é o vestido, Dona Adeline?
— Vermelho.
— A maquiladora começa. Outra seca o cabelo, enquanto outra começa o pedicure e a manicure.
A moça que está secando o cabelo de Adeline para e olha o desenho de Bob. Balança a cabeça afirmativamente.
Em casa, Adeline veste-se rápido no quarto e vem para a sala.
Bob veio para a sala e a olhou. Gostou. Ela olhou-se e voltou a olhar para ele. Há um meio sorriso nos lábios de Bob.
— Você não embagulhou na gravidez, veja só.

※※※

Adeline e Bob chegam ao clube. Todos param para olhar. Os cochichos são inevitáveis. Os dois vão caminhando pela lateral da pista de dança. Ele a conduz pelo braço. Chegam até a sua mesa. Sentam-se. Um amigo de Bob está na mesa ao lado. Bob volta-se, alegre, para conversar com os que estão na outra mesa. Então, pega a mão de Adeline e a faz levantar-se. Os dois ficam de pé diante dos outros. Todos olham para Adeline.
— Minha esposa – diz Bob, trazendo Adeline para a sua frente. Adeline sorri. Cumprimenta a todos com a cabeça e olha para Bob. Os dois voltam para a mesa. A música está começando.
A pista já fica lotada. Bob pega Adeline pela mão e vão dançar. Ele a segura firme pela cintura. Ela coloca as duas mãos sobre o peito dele. O queixo de Bob na fronte de Adeline.
Adeline fechou os olhos. Era tudo muito lindo. Bob segurou-a pela cintura, apertando-a contra o peito, o seu queixo tocando-lhe a orelha.

— Adeline, – ele sussurra – hoje vou tentar ser diferente. Tudo diferente. Mas não me peça o impossível. Vou beijar você, vou acariciar você como nos romances ridículos que John fica trazendo para você. Mas não me peça para demorar. Não me peça para segurar.
Ela sorri:
— Sim, Bob. Vai ser tudo diferente.
E pensa: "O que mesmo que ele vai aprontar hoje?".
Bob foi a um canto com os amigos e Adeline juntou-se às mulheres do outro lado do salão. Chega-se a uma mesa grande onde estão reunidas cerca de dez mulheres.
Elas jogam cartas. Adeline ficou em pé.
— Nós, lá em casa, quem pode mais chora menos! – falou uma delas. Risadas.
— Lá em casa é bem pior. – disse outra, séria.
— Roberto gosta de garotas novinhas! – risadas.
— Há os que gostam de prostitutas. – disse outra. E todas se voltaram para Adeline. Uma das mulheres bateu de leve na mão de Adeline.
— É a vida, filha, é a vida.
Adeline afirmou com um gesto de cabeça.
— Bob só casou comigo por causa do bebê. Nem dormimos no mesmo quarto. Ele nunca mais... me quis... Se as coisas não acontecem de um jeito, têm que acontecer de outro... Ergueu as sobrancelhas, olhou nos olhos de cada uma delas e sorriu.
— Pelo jeito estamos todas no mesmo barco, não é?
Adeline inclina-se, estende a mão e pega um baralho que está no canto da mesa.
— Cartas de tarô?
Então ela fecha os olhos, enfia o dedo no meio e tira uma carta. Olha, mostra para todas e diz:
— Oh! A carta da fortuna! Isso quer dizer que todas nós temos bastante dinheiro e podemos folhar a ouro nossas guampas – e ri às soltas. As mulheres hesitam e começam a rir. E logo estão às gargalhadas.
— Tem alguém aqui nesta roda que não é cornuda?

PRIMEIRA PARTE

Bob e os amigos, do outro lado do salão, voltam-se para olhar e as veem rindo escandalosamente.

Adeline inclina-se e pega outra carta do baralho.

— Oh! A carta do cavaleiro! Isso significa que, quando você vê o seu marido a cavalo, você nunca tem certeza se ele é o de cima ou o de baixo.

Gargalhadas. Os homens olham interessados, lá longe. Um deles diz:

— Lá está rolando pornografia, pode crer.

E volta-se para Bob:

— A sua mulher, pelo jeito, não é trouxa, não.

Bob fica sério, olhando para lá. Adeline debruça-se e pega outra carta.

— Oh! A carta da morte! Essa gadanha significa que temos duas escolhas: ou amputar os nossos maridos já, ou deixar que broxem por si. O que, olhando para aquele time do outro lado, já se vê, não vai demorar muito.

Elas se voltam e olham para eles e riem escandalosamente.

Bob volta-se para os amigos:

— Do que é que elas tanto riem?

— Pergunte para a sua mulher em casa. Pode ser que ela lhe conte... A minha não conta!

A música recomeça e Adeline atravessa a pista e vai sentar-se à mesa. Bob ainda conversa com os amigos e está terminando a bebida do copo.

Júlio chega ao salão e vê Adeline sozinha. Passa perto e olha para as mãos dela. Não vê aliança, nada. Dá meia volta e vem. Estende a mão e se inclina. Está embriagado.

— Vamos dançar?

Adeline olha-o e sorri com simpatia.

— Você deveria jogar-se na piscina. A água fria cura bebedeira. Esfria também a cabeça e outras coisas mais.

Ele riu.

— Tá bom. Eu já volto. – e foi saindo.
Bob viu, veio às pressas e se sentou ao lado de Adeline.
Não passou um minuto, Júlio voltou molhado, encharcado, rolando água.
— Agora você dança comigo?
— Não! – diz Adeline rindo – Você está muito molhado!
Bob a cutucou. Adeline continuou rindo.
— Você é muito engraçado!... – Adeline ria. Júlio ria. Foi juntando gente ao redor.
— Assim bêbado! – continuou Adeline rindo.
Bob a cutucou e lhe falou ao ouvido.
— Fica quieta!
— Por que você bebe?
— Porque a minha mulher foi embora... – e fez com os braços abertos o gesto de voar.
— Com o carteiro? – perguntou Adeline encenando surpresa. – Eu conheço cada carteiro bonito!
As pessoas ao redor começavam a gostar.
— Se foi embora é porque não valia grande coisa. – disse Adeline, rindo. Depois ficou séria – Ou você não vale grande coisa! – ela olhou-o meio de lado, rindo.
Bob sussurra ao ouvido de Adeline:
— Cala a boca!
E Júlio continua:
— Logo agora no inverno... quem vai esquentar meus pés?
— Compre uma bolsa de água quente, ora!
Adeline e o pessoal ao redor riem com vontade.
— Não. Mulher é melhor!
Adeline e Júlio ficam olhando-se e rindo.
— Arrume a sua gravata! – ela diz. Ele ajeita.
Bob foi para cima de Adeline. Apertou-a com o ombro contra o encosto da cadeira, e disse:
— Para, Adeline!
— O seu bolso está cheio de água – ela continuou e apontou para o bolsinho externo do paletó.

PRIMEIRA PARTE

Júlio deu um tapa com força e saltou água para cima. Todo mundo riu. Bob estava segurando-se para não explodir.

— Vamos dançar? – Júlio disse e fez uma reverência.

— Não posso. Estou acompanhada. Este é o meu marido! – disse ela com simpatia.

— Oh! Oh! – disse Júlio e olhou para Bob – Pensei que estava "dando sopa". Você não usa aliança...

Bob levantou-se furioso:

— Eu também não uso!

Júlio foi afastando-se de costas, rindo e fazendo um gesto com as duas mãos como a dizer: calma, calma...

O grupo desfez-se, rindo.

Bob sentou-se e olhou para Adeline, o seu ombro fazendo pressão sobre o ombro dela.

— É só uma questão de tempo, não é, Adeline?

Ela voltou-se para ele. Bob está furioso. Ficaram os dois olhando-se nos olhos. Adeline mexeu-se na cadeira, tentando livrar-se do peso do ombro de Bob.

— Não, não é, – disse amargurada.

Bob soltou-se, liberou Adeline e acomodou-se melhor na cadeira.

Júlio, da sacada do salão, no escuro, ficou cuidando os dois. Pensou: então ela era esposa de Bob, sim senhor! Há quanto tempo conhecia Bob? Há cinco, seis anos, quando veio para cá. Nunca teria imaginado que fosse casado com uma mulher assim... Ele vive acompanhado da babá e da filha... Sim senhor!

※※※※※

Adeline agora estava com as duas mãos sobre a mesa. Bob pegou a mão dela. Ela assustou-se. Foram para a pista dançar.

Dançaram sem se olhar. Entre uma música e outra, Bob segurava a mão de Adeline entra as suas. Ambos olhavam para as mãos. Adeline estava quieta, não se mexia.

Júlio não perdeu nem um movimento do casal. Ficou observando lá do canto mais escuro, através da vidraça.

Bob e Adeline entram em casa. Ele está furioso. A sala está às escuras.
— Você provocou!
Adeline voltou-se para Bob. Ele grita novamente:
— Você provocou! – e pegou-a pelo braço, dando-lhe um safanão. Adeline assustou-se.
Ela pensou: melhor não falar. Olhou para ele, magoada. "Se Bob pelo menos pudesse entender as coisas, meu Deus do céu!". Então, Bob deu-lhe outro safanão.
— Provocando meus amigos!
— Ele não me conhecia... Me viu sozinha na mesa...
— Mas você estava comigo! – Bob dá-lhe outro safanão.
— O que foi que você disse a ele?
Ela não responde. Ele lhe dá outro safanão, outro e outro.
— Que ele devia jogar-se na piscina... Ele estava bêbado...
Bob deu-lhe outro safanão e largou o braço de Adeline. Saiu pela porta da sala, bateu-a com violência. Foi até o carro e entrou. Girou a chave; o carro não deu partida. Tentou duas, três vezes e nada. Atirou a cabeça para trás no banco do carro. Tentou de novo. Nem sinal.
Desistiu de sair. Entrou pela sala. Adeline vinha pelo corredor. Já estava de pijama, com uma toalha de banho na mão. Bob parou para olhá-la. Ela parou e esperou. Ele veio para perto dela, abriu a porta do quarto, entrou e fechou a porta com violência.

PRIMEIRA PARTE

Adeline caminha pela relva, nas chácaras. Senta-se sob uma árvore. O capim está alto. Olha para longe. E pensa: não é mais inverno, mas também ainda não é primavera.

Com Padre Rovílio, no asilo, ela faz planos:
— Acho que vou me mudar para cá... Ir para casa só para dormir? Trago minhas coisas e fico no quartinho da lavanderia. Levo Adriano comigo...
— Não, filha... você está casada. Não que eu não queira você aqui... Você está casada. Não pode sair da sua casa...
— Bob nem vai notar...
— Fique alguma noite, se quiser, mas tem que avisar seu marido. Avisamos que você precisa ficar, está bem?

Adeline senta-se na cadeira de balanço do terraço. O sol já está descendo. A sombra das árvores começa a alongar-se.
Adriano chega da escola, atira-se no colo de Adeline e joga a mochila no chão. Ela embala a cadeira com força. Os dois riem. Ele já está grandalhão perto de Adeline.
— Mãe, conta de novo, como foi que você me achou?
Ela começa:
— Já faz... Dez anos... Era um dia frio, mês de julho. Ia nevar, ia nevar! Eu vinha pelo caminho lá do lado da cerca e... vi uma trouxinha!... Aí eu disse: "É um presente pra mim! É um presente pra mim!".
Adriano abraça Adeline, rindo contente, e a beija nas faces, perto dos lábios.

— Quase na boca! – ele diz e a beija de novo.
— Quase na boca! – e vai-se contente, junta a mochila do chão e corre para a cozinha.

Adeline sorri. Encolhe as pernas sobre a cadeira e pensa como é feliz...

Ana está ao lado:

— Um pouco de alegria nessa vida de amargura, não é Adeline?

No escritório, Bob desenha uma cabeça de mulher, de costas. O cabelo puxado num coque baixo e um prendedor com brilhantes preso sobre o cabelo na nuca.

Vai a uma joalheria e mostra o desenho para o senhor idoso no balcão. Olham. O velho artesão aprova. Bob fica satisfeito.

Bob está na loja de Dinah. Ela coloca numa sacola as duas caixas que estão em cima do balcão. Dinah está curiosa e pergunta:

— Por onde anda Luiza?

— Ela ficou alguns anos na Austrália. Ficou viúva de um milionário, vendeu tudo, veio para Amsterdã fazer um *pit stop* na casa dos pais.

— Ela matou seu pai no cansaço. Ela era linda. Trabalhava de modelo como seu pai. O que foi que aconteceu?

Bob suspira:

— Ela começou a usar drogas, segundo ela, para não engordar. Mas começou a pegar pesado.

Bob vai para o armário de perfumes, pega um e leva para o balcão.

PRIMEIRA PARTE

— Por que seu pai nunca mais se casou?
— Ela jogou sal nas feridas dele. Diz ele que só agora voltou a amar. Que está apaixonado estupidamente. Ainda não conheço a paraquedista.
No subsolo, Adeline está com o busto coberto de gesso com uma velha senhora.
— Você não precisa provar as roupas, é só telefonar, encomendar e mandar buscar. Temos todas as medidas.

No asilo, um casal com duas meninas está no terraço. Ana vem encontrar Adeline e acena.
— Elisa está indo. Olha só, terá duas irmãs maiores. Elas gostaram da Elisa.
Os futuros pais observam. Elisa ganhou um chapeuzinho igual ao das outras meninas.
— Aqui estão os papéis. – diz o Padre – O certificado de batismo, – e ele aponta para um papel azul dentro da caixa que está entregando à senhora – se a senhora quiser rasgar e começar tudo de novo na sua religião, pode fazê-lo...
Adeline ouve e cruza os braços.
Há lágrimas em seus olhos.

Bob sai, pega o carro e vai direto para o asilo. Adeline já está aguardando no portão; porém, do lado de dentro. Bob viu que Adeline não vinha, então saiu do carro e chegou até a grade.
— Eu não posso ir... – ela olhava para Bob – Há duas crianças doentes... – ela então olhou para o chão. Bob chegou mais perto.

"Ela não está falando a verdade", pensou. Ela continuava olhando para o chão...
Bob levantou a cabeça e olhou as copas das árvores que sombreavam a alameda. "Claro... Claro... Ela não quer ir."
— Vamos! Vamos! Vamos!
Ela ergueu os olhos do chão e fitou-o. Olhos escuros estavam cheios de dúvida.
— Vamos! – insistiu Bob.
Adeline abriu o portão devagarinho, voltou-se lentamente, fechou-o e entrou no carro.
Estava mesmo desanimada...
Padre Rovílio observa ao longe por detrás de alguns arbustos...
Seguiram calados. Chegaram ao salão. A recepcionista atendeu-os com a agenda na mão.
— Maquilagem, pedicure, manicure, cabelo...
Bob entregou uma caixinha de vidro com um prendedor de cabelo lindíssimo, e disse:
— O vestido é cor-de-vinho.
Adeline olhou para Bob. Ele já estava sentando numa poltrona e pegando uma revista.
A recepcionista levou Adeline para dentro. Bob ficou cuidando com o canto dos olhos até ter certeza de que a porta havia fechado-se. Largou a revista, acomodou-se melhor no sofá, cruzou os braços e fechou os olhos.
Precisava controlar-se, pensou. Adeline, com certeza, não lhe daria motivos para deixá-lo furioso... Mas precisava controlar-se...
Levantou e dirigiu-se para a recepcionista.
— Volto dentro de uma hora.
Sai de carro e vai para casa. Abre sua pasta de documentos, espalha sobre a mesa e vai trabalhando e cuidando a hora.
Por fim, guarda tudo e volta para o salão. Esperou algum tempo. Adeline está pronta. Bob olhou o cabelo atrás, preso com a joia. Gostou. A recepcionista entrega-lhe a pequena caixinha de vidro. Ele entrega o cartão de crédito. Bob olhou para Adeline ao seu lado. Estava distraído e pensativo...

PRIMEIRA PARTE

Saíram.

No carro, Adeline pensava: pois bem... Júlio estará no Clube de novo. E se ele chegar perto? E se ele vier falar comigo? Tenho que passar o tempo todo cuidando para poder desviá-lo?

Em casa, Bob entregou-lhe a sacola com as caixas. Ela foi para o seu quarto, apanhou a toalha de banho e foi para o banheiro do corredor.

Voltou às pressas, vestiu-se rapidamente, colocou os sapatos e se olhou. Sorriu. Era muito lindo!

Foi para a sala e aguardou Bob. Ele saiu do quarto e a viu de costas. Parou para olhar o cabelo de Adeline com a joia que ele mesmo desenhara. Mais uma vez, aprovou satisfeito. Olhou para o delicado cordão de ouro que tinha entre os dedos. Chegou-se a Adeline e passou o cordão pela frente e foi tentando fechá-lo nas costas. Ela tentou virar-se. Ele não deixou, encostando-se nela.

— Estou tentando fechar...

Ele parou. Olhou para a nuca de Adeline, o pescoço nu... Aproximou-se mais e aspirou nos cabelos o perfume que há tanto tempo não sentia...

Ela tentou virar-se. Ele acordou do devaneio e fechou o cordão.

— Pronto.

Ela se voltou. Bob estava ainda parado perto dela.

— Eu não quero ir... eu não quero ir...

Ele engoliu em seco. Não sabia o que dizer. Pensou então: melhor não falar nada... Pegou-a delicadamente pelo braço, abriu a porta e saíram. Ela não protestou.

※

Júlio viu-os chegar. Sim, senhor! – pensou – esquisitos os dois juntos. Ela quieta, insegura e triste. Ele sempre altivo e seguro de si. Ela hoje está mesmo angustiada...

Bob levou-a para junto de um grupo de mulheres e foi para o outro lado do salão, no lugar preferido para estar com os amigos.

Adeline olhou ao redor e viu as mulheres do outro baile, na sacada, jogando cartas. Elas viram Adeline chegar e já se ajeitaram para caber mais uma cadeira para ela sentar-se.

Quatro jogavam cartas. As outras dez ou doze, em volta, observavam.

Adeline estava de costas para o outro lado. Bob, de onde estava, conversava com os amigos e cuidava. Dalí ele podia ver Adeline de costas e Júlio às costas dela, distante uns cinco metros. Ela não via Júlio, e Bob via os dois. Júlio olhava para Adeline o tempo todo. Do outro lado Bob passou a mão na nuca. Precisava controlar-se. Havia prometido a si mesmo que não "esquentaria", pensou. Virou-se, então, de costas para tudo e desistiu de cuidar Adeline e Júlio.

Foi anunciado que o bufê estava pronto, e todos se movimentaram para se servirem. Adeline procurou Bob. Ele ainda estava com um copo na mão e conversando alegremente com os amigos. Ela pegou um prato e ficou junto ao balcão da comida. Olhava para Bob. Pelo jeito ele não viria tão logo.

— Não vai se servir?

Adeline voltou-se. Era Júlio.

— Vou esperar Bob.

Ela largou o prato e foi caminhando em direção à cozinha. Olhou para trás e viu Júlio parado olhando para ela. Procurou Bob e o viu ainda alegre com os amigos. Andou e entrou na cozinha.

As três cozinheiras olharam para ela.

— A senhora não está bem?

— Oh, não! Só vim ver vocês.

Júlio viu-a entrar na cozinha. Serviu-se rapidamente e foi sentar-se numa mesa de onde se avistava uma parte das costas de Adeline, que agora estava sentada lá dentro. Dali também avistava Bob do outro lado. Ficou cuidando do que ele faria.

PRIMEIRA PARTE

As cozinheiras estavam sentando para jantar.
Uma delas perguntou:
— A senhora é esposa do senhor Robert?
— Sim. – Adeline sorriu.
— Nunca vimos você aqui...
— É a segunda vez que eu venho. Vim no baile do mês passado e hoje.
— Sua filha sempre vem com o pai e a babá. Uma velha estranha. Nem parece mulher.
Adeline olhou-a e afirmou com a cabeça.
— Eu trabalho no asilo todos os dias.
— Sábado e domingo?
— Sim. É voluntário, mas eu vou.
Adeline fica pensativa. Lembrou-se de Adriano. Recostou-se na cadeira e sorriu contente.

Bob largou seu copo, juntamente com os amigos. O grupo desfez-se. Algumas pessoas estavam junto ao bufê servindo-se. Ele olhou em volta e não viu Adeline. Foi para a sacada, olhou e não a viu. Foi perguntar para uma das mulheres que estavam jogando cartas.
— Você viu Adeline?
A mulher olhou em volta e ergueu os ombros.
— Não.
Bob olhou para o outro lado e viu Júlio. Júlio mostrou com o dedo indicador a porta da cozinha.
Bob foi até lá.
— Vamos jantar?
— Vamos.
Adeline abanou alegre para as cozinheiras e saiu. As três espicharam o pescoço para vê-los sair.
— São casados há dez anos!

— E como você não a conhecia?
— Ele nunca trouxe ela aqui!...
— Mas ele vem!
— Vem todas as tardes de domingo com a filha. E conforme o programa, jantar, por exemplo, está sempre aí... so-zi-nho!
— Sim, senhor!
— Velho safado!
Uma delas diz:
— Safado é pouco. Ninguém sabe o que eu sei.

Bob e Adeline serviram-se no balcão. Ele seguiu para o terraço e ela o acompanhou. Sentaram-se. A mesa recebia luz pela janela às costas dos dois. Eles estavam de costas para o salão, tendo à sua frente a imensa campina.

Júlio trocou a cadeira de lugar para poder observá-los.

Adeline pegou os talheres e parou por um breve instante para orar.

Bob sentiu a repentina quietude dela e a fitou. Adeline logo começou a comer. Ela ergueu os olhos e olhou para longe. Era lindo! – pensou. Os postes altos iluminando os caminhos de pedra, a piscina, o chafariz, o jardim para lá da piscina, com suas cadeiras brancas e guarda-sóis, o quiosque redondo coberto de piaçava. Lá longe a hípica...

Estava feliz. Bob a observava. Ficou satisfeito. Pelo menos ela estava mais descontraída, pensou.

— É comida boa, não é, Bob?

Ele sorri.

— Sim. Todos gostam.

Júlio levantou-se e foi ao terraço. Parou em frente aos dois.

— Eu queria pedir desculpas pela grosseria do mês passado. Não vai se repetir, eu prometo.

Adeline largou os talheres e sorriu para ele.

PRIMEIRA PARTE

— Você fica melhor assim. – disse ela, olhando-o de cima a baixo. Bob olhava tenso para Adeline.
— Sente-se. – disse ela, indicando uma cadeira para Júlio.
— Não, não. Vou entrar.
Júlio foi para dentro. Adeline olhou para Bob séria.
— Não sei qual é o pior defeito de um homem: ser alcoólatra ou apreciar prostitut... – assustou-se consigo mesma. O que estava dizendo?
Bob largou os talheres e ficou imóvel. Adeline sentiu a reação. Ela então largou os talheres e levantou-se bruscamente para sair dali. Para qualquer lugar. Ou então que o chão se abrisse para ela se esconder... Bob agarrou-a pelo braço e a forçou a sentar-se. Adeline baixou os olhos para o prato. Colocou uma das mãos sobre os olhos. A respiração ofegante.
— Sinto muito... Sinto muito... – sussurrou Adeline.
Júlio assistiu a toda a cena. Não sabe o que pensar.
Bob recosta-se na cadeira. Olha para longe. Cruza os braços e fica a pensar na vida e nas coisas que tem feito. "Então, Adeline, sabe! Aquelas mulheres atiradas cujos maridos sabem de tudo e as aturam mesmo assim. Lhes sustentam, lhes dão carro, lhes dão joias... E elas lhes enfeitam a cabeça. Elas ficam enchendo Adeline de ideias".

※※※※※

Ficaram assim mais de uma hora. Longo tempo para Bob. Instantes para Adeline. Que, para ela, pensar e meditar durante horas de insônia, no seu quartinho, já era um hábito... De certa forma, Adeline liberou-se de um segredo. Ela estava livre. Não pensaria mais em Bob como marido.
Por fim, Bob pegou Adeline pela mão e foram dançar. Enquanto dançavam, Bob apertava a mão de Adeline. Olhava por cima o rosto dela. Demorou-se a olhar a boca de Adeline.
Outra música. Ele aproximou-se um pouco mais de Adeline, inclinou a cabeça e ficou a fitar os lábios delineados de batom cor-de-vinho.

O desejo dentro dele foi crescendo. A inquietude de Bob que ela bem conhecia... A respiração de Bob que ela bem conhecia...
Ela ficou a sentir a insistência do olhar dele sobre seu rosto. Ela pensou: "preciso achar uma estratégia boa. Bob não me pega mais, não mesmo".

Chegam a casa e Adeline corre para o seu quarto e fecha rápido a porta. Bob bate de leve com os dedos:
— O que foi, Adeline?
— A comida me fez mal.
Ele pensa um pouco e vai para a sala e apalpa os genitais.
Maria passa pela sala para subir a escada para os quartos e vê ele se apalpando de pernas abertas. Ele não a vê. Ela sobe as escadas devagarinho.

No quartinho, Adeline está sentada na cama.
— Estratégia... Estratégia... De quê Bob tem medo? O que o deixaria desancado?
Ela pensa em voz alta:
— Vou dizer a Bob que no asilo tem um surto de febre amarela. Ele vai me botar pra correr. E eu vou correr sóóó! – ela ri satisfeita.
Ela se deita na cama e suspira de saudade dos abraços de John. Seus dedos nas suas costas segurando-a como gavinhas. Ela sorri.

PRIMEIRA PARTE

No asilo, a árvore de Natal está pronta. Padre Pão toca piano lá dentro. Adeline vai lá e o abraça pelas costas.
— Vou me confessar. Posso?
Ele segura as mãos dela sobre o peito dele. Ela continua:
— Este ano vou pedir para o Papai Noel me trazer John. Não precisa pacote de presente; traz assim mesmo. Dê-me a absolvição, Padre.
O Padre Pão diz baixinho:
— O seu namoro com John é ostensivo. Você pode ser o pivô de um crime. Então não peça absolvição; eu não darei.
— É sério?
Ela se solta, vem para frente e fita os olhos azuis do Padre:
— Não há volúpia, Padre, só amor. Ele me dá o que Bob me negou. E eu dou a ele o que Luiza lhe negou. É só uma questão de amor e solidão.

Fareed está na corretora:
— Veja aqui, todos os apartamentos tiveram vazamentos, bicas quebradas, serviços de conserto elétrico... Quem está nos lesando?
— Ah! – Fareed volta-se para o corretor – Tem um apartamento, um só, que não teve esses tipos de ocorrências...
O corretor fala baixinho:
— Ele nunca aceitou rolo. Se recusa a aceitar notas frias. Meu patrão não gosta muito dele. É um rapaz jovem. Está no último ano do curso de medicina. Vai com calma. Ele anda choroso. O companheiro dele morreu num acidente de carro.

Fareed bate na porta:

Um jovem loiro de olhos claros, magrinho, atende a porta. Fareed olha para o jovem. Os dois se fitam longamente. O jovem então começa a derramar lágrimas silenciosas. Fareed então lhe estende a mão. Espera, espera e espera. O outro não pega a sua mão. Fareed dá-lhe um abraço delicado e gentil ali mesmo na porta.

Bob no escritório desenha a cabeça de uma mulher de costas. O cabelo retorcido de várias maneiras e preso no alto com dois prendedores de pérolas. Sai do prédio, caminha uma quadra a pé e entra numa joalheria. O mesmo velho de sempre, a mesma joalheria de sempre.

Noite de Ano Novo. O Clube está iluminado. Adeline está com um vestido branco cintilante, decote grande, ombros nus. Todos aguardam a hora da festa. Alegria barulhenta.

À meia-noite, começam os fogos de artifício. Todos vão para o terraço.

Adeline vê Fareed sozinho na última mesa do terraço.

— Minha querida, olha só. Eu aqui sem beijos, sem abraços. Meu companheiro não quer me assumir; diz ele que só depois de formar-se. Em dois anos, Henry será médico e vai clinicar no Norte. Então, estaremos sempre escondidos e quietos no apartamento dele. Não é justo. Não é justo.

Ela se alegra:

— Fareed, você está apaixonado? Apaixonado, Fareed? Você está amando! Amando! Oh, amor e paixão. Você está amando, Fareed!!! É disso que se trata a vida!

Adeline o abraça e faz carinho no rosto.

PRIMEIRA PARTE

— Você tem alguém por quem vale a pena viver! Isso é quase estar no céu, Fareed!

Bob chega perto de Adeline, agarra-a pelo braço e a puxa para ir embora. Ela se volta e abana para Fareed e sai para fora com Bob.

Bob dirige em silêncio. Adeline está pensativa. Bob volta-se para ela. Volta a olhar para frente e diz:

— Não sei por que tanta festa.

Entram em casa. Bob senta-se no sofá e afrouxa a gravata. Adeline debruça-se e lhe beija a fronte.

— Boa noite, Bob!

— Passa pra cá, Dona Adeline! Vamos às explicações. O que é que Fareed tinha tanto que falar com você??

Ela fica em silêncio. Ele grita.

— Vamos, fala!

Ela fica em silêncio. Ele grita ainda:

— Eu não quero saber se ele é seu padrinho ou não. Pare de se grudar nele!

Então Bob sai pela porta da frente e pega o carro.

Já são nove horas da manhã. Adeline está na cozinha. Apanha uma maçã da cestinha em cima da mesa. Bob entra pela sala e vem para a cozinha. Ele está ofegante e pede num aceno:

— Maria, no criado-mudo tem meu remédio. Pega pra mim.

Ela está assustada. Vai para o telefone e chama o médico do asilo. Ele vem:

— Você precisa passar o dia no respirador no hospital. Vem comigo.

Eles saem. Adeline e Maria se fitam. Maria sorri e fala:
— A puta de ontem exigiu muito dele. Ele está acabadaço.

No outro dia, Bob chega do hospital.
— Oi, Bob! – diz Adeline, mordiscando uma maçã.
Ele para e olha para ela. Estão os dois se olhando.
Aline vem para a cozinha. Ela está adolescente. Vai ser alta como o pai.
— Papai...
— O que é que você quer?
— Estou com cólicas. Estou menstruada. Eu estava esperando você chegar.
— Por que não chamou a mamãe?
— Porque ela é feia e burra.
Maria olha para Adeline. Adeline está de olhos baixos, olhando para a mesa. Então levanta os olhos e pergunta para Aline:
— Quem é que disse isso para você?
A menina está quieta.
— Aline, quem é que disso isso para você? – repetiu Adeline.
Bob escuta. A menina está de costas para Adeline.
— O papai.
Bob olha para Adeline assustado. Leva a jovem para o quarto. Está furioso:
— Fique aí, não se mexa! Se você sair daí eu lhe dou uma surra. Não queira ver isso!
Ele vai para a cozinha.
Adeline está de costas, olhando pela janela. Bob olha para Maria. Dá a volta na mesa e vem para perto de Adeline.
— Vamos conversar na sala.
Ela não se move.
— Adeline? Eu quero falar com você! Vamos conversar na sala!
Maria está encostada no balcão, olhando para os dois. Por

fim, Adeline se volta. Larga a maçã pela metade sobre a mesa e vai para a sala.

— Eu te juro pelo que há de mais sagrado neste mundo, eu jamais falei isso!

Adeline está de costas para toda a sala. Está junto à janela perto da escada. Bob chega por trás dela e a enlaça com as mãos. O queixo sobre a cabeça de Adeline. Aperta-a com força.

— Eu jamais falei isso... eu jamais falaria isso de você... Eu juro pelo meu pai, juro por Aline... Eu nunca falei isso... Nunca!

— Eu sei, Bob, eu sei. Está tudo bem.

Ela tentou soltar-se. Ele a apertou ainda mais.

— Não, não está tudo bem. Você tem que acreditar em mim.

— Eu acredito, Bob, eu acredito.

Ela quer se soltar, ele não deixa. Aperta-a mais e imobiliza os braços dela.

— Você sempre terá dúvidas, não é?

— Não, Bob, não.

Maria chega à sala e vai dizendo sem parar:

— Quem dizia isso para Aline era a babá. A outra, a piranha. Ela dizia também para a menina que Adeline era a mulher mais cornuda da cidade. E que ela iria casar com Bob e seria dona desta casa. Ela dizia também para a menina que dormia sempre com Bob na cama dele e que, mais uns dias, Adeline seria chutada daqui. Bob só estava esperando o momento certo. Dizia também que achava que estava grávida de Bob. Isso ela dizia para mim, para mim! Ela queria que eu lhe contasse. "Conta tudo para ela, Maria! Conta para ela! Quem sabe ela toma juízo e vai embora..." Ela me dizia todos os dias. E ela dizia para a garota: Olhe bem, a sua mãe é feia. Ela é muito feia. Feia e burra. Estudou até o terceiro ano do primário. Seu pai merece coisa melhor.

Bob e Adeline ainda estão como estavam. Ele a enlaçando, apertando-a pelas costas. Nenhum dos dois se mexe.

Maria vai para a cozinha.

Adeline quer se soltar. Bob não deixa.

— Bob?

Ela aperta o queixo sobre a cabeça de Adeline. Não responde.
— Está tudo esclarecido, não é, Bob?
— Não, não está.
— Oh, Bob, me largue! – ela se agita.
Ele solta. Ela se vira e quer sair correndo. Ele a segura pelo braço.
— Adeline, escute. Você tem que me ouvir! Eu te juro. Não existe outra mulher na minha vida, só você. Ninguém mais dormiu na minha cama, só você. Eu nunca tive casos por aí. Eu não tenho amante, eu não tenho namorada, não penso, não desejo nem amo ninguém...
Ele solta Adeline e vai para a cozinha quase a correr.
— Maria, por que você não me contou isso antes?
Maria se vira e o encara firme.
— Pode ser que seja verdade...
— Que diabos! – ele dá um soco na mesa.

O sol bate em cheio no terraço do asilo. Adeline vem alegre, enquanto leva os pratos para a grande mesa do refeitório.

Agora está assobiando enquanto leva uma anciã numa cadeira de rodas. Para a cadeira e dá uma volta ao redor, rodopiando seu vestido. Coloca a cadeira de modo que os pés da velha senhora fiquem ao sol.

Vai até a caixa de areia onde seis crianças pequenas brincam. Tira lenços de papel do bolso do guarda-pó e seca o nariz de uma criança e depois de outra. Põe-se de cócoras e olha para o nariz das outras.

Adeline volta para perto das anciãs. Uma delas é cega.
— Adeline, leia de novo a carta de minha filha... – entrega um papel velho e gasto, dobrado pequeno. Adeline olha para a outra senhora na cadeira de rodas ao lado. A velha balança a cabeça...

Adeline principia a ler:

PRIMEIRA PARTE

"Querida mamãe Rose,

Estamos todos bem. Ainda não fizemos amigos, pois só faz três meses que chegamos. Logo que pudermos, vamos buscá-la. Tenha um pouco de paciência. Logo, logo estaremos aí.

Um beijo,

Helena"

E Adeline beija o rosto de Rose. Adeline olha a data da carta: 20 de maio... Já faz então sete anos!
Adeline dá mais um beijo nos cabelos da velhinha e devolve a carta.

Adeline e Bob estão na sala. Vestidos para sair. Adeline está com o cabelo puxado para cima. O vestido negro de ombros nus. A maquilagem perfeita. Lábios bem vermelhos.
— Bob?
Ele se volta.
— Eu não quero ir... Júlio vai estar lá... Fareed vai estar lá... As mulheres vão estar lá...
Bob está ainda olhando para ela. Não sabe o que dizer. Então, ela pergunta:
— Você quer que eu fique na cozinha? Na biblioteca? No banheiro? No *paddock* com os seus bretões?
Bob se vira de costas para ela. Arruma a gravata. Põe as mãos nos bolsos do paletó. Não responde.
— Bob? – ela insiste.
— Eu não vou brigar com você. Pronto.
— Nunca mais? – e ela o abraça contente pelas costas e encosta o rosto bem abaixo da nuca.

Ele se volta devagarinho, vai se desvencilhando do abraço, olha para ela e balança a cabeça.

Saem.

No Clube, Adeline está no terraço com Júlio. Ele está em pé junto à cerca de ferro de frente para o salão. Ela está em pé a um metro de distância dele, também de frente para o salão.

— Como você está? – ele pergunta.
— Bem. – ela olha para ele e sorri.
— A fúria do seu marido já passou?
— Já! – Adeline riu.
— Posso perguntar-lhe algo?

Ela inclina a cabeça e acena com a mão.

— Acho estranho o comportamento de Bob. Vive aqui com a filha e nunca trouxe você.
— É que eu trabalho o dia todo.

Júlio ouviu e não olhou para ela.

— Vocês são casados de verdade? Papéis, quero dizer.
— Sim.
— Na ficha de sócio de Bob só consta Aline como dependente. Pode ser que agora ele inclua você...

Os dois ficam calados.

Adeline vira-se de costas para o salão. Coloca as mãos sobre a grade.

— É uma longa história...

Júlio então vai falando:

— Aquela mulher que me deixou... Bem... Não éramos casados. Ela queria casar, eu não queria. Sou um solteiro convicto...

Adeline ri. Ele continua.

— Agora eu sei que a amava, agora: agora que o amor me fugiu como areia entre os dedos.

PRIMEIRA PARTE

Adeline fala:

— A gente se arrepende, mas não deveria. Estou acostumada com Bob, mas estou esperando piamente passar pela minha frente alguém por quem valerá a pena eu viver.

Chegam-se Denise e Raquel e pedem o cigarro de Júlio para acender os seus cigarros.

Bob observa lá de dentro.

Lá fora, os quatro fazem uma roda e conversam contentes. Só Adeline não está fumando. Júlio pega o maço e oferece um para Adeline. Ela pega, olha e ri. Júlio alcança o cigarro aceso. Adeline dá uma tragada e engasga-se com a fumaça. Todos riem. Bob não perde um movimento dela. E Adeline vai fumando o cigarro...

Bob, lá dentro, larga o copo sobre o balcão do bar e anda entre as mesas para ir para fora. Para, pensa um pouco e não vai. Volta para o bar.

Em casa, Bob senta-se no sofá da sala e afrouxa a gravata.

Adeline vai para a cozinha, pega na geladeira um jarro de suco de laranja, pega dois copos e vem para a sala.

Enche os dois copos e os coloca sobre a mesa.

Bob vai se levantando.

Adeline, então, diz contente:

— Tome o seu suco. Eu vou ficar mais um pouco e tomar o meu suco.

Bob vê os dois sucos de laranja e alcança o copo de Adeline. Quando ela vai pegar, ele joga no rosto dela o conteúdo do copo. Ela se assusta e senta. O líquido entra pelo decote do vestido, escorre pelo rosto. Os olhos ardem.

Ela tenta olhar para Bob, limpando os olhos com as mãos. A pintura vai borrando. Bob está diante dela, olhando firme. Ela olha para o chão, vê os sapatos e os afasta com os pés. Passa as mãos nos próprios braços e limpa os respingos do suco.

Bob fica observando. Quer que ela fale alguma coisa, que grite, que reclame. Que peça pelo menos uma explicação. Ele aguarda. Ela não fala. Adeline fica de olhos baixos, as mãos sobre os joelhos. Ele aguarda, cuidando dos movimentos dela. E pensa: "Estranha criatura. Não xinga, não se rebela. Nem um palavrão? Nem um palavrão".

Ele então pega o outro copo, atira o suco no rosto de Adeline e vai para o quarto, fechando a porta com violência.

Lá dentro, Bob joga-se sobre a cama e passa as mãos no rosto. De repente levanta-se, vai para a porta, gira a chave devagarinho e tenta escutar algum movimento na sala.

Adeline, Padre Rovílio e Ana estão no refeitório. Adeline acabou de contar a eles o que Bob fez ontem à noite.

Ficam os três quietos, mudos, pensativos. Adeline vai para a alameda e abre a caixa de correspondência.

— John!

Ela abre o envelope, contente.

É uma foto de John ao lado de uma roseira florida. E o que diz? "Lembrei de você. John".

Ela encosta a foto no peito e suspira.

— Ele não tem noção do quanto é querido!

Adeline entra na sala nobre da prefeitura juntamente com Padre Rovílio.

Fareed manda a secretária sair, fazendo um aceno com a mão, e dizendo com simpatia:

— Fora daqui!

PRIMEIRA PARTE

A garota ri e sai abanando para Adeline e o Padre.
Fareed fica sério e olha para Adeline.
— Hoje eu queria mesmo ver você. Você estará fazendo 30 anos na semana que vem, não é?
— É.
— Estarei viajando. Não sei quando volto. O meu namorado vai me levar de férias para o Norte. Ver o ambiente. Se eu encontrar mercado bom para trabalhar com meu caminhão, ficarei por lá. Este ano o prefeito sai e o meu emprego também. Então, é hora de começar a sacudir os pelegos.

Fareed treina um menino de seus quinze anos para fazer cobranças de hospedagens atrasadas.
— Rodrigo, vem cá, é assim. Você bate na porta e já põe no nariz de quem abrir este papel, bem assim. Se reclamarem, você fala gritando que é para os vizinhos ouvirem: "Deixaram a vovó o asilo e não querem pagar! O asilo não é depósito de lixo!". Grita mesmo. Na hora do cheque, você pega, faz de conta que vai andando, se volta e fala: "Não ouse desonrar este cheque, crápula!". Olhe feio para quem estiver por perto. Vem, vai para o espelho e treine. Repita o que eu disse. Se tratarem você mal, diga que o Gregório virá. "Se vocês preferem conversar com Gregório, então tá".

No clube, almoço de domingo.
Júlio e Raquel estão no bar. Adeline chega com Bob. Ela a deixa ali mesmo e diz:
— A nossa mesa é número 15.

— Sim.
Júlio e Raquel ajeitam um banco no meio dos dois e Adeline senta. Júlio volta-se para elas e diz:
— Amanhã de manhã vai haver um torneio de natação, com prêmios e tudo. Por isso, hoje, é só um bailezinho até a meia-noite. Nós, os atletas, precisamos dormir bem! – ele ri.
— E Bob, vai participar? – pergunta Adeline.
— Vai.
Adeline ergue o rosto para o alto e ri. Olha para Júlio e Raquel e diz:
— Se vocês me ajudarem...
Eles olham curiosos.
Adeline começa a falar baixinho e eles se debruçam para ouvir.

~~~~~~~~~~

Bob e Adeline chegam a casa. Ela vai direto para a cozinha, abre a geladeira, pega um suco de laranja, enche um copo. Bob está olhando. Ela não oferece a ele.
— O que é que vocês cochicham tanto? – Bob pergunta irritado.
Ela nem se dá ao trabalho de responder. Bob encosta-se na parede, cruza os braços e fica pensativo.

~~~~~~~~~~

É noite.
Bob está encostado na parede com os braços cruzados esperando Adeline. Ela chega.
Ele então fala:
— Francamente, vocês trabalham lá no asilo até se acabar. E o Padre Rovílio vai todas as noites no Clube Reumatismo jogar baralho, e leva dinheiro!

PRIMEIRA PARTE

Adeline diz:
— Ele sempre traz mais do que leva.
— Claro, ladrãozinho e trapaceiro. Na semana passada, a turma do carteado pegou ele e o ergueu pelos pés e sacudiu. Caiu carta de tudo que é buraco.
Adeline começa a rir e ri com vontade.
— É mesmo?
Bob então se senta em frente a ela.
— Eu vi. Ninguém me contou!
Ela ri com vontade. Maria também ri.
Adeline então conta:
— Quando o Padre Rovílio descobriu o Clube Reumatismo, começou a vir bêbado para casa. Ele ganhava vinho de graça. Um dia, Ana mais eu pegamos uma cordinha de varal escura, para ele não ver, amarramos uma ponta bem firme e seguramos a outra ponta. Esperamos... Esperamos... Era meia noite, uma hora da madrugada, e nada... Um frio danado, a geada já estava grossa assim e eis que só às duas horas ele aparece lá em cima no portão, quebrando gelo e dançando *La Cumparsita*.
Bob ouve atento; Maria também. Adeline continua:
— Quando ele chegou perto da escada, puxamos a cordinha. Ele tropeçou e caiu em cima dos degraus. Ficamos aguardando para ver o que ele faria. Ele não deu um gemido, entrou e foi para a cama.
– Adeline ri – todo lanhado no rosto e um braço quebrado. Disse pro Dr. Sérgio que caiu da escada! – ela ri – mas nunca mais bebeu!
Bob está alegre.
— Sério? Sério? As clínicas de reabilitação enrolam seis meses para consertar um bebum. Vocês só precisaram de uma cordinha? Sério?
Os três riem com vontade.
— Você nunca apanhou do seu... pai? – Bob pergunta, fazendo aspas com os dedos.
— Quase. Quando eu tinha quatro, cinco anos, peguei uma samba-canção branca do varal e desenhei com um pincel atômico vermelho um monte de coraçõezinhos. Ele saiu do banho e foi pegar a cueca. Ele ficou possesso e saiu gritando: "Adeline! Adeline! Adeli-

ne!". Eu comecei a correr. Pulei a janela, pulei a sacada, pulei muro, pulei cerca. E ele estava atrás de mim, com um chinelo Havaianas. Não era um chinelinho número trinta-cinquinho; era quatrocentão. Quando ele estava de língua de fora, ele parou, e eu também, claro. Eu nunca mais vi cuecas brancas no varal.

Todos os três riem com vontade.

Adeline termina o leite e beija Bob na cabeça.

— Vou dormir; estou morta.

Ela vai para o quarto.

Maria fala:

— Amanhã não venho o dia todo. Vai ter quermesse na Igreja dos capuchinhos e vou trabalhar na cozinha.

Bob está de bom humor:

— Vou convidar Adeline. Odeio aquelas baratas.

Maria diz:

— Mas Adeline ama.

Ele vai em direção ao quartinho e se volta.

— O que vai ter no almoço?

— Mondongo à genovesa.

— Uh! Que nojo!

Maria diz:

— Mas Adeline gosta.

Maria está contente. É alguma coisa boa que está por vir. Uma cena tão familiar ela nunca viu.

Bob bate de leve na porta do quartinho.

— Adeline, vamos lá nos capuchinhos amanhã?

Ela abre a porta. Está alegre.

Então ele vê a lingerie dela e fica sério.

— Onde você arranjou essa calcinha vermelha? De renda vermelha! Calcinha de renda vermelha é calcinha de puta! Você parece uma putinha!

Ele então para de repente, fecha os olhos, e põe a mão na testa. Fica imóvel diante da porta que Adeline vai fechando devagarinho.

Maria fica em silêncio. Bob então se volta para fitar Maria. Ele está com lágrimas nos olhos.

PRIMEIRA PARTE

— O que foi que eu fiz? O que foi que eu fiz?
Ele chega perto dela e lhe segura o braço.
— Pedir perdão é suficiente?
Ela balança a cabeça.
— A Igreja Católica diz que sim; o Espiritismo diz que não.

<hr>

Adeline chega aos fundos da sua casinha, põe as luvas de borracha e escolhe uma entre muitas gaiolas de tela de arame. Ergue-a e a leva para a beira do açude. Acende a lanterna e começa a pegar rãs e a colocá-las dentro da gaiola. Vai colocando... vai colocando... Olha satisfeita. Vira-se para a rua lá de cima, para os lados da parada de ônibus e dá três sinais com a lanterna.
Na estrada, um carro responde.
Júlio, Raquel, Denise e outras duas descem do carro em silêncio e vêm a pé pela estradinha de terra.
Chegam todas e vão pelo lado da casa e se aproximam de onde Adeline está. Olham para a gaiola e começam a rir.
— Tem aí mais de cinquenta! – diz Adeline rindo.
Júlio tenta erguer sozinho. Não consegue. As mulheres abaixam-se e, entre todas, erguem a gaiola e vão levando. De vez em quando, uma larga para poder rir. É mesmo engraçado.
Adeline acompanha-as até o portão da casinha e diz:
— Só liguem o carro daqui a cinco minutos! – e sai às pressas pelo caminho das árvores.

<hr>

Domingo de manhã, Júlio aparece com a mão enfaixada. Adeline vai para perto. Vem Raquel, vem Denise e as outras.
Júlio está dizendo ao diretor de esportes:

— Não posso participar! – e mostra a mão.
As mulheres afastam-se. Júlio vai para um canto.
Os competidores vão dirigindo-se para a beira da piscina. Os familiares também se dirigem para lá. Bob está com eles e vai ser um dos primeiros a competir.
Júlio e as mulheres posicionam-se para ver. Estão um em cada canto para não dar na vista. Adeline está em pé, na porta e cuida.
Os primeiros a participar já estão posicionados.
De repente, um deles abaixa-se em direção à água para ver melhor. Chama os outros. Aqueles olham e chamam os outros. Os familiares também querem ver e se abaixam.
Começa a gritaria e a correria.
O rapaz da limpeza vem com uma pequena rede.
Bob vê tudo aquilo. O ladrão-de-água da piscina está cheio de rãs. Ele olha e pensa. Volta o rosto para cima. Está à procura de alguém. Olha a multidão correndo a gritar e procura Adeline. Caminha devagarinho, sobe as escadas e, da porta, a vê, de costas, sentada num banquinho, no balcão do bar.
Ele se volta e olha a confusão na beira da piscina. Olha para Adeline de novo e vai sentar-se junto dela, porém de costas para o bar. Ela está tomando água mineral e lendo um livro. Bob olha para o outro lado do salão e vê Júlio assistindo televisão. Bob olha para a sala de jogos e vê, pela grande porta que está aberta, as mulheres, aquelas "mal-amadas", cada uma no seu canto, lendo um livro.
Bob olha de novo para todos e olha para Adeline. Ela sente o movimento dele. Vira-se e diz:
— Bob, quem foi que lhe deu esta camisa?
— Eu escolhi. – e ele se olha.
Aqui no Brasil é o pior número que tem, – diz ela, apontando para o número 13, no peito dele. – dá um azar!...
Ele olha desconfiado para ela e tira a camisa. Levanta-se do banquinho e sai para o terraço. Lá embaixo tem gente correndo atrás de rã, até com o pegador de massas da cozinha e a peneira da farinha.
— É sapo! É sapo!
— É rã! Eu conheço! É rã!

PRIMEIRA PARTE

Não saiu mais competição nenhuma.
Serviram o almoço.
Raquel e Denise serviram a comida para Júlio. Ele, de mão enfaixada, ia escolhendo a comida e rindo. Os três riam tão alto que todo mundo se virava para olhar. Parecia que estavam parando e aí começavam de novo.
Adeline olhou para os três. Olhou para Bob e começou a comer, olhando para o prato. Estava séria.
Comeu. Foi se servir de novo e veio para a mesa. Comeu tudo. Bob comia devagar. Estava pensativo. Por fim, murmurou:
— Eu só queria saber de onde surgiu tanta rã...
Adeline levanta-se.
— Vou ao banheiro. Já volto.
Ela chega ao banheiro e vê Raquel e Denise rindo. Começa a rir também. Parecem loucas... parecem loucas... Gargalhadas de perder o fôlego.

Agora o time dos mal-amados está jogando cartas. Júlio diz:
— No final do mês que vem vou patrocinar meu jantar de despedida.
— Quer que eu prepare algumas rãs? – pergunta Adeline.
Começam a rir às gargalhadas escandalosamente. Agora estão todos juntos e sabem do que estão rindo. Todos têm um punhado de cartas na mão. Ao lado de cada um, no canto da mesa, um punhado de balas que fazem o papel de fichas. Não conseguem parar de rir. Começa a juntar gente.
Adeline vê Bob aproximando-se. Para de rir e diz:
— Como é que vocês costumam punir um cara que está roubando? – Adeline aponta para a carta na mesa e continua: – esta carta é a quinta vez que aparece na mesa.

As mulheres olham para Júlio. Avançam sobre ele e acham um monte de cartas nas mangas da camisa. Carregam-no e vão para a piscina e o jogam dentro, e, uma a uma, vão pulando dentro, de sapatos de salto, vestido e tudo.
— Vem, Adeline! Vem! – elas chamam.
Adeline vai para perto e ri.
— Pula! Pula!
Adeline pula.
A festa termina com eles seis dentro da piscina com água até o pescoço, comendo torta, com o pratinho na borda da piscina.
Bob e os maridos estão ao lado sentados nas espreguiçadeiras de banho de sol. Bebem cerveja e conversam alegres.

Está anoitecendo.
Adeline entra em casa. Está encharcada. Sapatos na mão, maquilagem manchada, lábios borrados... Está contente. Ela vai pelo escuro do corredor e acende a luz da cozinha. Bob vem atrás e apaga a luz, para em frente a ela e diz:
— Você não tem vergonha? – e aponta para o rosto dela e vai descendo a mão, abrangendo a pessoa de Adeline da cabeça aos pés.
Ela fica quieta.
Ele permanece ali diante dela, no escuro.
— Bob, pare de me atirar pedras. Você não está mais me acertando.
Ela continua:
— No mês que vem é a despedida de Júlio. Eu quero ir ao jantar. Depois eu não vou mais ao clube. Eu juro de pés juntos, eu não vou mais.
Silêncio.
— Tudo o que eu faço não lhe agrada. Eu prefiro não sair mais com você.
— Eu só quero...

PRIMEIRA PARTE

Ela não o deixa terminar e diz, amargurada:
— Você quer que eu fique na cozinha? Na biblioteca? No banheiro? No *paddock* dos cavalos?
— Não seja teimosa! Eu não quis dizer isso!
Bob vai furioso para a sala. Senta no braço do sofá. Aline desce a escada. Ela está alta como o pai. Ele faz um carinho na cabeça dela.

Maria está servindo a mesa. Vai colocando as travessas. Aline está contente. Pega da salada um pedaço de palmito com os dedos e põe na boca.
Bob fica olhando para a filha e sorri. Maria toma a jarra de suco de laranja e enche o copo de ambos. Ele pega o copo e o aproxima dos lábios para beber, e para.
— Maria, onde está Adeline?
— Na cozinha.
— Peça para ela vir aqui.
Adeline vem para a sala.
Bob a estava aguardando de lado para a mesa.
— Vem jantar conosco.
Ele olha para Maria, que vem pelo corredor.
— Maria, traga um prato para Adeline, sim?
Maria está colocando o prato, os talheres e o guardanapo.
Adeline serve-se de peixe. Depois pega a salada.
Aline olha para o prato dela e diz:
— Pensei que você só gostasse de feijão, ovo e mandioca.
Adeline sorri, olhando para a comida.
— Eu adoro peixe.
— No asilo tem peixe?
— Não. É muito caro.
— É. Vocês são todos uns pobretões!
Adeline levanta-se para sair da mesa. Não tocou na comida. Bob a segura pelo braço e diz baixinho:

— Fique.
— Não, Bob. Estou sem fome.
Ele a solta e ela vai para a cozinha. Pega leite, põe numa leiteira e leva para ferver. Apanha uma fatia de pão no armário. Toma uma xícara de leite com o pão e vai para o quarto. Senta-se na cama e se encosta na parede.

Pega um livro e encosta no peito. Abre a primeira página e lê "Com carinho, John".

A boneca está na cama ao seu lado. Com a mão direita ela vai fazendo carinho nos cabelos ruivos da boneca.

Uma batida na porta.
— Entra, Maria!
Bob abre a porta.
— Posso falar com você?
— O que foi, Bob?

Bob não sabe como começar. Baixa os olhos e vê a boneca. Adeline com os dedos enfiados no cabelo ruivo dela. Fica olhando a mão de Adeline brincando. Por fim, vai falando:

— Aline está se saindo muito mal-educada... Aquela babá virou com as ideias da menina. Eu não sei como conversar com ela. Você acha que ela precisa de orientadora? Psicóloga?

Adeline olha para Bob.
— Não sei, Bob, não sei. Se for pelas coisas que ela diz para mim, não se preocupe. Ela realmente não sabe o que está dizendo. Ela vai virar mulher e verá as coisas como elas são. Não devemos pressionar. As pessoas só mudam quando querem. Ninguém obriga ninguém.

Adeline ajeita a flor de papel no cabelo da boneca. Bob fica olhando.

Adeline levanta os olhos e sorri para Bob, mostrando a boneca:
— É a cara de Aline, não é?

Bob fica pensativo. Pega a boneca e a coloca sobre os joelhos e diz, sem se voltar para Adeline:

— Sábado próximo os meus cavalos vão correr. Queria que você fosse comigo à hípica.

PRIMEIRA PARTE

— Não, Bob, eu não vou.
— Oh, Adeline, nem nas corridas?
— Não.
— Nem nas corridas?
— Não.

Júlio telefona para Adeline no asilo.
— Adeline? É Júlio. Os cavalos de Bob ficarão com diarreia, sábado que vem. O que você acha disso?
— Oh, pobrezinhos!
— E para não dar na vista, os meus ficarão com diarreia sexta-feira. Não é uma tristeza?
— Oh, coitadinhos!
Desligam o telefone.
Adeline vira-se e dá de cara com o Padre Rovílio às suas costas. Ela ri com vontade. O Padre coça a cabeça e diz, zangado, acenando com a mão:
— Que papo é esse?
Ela ergue o rosto, fecha os olhos e fala, rindo:
— Bob vai ficar tão tristinho... tão tristinho...
— Adeline!
Ela abre os olhos e olha séria para o Padre.
— Não enche! – e sai pela sacada afora.
O Padre segue atrás, furioso:
— Adeline! Adeline! Adeline!

É o jantar de despedida de Júlio.

Ele passa por todas as mesas para despedir-se. Chega à mesa de Bob e Adeline. Senta-se. Adeline pergunta:

— Por que para tão longe, Júlio?

Ele olha para Bob e para ela.

— Porque aqui fiz muita fama de mau. Bebi... Fiz de tudo. Por mais que eu tenha mudado, o rótulo fica.

— Mas o tempo apaga tudo; as pessoas esquecem.

— Eu tenho pressa. Quero arrumar a minha profissão e a minha vida. Quero amar alguém, casar... Quero muito voltar a ser gente.

Vão saindo os três. Bob para na porta e Adeline segue pela calçada, com Júlio. Ele caminha devagar, com as mãos nos bolsos do paletó, rumo ao estacionamento.

— Por que é que você e Bob não apareceram nos últimos dois bailes?

— Porque a cada baile Bob briga comigo em casa. Sempre há um motivo. Esta é a última vez que eu piso aqui. Nunca mais. Escreve aí, Júlio: nunca mais!

Júlio dá um suspiro.

— Bob já está sabendo. Mas insiste. Não virei ao baile de amanhã e a nenhum outro mais. Nunca, nunca, nunca mais.

Chegam perto do carro. Júlio volta-se para Adeline, beija-a nas faces, abraça-a apertado e sussurra:

— Se você não o amasse tanto, teríamos sido bons amantes, não é?

— É verdade... é verdade...

Júlio então se solta do abraço e diz:

— Deixe a gaiola com a raposa lá na sua casa. Amanhã à noite eu busco. Depois vou ao Clube retirar o meu material e no lugar ficará uma perfumada raposa! Jogo fora as chaves.

Bob está olhando lá da porta. Júlio entra no carro, dá marcha à ré e, quando vai saindo, atira um beijo com a mão para Adeline. Ela retribui do mesmo jeito.

Adeline volta pela calçada, olhos baixos, caminhando devagar. Bob vem ao seu encontro e para, barrando-lhe o caminho. Ela chega perto e se depara com alguém parado à sua frente. Levanta os olhos e olha para cima.

PRIMEIRA PARTE

— É só uma questão de tempo, não é, Dona Adeline?
— Não, não é. – responde ela amargurada.

No dia seguinte, Bob está sentado com os amigos no Clube. Um dele pergunta:
— Vocês não vêm ao baile de hoje à noite? Por quê?
— Adeline não quer vir.
Outro diz:
— Nós sabemos por quê, Bob. A cada baile você briga com ela em casa, não é?
Bob olha para ele e franze a testa.
— É, sim! – diz outro amigo. – Ela contou para o Júlio e ele se encarregou de falar para todo mundo!
Um velho senhor de barba branca debruça-se para frente e diz:
— Por que é que você faz isso? Deixa o mulherio se divertir! Afinal, elas estão bem aí na nossa frente! Não é aqui no Clube que elas corneiam a gente. É lá fora. O máximo que você pode fazer é dar-lhe um cartão de crédito para saber onde ela andou nos últimos trinta dias...
Bob vai afastando-se do grupo.

Agora os homens debruçam-se sobre a cerca de ferro da sacada e olham em direção às baias. Júlio e as amigas estão indo para lá. Um deles cochicha para os outros:
— Eles vão soltar os cavalos de Bob.
Eles aguardam para ver. Dois cavalos saem corcoveando.
— Antes da meia-noite ele não pega os bretões.

Eles riem satisfeitos.
Outro homem comenta com os amigos:
— Júlio está pensando em ir embora. É uma pena. Ele leva elas pra tudo o que é gafieira. Sábado passado foram parar por engano num puteiro. Dançaram até se acabar. Uma pena... Elas vão sentir a falta daquela Kombi velha...
— Acho que vou comprar aquela traquitana. Pensa bem: temos 75 anos. Vamos viver quantos mais? Nos sábados, vamos para as gafieiras... Vamos pescar na barragem... O mulherio esculhamba e nós assamos os peixes. Júlio fez tudo certo: roupas velhas, sapatos velhos... Até assaltante foge daquela Kombi.
— Ela está se segurando na ferrugem. – diz outro.
— Mas o motor está bom.

No asilo, Ana olha de longe. Bob está fora do carro, lá no portão. Ela desce o degrau do terraço e vai lá.
— Adeline saiu mais cedo hoje.

Em casa, Bob está na cozinha. Maria fala:
— Adeline chegou, mas saiu de novo pelas chácaras. Deve ter voltado para o asilo.
Bob vai para a sala e telefona para o asilo.
— Não voltou, não. – diz o Padre Rovílio.
Bob olha para fora pela porta da cozinha. Está escuro. Já passou da hora de levá-la ao salão de beleza. Olha o relógio. De repente, lembra-se de alguma coisa. Sai pelas chácaras, caminha rápido em direção à mata e chega ao círculo das árvores. Vê alguém deitado no chão sobre uma coberta, e chama:

PRIMEIRA PARTE

— Adeline!
Ela abre os olhos.
— Adeline!
— O que foi, Bob?
Ele rodeia os troncos até achar um espaço para entrar. Debruça-se sobre ela.
— Não vamos ao baile, se você não quiser.
Ele pega uma das mãos dela e tenta erguê-la.
— Vamos para casa.
Ela afrouxa o braço.
— Eu quero ficar mais um pouco.
Bob então senta ao lado dela, em cima da colcha, de costas para ela. Quer falar. Não sabe o que dizer. Põe a mão na nuca.
— Bob? Eu quero ficar sozinha.
— Vamos ao cinema? Ainda dá tempo.
— Eu quero ficar sozinha.
Ele se levanta e sai do meio das árvores.
— Eu vou esperar você na saída do mato, está bem?
Bob vai andando devagar no escuro. Levanta o rosto. Está aborrecido. Precisa conversar com Adeline. Prometer que não vai mais brigar, nem falar, nem fazer nada. Ela será livre para o que quiser. Irão a todos os bailes e festas. Ela poderá conversar com quem quiser, poderá fumar, jogar-se na piscina e até rir com outras mulheres...

Chega ao fim da mata e sai das sombras. Ali fora, a lua já ilumina tudo. Bob encosta-se na última árvore e fica olhando para as campinas. Lá adiante, à beira do caminho, o plátano gigantesco está com as folhas amareladas. Logo estas folhas cairão e vem o frio... Os pássaros não fazem mais ninhos...

Olha para trás. Adeline vem pelas sombras, com seu travesseiro e sua colcha.

Agora os dois seguem lado a lado.

Bob volta-se para olhá-la e pensa: precisamos conversar... precisamos conversar...

Entram pela cozinha. Adeline acende a luz. Ele encosta-se à parede e cruza os braços. Adeline abre a geladeira e pega um copo de leite. Olha pela janela. Está de costas para Bob.

— Vamos ao cinema. São 21 horas. Ainda dá tempo.

— Não, Bob, não.

Ela larga o copo e vai em direção à porta do seu quarto.

— Boa noite, Bob.

Adeline levanta em silêncio, veste-se e abre a porta sem fazer barulho, volta-se e fecha devagarinho. Vira-se para sair da cozinha e se assusta. Põe a mão no peito. Bob está sentado com as mãos sobre a mesa. Adeline acende a luz e espera.

— Neste sábado haverá um baile no Clube. – diz ele com calma. – Ficaremos apenas umas duas horas, depois voltamos. Não precisamos ir cedo. Vamos à meia-noite e às duas horas já estamos de volta. Está bem?

Ele observa Adeline.

Pega as caixas que estão à sua frente e abre as tampas. Adeline olha para dentro delas. Em cada uma um vestido. Um mais lindo que o outro. Ela olha com seus olhos negros. Realmente Bob sabe o que é bonito, pensou. E, claro, nas outras caixas estão os sapatos... e sorri.

Bob está atento.

— Então vamos, não é? Eu pego você às 18 horas.

Ela fica séria.

— Não, Bob, eu não vou.

— Adeline, – diz ele calmamente – já faltamos a três bailes.

Ela olha para ele. Ele se levanta, contorna a mesa e vem para junto dela. Está esquentando, perdendo a paciência.

PRIMEIRA PARTE

— Tudo bem! Tudo bem! Eu vou sozinho!
Bob sai furioso e vai para a sala.
Adeline apanha a bolsa e sai.
Sentado no braço do sofá, Bob cruza os braços de um jeito, cruza os braços de outro jeito. Está calor. Abre os botões do paletó do pijama. Ergue a cabeça e suspira. E pensa que Adeline não quer ir mesmo ao Clube. Se disse que não vai é porque não vai, já deu para ver. E sozinho ele também não vai a baile nenhum. Precisa achar um jeito de convencê-la. Tem que haver alguma coisa que a faça mudar de ideia. As mulheres do Clube! Sim! Primeiro elas convidariam Adeline para tomar chá, depois para ir ao Clube de tarde... Ou então ao cinema na sessão das 16 horas...

No Clube, Bob abre o seu armário, apanha a sacola dos tacos e olha assustado. Há um rato em cima da sua capa de chuva. Ele sai furioso e vai chamar o zelador.
Quatro mulheres tomam chá numa mesa lá num canto. Elas olham uma para outra sem se mexer. Bob está voltando com o zelador. Está mesmo contrariado. As mulheres voltam-se e olham para os dois que vão entrando no vestiário. Sorriem e suspiram satisfeitas.

Adeline chega devagarinho e entra pela porta da cozinha.
— Oi, Maria.
Ela tira os sapatos, pega-os na mão e leva para a lavanderia; coloca-os no chão perto da porta. Volta e entra para o quarto. Veste o pijama.
Uma batida na porta.
É Bob.

— Preciso conversar com você. Vamos até a sala?
Ele senta no sofá e Adeline senta-se ao lado. Ele abre o paletó e tira do bolso interno um cartão de crédito e entrega a ela.
— É seu. Você pode comprar qualquer coisa ou sacar dinheiro no banco. Pode abastecer a van do asilo... Não importa a cidade em que você estiver...
— Oh, Bob, eu não quero!
— Guarde. É para usar. Você sabe que eu tenho dinheiro. Pode gastar quanto quiser...
Adeline pega o cartão e balança a cabeça.
Bob ajeita-se melhor no sofá e diz:
— Sabe, Adeline, aquele Clube anda meio bagunçado... Eu entrei de sócio noutro Clube. Lá há uma boate lindíssima! Ninguém conhece ninguém. Seremos anônimos. Ninguém nos importunará. E vamos ficar atentos, nada de fazer amigos. Amanhã é sábado; nós poderíamos dançar... E então?
— Bob, eu não vou.
Ela inclina a cabeça, olha para ele e vê: está mesmo aborrecido.
— Bob? Se amanhã chover, vamos passear na chuva?
Ele se volta surpreso. Ela insiste:
— Você para o carro e a gente sai a pé embaixo de um guarda-chuva. Vamos ver vitrines...
— Oh, Adeline! – ele bate com a mão no braço do sofá – Tem dó! Isso é programa de índio!

※※※

É dia das mães. Uma apresentação no colégio de Aline. Versos, poesias, danças, canções... Aline participava de quase todos os números. Ela estava uma mocinha. Tinha já seus 14 anos. A sua altura já alcançara Adeline. Ela seria alta como Bob, com certeza.
Os pais e familiares das crianças estavam todos sentados no anfiteatro. A corujice era óbvia.

PRIMEIRA PARTE

No final, cada criança recebeu das mãos da diretora um ramalhete de flores para entregarem às suas mães. Aline veio para onde Bob e Adeline estavam. A menina olhou para o pai, olhou para a mãe... e entregou o buquê de flores para o pai. Bob apanhou o ramalhete e o passou para Adeline, sem jeito. Adeline pegou as flores e sorriu para Bob.

Vão saindo.
A diretora da escola vem pelo meio das pessoas e vem falar com Bob e Adeline.
— Quero conhecer a senhora... É a mãe de Aline, não é?
— Sim. – Adeline sorri.
— A menina disse que talvez você viria, talvez não viria... pois mora longe.
Adeline ficou séria.
— É. Ela disse que você nunca aparece para vê-la... Estão divorciados, não é? Pois bem, a senhora tem uma filha excepcional! Estudiosa, inteligente... É uma líder entre os colegas!
— Saiu ao pai. – diz Adeline sorrindo.
A diretora beija Adeline nas faces e diz:
— Felicidades, e parabéns pela filha que tem! A senhora é muito bonita! Adeus.
Adeline a vê encontrar-se com outras pessoas e sorri.
— É uma diretora alegre, não é, Bob?

Chegam a casa. Adeline coloca o ramalhete de flores sobre a mesa da sala. Aline vai para o quarto sem se despedir.
Bob aproxima-se de Adeline.

— Quero que você saiba que não estou influenciando Aline contra você. Eu nunca disse nada contra você. Eu nunca disse nada a ela... Eu...
Então Bob colocou a mão no peito. Adeline olhava-o séria e silenciosa. Ele não continuou. Nem ele nem Adeline eram imbecis. Aline sabia de tudo o que se passava. O pai dormia sozinho no luxuoso quarto, a mãe sozinha no quarto dos fundos... O pai jantava na luxuosa sala e a mãe, Aline nem sabia onde jantava...
Bob olhou para as flores sobre a mesa da sala. Abriu o paletó e tirou uma passagem de avião.
— Aline vai para o mesmo colégio onde eu estudei, na Suíça. Ela quer ir... O avião parte domingo à noite. – Bob então olhou para Adeline. Ela não se manifestou; não se moveu. Os olhos negros estavam anuviados.
Adeline moveu-se e foi devagarinho para a cozinha. Pegou um copo de água e foi à janela. Bob foi atrás, cruzou os braços e encostou-se ao lado da porta. Bob pensa: por que não grita? Por que não me insulta? Por que tanto silêncio? Tanto silêncio? Tanto silêncio?

Bob está no escritório desenhando uma cabeça de mulher de costas. Já há três desenhos prontos. Em todos os desenhos, um prendedor de cabelo aparece em primeiro plano. Os cabelos de um jeito, de outro, mais outro.
Ele gira a cadeira e olha para a rua lá embaixo. Está pensativo.
Loretta vem e olha os desenhos: prendedores de ouro com pedras preciosas sobre a mesa de trabalho. Bob a vê, não se importa e volta a olhar pela janela.

Estão agora no aeroporto. Estão juntos, entregando a bagagem de Aline. Adeline olha para ela e diz:

PRIMEIRA PARTE

— Seja feliz, minha filha! É tudo que se deve querer da vida. – e a beija nas faces. A jovem retribui. Está contente.
Aline abraça o pai bem apertado e vai para a sala de embarque.
O avião decolou e já vai sumindo entre as nuvens. Adeline e Bob olham para o céu.
Bob fala com pesar:
— Sempre estive preparado para dar tudo a Aline menos liberdade.
Ficam em silêncio.
— Você vai sentir saudades da sua filha? – ele pergunta.
— Ela nunca foi minha, você sabe disso.

Adeline está dormindo. Agita-se na cama. Acorda assustada. Está chorando. É madrugada. Pensa um pouco. Então levanta num pulo e veste-se rápido. Põe o casaco e sai pela porta da cozinha. A porta bate com o vento. Adeline abre a porta e puxa a ponta do casaco que ficara presa. O vento forte bate a porta do corredor. Adeline vai fechando a porta da cozinha e o vento bate novamente e a faz fechar com violência.
Bob acorda na cama e vai para a cozinha.
Adeline corre pelas campinas, a boca aberta, desesperada, salta por sobre as pedras no meio da relva. Chega à cerca de arame farpado, por onde faz sempre o trajeto do atalho para encurtar o caminho. Abaixa-se e passa. O casaco pega num dos grampos da cerca. Adeline quer correr, o casaco não se solta. Ela puxa, puxa de novo. Não solta. Ela grita e puxa. O casaco solta-se e ela dispara a correr...
Chega ao asilo. Dá a volta na casa e vai até a janela do quarto do Padre Rovílio. Arranha o vidro com as unhas. O Padre levanta-se.
— Sonhei com Adriano!
Ela está sem respiração. Sai dali e contorna a casa. O Padre abre a porta da sala e Adeline entra e tenta caminhar em silêncio pelo corredor.

Adriano dorme espalhadão na cama. Adeline beija-o e sorri, ainda está sem fôlego.

Ela sai do quarto.

— Padre... Padre... algo de muito horrível vai acontecer... Uma mulher loira, igualzinha a Adriano, olhos azuis... estava o levando embora pela mão... Eu juro, Padre... eu juro: eu vou matá-la.

Ela ergue o rosto para o céu e repete:

— Eu vou matá-la.

Ela vai saindo, abana para o Padre e vai pelo caminho ao lado do cercado da horta. Some nas sombras.

Chega a casa. Entra e acende a luz. Assusta-se. Assusta-se mesmo, fecha a mão e coloca-a sobre o peito. Respira fundo. Bob está ali, bem ali.

— O que foi, Bob?

Ele responde com outra pergunta:

— Aconteceu alguma coisa no asilo?

Adeline descontrai-se e senta.

— Não, foi só um sonho mau.

— Adriano?

Adeline está de olhos baixos. E aquele silêncio que o incomoda tanto.

No outro dia de manhã.

Padre Rovílio está na horta. Adeline chega, abre o portão e entra. Põe-se de cócoras ao lado da caixa das mudas de verdura.

— Padre, será que agora que Aline foi embora, Bob vai para junto dela? Se Bob for embora, vou perder a ligação com John.

PRIMEIRA PARTE

Nesse mesmo dia, à tarde, Adriano chega da escola. Tem seus 20 anos de idade. Tênis sujos, meias de futebol, blusão jogado sobre um ombro, mochila gorda. Entra pela alameda acompanhado de uma mulher loira, cabelos quase brancos, olhos azuis, magra e mal vestida.
Padre Rovílio olha e põe a mão na boca. Está assustado.
— Meu Deus!
Vai até a janela da cozinha.
— Ana!
Ela vem para fora e fica apavorada. Põe a mão e esconde a boca...
Adriano, ao chegar perto, dá um impulso e sobe no terraço com um pulo e vai para os fundos.
A mulher olha para o Padre.
— O senhor lembra de mim?
— Não. – responde ele, fazendo um trejeito com a boca.
— Eu trouxe um menino aqui... faz uns vinte anos...
— Não lembro. Vinte anos? Tem dó...
— Foi no mês de julho do ano... Bem... faz vinte anos...
— Não lembro.
— Tem que lembrar! Tem que lembrar! Quero saber quem o adotou. Estou doente. Estou precisando de ajuda...
— Sim... sim... agora me lembro! Gordinho, cabelos de trigo maduro.
E o Padre faz uma pequena encenação.
— Vamos ver os registros.
Ele folheia, agora, na sala, um grosso livro.
— Acho que tenho más notícias: em julho de 2000, um bebê sem nome foi entregue e morreu um dia depois. – e o Padre entrega a ela um papel. Ela pega e põe o papel na mesa. Está surpresa.
O Padre esticou o pescoço e a encarou nos olhos.
— A senhora o trouxe morrendo de pneumonia, foi ou não foi?
A mulher vai saindo de costas.

O Padre pegou o atestado de óbito sobre a mesa e alcançou a ela.
— Leve isso. A senhora está nos devendo as despesas de um enterro.
Ela ouviu isso e acelerou o passo. Saiu com muita pressa mesmo.
O Padre Rovílio fica olhando para a mulher. Ana vem para a janela e ri. O Padre olha para ela com um meio sorriso nos lábios e diz:
— Isso dá inferno!
Adeline chega dos fundos e vê a mulher saindo, já lá perto do portão.
O Padre volta-se e olha para Adeline. Adeline não se move. Olha para a mulher que abre o portão e sai.
— O que é que ela queria?
— Veio pedir emprego.
Adeline abraça-se, esfregando os próprios braços com as mãos.
— O que foi, Adeline?
— Vim buscar um casaco. Estou com frio.
Padre Rovílio e Ana riem.
— O termômetro está marcando 34 graus! – exclama o Padre.

Adeline está com Padre Rovílio. Ela dirige a van. Estão vindo de fora da cidade. No meio dos dois, sentado, vai um garoto de cinco anos. Estão com dois sacos de feijão que foram buscar na casa de um agricultor.
— Temos que buscar sempre no interior. – diz Adeline.
Os velhos precisam de tudo diferente, mais natural, mais macio...
Adeline cuida pelo espelho retrovisor, encosta no meio-fio e vai descendo.
— Furou um pneu.
O Padre e ela pegam as ferramentas e trocam o pneu.
O Padre entra no carro. Adeline termina de guardar as chaves de roda, vai contornando o carro e vê, do outro lado da rua, Bob

PRIMEIRA PARTE

saindo de uma casa. Ela olha. É casa de prostitutas. A luz vermelha acesa acima da porta, mesmo àquela hora do dia...

Bob anda até o carro e para. Avistou Adeline. Ela está ainda sem se mover. Os dois olham-se. Então ela entra na van e dá partida. Bob segue logo atrás. Adeline cuida pelo espelho. Ele vem atrás, colado... Ela está nervosa. Dobra uma esquina e para. Bob reduz a velocidade, porém não a segue mais. Acelera e vai embora.

À noite, Bob está no sofá da sala. Olha em direção à cozinha. Olha de novo. Cruza os braços. Olha o relógio. Está impaciente. Já é quase meia-noite. Maria passa pela sala e começa a subir a grande escada.

— Maria? Adeline ainda não chegou? Ela avisou que iria se atrasar?

— Não, não avisou.

Bob faz um gesto com a mão. Vai para a cozinha, abre a porta e olha para fora.

Adeline está no círculo das árvores, encostada a um tronco. Está quieta, os braços cruzados. E pensa que tudo poderia ser tão diferente.

Como ela faria agora? Olhar para ele como antes? Fugir dele? Esconder-se?

Saiu do círculo e começou a andar. Chegou pelos fundos e avistou Bob saindo pela cozinha. Esconde-se atrás dos arbustos, fica agachada e o vê passar, indo em direção ao mato, perto da cerca, e seguindo pela escuridão.

Adeline sai de trás dos arbustos e vai para a sua casinha. Senta sobre o dique do açude.

Bob chega ao círculo das árvores e contorna os troncos. Adeline não está. Olha ao redor e não vê ninguém. Encosta-se num tronco e olha para cima. As copas das árvores, lá no alto, balançam com o vento.

Lembra de alguma coisa e começa a andar rápido. O farfalhar das folhas e galhos secos do chão, sob seus pés, são o único ruído da mata.

Acelera o passo, chega à casa e passa sob o caramanchão para tomar a trilha das árvores rumo à casa de Adeline. Pula sobre o riozinho e vê um vulto na escuridão. Ela levanta os olhos. Estão distantes uns 30 metros um do outro. Ele caminha devagar e chega perto. Senta-se ao lado dela, nos degraus de pedra. Olha para Adeline. Ela está segurando uma das mãos na outra. Olha para as mãos.

— Vamos para casa, Adeline. São duas horas.

Ela não responde.

Bob a olha e pensa que talvez ela esteja humilhada assim porque não entende a necessidade masculina... Porque não sabe destas coisas e de sua intensidade... Porque nada é igual entre mulher e homem... Que na mulher o desejo não é premente, mas para o homem isso tudo é muito urgente...

Ele se levanta, vem para junto dela e sussurra:

— Não há afetividade nem amor com elas. São apenas prostitutas. Não há beijo, não há cama. Eu nem sequer tiro a roupa... Você precisa entender...

No quarto, Adeline põe para despertar o relógio que era para as seis horas, agora para as cinco horas e decide: "Vou levantar todos os dias às cinco horas da manhã para nunca mais ver Bob. E voltar o mais tarde que puder para não ver Bob. Para ele não me chamar para jantar na sala... Para ele não achar que tenha obrigações comigo... Para ele me esquecer... Para ele aprender a ser sozinho e solitário como eu sou. Para que a minha dor não seja tão doída, se eu não o vir por perto... não o vir chegar e não o vir sair... Para que Adriano se apronte depressa e eu não tenha mais obrigação de estar viva... Para que a minha vida passe depressa, porque assim é difícil de viver...". Vai dizendo para si mesma, em casa, e vai dizendo para o Padre Rovílio, no asilo.

PRIMEIRA PARTE

Debruçada na cadeira de balanço, ela deixa rolar as lágrimas sobre o braço onde apoia o rosto e pensa que jamais vai entender... jamais vai entender...

— Só pra você saber, Padre Rovílio, porque você é meu pai, e você tem que sofrer comigo, porque sozinha eu não estou mais suportando...

Maria está encostada no balcão.
Bob está na cozinha e dirige-se a ela.
— Vou ficar fora quatro ou cinco dias. Avise Adeline. Quando meu pai vai fotografar, preciso ficar junto. Afastar as pessoas. Ele sofre assédio direto.
Maria diz:
— Seu pai é bonito. Você não pode culpar as mulheres...
Ao que Bob diz:
— Homens, Maria. Homens...

John e Aline aguardam-no no aeroporto.
Saem os três abraçados, Bob no meio dos dois. Estão alegres.
— Por que Adeline não veio? – perguntou John.
Bob não responde.
— Como vão os bailes?
— Bem, bem. – respondeu Bob.
— Se eu pudesse voltar atrás, não perderia nenhum baile. Esta semana sei de dois bailes bons...
John insiste:
— Por que Adeline não veio?

— Ela não sabe que eu estou aqui.
— Filho... Filho...
John para e diz à garota:
— Aline, vá andando. Quero falar a sós com o seu pai...
— Filho, agora Aline está aqui. Pare. Repense a sua vida. Adeline é sozinha e você é praticamente tão sozinho quanto ela. Divorcie-se dela.
— Pai, ela nunca vai se deitar com você, escreve aí. Pode parar com a sua campanha!
— Filho... Filho...
Aline vem para perto.
Bob pergunta para ela:
— Você que é mais estudada, me diga, com que idade um homem pode ser considerado senil?

No Centro Espírita.
Ao lado de Adeline, levemente debruçado, está Frei Boaventura. Adeline está voltando de uma regressão.
Ela abre os olhos devagar. Não se move. Acorda-se por completo e, ainda assim, não se mexe. Os olhos negros dela estão olhando para um ponto qualquer do rosto do frade.
— Minha mãe ter me abandonado já não me machuca. Eu aceitei. Não sofro mais... É que eu tenho ainda uma grande dor dentro do peito...
O frade fica em silêncio. Ela continua:
— Eu ainda escuto "Eu não quero ela" várias vezes. Isso lateja na minha cabeça. Eu também não quero ela. Eu só queria parar de ouvir isso.

PRIMEIRA PARTE

Padre Rovílio diz a ela, já na calçada da rua:
— As coisas vão se acomodando. Há um amigo meu, aqui no Centro... a mulher dele tem estes pesadelos. Tinha, melhor dizendo. Quando casaram, Rafael levou-a lá. Os dois juntos acharam o caminho certo... Ela está bem.
— Por que é que o senhor não trabalha mais no Centro Espírita?
— Porque no asilo há problemas suficientes... E estou num cansaço, numa estafa...

As caixas-sementeiras de verduras estão repletas. O Padre carrega uma por uma para perto dos canteiros. A terra está preparada. Adeline põe as luvas de borracha e começa a replantar os brotinhos, acocorada junto às caixas.
Padre Rovílio vai falando:
— Se Boaventura hipnotizasse Bob, fizesse uma regressão, talvez ele arrancaria toda aquela maldade de dentro dele...
— Sem chance, Rovílio. Sem chance. Está no DNA. – diz Adeline.
O Padre olha para ela. Balança a cabeça.
— Agora estou adulta, ficando velha. Está na hora de eu administrar os meus sentimentos. A vida não pode ser um eterno "consertar pessoas".

Bob traz as fotos da Europa.
Adeline escolhe uma e vai para o quarto e, na mesma hora, pega a tesoura, corta fora Aline e Bob e fica só com John, que está no meio. Põe a foto num dos livros para funcionar como marcador de páginas.

Está escuro lá fora, muito escuro, e Bob está na cozinha. Ele está inquieto.

— A que horas Adeline costuma voltar do asilo?

— Bem tarde, 22 ou 23 horas.

— Por quê? Há muito serviço?

— É, sempre tem. Ela é a mais jovem de todas nós; sempre sobra o pior pra ela...

— Preciso conversar com ela.

Bob vai para a sala.

— Maria... aquele jovem, Adriano. Ele estuda?

— Adeline está preocupada. Ele não gosta de estudar. O que ele quer mesmo é aprender idiomas estrangeiros. Diz que vai rodar o mundo quando crescer... Ela foi no instituto de idiomas. Não vai conseguir pagar.

Ele diz:

— Meu pai quer pagar os estudos de Adriano.

Maria fala:

— É só ir lá na escola.

Bob está no instituto de idiomas. Um senhor muito elegante de barbas com alguns fios grisalhos está com ele.

— Há um garoto, Adriano Maines. Ele quer estudar idiomas. Mora no asilo Santa Marta. Eu pagarei os cursos. Quantos ele quiser. Ele não pode saber, nem a mãe. Ofereça a ele como se fosse uma bolsa de estudos patrocinada pelo governo. Eu pagarei tudo...

O diretor, então, estende um papel. Bob preenche alguns dados e assina.

Em casa, ele liga para John.

— Acertei tudo. Eu ainda não entendo por que gastar tanto dinheiro com um filhote de asilo. Para de gastar pórva com ximango.

PRIMEIRA PARTE

Bob está no escritório. Desenha uma cabeça de mulher de costas. No cabelo, três pequenos prendedores seguram as mechas sobre a cabeça.

Ele gira a cadeira e se volta para a janela. Olha a rua lá embaixo. Vira-se, abre a gaveta da sua mesa, procura uma velha agenda de capa dura e levanta-a para favorecer a queda de alguma coisa de dentro. Cai a foto de casamento. Ele a coloca sobre o desenho.

Quanto tempo faz que não vê Adeline? Já não lembra mais... Fecha os olhos. Se pensar um pouco e se concentrar pode até ouvir a voz alegre dela.

Passa as mãos no rosto.

— Estou tão cansado... tão cansado...

Suspira. Abre os olhos.

A foto diante dele.

Aperta o interfone.

Loretta vem. Ela se assusta. Bob está pálido, esquisito.

— O senhor está bem?

Ele não responde.

— Ligue para o asilo e peça para o Padre Rovílio vir aqui, acompanhado de Adeline. Espere um pouco... Sim, Primeiro ligue para a revenda que vende aqueles furgões japoneses, ali do outro lado. Chame o vendedor aqui. Depois ligue para o asilo. Todos devem estar juntos aqui na minha sala.

Padre Rovílio chega com Adeline. Bob os vê pela cortina semiaberta. Estão os dois sérios. Adeline olha em volta e diz baixinho:

— A sala de Bob é ali, parece.

Loretta olha lá de dentro e vê o Padre Rovílio. Olham-se os dois. O Padre inclina a cabeça num cumprimento.

— Aquela é Loretta, a secretária de Bob. - diz Adeline.

Bob abre a porta.

— Bob, este é o Padre Rovílio.

Os dois apertam-se as mãos. Sentam-se.

Adeline olha para a sala. Há tantos anos é casada com Bob e nunca havia estado ali. Bonita mesmo.

Bob olha para Adeline. O cabelo puxado para trás, na trança de sempre. Os olhos negros... e tristes. O rosto sem maquilagem, os olhos sem pintura, os lábios sem batom. As roupas simples, os sapatos tipo colegial. E mesmo assim ele a queria, mesmo assim...

Adeline olhou para Bob. Deixaram-se ficar assim, olhos nos olhos. Ela sem pensar em nada... Ele pensando em tudo...

Loretta entra com o vendedor de carros.

— Sim, – diz Bob – aqueles furgões... sim... estes! – Bob aponta no catálogo – Faça os papéis no nome de...? – e olha para o Padre.

— Asilo Santa Marta.

— Não. Rovílio...?

— Rovílio Maines Soares.

Bob pega a lista de preços. Tira o talão de cheques do bolso e faz o cheque.

Despede-se do vendedor.

Adeline e o Padre levantam-se da poltrona e também vão saindo. O Padre aperta a mão de Bob:

— Deus lhe pague.

Bob volta-se para Adeline. Ela também lhe estende a mão. Ele pega e segura entre as suas a mão de Adeline. Ela quer retirar, ele não deixa. Segura com força.

— Hoje você vai sair às 18 horas e eu vou buscá-la no portão.

E solta a mão de Adeline.

Bob liga para o pai.

— Comprei o furgão. Francamente, pai... Francamente. Você é mesmo um perdulário. Loretta está na porta e ouve tudo.

Bob aguarda no portão, fora do carro. Está ansioso. Ela vem.

Ele abre a porta e Adeline entra. Ele a olha sério, mas está aliviado.

PRIMEIRA PARTE

Ela está aí, bem aí do seu lado. Ele dá partida e sai devagarinho.
— Bob? Vamos para casa.
— Não. – diz ele. – Eu só quero passear com você de carro. Daqui a pouco vai chover... Vamos passear na chuva?
Adeline fica em silêncio.
Bob contorna a praça e estaciona o carro de costas para a Prefeitura e de frente para o chafariz. Os dois fixam por alguns momentos as águas coloridas e dançantes. Começa a chover. Adeline volta-se e olha para Bob.
— Bob? Vamos para casa.
Ele dá partida, a contragosto.
— Deixa eu falar a verdade nua e crua: eu quero você de volta na minha cama! Pronto, falei.
— Sem chance, Bob. Sem chance.
— Mas você não tem desejos, desejo físico, Adeline? Você tem uma pedra de gelo aí... aí embaixo?
— Eu acho que sim.
Ele olha sem saber o que dizer.

※※※

Entram pela sala. Ela a segura pelo braço.
— Adeline... no meu quarto, na minha cama.
Ele vê a dúvida e vai conduzindo-a para o quarto. Empurra-a devagar e ela vai deitando sobre a cama. Ele se debruça sobre ela e sobe a mão pela coxa, por baixo do vestido. Está querendo...
— Bob? Você tem que usar preservativo. – ela levanta os dois dedos em "V" e diz: – Dois, dois.
Ele se senta na cama de costas para ela. Ela também senta na beira da cama e fica aguardando. Ele está inquieto, passa a mão na nuca.
Adeline então se levanta e vai saindo. Ele a deixa ir. Vai até a porta e a fecha ruidosamente com um pontapé. Ela se assusta. Então, segue pelo corredor escuro.

GAVINHAS

No asilo, Adeline termina de recolher os lençóis do varal. Pega o cesto de roupas e vem pelo terraço. Está começando a chover. Passou pela cozinha e foi para o refeitório. O ambiente está na penumbra. Sentou-se, cansada, na última cadeira, perto da janela, e colocou o cesto de roupas no chão.

Olhou ao redor.

Viu uma caixinha de nozes sobre o balcão junto à janela e apanhou uma. Colocou sobre a mesa e tentou abri-la, apertando-a com a mão.

Parou. Não levantou os olhos. Sentiu a presença de alguém. Moveu a cabeça devagarinho e foi levantando os olhos em direção à outra ponta da mesa.

Janice, toda de branco, vinha deslizando, como se voasse, sem tocar os pés no chão e com as mãos sobre a mesa. Vinha suavemente e sorrindo para Adeline. Adeline sorria para ela. Ela veio tão perto que Adeline ergueu a mão para tocá-la. Então a imagem desvaneceu-se.

Adeline ficou a olhar para o lugar onde se apagou a presença de Janice. A respiração presa, olhos arregalados. Janice agora tem seus... 30 anos?

Respirou e relaxou. Colocou a noz de volta na caixinha e foi procurar o Padre Rovílio.

— Ana, onde está o Padre Rovílio?

— No alpendre dos fundos.

Foi lá.

— Padre Rovílio? Janice morreu. Eu a vi como ela saiu daqui com seus cinco anos. O cabelo igual! Tudo igual! Nós combinamos: quem morria primeiro avisava a outra.

O Padre olha para ela.

Os dois ficam se olhando.

Ele pensa: "Esses olhos que veem tantas coisas".

PRIMEIRA PARTE

~*/////*~

Adeline está perto da caixa de areia onde três meninos brincam. Adriano, um homem feito, está deitado na relva. Ele ri contente, com os braços sob a cabeça.

— Mãe, você sabe que eu quero viver e trabalhar em outros países... Tradutor, escritor, pesquisador, professor, sei lá... – diz Adriano, sonhando com os olhos para o céu – Vou terminar o meu curso de História só para ter o diploma. Só falta um ano, e... adiós, pampa mio! – diz alegre.

Adeline riu contente e olhou para o grandalhão ali deitado na relva. Não tinha explicação a beleza do seu garoto: olhos azuis, cabelos lisos e loiros... Loiros como o trigo maduro.

Adriano fecha os olhos, cruza uma perna e fica balançando o pé para o alto.

— Mãe? Vamos hoje à noite pegar umas rãs no açude?

~*/////*~

Bob está na sala com seus papéis. Uma lâmpada dirigida ilumina somente a mesa.

Escuta pessoas conversando. Vai à janela e vê Adeline acompanhada de um homem alto, indo para o caminho das árvores. Uma lanterna a pilhas vai iluminando o chão à frente dos dois.

Bob senta no braço do sofá e fica cuidando. Uma luz acende na casa. Uma lanterna passeia ao redor do açude. Ele então volta aos seus papéis.

Algum tempo depois, olha o relógio. São duas horas da madrugada. Olhou para trás. "Adeline ainda está lá?" pensou. Levantou-se e foi à janela.

Os dois vêm vindo abraçados, alegres. Chegam até a casa e passam ao lado do carro, sob o caramanchão. Adeline entra pela porta da cozinha. Bob já está aguardando na porta do corredor.

— Quem é ele?
— Adriano! – diz Adeline sorrindo.
Adeline movimentou-se para ir ao banheiro do corredor. Bob posicionou-se de maneira a barrar-lhe o caminho. Adeline levantou os olhos. Ele estava querendo uma explicação melhor, é claro.
— Às vezes nós vamos caçar rãs... e comemos lá na minha casa mesmo. – completou Adeline.
Bob finalmente colocou-se de lado e lhe deu passagem.

Um carro estaciona em frente ao asilo. Desce um senhor aparentando seus 30 e poucos anos. Está acompanhado da esposa e dois meninos de cinco e sete anos. Abre o portão e vem pela alameda. Chegam ao terraço, sobem os degraus e vão andando para os lados da cozinha. Passam pela porta da sala.
O Padre Rovílio os vê e se levanta.
— Vim rever o asilo... Padre Rovílio?
Abraçam-se.
O jovem senhor mostra a foto. Atrás está escrito: "José Antônio com um ano e sua irmãzinha Adeline".
Adeline agora está junto deles. Ela sorri olhando para a foto.
— Era eu que cuidava dos pequeninos. Eu vou lhe mostrar umas coisas.
Ela vai para o outro lado da sala, abre uma porta do armário e tira de lá uma grande caixa.
— Venha ver. Aqui tem de tudo: cartas, cartões, fotos. Convites de casamento, de formatura... Crianças que saíram daqui e, como você, um dia ou outro, aparecem ou dão notícias... Você saiu com um ano. Sim.
Adeline olha a foto e continua:
— Eu lembro quando tiramos esta foto pra você levar. Eu tinha... Sete anos. Sim, foi antes de eu ser adotada por Sofia e João.

PRIMEIRA PARTE

Nesta noite, na escola de idiomas, passou a folha de presenças. Adriano assinou e viu na última linha um novo nome: Nancy Eckert. Passou a folha para a colega de trás e deu uma olhada para os fundos da sala e viu a aluna nova. Voltou-se para frente. Esperou alguns momentos e virou-se para olhá-la. Ela estava debruçada sobre a classe, a escrever.

O professor, lá na frente, fala:

— Temos uma nova aluna. Não fala o nosso idioma. Fala outras cinco línguas, menos a nossa. Vamos tentar ensinar-lhe. É Nancy Eckert.

Ela ouviu o seu nome, levantou-se abanou e sorriu para todos.

Adriano está esticado na cama. Joga para o alto uma bola de futebol. Joga de novo, com mais força.

Pensava em Adeline.

Ela o amava de verdade. Lutou por ele. O encantamento que Adriano tinha por ela agora, homem, olhos de homem, homem maduro, era tão especial que ele se prometia ter para si uma mulher assim. Que o amasse como Adeline o ama. E ele amaria sua mulher como ama Adeline.

Ansiava por uma mulher. Tinha o coração a explodir. Esperaria. Ela tinha que entrar na sua vida como Adeline. De repente, consciente e para sempre. E, se dependesse dele, seria para sempre! ...Seria Nancy?

Uma batida na porta.

Adeline abre uma fresta e espia. Ele atira a bola com força. Ela tira a cabeça. A bola bate com força na porta. Ela espia de novo e entra.

— Mãe? Conheci uma garota no Instituto de Idiomas... É alemã.

Não fala nada da nossa língua... Ficarão alguns meses... O pai é diplomata...
— E então?
Ele olha para Adeline.
— Conversei com ela...
Ele se volta para o lado da parede, de costas para Adeline. Gira de novo.
— Ela é apetitosa. – diz ele, sonhador – Bateu aqui dentro, mãe, bateu!
— E ela?
— Deu bandeira! – e ele ri contente.
Adeline ri mais do jeito de ele falar do que da história.

No escritório, toca o interfone.
A secretária passa para Bob.
— Senhor Robert Warrior?
— Sim.
— É do Instituto de Idiomas.

Bob agora está na sala do diretor da escola.
— Aqui estão todos os recibos, avaliações, aproveitamentos. O garoto fez três idiomas nestes nove anos. Veja as notas! – e entregou um papel para Bob. Notas máximas nos testes de proficiência.
Bob olhou com atenção e sorriu.
O diretor diz com entusiasmo:
— Aproveitamento cem por cento. Alunos assim pode me mandar sempre!

PRIMEIRA PARTE

Bob faz um telefonema:
— Pai, aquele escória chamado Adriano até que se saiu bem...

Adriano trouxe Nancy para ver Adeline no asilo. Uma garota loira, de olhos azuis. Cabelo curtinho e sorriso bonito.
Entraram pela cozinha, falaram com Ana, com o Padre Rovílio. Sentaram-se na sala.
Ao despedir-se, Adeline falou:
— Nancy, eu gostaria de falar com seus pais. Pode ser?
Os pais dela a receberam juntamente com Nancy. Estão os quatro na sala. Adeline então fala:
— Adriano na verdade não é meu filho. Ele foi deixado no asilo e eu o registrei como meu filho. Ele sabe. Talvez não tenha contado a vocês... por medo de rejeição... Talvez...
— Ele nos contou. – interrompeu o pai de Nancy.
Adeline o olhou e sorriu.
— Melhor assim.
Então, se voltou para Nancy:
— Se não for para amá-lo, não deixe acontecer nada entre vocês... por favor...
Sim, porque do jeito que Adriano amava esta menina...

Domingo de manhã, Bob sai para comprar jornal. Ele fica dentro do carro estacionado perto da Igreja, a ler.
São dez horas da manhã. Uma multidão sai da Igreja e espalha-se pelas ruas e pela praça. Adeline desce as escadas com Padre Rovílio. Em volta deles, seis crianças de várias idades.

Bob olha do carro e cuida.

Eles atravessam a rua contentes e vão para a sorveteria. Saem todos com um sorvete na mão. Caminham alegres pela calçada. Param para ver alguma vitrine. E vão andando... É uma verdadeira família: pai, mãe e filhos.

Bob larga o jornal no banco e fica olhando o grupo. Estão todos de costas. Adeline... nem parece Adeline. Rindo, alegre...

Ele apoia o queixo no volante, sobre os dedos da mão, e pensa que hoje é domingo. E Adeline não vai chegar a casa antes da meia-noite. Nunca antes da meia-noite.

Bob está na Bolsa de Valores aos gritos. Fones de ouvido. Uma verdadeira multidão agita-se. São homens de negócios que, como Bob, arriscam-se nas compras de ações.

Bob sai para a calçada e vai para o carro. Está contente. Abre a porta do carro e joga a valise para dentro. Entra e se acomoda no banco. Vai dar partida e olha para frente. Na esquina, na sinaleira fechada, está o furgão do asilo, Adeline na direção. Pelo que ele pode ver há música e todos estão cantando. Dois meninos estão pendurados no pescoço de Adeline...

Bob vai apagando o sorriso nos lábios. Fica observando. A sinaleira abre e vão-se embora.

Bob entra no escritório furioso. Abre um dossiê. Aperta o interfone.

— Loretta!

A porta abre-se e ele olha a moça estranhando. Franze a testa e faz um trejeito com o queixo, como a dizer "quem é você?".

PRIMEIRA PARTE

— Sou Alice. Loretta está de férias. Estou no lugar dela.
— Foi você quem arquivou isso?
— Sim.
— Pois pergunte para Loretta como se faz e aprenda... já! – diz ele, furioso. – Telefone, mande um sinal de fumaça, suba no prédio e grite!

※

Adeline chega pelos fundos da cozinha com Adriano. Maria sorri para os dois e diz:
— Bob não está, só chega às 20 horas. Agora é verão, vai sempre ao Clube.
Adriano senta-se no chão, no degrau da porta. Adeline vai para o corredor, entra no quarto de Bob e abre o roupeiro. As caixas dos vestidos! Puxa a cadeira, tira os sapatos e sobe.
Bob chega de carro, entra pela sala e vai para a cozinha com um envelope de aspirinas na mão. Para de repente e vê Adriano. O rapaz levanta-se rápido.
— Desculpe. Estou esperando minha mãe.
Bob o olha. O filho de Adeline! E um sorriso ilumina seu rosto.
— Ela está lá dentro. – diz o rapaz, sério e educadamente.
Bob volta-se e vai pelo corredor. Chega à porta do quarto e vê Adeline. Ela sente a presença e não se move. Está de costas.
— Preciso de um vestido para um casamento.
— Vai ser de manhã, de tarde ou de noite?
Ele se aproxima e olha para as caixas. Passa a mão no rosto.
— Hoje à noite.
Bob senta-se na cama, está cansado.
— Não pode usar branco. - ele fala – Branco só a noiva.
Agora, ele tira os sapatos e se deita atravessado na cama.
Adeline abriu uma das caixas. Vestido cor-de-vinho. Ela ergue e olha. Fecha a caixa. Olha para as caixas dos sapatos.
Bob olhou para ela. O vestido estampado, deixando apenas a

metade das pernas aparecendo. Os pés descalços em cima do veludo da cadeira...

Ele então se levanta e vai ajudá-la. Olha a roupa dentro da caixa que Adeline tem nas mãos e procura com o dedo pelos rótulos das caixas de sapatos. Pega uma, abre e fecha. Entrega para ela. Foi para o outro lado do roupeiro, abriu uma porta e apareceu o cofre. Abriu-o e tirou duas caixinhas e entregou um para Adeline.

— Quer que eu leve você para o salão?
— Não, não.

Bob sentou-se na cama. Passou as duas mãos no rosto e se atirou de costas. Colocou o dorso da mão sobre os olhos e ficou olhando para Adeline com os olhos semicerrados.

Ela se virou para falar com ele, mas parou. Ele parecia dormir. Então ela foi saindo devagarinho para não fazer barulho, Bob tirou a mão dos olhos.

— De quem é o casamento?

Adeline não respondeu.

Estava mesmo cansado... Cobriu os olhos com um dos braços.

— Cansaço estranho... – ele murmura.

Adriano cochicha para a mãe:

— Eu o detesto!

Ela sorri.

— Oh, filho, está tudo bem. Eu gosto de sentir que Bob está por perto... Eu passei a vida toda com medo de ser abandonada por ele.

Os dois chegam ao asilo. Adriano dá a volta pelos fundos e Adeline chega para entrar na sala. Passa pela janela e vê Padre Rovílio e Ana conversando. Ele está dizendo:

— As sementes... As sementes vieram de lá e estão voltando para lá.

Adeline ouve. Dá a volta, entra pela porta e pergunta curiosa:

— Que sementes, Padre? Que sementes?

Padre Rovílio olha para ela, pensa um pouco e diz:

— Adriano. A semente veio de lá. Eu tenho a identidade da vagabunda e o nome do colhudo. Ele é de Berlim. Veja ali no arquivo. Você nunca se interessou... Mas está tudo ali. Adriano devia levar, vai que... vai que...

PRIMEIRA PARTE

Na casa de Nancy à noite:
Qualquer mãe que visse Adriano agora o amaria. Adeline olhava-o e pensava mais uma vez: não tinha explicação a beleza do seu garoto!
Ele vem para perto e abraça Adeline pelas costas. Ela ergue o rosto.
— Filho? Pela milionésima vez, eu lhe peço: ame-a. Que qualquer mágoa que ela possa ter nunca seja por falta de amor, nunca! Você sabe do que estou falando, não sabe?

Adriano veio para o asilo buscar sua bagagem. Já era meia-noite. Adeline estava no terraço junto à cerca, nos fundos da casa. A lua salpicava o chão de fragmentos de luz, atravessando pelo caramanchão de glicínias...
Adriano encontrou-a ali, chorando, quieta. O seu garoto partiria para longe... O único homem que precisou dela de verdade estava indo embora.
— Oh, mãe! O mundo nem é tão grande assim!
Ele abraçava-a com força e sorria. Afastou-a e a beijou.
— Quase na boca! Outro beijo.
Ele a olhou. Ficou sério. Só ele para saber o quanto amava esta sua mãe. Apertou-a com força e lhe segurou o queixo. Um longo beijo. E disse ao ouvido dela, baixinho:
— De paixão... de amor...

Nessa semana, Adeline ficou em casa. Chorava no quarto, chorava na cozinha, chorava no banheiro...

Entardecia. Foi chorar lá sob as árvores. Os pés descalços na água do riozinho, deitada de costas na relva, o chapéu escondendo o rosto... Bob chegou e a viu da janela da sala. Saiu pela porta da cozinha e foi para perto dela. Adeline soluçava. O chapéu sobre o rosto... Ele então voltou de costas, cuidando para não ser visto, e entrou pela cozinha.
— Maria, o que foi que aconteceu com Adeline?
— Adriano casou e foi embora para a Alemanha.
Bob ficou olhando pela janela. A penumbra da noite escondeu a imagem branca de Adeline. Ele se volta para Maria.
— Ela nunca chorou quando Aline foi embora.
— Deveria?
O telefone toca na sala. Bob vai atender.
— Aline! Quando? Sim, vou esperá-los no aeroporto!
Ele vai para a cozinha contente.
— Aline chega amanhã à noite, com mais quatro colegas! Acabou de noivar com Juliano. Ele também vem. Maria e Adeline sorriem. Bob volta-se e vai para a sala. Está contente. Deita-se no sofá com os pés para fora.

Chegaram todos.
Instalaram-se todos no andar superior da casa. Aline e Juliano, mais dois rapazes e duas moças.
No jantar, a conversa rolava solta. Todos falando ao mesmo tempo.
Adeline olhava para todos e pensava que todos ali desfrutavam de boa situação financeira.
— Do Brasil vamos para minha casa em Buenos Aires. – disse um rapaz.
— Depois para minha casa na Austrália. – disse uma das moças...
E a conversa ia por aí afora...
— Eu gosto de ler; não gosto de estudar.

PRIMEIRA PARTE

— Eu gosto de estudar; não gosto de ler... – falou Juliano por último e olhou alegre para Adeline. Ela o olhou com simpatia e falou baixinho para só ele ouvir.
— Eu gosto de ler romances. Quando leio, meus pensamentos viajam... – e fez um gesto com a mão, levantando os olhos.
Aline, que estava ao lado de Juliano, ouviu e retrucou:
— Pronto! A conversa já chegou ao orfanato.
E se virou para os outros:
— Vocês sabiam que Adeline trabalha no asilo por duzentos reais por mês? Não sei como é que aguenta. Eu tenho nojo daquela gente! Ela nasceu e viveu lá. Pode?
Todos ouviram e riram. Continuaram suas conversas barulhentas. Adeline baixou os olhos e ficou olhando para o pratinho de sobremesa, revirando o creme com a colherinha. Bob levantou-se da cabeceira da mesa e foi sentar-se ao lado de Adeline. Olhou-a. Mas ela continuou calada, olhando para o prato. Maria ficou onde estava, no canto da sala. Juliano olhava para Adeline à sua frente. Ficou sem graça, sensibilizado...

É tarde. Bob está de pijamas, sentado no sofá.
Aline desce a escada e vai para a cozinha. Ele a segue. Ela abre a geladeira e pega um copo de leite.
— Aline, por que aquele comentário na hora do jantar?
— É mentira? Eu menti?
— Você magoou sua mãe.
— O que que há! O que que há! Se você também não gosta dela, eu tenho que gostar?
Juliano está no corredor e ouve tudo.
Adeline está na cama e ouve tudo.

No dia seguinte, Maria terminou de pôr a mesa e voltou para a cozinha.
— Vamos aguardar Adeline. – falou Juliano educadamente.
— Nada disso! Vamos comer! – disse Aline.
Bob não interferiu.
Começaram o jantar.
No burburinho da sala, Juliano levantou-se e, vagarosamente, olhando para trás algumas vezes, dirigiu-se à cozinha. Para na porta. Maria e Adeline param de comer e levantam os olhos. Ele está de mãos nos bolsos da calça, sério e curioso ao mesmo tempo. Olha para Maria e o seu prato; olha para Adeline e o seu prato. Adeline estava comendo salsichas...

É outro dia. Está anoitecendo. Adeline chega pela cozinha.
— Onde estão todos, Maria?
— Ainda não chegaram.
Adeline vai ao quarto, pega uma toalha e vai rápido para o banho.
Sai do banheiro e vem pelo corredor. Está de roupão e toalha enrolada nos cabelos molhados. Vê Aline e Juliano na cozinha.
— Olá! – diz ela com simpatia para os dois jovens.
— Olá! – responde Juliano sorrindo. Aline não responde.
Adeline vai para perto de Maria e sussurra:
— O que temos aqui, Maria?
— Em dez minutos será servido o jantar.
— Eu só quero uns biscoitos com leite.
Ela se encosta ao balcão e olha para os dois sorrindo, mordendo um biscoito.
— Vou dormir logo. Hoje o dia foi de matar!
Aline levanta e vai para a sala.
— O que vocês fizeram hoje? – pergunta Adeline para Juliano.
— Ficamos no Clube o dia todo. Ah, e também fomos ao

PRIMEIRA PARTE

Centro Comercial. Comprei algumas lembranças para os meus pais. – diz ele contente.

Adeline termina o leite e põe o copo sobre a pia.
— Esta é uma cidade bonita, não é? – diz Adeline sorrindo.
— É. A senhora conhece outros lugares?
— Não. – diz Adeline rindo – Nunca saí daqui.
Ele olha para ela surpreso.
Ela pergunta:
— Onde moram seus pais?
— Na Austrália.
Maria olha para os dois.
— Estou levando o jantar para a sala.
Juliano levanta-se.
Adeline dirige-se para o quartinho.
— Quero me deitar cedo. Amanhã às cinco horas Adriano vai me ligar. Preciso estar no asilo.
— Adriano? – Juliano pergunta com interesse.
— Sim. – diz Adeline contente – É o meu filho adotivo. Mora na Alemanha. Um dia eu lhe conto a história dele.
— E a sua também? – pergunta Juliano.
Juliano vai para a sala. Bob está na sala com um copo de *whisky* na mão e conversa alegremente. Aline atravessa a sala devagar e vai para perto da escada. Olha para todos. Não está com vontade de conversar, muito menos de rir.
Maria termina de servir a mesa. Todos vão tomando os seus lugares.

De manhã, Adeline levanta sem fazer barulho. Veste-se, abre a porta e vê, na cozinha, Juliano sentado junto à mesa.
— Você não está bem?
— Não. Só estou sem sono. Posso acompanhar a senhora até o asilo?
Os dois saem pela porta dos fundos pela escuridão.
Adeline e Juliano caminham rápido pela relva. Param numa cerca de arame farpado.
— Resumindo: Bob casou comigo por obrigação. Ele deixou bem claro. Eu casei por amor. Se o bebê fosse negrinho, seria meu; se fosse branquinho, seria de Bob.
Adeline sorri. Ele está sério.
— Vou fazer o atalho. Melhor você voltar.
Ela passa por baixo do último arame da cerca e ainda diz:
— À noite conversamos. Tchau.
Juliano faz o caminho de volta, devagar e pensativo. Maria o vê entrar pelos fundos.
— Você não está bem?
— Oh, não. Só acompanhei Adeline até o asilo.
Juliano fica um tempo imóvel. Olha pela porta aberta e vê lá fora o clarão da alvorada. Está pensativo. Volta-se, olha ao redor, e vai para perto de Maria.
— Por que é que Aline diz para todo mundo que os pais são divorciados?
— Ela diz? – responde Maria surpresa.
Juliano não tira os olhos de Maria.
— Ela diz? – repete Maria.
Juliano não sabe o que dizer. Então, caminha para o outro lado da cozinha, olha ao redor para certificar-se de que não há mais ninguém e abre a porta do quartinho. Acende a luz. Ele entra e olha tudo. Maria fica parada na porta.
Ele vê a flauta, a boneca, a estante. Pega um livro e passa o dedo polegar. Flores e folhas secas entre as páginas. Fecha e guarda. Olha para Maria. Ela sorri. Olha para a cama. Depois vai ao roupeiro e abra as duas portas. Algumas caixas, algumas roupas dobradas. Fica imóvel.

— É tudo o que ela tem. – diz Maria – Nem a filha ele deixou pra ela, se quer saber.

Maria olha em volta. Não vem ninguém. Juliano ainda está de costas olhando o roupeiro. Maria sussurra:

— Se você casar com Aline, prepare-se: você vai comer o pão que o diabo amassou.

Juliano vira-se e olha sério para Maria.

Nesta noite, às 22 horas, Aline e os amigos preparam-se para partir. Juliano despede-se de Adeline a um canto.

Bob vê os dois falando baixinho.

— A senhora vai para assistir à formatura?

— Não. Não vou.

Ele olha para ela e gesticula com a cabeça afirmativamente.

Adeline e Juliano voltam-se para os outros que estão guardando as sacolas no porta-malas do carro de Bob.

Juliano beija Adeline nas faces.

— Adeus.

— Adeus! Felicidades!

Bob ainda os observa do outro lado do carro.

Partem. Adeline vê o carro sumir lá em cima na estrada.

Quando Adeline chega do asilo é quase meia-noite. O convite de formatura sobre a mesa.

"Ao meu querido papai"

Adeline passou a mão na capa em alto-relevo.

Bob chega à cozinha. Está de pijamas. Alisa o cabelo.

— Tomaremos o avião amanhã ao meio-dia. Aproveitaremos para ficar uns quatro ou cinco dias. Já reservei dois quartos no melhor hotel. Quero levar você para ver os lugares onde estive quando estudei lá... Você vai gostar...

— Eu não vou, Bob.
Ele a olhou indignado:
— Já está tudo acertado. Como não vai?
— Eu não vou. – repetiu Adeline calmamente.
Ele altera a voz:
— Vai fazer como a minha mãe que não apareceu na minha formatura?
— Eu não vou. – repetiu ela mais uma vez; e foi devagar para a janela, de costas para Bob.
— Adeline! – gritou furioso – Olhe para mim!
Ela se volta.
— Você vai nesta formatura, vai sim, senhora! – e bateu com força as duas mãos sobre a mesa.
Adeline ficou encostada na geladeira, sem se mexer. Melhor não falar, melhor não falar...
Bob olhou fixamente para os olhos de Adeline. Depois baixou os olhos para a mesa. Voltou-se e foi para a sala furioso.

No aeroporto estão Aline, Juliano e John.
— Papai! – Aline o recebe feliz.
— Onde está Adeline? – pergunta John.
— Ela não pôde vir.
John fica sério. Está triste. Bob olha para o pai e volta a cismar.
— O que é que não estou vendo? – John nem olha para Bob.
Juliano ouve, fica quieto e pensa: "Como sempre, Bob sozinho. Como sempre...".
Caminham por entre as pessoas. Tomam um táxi lá fora. Aline, o pai e o avô entram. Juliano fica. Abana para todos e o carro parte.
— Então, para quando é o casamento?
— Nunca mais... – diz ela, triste.
Bob olhou-a interrogativamente.

PRIMEIRA PARTE

— Ele quis terminar tudo sem maiores explicações.
— Vocês brigaram?
— Não.
— Ele tem outra namorada?
— Não. Só namorou comigo nestes cinco anos.
— E então? – insiste Bob.
— Ele disse que não sente mais nada por mim...
Ela faz um trejeito com a boca e ergue os ombros. Olha para o pai. Os olhos dela estão cheios de lágrimas. Ela vai encostando o rosto no ombro do pai e chora com vontade. Bob não sabe o que dizer.

John olha para o lado oposto e vai levando para si seus próprios pensamentos...

Na festa de formatura, à noite, Bob procura por Juliano.
Juliano é educado, mas o trata com frieza.
— O que houve com vocês? – pergunta Bob?
— Nada.
Os dois olham-se nos olhos.
— Vocês estavam com tudo acertado. O escritório de advocacia... Trabalhariam juntos... Iam casar.
Juliano ficou parado, olhando para Bob. Não vai falar. Nada. Nada mesmo... Então Juliano despede-se com um aceno e se afasta por entre as pessoas.
Bob volta para junto de Aline e dos amigos que a cercam. Olha para longe, acima da multidão alegre que lota o salão. Caminha para perto da janela. As luzes do pátio iluminam o jardim lá embaixo. Uma mulher, de vestido branco e chapéu, caminha devagar por entre os canteiros de flores. Bob põe a mão no peito. Lembrou-se de Adeline. Volta-se para o salão. As pessoas estão se deslocando para os lados, livrando a pista para a dança. A orquestra começa a tocar. Bob caminha devagar e vai para o terraço escuro e fica olhando para

os primeiros pares que começam a dançar. John está com ele, e vai preparando o cachimbo.

Bob volta-se para o pai:

— Por que é que Juliano fez isso com Aline? Ela estava apaixonada.

E John responde:

— Você fez o mesmo com Adeline... Esqueceu?

Aline vem chegando e diz para o pai:

— Pai, você também está triste. Estamos todos tristes...

Bob ouviu e, ignorando o que ela disse, voltou-se para John:

— Se Adeline estivesse aqui, dançaríamos o tempo todo e tudo estaria bem. – disse ele amargurado.

— E então o que vamos fazer? – perguntou Aline.

Bob nem se voltou para olhá-la. Também não respondeu. John olhou para longe e nem se mexeu.

Aline então continuou:

— Por que você não se divorcia? Case de novo! Eu não me importaria... – e ergueu os ombros com desdém. – O que é que você viu nela, pai?

Bob pareceu não ter ouvido. Olhou para alguma coisa que não via. Seus olhos estavam olhando para além de tudo que a vista alcançava... Alguém entenderia? A sua vida que ficasse como está. Adeline por perto, ou ninguém mais... Acostumou-se assim e pronto!

John voltou-se para Aline e pediu:

— Deixe-nos a sós.

Aline vai para dentro e volta-se para olhá-los.

John aproxima-se de Bob e vai falando:

— Não ouça Aline. Ela é venenosa!... Filho, não minta para mim. De uma vez por todas: por que é que Adeline não veio?

Bob ficou tenso.

John insistiu:

— É a última vez que lhe pergunto de Adeline!

— Ela não quis. Na última hora, resolveu que não vinha.

— E das outras vezes, por que não a trazia para ver a filha?

— Ela nunca pediu.

— Você queria que ela pedisse? – falou John, indignado.

PRIMEIRA PARTE

E Bob responde:
— Ora, que se humilhasse pelo menos uma vez.
John procurou uma cadeira e se sentou. Conversar com Bob é sempre assim, demorado!
— Alguma vez ela lhe pediu alguma coisa? Pediu, Bob? Escreva o que eu lhe digo: ela jamais pedirá! E, meu amado filho, você vai perdê-la.
— Para você? Eu não sou burro, pai. Se você pudesse, você a roubaria de mim. Eu vejo nos seus olhos a sua própria paixão por ela...
John fita os olhos do filho e diz:
— É mesmo, você não é burro.
Os dois ficaram em silêncio. A música lá dentro continuava. Casais dançam alegres.
Por fim, John levantou-se e foi para perto de Bob.
— Quando uma mulher nos ama, o mínimo que deveríamos fazer era prestar atenção nela.
— Você está falando de Luiza?
— Não, filho! – diz John suspirando – Estou falando de Adeline! Você tem que aceitar o amor que ela lhe oferece. Não desperdice. Isso pode nunca mais acontecer.

Um convite sobre a mesa.
Adeline lê: "Para Robert Warrior e esposa".
— Nós vamos! Nós vamos! – ela sorri.
Bob olha-a com surpresa.

No Clube, estão todos reunidos. Os familiares do rapaz, tios, primos, avós. Bob e Adeline, dos poucos convidados do Clube, misturam-se com os parentes e amigos da família. Adeline conversa com a mãe do rapaz. A senhora lhe diz:

— Vocês não sabem o quanto somos gratos por terem pago a universidade do Billy. Com a doença e a morte da minha filha, gastamos o que não tínhamos.

Adeline sorri e responde:

— Doenças na família... não é fácil, não é?

Passa uma garota e dá a elas um pratinho de doces. Elas sorriem uma para a outra e sentam com os outros.

※

Na volta, no carro, Adeline pensa um pouco. Não sabe se fala ou não. Por fim, resolve falar:

— Bob? Você pagou mesmo os estudos do Billy?

— Não. O dinheiro foi de John. Quem foi que lhe contou? Era para ser segredo... Ficou estabelecido que, se algum dia alguém precisar, ele ajudará. Mas ninguém precisa saber que não fui eu, certo? Deixa eles pensarem que fui eu. Vou ficar bem na foto.

※

Chegam a casa. O telefone toca. Bob chama Adeline.

— É do asilo.

— Adeline, há uma criança mal. Se você puder vir...

— Eu vou. Eu vou já.

Vestiu-se rápido. Um casaco sobre o pijama. Saiu rápido quase a correr. Quando Bob deu-se conta, ela já ia lá adiante pela escuridão. Ele foi atrás.

Adeline chegou ao asilo e entrou. Bob ficou por aí, aguardando. O dia já ia clarear. De braços cruzados, olhava para o céu, começando a avermelhar. As copas das árvores já recebendo uma luz amarela de um lado só.

Adeline sai de lá de dentro. Passa por Bob.

— A criança morreu.

Ela iniciou quase a correr a caminhada de volta. Bob seguiu-a alguns metros atrás. Logo a alcançou. Adeline chorava em silêncio. As lágrimas escorriam pelas suas faces.

Chegaram a casa. Adeline abriu a porta do quartinho e se atirou na cama. Chorou com o rosto enfiado no travesseiro.

Bob sentou-se aos pés da cama. Olhou ao redor. As coisas de Adeline: a boneca, a flauta... tudo sempre no mesmo lugar.

Saiu devagarinho do quarto e fechou a porta. Foi para a sala, passou as mãos nas estatuetas de bronze. Sentou-se no sofá e cruzou os braços.

Voltou pelo corredor. Maria estava entrando pela porta da cozinha. Bob vai até a porta do quartinho e tenta ouvir. Silêncio. Ele abre devagar a porta e vê Adeline dormindo. Apaga a luz e fecha novamente a porta.

No asilo, Adeline está tirando as roupas da lavadora e jogando numa cesta. Põe a mão no peito. Sente falta de ar. Abre a boca. Vai para perto da janela. Pega uma tampa de caixa de sapato e se abana. Encosta-se na parede.

Volta para a máquina. Seca a testa com o dorso da mão. Fica parada, olhando para dentro da máquina. Padre Rovílio aparece na porta da lavanderia.

— Bob bateu o carro... Parece que quebrou uma perna... A asma piorou. Ele precisa de um respirador.

Ela se volta devagar. Não diz nada.

— Vamos? – insiste o Padre – Maria separou algumas roupas que ele pediu para levar.

Adeline está no quarto. Bob está dormindo de lado. O rosto com um hematoma acima da sobrancelha do lado direito. Uma perna engessada. Um braço no soro. Ele abre os olhos e vê a enfermeira e Adeline de costas para ele.

— O que é esse remédio?

— É para aliviar a dor. – sussurra a enfermeira – Ordens do médico.

E vai injetando na manga do soro.

Adeline fica sozinha no quarto. Ela olha para Bob. Ele está dormindo. Abaixa-se e o beija na boca, levemente. Põe a mão na testa dele e acaricia o hematoma. Inclina-se e dá um leve beijo na testa. Volta-se e puxa um banquinho para perto da cama. Senta-se e brinca com os dedos da mão de Bob. Ele abre os olhos. Ela não vê. Ela agora inclina a cabeça e pousa a face sobre a mão de Bob. Ele fica a observá-la...

Adeline chega a casa e encontra uma carta sobre a mesa da cozinha. Olha o remetente.

— Juliano! – e sorri.

Abre. Um bilhete e um cartão-postal.

PRIMEIRA PARTE

Maria está na cozinha terminando de fazer a trança no cabelo de Adeline. Bob chega. Está com a perna engessada e caminha mancando. O hematoma do rosto, ainda inchado e roxo, mas já bem menor. Adeline olha-o e sorri.
— Dói? – pergunta ela apontando para a perna.
— Não.
Adeline abre a porta da cozinha. Ainda é escuro lá fora. Chove a cântaros. Ela vai até a lavanderia, apanha a sua sombrinha vermelha, abre e diz contente:
— Lá vou eu!
Bob acompanha-a com o olhar, pela porta aberta. Ela some na penumbra.

***

Na janela do seu escritório, Bob olha a rua. Balançando a sua grande cadeira giratória, fica observando as pessoas lá embaixo, na chuva. Uma sombrinha vermelha! Ele fixa os olhos. Só vê a sombrinha e os pés da mulher, pisando com força a água da calçada... No outro lado da rua, outra mulher de sombrinha vermelha. Não é Adeline... Vira-se. Olha para a tela do microcomputador à sua frente. Tamborila os dedos sobre a mesa. Olha para o telefone. Levanta-o do gancho e faz uma ligação.
— Oi, pai!

SEGUNDA PARTE

ADELINE, BOB E RAFAEL

SEGUNDA PARTE

Um casal está numa revenda de automóveis. Estão entregando um carro por conta do pagamento de outro. Acabaram de adquirir um carro branco, pequeno, conversível.
O jovem senhor coloca os documentos na carteira da mulher. Ela guarda a carteira na bolsa e sorri. Recebe a chave da mão do marido e vai para a direção do automóvel. Ele senta ao lado. Ela liga e dá partida. Ele se debruça no ombro dela e sussurra:
— Madame? Não, não me leve para um motel agora. Ainda não há clima. Eu só funciono depois de um jantar à luz de velas... um bom vinho...
Ela ri. Ele continua sussurrando:
— Portanto... já que precisa dos meus serviços, melhor caprichar...
Os dois riem.
Olham para adiante. Um grupo de instrutores está numa esquina, acompanhado de pelo menos uma dúzia de jovens aprendizes para guarda de trânsito. A mulher olha para o marido e arregala os olhos. Ela encosta o carro no meio-fio. Os dois colocam o cinto de segurança. Ela acelera com vontade e sai cantando os pneus.
Quando chega à sinaleira junto ao grupo de guardas, já está correndo acima do limite permitido. A sinaleira fecha e ela freia o carro além da faixa de segurança. Os pneus guincham. O chefe dos instrutores toca o apito e faz um sinal para ela encostar ao meio-fio, mais adiante. Ele chega perto e todo o grupo chega-se e vai rodeando o carro.
— Os documentos.
Ela abre a bolsa, pega a carteira. Vai tirando os documentos. O guarda olha, olha, olha. Tira os olhos dos papéis e olha para o carona. O homem está inclinado, arrumando o cabelo no espelho retrovisor e se comportando como se não houvesse ninguém por perto. Está concentrado. Abaixa o cabelo na testa e olha. Puxa o cabelo para cima e olha.
— É seu marido?

— Não. É... um amiguinho! – ela diz, sussurrando.

O guarda e todo o grupo ficam olhando. Agora o homem procura na bolsa da mulher, apanha um perfume e dá um pequeno jato atrás das orelhas. Guarda na bolsa. Mexe de novo na bolsa e pega um *walkman*, coloca os fones de ouvido, liga. Cruza uma perna e se ajeita para ouvir. Balança o pé no ar ao ritmo da música que só ele ouve e faz um ar de tédio.

O guarda escreve no seu bloco e faz a multa. Entrega o papel para a mulher e olha de novo para o carona. O homem agora olha para frente a tamborila os dedos sobre a coxa displicentemente atirado no assento...

A mulher vai dobrando a multa e guarda na bolsa. Dá partida e sai devagarinho. Começam a rir. Ele se debruça novamente no ombro dela e diz:

— Pronto, Catherine. Amanhã todo mundo já sabe que o carro é seu!

Um dos novos guardas olha para o carro que já vai lá adiante e diz:

— Pois sim! Ele é o dono do Raphael III – e aponta o dedo indicador para o outro lado da avenida. Depois baixa a voz e diz:

— E ela... – todos se voltam para ouvir a fofoca – É a esposa dele! – e ri da cara dos curiosos colegas.

※※※

Bob sai do escritório, desce as escadas e vai pela porta lateral para pegar o carro na garagem, nos fundos do prédio. Entra, dá partida e sai para rua. Anda devagar. A chuva bate com força no para-brisas.

Anda sem rumo. Dirige com uma das mãos e a outra segurando a cabeça inclinada contra a porta. Avista as chácaras e o asilo lá embaixo. Encosta no meio-fio. Liga o toca-fitas e fica ouvindo e olhando a chuva. Por fim, liga o carro e vai para o portão do asilo. Olha para a casa. Vê por entre as árvores Adeline correndo na chuva, carregando pacotes do supermercado. Está tirando as compras do furgão.

SEGUNDA PARTE

Alguém vê Bob e avisa Adeline. Ela olha para o portão e faz sinal que espere, que já vai. Carrega mais uns pacotes e se despede. Corre para o carro. Ao chegar, reduz os passos e caminha com mais elegância. Entra no carro. Olham-se. Ele desliga o toca-fitas e a olha. Ela está rindo sozinha. Ele sorri e aguarda intrigado. Ela se afunda no assento e diz:

— Um amigo do Padre Rovílio emprestou a casa de praia para irmos com as crianças. Um mês!

— Onde é?

— Praia dos Ingleses. Ilha de Santa Catarina. O Padre Rovílio diz que é lindo aquele lugar!

Ele se afunda no banco do carro e observa o contentamento dela. Ela está feliz.

— Vamos andar na chuva?

— Vamos. – ela diz sorrindo. Mas depois fica séria e pensa: que vão parar por aí, vão se beijar, vão para casa e nada vai dar certo... De novo, não... De novo, não...

Ele dá partida e sai devagarinho. Passam pelo centro e descem pela avenida. Bob contorna a praça e estaciona de costas para o Castelinho; o chafariz da praça está desligado. Apenas o holofote central ilumina o prédio da prefeitura com sua luz forte e amarela.

Ele se volta para Adeline e a puxa para junto de si. Ela resiste um pouco, mas vem. Ele coloca uma das mãos sob o queixo e quer beijá-la. Ela se retrai. Ele a segura firme, praticamente imobilizando-a, e tenta beijá-la novamente. Ela vai deixando... Adeline agora vai com as mãos por entre os cabelos de Bob. Os dedos entremeados nas mechas loiras arruivadas... Em silêncio.

Dois guardas de trânsito batem no vidro do carro.

Os agarramentos param.

— A senhora se comporte e volte para o asilo. E o senhor, seu pederasta, não tem vergonha?

Bob liga o carro e vai embora. Um deles diz:

— Ela não é a freirinha do asilo? Veja só!

Chegam a casa. Ela dispara numa corrida, vai para seu quarto e fecha a porta. Não dá nem boa-noite. Bob fica na porta da sala olhando. Vai pelo corredor. Para no meio do caminho. Não continua. Volta para a sala e senta no braço do sofá.

Maria vem e põe a toalha na mesa. Logo vem trazendo um prato só, um jogo de talheres, um jogo de copos. Tudo no mesmo lugar. Bob volta-se para Maria:

— Ponha um lugar para Adeline.

Ela traz tudo. Agora põe as travessas de comida na mesa. O suco. O gelo. Os limões.

Ele sai do braço do sofá e vai até a porta do quarto de Adeline e bate de leve.

— Adeline?

Ninguém responde.

— Adeline?

Nada.

Maria chega à cozinha.

— Ela saiu pelas chácaras.

Ele abre a porta do quarto e confirma. Adeline realmente não estava lá. Ele olha para Maria. Ela diz:

— Disse que ia para o asilo.

— Tem algum problema lá? – ele pergunta.

— Não.

— A que horas ela vem?

— Não sei... 22, 23, 24 horas... Não sei...

Bob segura o punho fechado dentro da outra mão. Fica pensativo. Não sabe o que dizer... Vai para a sala e se senta para jantar. Olha para tudo. Põe a mão sobre o prato de Adeline.

Catherine está deitada no sofá da sala e segura um envelope nas mãos. Seus olhos estão cheios de lágrimas. Ela aperta os olhos e segura os lábios apertados para não chorar.

SEGUNDA PARTE

Rafael, junto ao balcão, aciona o radioamador e sintoniza.
— Pai? Mãe?
— Rafael?
— Sim, pai, sou eu... sou eu...
Então Rafael debruça o rosto, tocando a sua testa sobre a mesa e começa a soluçar incontrolavelmente.
— Oh, filho... oh, filho... Amanhã estaremos aí, está bem?
Rafael volta-se, vai para perto de Catherine e senta na poltrona. Segura a cabeça entre as mãos e inclina-se, olhando para os próprios pés. Não consegue parar de chorar.

※

No outro dia, seis horas da manhã, Adeline já está vestida e segura nas mãos uma pequena mochila. Vai pelo corredor e bate na porta do quarto de Bob. Ele abre e olha sonolento para ela. Ela sorri alegre.
— Já estou indo, Bob. Até a volta!

※

A viagem de seis horas até a praia. Estão viajando Ana, Padre Rovílio, seis crianças e Adeline que vai dirigindo o furgão.
— A três horas daqui, descansaremos no Patussi. – diz o Padre Rovílio – De lá, mais três horas e estamos na Ilha.

※

No sábado, Bob aparece de surpresa na praia. Adeline está caminhando com algumas crianças. Ela o vê e para. Ele vem pela areia solta e vai tirando a camiseta. Caminham juntos.

— Vamos a algum lugar para dançar?
— Sem chance, Bob.
— Você só sabe dizer "Sem chance, sem chance". Viajei seis horas só para ouvir isso?
No outro dia, Bob aparece de novo na praia.
Sentam lado a lado num banco de madeira. Ele põe o braço no encosto, por trás de Adeline. O cabelo dela toca-lhe o braço. Ele pega a trança com os dedos e aperta. Ela sente o movimento e sorri.
— O que é que você pensa tanto? Está quieta assim faz uma hora olhando para lugar nenhum...
— Uma hora? – Adeline balançou-se – Uma hora? Nem vi o tempo passar.
— Bob, – ela então fala – gostaria de escrever um livro. Tantas histórias. Crianças que voltam para rever o asilo.
Ele fala com desprezo:
— Quem é que vai pagar para saber essas histórias? Eu não! Nunca!

Na praia, Bob está encostado no carro, de pés descalços, braços cruzados e sapatos na mão. Está pensativo. Olha a leste, além do mar...
Adeline vem para perto.
— Bob, volte para casa. Eu não posso sair com você. Tenho que cuidar das crianças.

Já de volta ao escritório, Bob olha as faturas do cartão de crédito e lê: "cartão adicional – acesso negado". Fica nervoso. Chama Loretta:

SEGUNDA PARTE

— A única vez que foi usado está cancelado.
Loretta escuta. Ele pega o cartão dele da carteira e pica em pedacinhos com a tesoura.
— Vá lá... – ele pega papéis da gaveta, olha e seleciona. Tira o talão de cheques do bolso interno e assina numa folha em branco, e continua:
— Saque tudo; limpe tudo. Com eles nada mais... nunca, nunca mais!
Loretta toma os papéis e sai. Bob senta-se na cadeira giratória e olha a fatura. Pensa: "o que Adeline pode ter querido comprar...?".
Loretta bate de leve na porta e entra acompanhada de um senhor de cabelos grisalhos. Bob o olha interrogativamente.
— Pense bem, Dr. Robert, uma vida inteira e nunca foi usado!
— Não interessa a você! A única vez que minha esposa quis usá-lo estava cancelado... Nesta cidade, há quinze bancos. Eu não preciso exatamente de vocês!
— Vou perder o meu cargo.
— E a culpa é minha? Some da minha vista!
E Bob volta-se para Loretta:
— Como eu mandei: tudo para outro banco!
O funcionário retira-se e Loretta aproxima-se de Bob:
— Eu conheço a sua esposa?
Bob volta-se e olha para ela. Não sabe o que dizer. Passa a mão no queixo.
— Conhece. Quero dizer... Você uma vez comprou uma camisola para eu dar a ela, lembra? – Bob então sorriu levemente – Estamos casados há... quase 20 anos.
Ele pensa um pouco e diz:
— Conhece sim. Ela esteve aqui... faz alguns anos. Você até conversou com ela!
— Não. Eu não conheço ela. Estão divorciados?
— Não. Moramos juntos, toda vida, se é isso que quer saber. Ela apenas nunca vem aqui...
Bob balança-se na cadeira e sorri.
— Um dia eu trago ela aqui para você conhecê-la. Mas eu insisto, você a conhece... Todos a conhecem na cidade. Todos.

Loretta fica séria e faz gestos com as mãos.
— Você vai conhecê-la um dia desses. – ele diz – Calma, sossegue.

Bob está no seu escritório. Está pensativo. Aperta o interfone. Loretta vem.
— Vou sair. Hoje não volto mais... Qualquer coisa, é com o Averi.
Ele levanta-se e vai para a sala ao lado, abre a porta e diz:
— Volto somente amanhã.
Ele sai a pé pela calçada e vai à joalheria. Vê anéis. Olha atento para uma porção de joias à sua frente. Caminha agora devagar e atravessa a rua para o outro lado do calçadão. Para diante de uma floricultura. Olha para as flores. Põe os óculos escuros e fica olhando os grandes vasos de rosas na porta da loja. Movimenta-se e vai seguindo por entre as pessoas. Chega à loja de Dinah e olha algumas revistas de moda. Dinah não está. Ele mostra um vestido vermelho na revista e conversa com a senhora que o está atendendo.
Sai e caminha novamente. Entra numa loja de móveis.
Agora Bob está em casa com uma decoradora. Ela olha a sala, depois olha o quarto. Escreve alguma coisa na planilha.
De noite, em casa, Bob liga para a casa de praia.
— Adeline? É Bob. Quando é que vocês voltam?
— Daqui a cinco dias. É sábado que vem.
— Vou buscá-la às 18 horas. Marquei hora no salão, está bem?
— Ciao.

Adeline entra pela sala e vê tudo diferente. Para pra olhar. Olha os vasos de rosas nos primeiros degraus da escada, na mesa, no chão

SEGUNDA PARTE

do lado dos sofás e junto à parede, antes do corredor. Ela chega perto de um buquê e aspira o perfume. Sorri. Depois fica séria. E pensa: "O que terá acontecido? O que vai acontecer?".

Bob vê a reação dela e espera. Ela não está apenas séria. Sua fisionomia agora está triste, apreensiva e insegura.

Ele vai até o quarto e apanha as duas caixas de cima de sua cama, vem para a sala e as entrega para Adeline. Ela pega e vai devagar para o quarto. Bob entra no quarto e vai para o banho. Adeline vem pelo corredor e vai para o banho.

Saem.

Bob para o carro em frente a um restaurante.

Na mesa, junto à janela, pode-se ver a rua. Adeline olha a rua e olha para Bob. Ele então pega do bolso do paletó uma caixinha de joia. Abre-a voltada para ela. Um anel lindíssimo. Ela olha para Bob. Não entende. Ele pega o anel e coloca no dedo dela e lhe beija a mão.

— 20 anos de casados. – diz Bob, e acrescenta, meio sem jeito: – foi no mês passado.

— 20 anos – diz Adeline, sorrindo com tristeza.

Ela olha para o anel e ergue a mão com os dedos abertos. Abre a outra mão também, e repete:

— 20.

A comida chegou.

Terminaram o jantar em silêncio. Bob cuidava dos movimentos dela. Adeline olhava para o vinho que havia no copo e pensava que hoje Bob ia pedir para ela ir para o seu quarto, e ia querer, e não ia entender, ia ficar furioso, chutar a porta... e depois sair. Ficou séria. Ia ser assim, ela bem o sabia.

Bob observava. Adeline está triste, pensou. Pegou a mão dela com o anel.

— O que foi?

— Nada. – ela sorri. – Estou cansada, só isso.

Saíram.

No carro, Bob reclinou o seu assento e fez reclinar também o assento de Adeline. Passou o braço por trás dela e puxou-a para perto. Abraçou-a apertado. O rosto de Adeline em seu pescoço e a respiração dela sob seu queixo... Bob passou os dedos no pescoço de Adeline. Sentiu-a tensa. Tentou afastá-la. Ela não levantou os olhos.

— O que foi, Adeline?

Ela não respondeu. Está agora acariciando a gravata de seda de Bob. Está quieta, não fala. Bob então diz:

— Vamos para a boate dançar?

— Não, Bob. Vamos para casa.

Já em casa, sentam-se na mesa da cozinha. Adeline ferve água para fazer café.

— O que é que você tentou comprar na praia que o cartão não deu certo, Adeline?

— Um maiô.

— O cartão está vencido. Em casa eu lhe dou o novo.

Ela balançou a cabeça. Bob pegou a mão dela e brincou com o anel. Ela baixa os olhos e fica observando.

SEGUNDA PARTE

Por fim, Bob sussurrou:
— Vem para o meu quarto, para a minha cama... Fica comigo...
Então, ele desceu com os braços e apertou-a contra si. Segurou-a e foi levando para a cama. Deitou-a devagarinho. Subiu com a mão pela coxa e chegou com a mão no púbis. Parou. Adeline estava de olhos fechados e sentiu.
— Estou menstruada. Você quer assim mesmo?
Ele tirou a mão devagar. Está surpreso, para não dizer perplexo. De repente, levanta-se e vai para a sala, abre a porta e sai batendo-a com força. Adeline, deitada na cama, ouve, de olhos fechados, o carro saindo.

Bob chegou à casa das prostitutas e entrou. Tudo escurecido e com algumas luzes vermelhas a um canto da sala. Parou de costas, numa janela, e ficou olhando para a rua. Uma moça levantou-se para ir ter com ele, porém outra mais velha a segurou pelo braço e fez sinal com o dedo indicador para que não fosse.
Bob ficou assim, em silêncio. Estava pensando em Adeline. Adeline... Adeline... Adeline...
Depois de um bom tempo, voltou-se, colocou 200 reais sobre a mesa e saiu para a rua. Foi para casa. Abriu a porta da sala, entrou devagarinho e se sentou no braço do sofá. O rosto junto à vidraça. A sua respiração anuviava o vidro da janela, tão quente e úmida se fez... Ainda não sabe o que quer, mas assim não quer mais...

De manhã cedo, na cozinha, Adeline está comendo Sucrilhos com leite. Bob chega e se senta.

— Bom dia! – diz ele baixinho sem levantar os olhos.

Adeline faz sinal para Maria levar a bandeja do desjejum para a sala. Ele continua olhando para a mesa, um dos braços sobre a mesa, a outra mão passando na nuca.

Adeline parou de comer e ficou a observá-lo.

Maria voltou.

— O seu desjejum está na sala, senhor Robert.

Ele respirou fundo, levantou-se, colocou a cadeira de volta junto à mesa e foi para a sala. Olhou para a comida. Desviou os olhos para o sofá e viu o vestido, o anel e os sapatos de Adeline sobre o sofá.

Ele pega o anel e vai para a cozinha.

— Este anel é seu, Adeline.

O copo de Sucrilhos com leite ainda cheio. A colher na mão. Ela para, fica imóvel, então fala:

— Usarei quando estou com você, usarei sim.

※

Um táxi estaciona no portão do asilo. Padre Rovílio e Adeline estão sentados no terraço e olham para lá. Desce um rapaz de camisa branca, jeans e tênis. Ele se volta e começa a andar pela alameda. Carrega duas grandes sacolas, uma em cada ombro. Cabelos loiros, olhos claros. Aparenta ter seus trinta e poucos anos.

Padre Rovílio aperta os olhos.

— É o Padre Pão!

Adeline levanta e ajuda o Padre Rovílio a sair da cadeira de balanço.

O rapaz vem alegre. Adeline diz para o Padre Rovílio:

— Ele me lembra Adriano. Bonito e alegre como o sol da manhã!

O rapaz chega perto:

— Cá estou!

SEGUNDA PARTE

Ele aperta a mão dos dois.
— Gente jovem! – diz o Padre Rovílio – Sim, porque eu já estou só nos cabinhos! Vamos entrar!
Adeline entra atrás e diz:
— Estou indo ao supermercado.
Ela pega as chaves do furgão e a nota de compras de cima da geladeira.
— Eu vou junto! – diz o Padre Pão.
— Isso mesmo! – diz Adeline – Você dirige.
— Não tenho licença.
— Vai ter que fazer! – diz o Padre Rovílio alegremente.
Lá vão os dois. Ao circundar a praça, a van balança.
— Acho que furou um pneu.
Adeline encosta no meio-fio e desce. O Padre Pão desce também. Pegam as ferramentas, trazem para o chão, ao lado do pneu e começam a trocá-lo. Estão alegres.
Bob passa de carro e os vê. Dá a volta na praça e para o carro de modo a vê-los. Os dois estão de cócoras, lado a lado e conversam alegremente. Terminam, guardam as ferramentas e correm rindo para dentro do carro. Vão embora.
São 22 horas. Adeline chega a casa. Bob está na sala e cuida ansioso. Ele vem pelo corredor.
— Maria, deixe-nos a sós. – ele diz furioso. Maria sai pela porta da cozinha.
— Onde é que você esteve hoje à tarde?
— No asilo.
— Não foi isso que eu vi na rua. Dona Adeline, onde é que você esteve?
— Fui ao supermercado.
— Com quem?
— Com o Padre Pão.
Bob segurou-a pelo braço e deu-lhe um safanão indicando que queria mais explicações.
— É o novo Padre do asilo. Veio para auxiliar o Padre Rovílio.
— Ele não usa sotaina?

Bob a soltou. Olhou-a. Voltou-se para ir para a sala. Adeline chamou-o:

— Bob?

Ela fecha os olhos e diz baixinho:

— Você não precisa se preocupar com essas coisas. Ninguém me vê como mulher.

Ele engole em seco. Quer falar alguma coisa, mas não fala. Leva a mão para pegar a mão de Adeline. Mas não pega.

Maria vem entrando de volta para a cozinha. Bob vai para a sala e sai para fora batendo a porta. As duas mulheres na cozinha ficam em silêncio ouvindo o carro sair.

Bob vagueia pelo centro da cidade. Estaciona o carro de costas para o Castelinho. Liga o toca-fitas. Olha para as águas coloridas do chafariz. De repente dá um soco no volante do carro...

Um grupo de estudantes do Barão Noturno vem pela calçada. Um garoto vê o carro e diz para os colegas:

— Vou dar um tranco no italiano.

Ele se afasta dos outros, vai para perto e encosta-se no carro.

— Qual é a cotação do dólar para hoje, Doutor?

Bob liga o carro e dá partida furioso.

O rapaz ainda diz:

— Fica pra outro dia, Doutor?

No asilo, o Padre Rovílio está com o Padre Pão na capela. O jovem Padre está de terno escuro e camisa branca. Agora parece mais velho. Os dois estão conversando baixinho. Adeline está na

SEGUNDA PARTE

porta observando. Ela não ouve o que falam. O Padre Pão lembra Adriano, lembra, sim! Ela sorri.

À tardinha, o Padre Pão aparece no refeitório. À medida que os velhos vão chegando para o jantar, vão olhando para ele e começam a rir. Ele está com o nariz de plástico vermelho, à moda de palhaço de circo, e com um laço de fita, enorme, no pescoço.
— De que vocês estão rindo, há? Eu tenho cara de palhaço? Eu tenho cara de palhaço?
Padre Rovílio e Adeline riem com vontade.

É madrugada.
Rafael está sentado na beira da cama segurando a mão de Catherine. Ela está magrinha, branca. Olha para o marido e sorri.
— Você tem que amar de novo, Rafael! Não fique sozinho. Eu vou dar um jeito!
— Para com isso, Catherine! – ele se debruça e a beija na boca.
Os dois sorriem.
Ela então tira do pescoço um cordão de ouro com uma estrela de seis pontas com um brilhante em cada ponta e pega o braço de Rafael. Segura o pulso, vai dando duas voltas e fecha. Rafael inclina-se e a beija novamente.
— Eu amo você, Catherine!
Ela sorri. O seu sorriso permanece nos lábios, mas os olhos vão se fechando, adormecendo, para não acordar mais.
Rafael segura-lhe a mão. Os olhos enchendo-se de lágrimas. Inclina-se devagarinho e toca sua face na face fria de Catherine. Está se despedindo:

— Até um dia, Catherine...

Agora está sozinho. O coração cheio de dor. Angústia de encontros e despedidas.

— Padre Rovílio! Padre Rovílio! — Adeline chama baixinho.

Ele está na horta. Está apenas clareando o dia. Ela está chegando pelas chácaras.

— Eu tive um sonho!

Ela fez sinal com a mão para que ele viesse mais perto.

— Sonhei com uma mulher de cabelos assim. – e ela fez sinal na altura do queixo – Da cor dos meus. – ela colocou a mão sobre a sua cabeça – Estava de branco, tinha no pescoço um cordão com uma estrela cheia de brilhantes... Apareceu-me nitidamente, mas tão real... e perguntou-me: "Onde está o seu livro? Onde está o seu livro?". Bem, eu não entendi que livro... – e Adeline fez um gesto alegre com as mãos – Mas a mulher morreu, morreu mesmo.

— Devia ser uma pessoa muito boa, porque eu não tive medo!

Adeline agora sorria, com os olhos brilhando, como se ainda visse diante de si aquela aparição.

Padre Rovílio coçou a cabeça, olhou para ela e balançou-se sobre as pernas.

— Quem morreu desta vez?

Adeline abriu os braços, ergueu os ombros.

— Você vai tentar saber, Padre?

— Não.

Algumas horas depois, o Padre vem para dentro, pega o telefone e telefona para a capela do cemitério.

SEGUNDA PARTE

— Sim, haverá um enterro às 18 horas.
Adeline está perto. Ele pergunta:
— Você nunca sonha com nascimentos?
Ela se afasta.

Bob está na sua sala e olha pelas frestas da persiana. Um carro fúnebre passa devagar e um grande cortejo de carros o segue.
Loretta entra.
Bob faz um sinal com a mão.
— Conhece alguém do cortejo? Carros importados... Carros de luxo...
— Não. Mas é o enterro da esposa do dono do Hotel Raphael III.
Os dois ficam se olhando.
— São velhos?
— Não. Ela era bem jovem. Ele, o viúvo, também. São judeus. Eles estão indo para o outro cemitério.
— Será que eu os conhecia?
— Acho que não. Pelo menos nunca tivemos contatos comerciais... – diz Loretta.
Bob ajeita-se para ver melhor.
— As placas dos carros são da Argentina, veja: Buenos Aires.
Loretta fixa os olhos:
— Alguns. A maioria é daqui.

Padre Rovílio pegou as chaves da van e foi para o cemitério. Entrou juntamente com algumas últimas pessoas. Foi seguindo até chegar ao aglomerado junto a um jazigo. Posicionou-se para ver melhor os familiares. Viu Rafael e as duas meninas perto do caixão. A descrição de Adeline confere: a esposa de Rafael.

O caixão é empurrado para dentro da gaveta. Padre Rovílio contornou alguns túmulos e alcançou Rafael na estradinha interna.

— Rafael!
— Olá, Padre Rovílio.
— Meus pêsames. Só fiquei sabendo agora.

Rafael apertou a mão do Padre.

— Ela sofreu quase um ano. Não havia mais nada a fazer.

As filhas soltaram o braço do pai e foram adiante.

— Como vai o asilo? – perguntou Rafael.

O Padre fez um gesto com a cabeça para dizer "mais ou menos".

— Você tem ido ao Centro Espírita, Rafael?
— Não. Catherine estava sempre no hospital. As coisas estavam difíceis. Mas, mais uns dias, vou voltar.

Saíram em silêncio. No portão do cemitério o Padre foi para a van e Rafael perdeu-se entre as pessoas.

Padre Rovílio chegou ao asilo e não contou nada a ninguém.

※※※

— Então, Adeline, 20 anos de casada?

O Padre Rovílio olhou para ela. Ela fala:

— Acenda uma vela... daquelas de cemitério... tá? Cadê o bolo? Vou escrever R.I.P. no glacê.

O Padre sorri.

— Sua vida daria um bom livro, sabia?

Ela sorri.

— Sim, daria. Amei um homem, plantei árvores, tive um filho...
— Dois filhos. – diz o Padre.
— Um filho. – diz Adeline – Adriano.

O Padre balança a cabeça e continua:

SEGUNDA PARTE

— A vida, para você, teve um sentido. Tenho aqui uns versos sobre a vida.

Ele então abriu o livro que tinha nas mãos, pegou um recorte de jornal, amarelo e velho, e pôs-se a ler em voz alta:

Quem passou pela vida em brancas nuvens
e em plácido repouso adormeceu,
Quem passou pela vida e não amou,
Quem passou pela vida e não sofreu,
É um espectro de homem, não é homem.
Só passou pela vida, não viveu.

— Escreva um livro, Adeline. Eu ajudo você. Compilamos tudo. Você fala tudo o que sabe e eu falo tudo o que sei. Vamos convocar mais gente para contar histórias. Vai ficar bom, ah vai!

Adeline ficou séria de repente.

— Tudo? Não vai caber tudo!...

— Vamos lá, Adeline!

E foi assim: a máquina de escrever e a mesinha sob as árvores do pátio do asilo. Adeline falava... falava... falava... E o Padre ouvia... ouvia... ouvia... Escrevia... escrevia... escrevia...

Padre Rovílio fala vagamente.

— Eu nunca acreditei no inferno. Mas quanto mais eu conheço Bob, mais eu vejo que eu tenho a obrigação de acreditar.

— Agora vamos falar do nosso benfeitor secreto. Aquele, Dona Adeline, que você chama de meu namorado. Você sabe que eu odeio ele... Mas... Mas...

— Ele é o meu grande amor. Oh, John! E os seus abraços! Quanto tempo...

— Como vamos encerrar o livro? Ela morre? Vai embora?

Ela diz:
— Um baile de gala. Bob gosta disso. E... e se não for Bob? Adeline muda de opinião.
— Não, não! Vamos esperar. Não temos pressa.
Adeline pensa um pouco.
— Será que alguém tem interesse em publicar? – e ela aponta para a pilha de folhas.
— Pode ser que sim. Há do outro lado da cidade uma boa Editora. É lá que mandamos imprimir livros e outros materiais da Igreja. Há uma equipe permanente que lê, corrige, analisa. Eles recusam muita coisa, mas grandes lançamentos saíram de lá.
— Rovílio, eu vou lá. Mas a editora tem que saber que eu quero esperar mais tempo.

Ana ajusta um vestido simples na máquina de costura.
Maria olhou para a pilha de papéis.
— Vocês botaram aí tudo, tudo, tudo?
— Tudo. – Adeline diz.
— Tudo não, Adeline. Tudo não. Vocês mal sabem... Eu tenho tanta coisa para contar...
Adeline pega os papéis e vai para a parada de ônibus. Eram 13 horas. De onde ela estava, avistou Bob chegando a casa apressado. Nem a viu ali. Ele desce do carro, abre a cancela e, quando se volta para entrar no carro, ele a vê. Adeline levanta a mão do pacote e abana. Bob fica parado olhando para ela. O ônibus chega e esconde Adeline.

Do outro lado da cidade, Adeline caminha procurando pela Editora. Acha e entra.

SEGUNDA PARTE

Uma moça veio logo atendê-la no balcão.
Da sua sala, Rafael espia por entre as frestas da cortina e fica vendo a funcionária conversando com a cliente.
Ele fecha o livro que tem nas mãos e continua a olhar.
No balcão, a funcionária entrega um cartão para Adeline.
— A senhora tem que colocar estes dados.
Adeline pega a caneta e preenche. A funcionária passa grude no cartão e cola na primeira página do livro.
— Entraremos em contato, está bem?
Adeline abana, despedindo-se.
Rafael abre a porta e chama a funcionária. Pegou a pilha de papéis, abriu a primeira folha e leu: "Gavinhas". Ele abre e lê a página de abertura.
Passou adiante algumas folhas. E fala com a funcionária.
— Pelo menos está bem escrito, limpo, sem remendos... mais um esboço e eu não consigo me concentrar. Estou insuportavelmente inquieto. Hoje o dia todo.
A funcionária saiu.
Rafael colocou as mãos sobre a mesa e esticou as costas e o pescoço. Descansou um pouco assim, imóvel. Então, voltou-se a avaliar o maço de folhas capeadas por um papelão escuro. Voltou novamente para a primeira página. Fechou os olhos bem apertados e suspirou.
Passou para a última página e leu:

Quantas vezes pensei comigo mesma: por que me ensinaram a amar? Agora eu sei. É porque cada um dá o melhor de si dando amor. Porque nele está a verdade de tudo: do sofrimento e da vida, da dor dos outros, de todos os que não são felizes. Talvez um dia todos compreendam o que compreendi eu agora. A vida nos ensina a querer, porque é a única maneira de não morrer.

Interessou-se. Ajeitou-se na sua confortável cadeira e foi adiante na leitura.
Olhou para o relógio. Marcou a página e saiu da sala para encerrar o expediente com os funcionários.
— Até segunda-feira.

Pegou o livro e tomou o elevador particular para a cobertura no próprio prédio. Colocou o livro sobre a mesa da sala. Tamborilou os dedos sobre ele. Ouviu as filhas na cozinha. Foi lá.
— Vou para o campo. Quem quer ir?
Elas se viraram e olharam para o pai entortando a boca.
— Ouvi um sonoro não?
Elas riram.
— Pois bem, estou indo. Tchau.
Pegou o livro, desceu para a garagem. Pegou o carro e iniciou a viagem que duraria menos de uma hora. Passou pelas margens do rio. O sol do entardecer avermelhava a superfície das águas. Já ia anoitecer.

※※※※※

No asilo, Padre Rovílio vem para fora.
— Adeline, me leva até o Centro Espírita?
Os dois entram. Ela aguarda na sala de espera. Um homem, de costas para ela, chora baixinho, mas chora mesmo.
Ela chega perto, às costas dele:
— Por que é que o senhor chora tanto?
— Meu filho morreu. Eu não me conformo... Vim conversar com Frei Boaventura... pra não enlouquecer...
— O senhor está chorando de pena do seu filho que morreu ou de pena de você mesmo?
— De pena do meu filho, é claro. Ele não queria morrer, pedia para não o deixar morrer. Tantos planos, tantos sonhos... Ele tinha só 31 anos...
— Se você tivesse morrido, você gostaria que ele chorasse tanto?
— Eu sou mais velho. Seria a ordem natural das coisas... não?
— Seria. Mas o tempo que vocês ficarão sem se ver de novo é o mesmo.
— É fácil falar... Você já perdeu alguém?

SEGUNDA PARTE

— Sim. Perdi meus pais quando eu nasci. Eles me deixaram no asilo. Eu me criei lá. Quando entendi a minha história, eu chorei muito de pena de mim mesma, mas não por muito tempo... É que eu acredito noutra vida após a morte. Vou encontrar os meus pais e seremos felizes para sempre...

Padre Rovílio sai e Adeline acompanha-o sem olhar para trás.

Rafael chega à casa de campo. Entra pela porta da frente. Vai para o quarto, pega um pijama da gaveta e vai para o banho.

Sai ainda de cabelos molhados e vai para a cozinha. Prepara dois sanduíches e caminha pela casa comendo e tomando leite.

Vem para o sofá da sala, ajeita-se, pega o livro, procura o marcador e recomeça a ler.

Rafael larga o livro pela metade, aberto sobre a escrivaninha. Apaga as luzes da sala e vai para a pequena sacadinha da frente. Olha para o lago lá adiante e vê duas luas. Passa as mãos nos cabelos. Está pensando no que leu. E pensa: é tudo verdade. A verdade tão simples, tão simples e tão pesada para se saber.

— Que horror! – os olhos claros, claríssimos, cheios de espanto – Que horror!

No domingo não almoçou lá. Veio cedo, de manhã. Estava mesmo curioso para falar com Adeline Maines. Subiu para o

apartamento. A filha Sarah estava lendo no balanço do terraço. Ele foi até lá.
— É uma boa história.
E mostrou o livro para a menina.
— A morte separa pessoas que se amam. A vida também. Marés que vão e vem...
Rafael entra, larga o livro sobre a mesa da sala, e vai ao telefone.
— Quero falar com Adeline Maines. Sou Rafael da Editora. Quero conversar sobre o livro. Posso apanhá-la no asilo?
— Sim. Amanhã às 18 horas eu saio.
— Até amanhã.
Rafael vai para o terraço e apoia-se na amurada, de frente para a sala e para a filha. Está pensativo. Pensa na sua própria vida e agora sabe: nunca sofreu. Perdeu Catherine e sentiu dor, muita dor. Mas era um sofrimento sábio, pacífico. Ainda tem entusiasmo pela vida, alegria, felicidade... Não pode considerar que a morte de Catherine acabou com tudo isso. Não, não acabou. Quem entende a vida, entende a morte... mas... mas... rejeição? Tem que doer... Tem que doer demais! Veio para perto da mesa, pôs a mão sobre o livro de Adeline e acariciou o papelão escuro da capa.

Adeline trabalhou todo o dia pensativa. Entremeava seus afazeres com pausas silenciosas. O olhar perdido em qualquer lugar, os pensamentos embaralhados. O Padre Rovílio olha para ela. Ela volta-se devagar como se soubesse que ele estava às suas costas e diz nervosa:
— Se gostarem do livro, podemos ganhar algum dinheiro extra, não é? Tanto que eu gostaria de usar roupas bonitas, novas, elegantes.
Ela pega a bolsa e vai para o portão.

SEGUNDA PARTE

Aguarda quieta. Olha lá para cima e vê descer vagarosamente um carro azul-marinho. Parou perto dela. O senhor inclinou-se e abriu a porta, sem sair do carro.
— Sou Rafael, da Editora.
— Sou Adeline Maines. – ela sorriu e entrou no carro.
Padre Rovílio espia por detrás de alguns arbustos. Passa a mão no queixo e balança a cabeça.
O trânsito estava intenso no centro da cidade. Rafael desviou por uma transversal e foi parar de frente para um parque de árvores frondosas, do outro lado da cidade, às margens do rio. O sol avermelhava a superfície das águas. O Rio Guaíba está mais bonito do que nunca.
Os dois estavam calados. Adeline olhava o espelho d'água. Pensou que nunca estivera por estes lados nesta hora do entardecer. Daqui, olhando para a paisagem assim, parecia outra cidade.
Rafael observava. Ela voltou-se e sorriu.
— É lindo!
Ele assentiu com um gesto de cabeça. Depois falou:
— O livro... é a sua história?
Ela virou-se para frente, afundou-se no banco do carro. E agora? Pois é. Não tem outro jeito. Então ela voltou-se e olhou para ele.
Passeou os olhos pelo rosto de Rafael. Havia serenidade naquela fisionomia, pensou. Ele aguardava sem se mover, pacientemente. Ela sorriu.
— É.
Rafael apertou os lábios e pensou um pouco. Então falou:
— O que significa aquele baile imaginário que encerra o livro?
— Ah, não, não. Sem baile. O final do livro ainda está por vir.
Rafael não falou mais nada.
Deu partida no carro e seguiram de volta para os lados da Editora. Estacionou em frente ao prédio e apontou para o outro lado da rua:
— Vamos tomar chocolate?
Entraram no RICZ. Rafael pediu dois canecos e foram sentar-se numa pequena mesa mais para os fundos. Agora os dois aquecem as mãos nos copos de cerâmica. Ele está sisudo e distraído. De repente parece acordar-se e olha para Adeline.

— Desculpe. Hoje não sou boa companhia... Minha esposa faleceu faz um mês...

Adeline abanou a cabeça e continuou a bebericar o chocolate, aquecendo as mãos.

Rafael virou-se de lado. Arregaçou as mangas da camisa, pegou o caneco e foi bebendo de lado para a mesa.

Adeline está de olhos baixos e vê, sim, a joia no pulso de Rafael. A mesma joia do sonho. A mesmíssima! Não tira os olhos. Sim, é uma joia feminina...

Ele se volta:

— Desculpe, falaremos do livro outra hora.

Ela convida:

— Você poderia ir para a minha casinha, na chácara. É fácil de achar. Esta semana ficarei lá das 18 às 20 horas. Passe lá!

Rafael deixou-a na parada do ônibus, a duas quadras do RICZ.

~~*~~

No dia seguinte, Adeline sentou-se no degrau da porta da frente da sua pequena casinha. Os arbustos escondiam-na e ela dali podia ver tudo: a rua, a casa de Bob, a parada do ônibus. E viu o carro de Rafael vindo devagarinho.

Ela levantou-se e foi até o portão.

— Lá é a casa de Bob. – ela mostrou com a mão.

— A sua casa. – disse Rafael.

Ela sorriu.

— Não. A casa de Bob. – e continuou – O que é meu lá é um quarto do tamanho de um banheiro. O açude é lá atrás. Ali, o caminho das árvores; e lá em cima, nem se vê direito, é a pequena estrada por onde vou para o asilo.

Ela abriu a porta da frente, acendeu a luz e entraram. Sentam-se na mesa e Adeline traz dois copos de suco de laranja.

SEGUNDA PARTE

Rafael fala com simpatia, colocando o dedo indicador sobre o pacote com as folhas bem amarradas.
— Temos que ajeitar algumas coisas. No aniversário do Rovílio, vocês comeram rãs. Só que você capturou as rãs três dias depois de tê-las comido. – ele ri baixinho – E... o que foi que aconteceu com a letra A da máquina? Foi saindo do lugar, caindo, e nas últimas folhas todas as palavras com a letra A ficaram esburacadas. – Rafael continua rindo e vai bebendo o suco. Adeline fica indignada.
— Aquela carroça Olivetti que o Rovílio diz que é de estimação e que é dele desde sempre! Esse desde sempre deve ser uns... uns... 120 anos.
Os dois riem.
— Há algumas outras inconsistências. – Rafael fala – Se o Rovílio adotou você com 38 anos e você tem 32 anos, ele não poder estar com 80 anos. Também não ficou bem claro se Rovílio é um separatista basco ou gaúcho. Quando fala mal de homem, ele usa um termo pejorativo gaúcho; quando fala mal de mulher, ele usa uns termos horríveis que eu só ouvi na Argentina... Bem, isso podemos ajeitar. Outra coisa, o Rovílio batalhou para você ter na Certidão de Nascimento pai e mãe, tudo bem, mas eu não acredito que ele chegou a mandar para o cartório dois travecos com você no colo. E, outro pé na jaca, no outro dia mandou a irmã dele, a Ana, magra e reta como uma tábua, que simplesmente declarou que você era filha do Rovílio com ela, e que você tinha nascido ontem, quando todo mundo sabia que ela era faxineira do Fórum, especialmente o dono do cartório, que é advogado e vive enfiado lá e é companheiro de trago do Rovílio no Clube Reumatismo.
Adeline fica surpresa.
— É?
— É, minha bela. Vamos ver o que acontece daqui para frente, porque vou lhe dizer, assim fica difícil. A propósito, o que Rovílio quer dizer quando chama o seu namorado de pedófilo? Que eu sei e a cidade inteira sabe que pedófilo aqui é só o seu marido Bob.
Adeline altera-se; está indignada.

— O fresco escreveu isso aí? O Rovílio é muito puto! Rafael ri.

— E parece que tem um banco lá no jardim do asilo que ele chama de banco do pedófilo, um homem de 55 anos dando linha para você desde que você tinha seis anos. Que deselegante!

— Rovílio escreveu tudo isso?

— Está tudo aqui, minha bela. – ele coloca indicador sobre o pacote – Você não devia ter deixado aquele padre atrapalhado sozinho naquela máquina.

— Rovílio fresco! – ela suspira.

Rafael ri e vai terminando o suco. Ela completa:

— Rovílio é mesmo um filho da puta.

Os dois olham-se alegres. Então, ele fica sério, olhando para campina ao longe pela porta da cozinha e põe a mão sobre o pacote. Está quieto e Adeline o observa. Ele fica assim longos momentos. Aquele silêncio que ela tanto aprecia. Ele por fim suspira e fala olhando para o amarrado de folhas.

— Todos nós somos uma história. A nossa vida é uma boa história, sempre. Só precisamos contá-la de um modo mais educado e gentil. Também se pode ser elegante falando de coisas ruins. O seu amor por John não pode ser contado dessa maneira. Quando envolve amor e paixão é preciso cuidado; uma palavra ou uma inverdade pode vulgarizar o que de mais precioso temos na vida: o amor.

Mais um longo silêncio.

Então, Rafael olha para ela e fala:

— Bem se vê que você é filha do Rovílio. Aprendeu com ele esse rosário de palavrões. Vai ter que desaprender; é feio.

Bob, ao abrir a cancela, viu a luz na casa. Guardou seu carro e olhou de novo. Resolveu ir até lá, pela trilha das árvores. Caminhou

SEGUNDA PARTE

pelo lado da pequena casa e foi para frente. A porta entreaberta deixava ver os dois à mesa, um diante do outro: um amontoado de papéis e um suco de laranja cada um.

Bob retirou-se. Olhou para o carro. Carro importado. Fixou os olhos na placa: Buenos Aires. Entrou em casa e foi à janela da sala. Sentado no braço da poltrona, ficou ali, no escuro, cuidando dos movimentos de lá.

Logo se apagaram as luzes, o carro saiu e Adeline já vem pelas árvores. Ela entra e vai direto para a geladeira. Começa a montar um sanduíche. Bob chega de mansinho e encosta-se na parede. Ela ergue os olhos para ele depois volta ao sanduíche.

— Quem é ele?
— O dono de uma Editora.

Adeline começa a comer. Maria passa pela mesa com duas travessas de comida. Está levando o jantar para a sala.

— Não quer esperar pelo jantar? – falou Bob, apontando para o sanduíche que ela devorava.

Adeline parou de mastigar, olhou para ele.

— Vem jantar comigo na sala.

Ela ficou parada olhando para ele. Depois voltou a comer o sanduíche. Bob aguardou. Então, fez um sinal com a mão para ela vir e foi indo pelo corredor.

Adeline foi para o lavabo, lavou as mãos, passou uma água no rosto e foi para a sala. Sentou-se onde estava o prato. Serviu-se. Bob comia devagar e cuidava todos os movimentos dela. Ela revirava a comida com o garfo e pensava: a joia no pulso de Rafael...

Bob sempre a observar. Ela olhava para o prato, olhava para a mesa e respirava fundo. Seus olhos passeavam pelas travessas de comida, pelas flores do pequeno arranjo sobre a mesa... Olhos inquietos, ansiosos e distantes.

Veio a sobremesa.

Ela se serviu e comeu o creme devagarinho. Bob não se serviu e ainda ficou observando. Ele agora estava sério; olhos fixos em Adeline.

Levantou-se e ajeitou a cadeira. Adeline fez o mesmo. Ele então aguardou-a na ponta da mesa e a segurou pelo braço.

— Você devia tê-lo recebido aqui em casa. A sua casa é aqui e não lá. – disse ele apontando o dedo, nervosamente. Tentava aparentar calma.

Adeline baixou os olhos e olhou para suas próprias mãos. Não queria dizer nada. É melhor, Bob não se altera, e tudo fica bem. Depois, não quer mesmo pensar noutra coisa, só no livro. Na sua singela história com todos os nomes trocados, os fatos ocorridos em duas cidades para não ficar óbvio... Muitas pessoas já morreram... Pensar só no livro... Só no livro...

Bob olhou-a no rosto. O seu rosto perto de Adeline. Ela prendeu a respiração.

Finalmente Bob largou-lhe o braço e permaneceu barrando-lhe a passagem.

— Você devia parar de trabalhar... naquela merda de asilo.

Ele aguardou. Ela não se moveu.

Então continuou.

— Fazer alguma coisa mais... feminina. Sair com as amigas, tomar chá... Ir ao clube de tarde... Ir ao salão de beleza... Viajar comigo...

Adeline levantou os olhos e fixou os olhos de Bob. Ele andou para trás e sentou-se no sofá. Estavam agora os dois olhando-se fixamente. Bob apoiou o queixo sobre uma das mãos.

— Eu lhe dou os 200 reais que você recebe lá, sem sofrer...

Aguardou. Ela não se moveu nem falou. Então, ele pergunta:

— Você não tem nenhuma amiga mulher?

No asilo:

— Rafael da Editora! – disse Ana, passando o telefone para Adeline.

— Vamos tomar chocolate?

— Sim.

SEGUNDA PARTE

— Apanho você às 18 horas?
— Não. Me espere na parada 66. Estou lá às 20 horas.
Adeline diz para o padre:
— Rovílio, Rafael não está gostando do livro. Não vai dar certo.
O padre olha para ela e sorri.
— Eu queria que você conhecesse Rafael. Isso deu certo, não deu?

Adeline saiu do banho apressada, trocou de roupa, vestiu a capa de chuva, pegou a sombrinha vermelha e saiu pelos fundos da cozinha. Chovia muito e ela caminhava com cuidado sobre as pedras até a cancela.
Foi para a parada em frente.
Bob a viu sair. Ficou intrigado. Maria veio para a sala e acendeu a luz. Estendeu a toalha para pôr a mesa.
— Onde é que Adeline vai?
— Não me disse. Talvez vai à Igreja.
Bob esperou o ônibus chegar. Sentou-se e começou a comer.

O ônibus parou na 66 e Adeline desceu.
Rafael estava aguardando. Sorriram os dois. E foi assim que nesta noite de chuva, Rafael, desajeitadamente, de um lado, troca para o outro lado, segura-a pela cintura, fecha a sombrinha... abrigou-a pela primeira vez embaixo do seu guarda-chuva. Riram os dois da falta de jeito... e lá se foram a pé, pela calçada coberta de água. E o caneco de chocolate. Cada um olhando para dentro do seu. Falaram do livro um pouco e de si mesmos, nada. O silêncio ainda tomava boa parte da companhia. Alguma

lembrança distante os transportava para longe. Cada um para a sua própria história que tantas voltas já deu...

Bob viu Adeline descer do ônibus. Chovia torrencialmente. Ela foi dando a volta pela casa, sob o caramanchão e entrou pela cozinha. Tirou os sapatos e levou-os para a lavanderia.

Quando ergueu os olhos, viu Bob encostado na parede de braços cruzados.

— Você não devia ir à Missa num dia como hoje, e de ônibus! Maria voltou-se e olhou para Adeline. Adeline entendeu.

— Eu tinha que ir. É sobre os serviços da gráfica.

— Por que não me falou? Eu a levaria... – ele esperou um pouco e foi para a sala.

Adeline e Maria olharam-se.

Adeline abanou a cabeça negativamente.

No seu escritório, Bob chama Loretta.

— Contrate um estagiário para correspondência. Estamos atulhados.

— Homem ou mulher?

Ele hesita um pouco e diz:

— Mulher.

Bob está observando as cartas para assinar. Olha incrédulo. Levanta furioso e chega à sala dos micros:

— Foi você? – e olha para a estagiária. – Assim colorido... fantasiado... – e bate a mão no papel.

SEGUNDA PARTE

Bob olha fixo para a moça e continua:

— Isso é para ser uma proposta de concorrência e não um pedido de reserva no Sambódromo do Rio de Janeiro! Refaça e faça jus aos seus vencimentos! Ela olha e responde debochada:

— Aos 200 reais que vou receber por mês? Prefiro trabalhar no ROSE'S DRINK. Lá os solteirões ricos pagam isso por uma trepadinha. Não deve ser difícil de aguentar...

Bob olha-a furioso. Mostra a porta da rua com o dedo indicador e grita:

— Desinfeta daqui!

A garota vai saindo e, ao passar por ele, faz uma súplica manhosa:

— Você devia pagar mais!

— O seu serviço não vale mais do que isso!

— Estou falando das putas!

Ela saiu rindo e rebolando os quadris. De repente ela se volta.

— Ah! O senhor me deve duas horas. Deixa ver... dá... quatro trepadas!

Bob está com o rosto vermelho, furioso.

Ela anda mais um pouco, volta-se novamente e diz:

— Caçar homem na frente do Castelinho é lance de caipira, viu?

Bob fica parado. Arregala os olhos.

Volta-se para Loretta:

— Contrate outro estagiário. Precisamos urgente!

— Homem ou mulher?

— Homem! Homem! – e sai da sala furioso.

Loretta imprime no micro e levanta o papel para colegas: "Lembrem-se, uma trepada a cada meia hora!" e diz contente:

— Adoro microcomputadores!

Bob entra na sua sala. Averi está guardando uns arquivos no armário.

— Merda de cidade! - e Bob dá um soco na mesa – Um homem não pode mais parar o carro à noite, em frente à praça para ver o chafariz, que já está caçando! Eu tenho cara de veado?

Em casa, Bob está na sala escura e vê Adeline ir para a parada de ônibus. Olha o relógio. O ônibus vem. Ele, às pressas, pega o carro e segue o ônibus. E vê Rafael e Adeline encontrando-se lá do outro lado da cidade. Eles seguem até o café RICZ. Fica aguardando. Em menos de uma hora os dois saem alegres. Param para ver uma vitrine. Agora ele oferece o braço a ela. Chegam à parada. O ônibus chega. Beijam-se no rosto. Ela entra. Rafael então atravessa a rua, caminha menos de um quarteirão e entra no prédio da gráfica, pela porta do lado.

Bob nem precisou tirar o carro do lugar. Dali viu tudo. Encostou-se na porta do carro. Está pensativo.

Três dias depois, Bob segue Adeline novamente. Está chovendo. Ela desce do ônibus e corre para baixo do guarda-chuva de Rafael. Do carro, Bob olha atento.

Os dois, sob a chuva, caminham abraçados, alegres, devagar. Rafael ergue o guarda-chuva bem para o alto, depois abaixa tanto que não dá para ver a cabeça dos dois.

Bob soca furiosamente o volante. Dá partida e vai para casa. Aguarda Adeline na sala. Ele a vê chegar com a sua sombrinha vermelha. Cuida e vê quando ela entra na cozinha.

Hesita, olha pelo corredor, mas não vai lá. Vai para o quarto, fecha a porta e atira-se de costas sobre a cama. Olhos arregalados.

※※※

Bob está na sala com seus advogados.

— Ela sai com outro homem! Quero dar um susto nela. Faça papéis em que ela assina concordando em ficar sem nada.

— É ilegal. – diz um dos advogados.

— Eu sei. É só um susto. Ela não vai querer assinar. Vai chorar, berrar, espernear. Aí eu a coloco contra a parede. Ou para de sair por aí ou sai como chegou: sem nada. Ela vai implorar, eu sei, deixa pra mim... Ah, e na hora, diga pra ela que a casinha que ela pensa que é dela não é não. Isso é mentira. Não tem escritura. Meu pai fez só uma cerca.

Naquela noite, os advogados chegaram.
— Maria, Adeline já chegou?
— Não.
Bob foi para a sala e ligou para o asilo.
— Adeline? É Bob. Venha urgente para casa.
Adeline pega o livro que está lendo, coloca na bolsa e sai apressada.
Chega a casa. Vai para a sala e vê dois homens sentados e os papéis sobre a mesa. Ela olha para eles, olha para Bob, volta para eles. Bob fez um sinal para os advogados.
Um deles ergueu um papel e leu:
— "Declaro, por ocasião do meu divórcio com o Senhor Robert Warrior, que abro mão de todo e qualquer bem – móveis, imóveis, dinheiro e ações".
Ele entregou para ela e disse:
— Assine as três vias.
Adeline olhou para Bob. Ele prestou atenção. Agora ela iria chorar, implorar. Ela baixou os olhos, sentou-se e assinou os papéis. Então, um dos advogados perguntou:
— Para onde a senhora vai, dona Adeline?
— Para a casinha da chácara.
— Não pode. Não é sua. Não tem escritura. Só foi feita uma cerca...
O advogado entrega-lhe uma folha.
— A sua cópia. – e insiste:
— Para onde você vai, dona Adeline?
Ela passa a mão sobre a folha de papel.
— Vou morar no asilo. Foi lá que eu nasci.

Os três homens ouvem e ficam imóveis por alguns momentos.

Bob descruza os braços e olha para Adeline. Ela vai se levantando e pega o papel. Os advogados guardam os papéis nas pastas e também vão saindo.

Adeline chegou ao seu quarto, fechou a porta e encostou-se do lado de dentro. Abriu a boca, semicerrou os olhos. Era muita dor. Não conseguiria chorar... de repente, lembrou-se de alguma coisa. Abriu a porta e foi para a sala.

Bob olhou-a surpreso. Quis vir ao seu encontro. Sim, ela veio pedir perdão. Ele a ergueria em seus braços e a abraçaria com força, a beijaria, e tudo estaria bem. Afinal, nada aconteceu. Ninguém traiu ninguém...

Ele aguardou atento.

Ela chegou mais perto e perguntou:

— Quando devo sair?

Ele se virou de costas, passou a mão na nuca.

— Os advogados dirão.

Ela se retirou de volta para o quarto e atirou-se na cama.

Bob sentou-se no sofá. Suspirou. Definitivamente, Adeline não era como sua mãe que, ao divorciar-se do pai, brigou como uma hiena pelas coisas que tinha direito e por muitas outras que não tinha.

※※※※※

O novo estagiário está sentado diante de seu Micro. Impressora ligada. Está ajeitando os papéis para começar a imprimir.

Bob entra na sala e entrega umas cartelas para Loretta, e sai sem olhar para os outros. O estagiário para o que está fazendo e olha através do vidro. Vê Bob que já vai entrando na outra sala e diz levantando-se da cadeira:

— O milionário! É uma lenda...

O rapaz vai dizendo como se estivesse só:

— É casado? Solteiro? Veado? Ninguém sabe ao certo...

SEGUNDA PARTE

Ele olha para os outros funcionários e continua:

— Uns dizem que é *gay*. Outros que é solteirão. Deve ser, porque vive lá – e ele aponta significativamente o polegar para trás – nos bacanais. Outros dizem que é casado, mas a mulher não quer transar com ele. Nos bailes do Country Clube, antigamente, dizem, ele sempre ia com uma mulher toda... – ele faz um gesto de aprovação – joias, vestidos caríssimos... Ainda agora, a dona aparece de vez em quando e, PUF, some no ar.

O jovem faz um gesto com a mão e continua:

— Diz a lenda que o velho milionário contrata ela para jantar com ele de vez em quando... Circular por aí em algum restaurante... Sabe como é, para impor respeito... Uma perua, dizem. Destas aí que até para comprar calcinhas vão para a Europa.

No asilo, Padre Rovílio olha o papel do divórcio e sorri.

— Venha morar conosco, é claro!

— Será que Bob tem alguma mulher... quero dizer... está pensando em se casar de novo?

Padre Rovílio ergue os ombros.

— Talvez... talvez...

— Sabe, Padre? Todos esses anos eu sempre esperei por isso. Parece que tinha que ser! Eu não estou conseguindo chorar. Estou triste... E olha, este meu casamento acabou e não sobrou para mim nem a minha filha! Nem a minha filha! Aline nunca foi minha... Bob nunca foi meu...

Adeline vai falando e caminhando devagar.

— Não foi falta de vontade. Eu tive paciência, eu tive amor, eu não fiz nada errado, eu só queria amar e ser amada... era só isso que eu queria...

Bob tira o telefone do gancho e desliga o interfone.
Está na sua sala.
Lágrimas nos olhos. Olha para a rua e pensa que deu tudo errado. Que não pode ser assim, que precisa conversar com Adeline. Que não é do seu espírito magoar assim alguém que tanto tempo está com ele, apesar de tudo. Que não pode deixar parecer o que não é. Que não é isso o que quer. Que tem que ser mais direto, mais honesto, mais sincero... Precisa falar com Adeline, precisa sim...
Loretta entra. Ele se volta. Ela vê os olhos molhados.
— Doutor Robert...
— O que é?
— Ligaram para avisar que sua mulher foi hospitalizada. – e entrega um bilhete – O hospital é esse.
No quarto, Adeline rebela-se:
— Nada disso, eu não fico. Estou indo embora!
O Padre Rovílio tenta convencê-la:
— Exames de rotina, só isso!
— Estou indo embora!
Ela sai da cama, põe os sapatos, veste o casaco e vai saindo do quarto. Volta-se e aponta para o médico:
— Nunca mais me dê soníferos, seu filho da puta!
Padre Rovílio assusta-se e vai saindo atrás.

Bob chega ao hospital. A moça da portaria confirma.
— Sim, Adeline Maines, quarto 51.
Ele entra pelo corredor e segue procurando pelo número na porta. Achou o quarto. Bateu e abriu a porta de leve.
Um médico está no quarto com um prontuário nas mãos e retirando o aparelho de soro.
— Onde está Adeline?
— Acabou de ser medicada e fugiu. A palavra é certa: fugiu! –

diz o médico — Ela vai se acidentar... dei-lhe soníferos.
Bob passa a mão no queixo.
— O que houve com ela?
O médico abana a cabeça.
— Nem deu tempo de saber. Mas é *stress*, com certeza. Não quis fazer os exames; não tem dinheiro para pagar. Não quis ficar hospitalizada pelo mesmo motivo: não tem dinheiro.
O médico fez um trejeito com a boca.
— Está divorciada... Não ganha pensão do marido... Essas cafajestadas que a vida faz para determinadas pessoas, sem dó nem piedade...
O médico volta-se de costas para Bob.
— O senhor é o médico do asilo? Pois bem, ela foi para lá.

Bob sai do estacionamento do hospital, vai para os lados do asilo e para no meio-fio. Está com lágrimas nos olhos. Pensa um pouco e depois dá partida. Volta para o escritório.
Telefona para o asilo. Padre Rovílio atende.
— É Bob. Preciso falar com Adeline.
— Ela precisa dormir.
Ele pede então:
— Quando ela acordar, me avisem.

Rafael vai para a casa de Adeline, que está às escuras. Então, vai para a mansão.
Maria o atende em silêncio e o leva para o quartinho de Adeline. Ele olha tudo: os livros, a boneca, a flauta. Ele sussurra para Maria:

— Ela vive aqui faz 20 anos?
Ele volta a mexer por tudo, curioso. Vê as pílulas anticoncepcionais. Rafael olha para Maria. Ela olha para as pílulas.
— Está gastando dinheiro à toa.

Bob chega a casa.
Ele bate de leve.
— Adeline!
Ninguém responde.
— Adeline!
Então, ele tenta abrir a porta. Não abre. Ele força com o joelho. Não abre.
Maria vem para perto e chama:
— Adeline, responda para mim. Você está bem?
— Sim.
Bob ouve e fica impaciente. Então, fala:
— Adeline, você precisa fazer os exames. Eu pagarei tudo. Adeline? Eu levo você, vamos?
— Eu estou bem. Só preciso dormir um pouco.
— Abra a porta, eu quero falar com você!
— Pode falar Bob, estou ouvindo.
— Eu quero entrar. Abra a porta.
— Não vou abrir.
— Adeline? Eu vou para a sala. Você abre a porta e vem lá. Vamos conversar.
Ele se põe de lado e tenta ouvir. Maria observa. Ela sabe. Adeline não vai abrir. Vai morrer, mas não vai abrir para Bob.
Bob então vai para a sala e liga para o Padre Rovílio.
— Ela se fechou no quarto. Não abre a porta!
— Deixa ela. Dormirá todo o dia. Deram-lhe soníferos no hospital.

SEGUNDA PARTE

— Mas... Mas...
— Deixa ela dormir.
Bob desliga o telefone. Está nervoso. Vai até a cozinha.
— Maria? Este quarto não tem chave... ele mostra a fechadura sem buraco de chave.
— Ela pôs uma tranca por dentro.
— Quando?
— Quando casou. Ela tinha medo de dormir sozinha. Lá no asilo dormíamos eu, Ana e ela no mesmo quarto.
Bob fica imóvel.
— Vou servir o almoço mais cedo já que o senhor está em casa, pode ser?
Bob vai para a sala. E pensa que precisa falar com Adeline. Precisa mesmo. Ele dirá a ela que não está mais saindo por aí, não quer mais. Dirá a ela que a deseja, que a ama. Que tudo vai ficar bem. Que ele será como sempre quis ser: carinhoso, amoroso. Que a fará feliz. Que não fará mais nada errado. Que agora sabe o que quer. Que ela pode confiar... que tudo vai ser diferente... Que estão ficando velhos, que precisarão um do outro.

※

No escritório, Bob entra na sala e olha com atenção para uma carta sobre a mesa. Pega o papel e sai furioso. Chega ao reservado dos micros:
— Quem foi que fez isso?
— Eu. – levantou-se o novo estagiário, alegre.
— Isso aí é coisa que se apresente? – gritou Bob, e colocou a folha a um centímetro do nariz do rapaz.
O garoto pega furioso o papel com a mão e amassa. Espicha o pescoço e encara o patrão:
— Olha aqui, seu camelo: não venha com as tuas grosserias para cima de mim! Com o que eu ganho, não sou obrigado a aguentar

seus ataques! Se a tua mulher não te dá, a culpa não é minha!
Bob olha para o rapaz e aponta a saída.
— Voando daqui!
O garoto pega a jaqueta e vai saindo sorridente. Passa por Bob e vai dizendo:
— Comedor de prostitutas... tu deves estar podre. Não bata o pé com muita força no chão, tá? Que o teu saco pode despencar, viu?
O rapaz vai andando e se volta.
— Estes cinco dias que o senhor me deve dê de gorjeta a elas. Elas merecem.
Ele anda um pouco, volta-se novamente e diz, como se estivesse representando, com o punho fechado e erguido acima da cabeça:
— Consegui captar! Estou vendo na tua testa um par de chifres!
E vai rindo jogando a jaqueta para o alto.
Bob está na porta da sala de micros, de costas para dentro. Está vermelho, possesso. Fica vendo o estagiário saindo lá adiante pelas portas de vidro.
Loretta ergue um papel:
"Vai sobrar para nós." – todos olham e não se mexem.
Ela ergue outro papel:
"Salve-se quem puder." – todos leem e ficam mudos.
Bob então se volta para dentro. Todos baixam os olhos. Loretta está digitando alguma coisa. Bob vem para perto. Na tela do micro está escrito:
"Camelo fica bem de chifres?".
Loretta para e espera. Se Bob vem para o lado e vê a tela, ela apaga. Se não, ela imprime. Um dedo no DEL, outro no I. Ela cuida dos movimentos dele, porém com os olhos fixos na tela. Por fim, Bob dá meia volta, sai dali e fecha a porta.
Loretta imprime e mostra para os outros. Risadas e mais risadas...
Bob senta na sua cadeira. Pensa... Olha sobre a mesa a foto de Aline criança. Abre a gaveta, pega a velha agenda e levanta para facilitar cair alguma coisa do meio das folhas. A foto do seu casamento. Ele tira a foto da filha e coloca essa foto. Ajeita direito por trás do vidro. Olha de longe. Faz um gesto, aprovando, com a cabeça. "É

SEGUNDA PARTE

isso aí", pensou, "para impor respeito!". Desafogou a gravata nervoso, olhou para o retrato e falou baixinho:
— É isso aí!
Girou a cadeira e olhou para a rua. Lembrou-se de Adeline.
Voltou-se e pegou o porta-retrato. Inclinou a cabeça.
Uma foto tão antiga... Adeline estava alegre, feliz e... iludida, Bob pensou.
Ele suspira. Aperta o interfone.
Loretta vem.
— O que é que você sugere? – pergunta Bob.
Ela não fala.
Bob fica imóvel, quieto, pensativo. E pensa, pensa. Então passa o dedo sobre uma sobrancelha, depois sobre outra, e continua:
— Estamos atulhados de serviço. Precisamos de alguém... com mais... paciência.
Loretta fecha a boca com uma das mãos. Está querendo rir, mas se controla.
Ele vai dizendo:
— Não quero mais estagiários. Elas... Eles... e Bob faz um gesto vago com a mão, e passa a mão nas sobrancelhas.
— Bom, – diz Loretta segurando-se para não rir. Entrega uma ficha para Bob e vai dizendo:
— Helena Ribeiro. Faz contabilidade à noite. Quarenta anos. Casada, ou melhor, solteira, é mãe de cinco filhos adolescentes.
— Cinco? Cinco?
— Um de cada pai, segundo ela. Todos já saíram fora da pensão dos pais.
— Ele balança a cabeça.
Loretta não segura mais o riso e ri com vontade.
Bob ergue uma das mãos e fala com malícia:
— Caminhão ladeira abaixo e mulher quando quer dar, ninguém segura.
Loretta vem para perto.
— Senhor Robert? Como é a sua esposa?
— Vive cercada de urubus. Ela nem é tão bonita assim, mas eu

fico o tempo todo alerta. Eu me sinto um espantalho de horta.
Bob vira o porta-retrato:
— Adeline Maines. Está casada há 20 anos... – ele espicha o pescoço para Loretta e sussurra energicamente: – com o mesmo cavalo: eu.
E ele mostra a si próprio com o dedo indicador. E dá um longo relincho imitando um cavalo.
Ele se atira para trás na cadeira.
— Um absurdo de tempo... O tempo passou e eu nem vi.
Ele olha para Loretta. Ela se inclina para ver o retrato mais de perto e faz uma cara de quem não conhece Adeline da foto. Bob vê. Ele sabe que está curiosa. Ele diz distraído:
— Um dia desses eu trago ela aqui para você conhecê-la.
Bob volta-se e fixa Loretta:
— Por que tanta curiosidade?
Loretta ergue uma sobrancelha.
— Bem... é que...
— É que o quê?
— Dizem que o senhor é solteirão, veado e até eunuco. Que o senhor paga cachê para uma mulher sair com o senhor, jantar e dançar de vez em quando para, digamos assim, impor um certo respeito... Quem me falou jurou que viu o senhor beijando na boca a freirinha do asilo nuns amassos no carro. Cogitam até dela ser filha do Padre... Rovílio, se não me engano... Dizem que o senhor fecha os bacanais da BR. E trata mal as mulheres dos bordéis, e...
— Ora, Loretta, cai na real: puta tem que levar no bico da bota. E que mais que dizem?
— Que o senhor viaja a cada três ou quatro meses para a Europa para tirar os recalques... de veado... E outras miudezas que, à medida que eu lembrar, eu lhe conto...
Ele aperta os olhos. Loretta ergue a mão e diz:
— É o que, gentilmente, me contaram. Imagine o que rola por aí, que não sabemos!
— Filhos de uma puta! – ele se vira de costas. Passa as mãos pelo rosto.
— Dr. Robert? O senhor é casado mesmo? Casado, casado? No fórum? Papéis do contrato civil?

SEGUNDA PARTE

Ele vai para o cofre, abre e pega um papel, desdobra e o estende para Loretta. Ela lê. Então pergunta:
— A sua esposa não adotou o seu sobrenome? Por quê?
Ele ergueu os ombros, e respondeu:
— Na época foi feito assim, com essa cláusula aí.
— É... Se ela usasse o seu sobrenome nunca seria ignorada, pode crer... E o senhor teve uma filha, é verdade? Adotiva todos dizem. Quando ela tinha dez anos o senhor entregou-a de volta para o orfanato. Tentou criá-la sozinho e não conseguiu. Foi isso?
Bob está agora gelado, pasmo, imóvel. Olhos arregalados. Vai ter um colapso.

※※※

Em casa, Bob recebe um telefonema e vai para a cozinha e fala com Maria e Adeline:
— John está no hospital. Passou mal e foi para uma cirurgia de ponte de safena.
Adeline assusta-se e enche os olhos de lágrimas. Bob também tem os olhos úmidos. Ele diz:
— Pode não parecer, mas eu amo meu pai. As lembranças de ser amado são do pouco tempo que vivi com ele. Está aí alguém que sabe amar. As mulheres não viram isso. Acho até que ele desistiu de procurar amor. Parece que não há no mundo alguém que veja o coração dele. As mulheres são cegas? Vou para lá.

※※※

É domingo de tarde. Padre Rovílio está à sombra de uma árvore. O Padre Pão está de *shorts jeans* que é uma calça velha cortada nos joelhos pescando de anzol à margem do rio. Adeline distribui sanduíches e refrigerante para as crianças. Ana está ao lado do Padre Rovílio fazendo crochê numa toalha.

É um dia quente, ensolarado. Os meninos estão sentados nas pedras dentro d'água, numa parte onde o riacho espalha-se e o fundo é uma rocha inteira.

Na volta, a van vem levantando poeira. Passam por uma igrejinha e o Padre Pão vê que há uma cancha de bocha e pessoas ao redor.

— Dona Adeline, vamos parar por 15 minutos!

— Padre Pão, – responde ela no mesmo tom – 15 minutos pelo seu ou pelo meu relógio?

Todos riem. E vão descendo.

Padre Rovílio já encontra um amigo.

Este pergunta, apontando com o dedo:

— É o novo Padre do asilo?

O Padre Pão então se volta e olha alegre para o velhote de barbas. Estende a mão.

Vai juntando gente ao redor.

— Veio nos dar a extrema unção?

— Não. Mas se tiver alguém que quer ir é só dizer. Só que tem um detalhe: lá não tem rio, nem campo de futebol, nem cancha de bochas... Vão pensando aí... Não se soltem, fiquem nos cabinhos, mas não se soltem.

O Padre pão vai terminando de falar e vai pulando para dentro da cancha de bochas. Ele se abaixa e escolhe uma bocha, prepara-se e lança.

— Não é possível! Preciso treinar mais! Alguns homens juntam-se e vai começar um jogo.

Padre Rovílio conversa com os amigos, Adeline vai para o barzinho com as crianças e Ana comprar balas.

— Ana? Uma hora dessas temos de vir buscar feijões aqui pelo interior. Estamos no fim.

No bar, Adeline informa-se:

— Quando é que começam a colher a safrinha de feijão?

— Mais uns 15 ou 20 dias.

— O senhor terá para nos vender?

SEGUNDA PARTE

— Pode vir. Eu sempre tenho.
— É para o asilo, sabe? Os velhos e as crianças precisam de sopas, caldos... Viremos buscar, sim.

Quando chegam de volta ao asilo, são quase 18 horas. Bob está aguardando no portão. Adeline vai até lá e pede:
— Bob, preciso ajudar no banho das crianças. Você vai ter que esperar pelo menos uma hora...
— Vou até em casa e volto daqui a pouco, está bem?
Ela sorri. Ele toca o rosto dela com a mão, como a se despedir e entra no carro.

Adeline vem e entra no carro. Está com os cabelos soltos e ainda molhados. Bob inclina-se e a beija no rosto.
Olha fixo para ela.
— Você precisa fazer os exames.
— Não, não. Estou bem. Como está John?
— Sobreviveu. Amanhã eu marco hora e aviso você. Venho buscá-la a hora que for.
— Negativo, – diz Adeline séria – não se atreva!
Bob ficou sério. Ele se afunda no assento do carro. Ele estende a mão e passa sobre os cabelos molhados.
— Está bem.
Ela se volta e sorri. Ele fica mais aliviado e se afunda no assento como fez Adeline. Ainda estão parados em frente ao asilo, no escuro. À sombra das árvores, mais escuro ainda.
Ele se prepara para falar. Passa as mãos no volante, alisa, volta.

— Adeline... preciso lhe falar sobre os acontecimentos...
— Bob, não fale. Eu só quero saber uma coisa, uma só: você está querendo se casar de novo? Por isso o divórcio?
Ele se volta surpreso. Agarra-a pela cabeça e a faz voltar-se. Ele segura-a pelas faces e vai entrando com os dedos pelos cabelos e sussurra:
— Jamais! Nunca! Nunca na vida!
Ele vai se chegando e quer beijá-la. Ela se retrai, vira o rosto, se torce, não permite. Ela ainda puxa as mãos de Bob que a seguram:
— Bob? Você está me machucando. Me solta!
Ele a solta.
— Vamos para casa... – ele se solta e vai dar partida no carro. Ela abre a porta rápido e pula fora.
— Eu vou dormir no asilo.
Ele desce do carro e vai para perto.
— Adeline... eu só queria conversar com você. Ele expõe as mãos abertas e continua.
— Não tocarei em você, eu juro. Não chegarei perto. Sentaremos na sala um longe do outro...
Ele aguarda. Ela está quieta. Os olhos molhados.
— Eu juro...
Ela abana a cabeça e entra no carro.

Agora estão em casa na sala. Adeline está de costas, olhando para fora, pela janela de onde vê a sua casinha.
— Por que é que você quis casar comigo, Bob? Se fôssemos amantes a vida toda, teríamos sido felizes, não é? Por que é que você quis casar comigo?
Ele escuta. Ela continua:
— Agora você pediu o divórcio... e eu não entendo o porquê, se você se virou sozinho...

SEGUNDA PARTE

Ele se levanta bruscamente e vai para perto. Abraça-a pelas costas.
— Eu só queria lhe contar... eu nunca mais saí... por aí... Sabe o que falam de mim na cidade? Que sou tudo, menos gente... Dizem até que estou de caso com uma freira do asilo... Tem alguma freira lá?
Adeline balança a cabeça.
— Sou eu, Bob. Todos me chamam de irmã Adeline; nas lojas, no supermercado...
— Oh, mas que ódio! Que ódio! Especulam até que você é filha do Padre! Aquele argentino, paraguaio, espanhol?
— Ele é espanhol, mas é basco. – ela responde.
— O que que um separatista veio fazer no Brasil? Já não chega os gaúchos dizendo "sou brasileiro, mas sou gaúcho"?
Bob está sem fôlego. Respira fundo. Senta-se no sofá e puxa Adeline para sentar ao seu lado. Então, fala com calma:
— Vou comprar um carro bonito para você. E todas as tardes, às 18 horas, você sai do asilo e vai ao meu escritório... E de lá saímos juntos no seu carro. E você dirige. Iremos ao cinema... iremos jantar... iremos dançar... Sairemos todas as noites... para o povo morder a língua!
— Oh, Bob, também não é assim...
— É sim. Esta semana vou viajar. Fico fora quatro ou cinco dias. Depois resolveremos isso. Meu pai vai fotografar para o portfólio de inverno. Eu gosto de estar lá.
— E o divórcio?
— Esquece isso... esquece isso... Me devolve a sua cópia.
Ele abana a mão e continua sério:
— Eu sei que você não me traiu com Rafael... Um homem podre de rico como ele, o que é que ele quer com você? Os parentes dele vão chamar você de filhote de asilo; isso é certo. Ele pensa que é bom na corrida. Mas eu de tamancos no banhado corro muito mais do que ele!
Adeline pensa: "Rico? Não parecia... Ele era simples, humilde, de bem com a vida, gostava de ler, conversar banalidades, ouvir e rir das bobagens que ela falava. Bonito, gentil, sereno. Aqueles olhos tão claros..."

— Por que é que todo mundo pensa que você é freira, ó diabos?
— É que eu tenho o mesmo sobrenome do Padre Rovílio...
Ele dá um soco na mesa.
— Temos que fazer os seus documentos de casada. Urgente!
Ele respira fundo. Olha para Adeline.
— E então, Adeline?
— Sim, Bob. Eu ajudo você.
Ficam os dois lado a lado. Bob acalma-se. Maria está colocando a toalha de mesa. Logo vem com os pratos e talheres.
Bob senta e traz Adeline para sentar ao seu lado. Pega o prato do outro lado da mesa e traz para frente dela. Maria vem com a comida. O suco de laranja. A sobremesa. O gelo.
Bob passa o braço sobre os ombros de Adeline.
— Você me serve. – ele diz sorrindo.
Ela sorri e pega dois filés de peixe e coloca no prato dele. Ele aponta para a salada mista. Ela vai servindo.
— Eu sirvo você. – diz Bob.
— Tudo igual. – ela diz apontando o dedo para o prato dele.
Ele vai servindo.
Começam a comer.
Bob para de comer, larga os talheres, passa o braço sobre o ombro de Adeline e diz baixinho ao ouvido dela:
— Eu prometo, eu juro, não tocarei em você... Apenas conversaremos... Dorme comigo na minha cama?
Ela larga os talheres e o fita.
Ele se anima:
— Amanhã é segunda-feira, dormiremos até meio-dia. Avisaremos a quem interessar possa que estamos... doentes?
Ela sorri. Ele a aperta contente.
— Adeline, sim ou não?
Ela consente.
Agora estão os dois na cama. Um abajur ilumina o quarto. Bob já começa a ir para cima dela.
— Bob, eu transo com você, mas você tem que usar duas camisinhas, duas, duas... – ela levanta os dedos em "V".

SEGUNDA PARTE

Ele está sonolento e respirando pesado.
— Amanhã de manhã – ele diz.
— Amanhã de manhã – ela consente.

Adeline vai para a cozinha. Maria vem para perto.
— Precisamos de alguma estratégia mortal. Por enquanto diga que está menstruada. Homem tem medo de sangue. Você pode dizer a ele que pegou sarna no asilo. Também que o sarampo chegou por lá. Que você está com sintomas de *influenza*, mas que pode ser gripe espanhola. Ele vai se assustar. Você vai desfiando esse rosário aí... Para o mês que vem vamos pensar numa estratégia boa. Naquele mês você ficará em Roma, a estratégia tem que durar um mês. Vou pensar... vou pensar... deixa comigo.
Adeline então fala.
— Outubro já é friozinho na Europa. Uma gripe espanhola daria certo? Será?

De manhã, Bob acorda e olha para o lugar vazio ao seu lado. Pega o travesseiro de Adeline, puxa para perto e enfia o rosto no pano macio.
Ele vai para a cozinha.
— Maria, você viu Adeline? Ela fugiu da minha cama. É nisso que dá não chavear o quarto e esconder a chave.

GAVINHAS

Adeline está com o Padre Rovílio na grande mesa do refeitório. O tabuleiro de xadrez no meio dos dois. As peças ainda estão na pequena caixa de madeira. Uma criança no colo de Adeline brinca com as estatuetas do jogo.

Ana traz um prato de biscoitos e uma jarra de leite. Adeline serve os pequenos copos para todos.

Um menino entra correndo com um envelope na mão. Adeline pega:
— Adriano!

Abre e lê: "Feliz Aniversário". Olha o postal. Sorri. Solta a criança que tem no colo, vai para o armário e tira de lá o mapa-múndi. Desenrola sobre a mesa, debruça-se sobre ele e vai procurando com o dedo indicador.

Padre Rovílio vai lendo o postal e espicha-se para ver no mapa.

Adeline riu contente. Enrolou o mapa e o guardou onde tirou. Pegou o copo de leite, sentou-se virada para a porta e murmurou:
— Saudade não mata, mas castiga.

Em casa, Adeline entra pela cozinha, vai à lavanderia, pega uma toalha de banho e vai pelo corredor. Maria vem ao seu encontro.
— Adeline, Bob mandou avisar que viajou hoje e volta somente segunda-feira.
— Maria? Você sabe onde está o secador de cabelos de Bob?

Maria volta pelo corredor e entra no quarto de Bob.

Adeline chega de ônibus. Rafael a recebe contente. Passa um braço sobre os ombros dela e seguem alegres.

SEGUNDA PARTE

Ele fala:
— Você precisa saber o que aconteceu ontem à noite, no salão de convenções. – ele ri. – Era para ser um debate sobre filosofia de dois partidos... Você sabe... Esses dois que estão aí incendiando. Pois é, – continua ele rindo – concluíram que só se matando a socos chegariam a um acordo e foi o que fizeram: os dois chefes dos respectivos partidos, engalfinhados no chão, a socos!
Rafael ri como se visse tudo novamente.
— Os simpatizantes também chegaram a uma boa conclusão: se sai briga, não tem sobremesa no jantar, porque aqueles dois foram parar embaixo da mesa de doces e a toalha veio abaixo com tudo o que havia em cima!
Rafael ri com vontade. Ela olha para ele encantada. Quando foi que ela ouviu um riso tão solto? Nunca.
— O que é que você faz nessas situações?
— Me escondo para rir. Eu tenho um canto só para ver, sem ser visto. Eu quase morri de tanto rir... Depois eles foram se recompondo... A turma do "deixa-disso" se uniu, fizeram as devidas limpezas e cinco minutos depois ninguém podia imaginar que ali fechou o pau. Os dois assumiram a postura de candidato sério, comportado e dentro dos bons costumes...
Rafael balança a cabeça e suspira.
— Fala você, Dona Adeline! – e Rafael a beija no rosto.
— Eu só tenho uma história... triste... sei lá... Você quer ouvir?
Eles estão sentados num banco de madeira. Rafael está sentado no canto com as costas na parede. Canecas fumegando. Adeline encosta-se nele. Ele passa o braço pela frente de Adeline e a puxa para perto de modo que fica de costas para ele, apoiada em seu peito. Rafael encosta o queixo ao lado do rosto de Adeline.
— Vamos lá. Quero ouvir.
Ela pega o caneco e bebe um gole de chocolate. Segura com as duas mãos a mão de Rafael sobre o seu peito e começa a falar, como se estivesse vendo a cena:
Um casal está saindo pelo terraço com um menino pela mão. Tem seus seis ou sete anos. Ele caminha no meio dos dois de mãos dadas.

GAVINHAS

Padre Rovílio, Adeline, Ana, outras crianças e alguns anciãos saem juntos, acompanhando-as. Todos param. O casal vai seguindo pela alameda com o menino.
    De repente um menino com seus quatro ou cinco anos começa a chamar:
    — Pietro! Aonde você vai, Pietro?
    O Padre Rovílio diz:
    — Ele vai morar com uma família. Agora ele vai ter pai e mãe...
    — Não, Pietro! Não vai, Pietro!
    O menino quer correr e o Padre Rovílio o segura. O garoto debate-se e grita:
    — Pietro! Eu não quero ficar sozinho! Eu quero ir junto! Eu quero ir junto!
    O garoto agora grita e chora. E tenta soltar-se das mãos do Padre Rovílio.
    O casal para e se volta.
    — Pietro! Pietro!
    O homem fica olhando a cena. Fala alguma coisa para a esposa e vem pela alameda até o Padre, que ainda segura o garoto. Ele chega perto, estende os braços para o menino e o pega no colo. O menino abraça o senhor pelo pescoço e diz, chorando:
    — Eu quero ir junto.
    O homem olha para o Padre Rovílio.
    O Padre abana a cabeça e diz:
    — Eles são irmãos.
    O homem olha para Pietro que está lá perto do portão com a sua esposa e olha para o pequeno em seus braços e diz:
    — Eu levo os dois.

    Adeline termina de contar e fica em silêncio, encostada em Rafael. Está triste. Rafael beija-lhe a fronte. Está pensativo. Pelos seus corações passou alguma dor. Eles fecham os olhos. A dor da separação. A dor dos que partem e a dor dos que ficam...

SEGUNDA PARTE

Rafael vai bebendo no caneco de barro.
— Amanhã é seu aniversário, não é, Adeline?
— É e não é. O certo é 11 de julho. Fui registrada meses depois. Estavam resolvendo quem seriam meus pais para ficar uma certidão normal. O cartório estava nas mãos de um novo dono. Ele disse para o Padre Rovílio que era para parar de inventar e não iria botar pais e mães fictícios numa certidão de um órfão, que era, sem dúvida, órfão. Aí o Frei Rovílio insistiu: "ela é minha filha com uma vagabunda. Sabe como é, sabe como é...". O homem do outro lado do balcão: "Eu sei como é... eu sei como é... Padre Rovílio, eu sei dos seus rolos. Sei tudo... Você arranja papéis falsos para tudo. A certidão da menina vai ficar com o seu sobrenome, vá lá. Mas sem pai, nem mãe... Larga mão de ser mentiroso". O homem vai preparar a certidão e traz para o balcão. O Padre pega e diz: "Você está namorando uma vaca que já pariu dois bezerros e fui eu que tive que me virar. Tira o seu pau daquele buraco sujo". Essas coisas horríveis que ele fala, Rafael, é invenção, todo mundo sabe. Ele ainda vai apanhar de alguém que se enfurece com isso.

Rafael está sério. Não responde.

Por fim afasta Adeline, acomoda-se e se volta para ela:
— É? Foi assim?
— Bem assim, Rafael. Bem assim.

Ele suspira e convida:
— Bob vai viajar quatro ou cinco dias? Nós também.

Ela se volta para ele. Ele vê a dúvida.
— Vamos. Não vai acontecer nada que você não queira.
— Preciso avisar o asilo.
— Não precisamos levar nada. Lá tem roupas, tudo.

Eles saem do RICZ, atravessam a rua e entram na Editora. Do escritório, Rafael liga para cima e avisa as filhas:
— Estou indo para o campo com uma amiga. Volto domingo à tardinha.
— Oh pai, quem é ela?
— Não pergunte. Não é nada disso.
— Oh pai! Para o campo com uma mulher e não é nada disso? É a "chocolate"?

— Estamos lá. Tchau.

Ele sorri para Adeline e se volta para a estante. Então, pega dois grandes sacos plásticos cheios de folhas soltas e vai colocando numa valise.

Chegam.

Rafael estaciona o carro bem junto à casa. Adeline desce e olha em volta. Está muito escuro. Os dois entram pela varanda.

— Chamo os caseiros para fazerem o jantar?

— Não, eu não quero jantar.

— Nem eu.

Os dois sorriem.

Ele leva Adeline até a cozinha e abre a geladeira.

— Temos Sucrilhos... leite em pó... laranjas...

Adeline espia para dentro.

— Biscoitos... salsichas... queijo... pra que mais? – ela ri.

Foram para a sala. Olharam pela janela. A lua logo iria sair por detrás de uma nuvem. O clarão já se abria.

Rafael sentou-se numa poltrona. Adeline em outra. Pela janela via-se agora a lua inteira iluminando tudo.

Rafael apagou a luz. O luar batia no chão em quadrados, pelos vidros da janela.

— Este é o meu refúgio.

Ele troca de lugar e vai para junto de Adeline. Descalça os sapatos, vai deitando-se e puxa Adeline sobre si. Ela solta os sapatos e acomoda-se. Ela sente o calor dele, o cheiro dele.

— Vamos dormir cedo. Aqui não vale a pena levantar tarde, você vai ver, não vale a pena.

Rafael entrou no quarto, abriu o roupeiro e tirou duas toalhas de banho e dois pijamas. Entregou uma toalha e um pijama para Adeline, e entrou no banheiro. Ela foi atrás.

— Ainda estão aqui as coisas de Catherine...

SEGUNDA PARTE

— Posso usar... – perguntou Adeline – os perfumes de Catherine? Os dois olham para a pequena prateleira espelhada. Rafael volta-se, põe a mão aberta sobre a toalha de banho que Adeline segura nas mãos e sai.
— Na cama, Rafael puxa Adeline sobre si mais uma vez. Ele aspira o perfume e diz:
— O perfume de Catherine!
Ela acaricia o seu braço. Ele acaricia as suas costas.
Por fim Adeline pergunta:
— Como eram os seus toques, Rafael?
— Você quer saber se eu a amava? Sim. Muito.
— Você foi fiel a vida toda?
— Pra dizer a verdade, eu só tive ela. Nós casamos e aprendemos juntos. Ela era muito fofa.
Adeline ficou em silêncio. Rafael passando de leve as mãos nas costas dela. Ela olha para ele.
— Rafael... Rafael...
Ele girou devagarinho e ficou sobre ela.
— Você vai entender o que eu vou dizer? Suas coisas com Bob devem ficar resolvidas. Eu não quero ser assediado por um marido furioso. Você vai ter que se defender.
Ela voltou o rosto e seus olhos encheram-se de lágrimas.
— Adeline... Adeline... Não posso interferir...
Ele tenta virar o rosto dela para olhá-lo.
— Rafael... Rafael... – ela suspira.
— Adeline, minha bela, eu não posso fazer isso.
— Oh, Rafael! Estou com o papel do divórcio. Ele não me quer mais, é definitivo... É sério. Vamos apenas desfazer os boatos... depois... Estou pulando fora aos poucos.
— Você ainda o ama, não é?
— Eu não vou ficar com ele, sem chance.
Rafael então se rola de novo e leva Adeline novamente sobre si. Ela vai parando de chorar.
— E se eu tiver pesadelos, você vai se assustar?
— Pode ser... pode ser...

Ela levanta a cabeça e vê Rafael sorrindo.
— O que foi? – ele pergunta.
Ela sorri e se deita de novo sobre ele.

De manhã, saíram a caminhar.
Adeline olhava para Rafael.
— Rafael... Rafael... – ela fala triste.
— Não.
E Rafael a olhava nos olhos.
— Rafael... Rafael...
— Não.
— Por que é que um homem, sabendo que uma mulher o quer, não aceita?
— Por quê? Por quê? Por quê? Porque a maioria dos homens são descuidados, distraídos, destrambelhados, insensíveis, grosseiros...
No sofá da sala, de pernas para o ar, cada um com um dos esboços de livros que Rafael trouxe.
— O que você achar que pode mudar, anote a lápis nas margens. O escritor às vezes concorda com retoques. – disse Rafael alcançando-lhe um lápis.

Na cama, Adeline revira a carteira de Rafael.
— Rafael Maçãs. De que país de origem é este nome?
— Sou descendente de israelitas fugidos da guerra. Este sobrenome Maçãs foi adotado quando chegaram aqui. Com medo de serem descobertos como judeus, jogaram fora todos os documentos e fizeram tudo de novo com um nome local.

SEGUNDA PARTE

'Em toda a América aconteceu isso. Consegui fazer a árvore genealógica porque meu avô deixou alguns escritos num velho caderno, antes de morrer. Nomes dos antepassados, fatos ocorridos com alguns membros da família, tudo correto. Ainda hoje tenho amigos que não conseguem voltar às origens dos seus ancestrais... Perderam as suas raízes.
Adeline então falou:
— Estou nesta última categoria. A dos que perderam suas raízes.
Rafael com a Carteira de Identidade de Adeline, ela com a dele.
— Rafael, você nasceu em Buenos Aires!
— Mas estudei sempre no Brasil. Meus pais ainda estão lá. Têm dois hotéis em Buenos Aires e uma pousada em San Carlos de Bariloche. E também lidam com minério de ferro. Um dia você vai conhecer meus velhos.
Rafael está contente:
— São os melhores pais do mundo!
— E você, o melhor filho do mundo! Eles dizem?
— Eles não têm outra opção. Sou filho único! Tome cuidado com o que os pais dizem dos filhos. Eles mentem muito! – diz Rafael rindo – e pergunta:
— Quer conhecer as minhas filhas? São as melhores filhas do mundo!
Adeline olha para ele e ri.
— Essas filhas de pai viúvo, cada vez que o pai aparece com uma mulher, o que elas dizem? Oba, faxineira nova!
Rafael ri às soltas.
— Rafael? Me conta de tua vida. Seus dez, 15, 20 anos.
— Com 18 anos me casei com Catherine. Foi uma história de amor incrível! – diz ele exagerando o tom de voz – Quer que eu lhe conte?
— Sim.
— Eu dançava sempre com Catherine nas domingueiras. Eu ficava na porta esperando ela chegar. Um dia, bem no meio do salão, eu pedi ela em casamento. Ela não dizia sim e nem não. Só olhava para mim e ria. Eu me senti um palhaço. Aí começamos a dançar e

eu peguei o braço dela e fui torcendo: sim ou não? Ela não respondia e eu torcia o braço com ainda mais força, cada vez mais: sim ou não? Sim ou não? Sim ou não? Ela disse sim! Começamos a namorar e em menos de seis meses nos casamos... Gostou?

Então, ele olha para o teto com o olhar sonhador:

— Eu a amava demais... Ela era muito fofa. Ainda lembro com emoção... Ela me aceitou, chato como eu era...

— Com quinze, dezesseis, dezessete anos, Rafael, o que você inventava?

— Com catorze anos fui morar em Israel. Fiquei lá um ano. Era um sonho de vovô. Papai foi, eu também fui. Fiz contabilidade à noite, o hotel estava ficando pronto, criei vergonha e comecei a trabalhar.

— Frei Rovílio diz que você é médico.

— Para ser psiquiatra eu precisei desse diploma. Os pais de Catherine nem queriam que ela casasse. Eu garanti a eles que cuidaria dela. E cuidei. Tivemos as meninas... Fomos felizes do melhor jeito que deu. As depressões profundas eram cada vez mais frequentes. Um dia ela me disse: estou indo. Então, ela tirou esta joia do pescoço e enrolou no meu pulso. E me disse adeus. E se foi.

— Você chorou muito?

— Sim... Mas eu tinha que deixá-la ir.

Adeline ouve em silêncio. Ela se ajeita na cama e o beija nas faces.

— A vida às vezes é cruel. – ela fala – Quando a dura realidade me atingiu e eu constatei a minha solidão eu chorava no banho. Ninguém podia me ver. Mas veja só, Rafael, eu olhei para os lados e vi tanta gente pior que eu... Por que eu precisaria chorar tanto? Pelas coisas que eu não tive? Então, parei por aí.

Ela olha os documentos na carteira de Rafael.

— Sim senhor, Doutor Rafael. O senhor nasceu em...

SEGUNDA PARTE

— Dez de dezembro. – ele diz alegre.
Ela olha e vê 11 de julho.
— Rafael, aqui diz...
— Ah, sim! – ele diz – 11 de julho de 1987.
— Nós nascemos no mesmo dia e ano. Bob é cinco anos mais velho que eu.
— Bob? Quem é Bob? Ele não é seu pai? Aquele russo não é o seu pai? A cara dele parece a serra do mar de tantas dobras que tem...
Rafael ri com vontade.
Adeline então fala alegre:
— Todo mundo chama ele de velho. Acho que ele já nasceu velho... Mas eu já cortei um dobrado por aquele irlandês.
— Ele não é italiano?
— Bob não é filho biológico de John. Eu disse para ele que a mulher dele o enganou. Eu tinha sete ou oito anos quando sonhei. Só anos mais tarde ele admitiu e me contou a história.
A cozinheira chega para fazer o almoço. Eles pegam os livros para ler.

※

Bob, que pretendia chegar apenas na segunda-feira, chegou ao meio-dia de sábado.
Saiu do aeroporto, foi de táxi até a garagem do escritório, colocou a mala no bagageiro do seu carro e foi direto para casa.
Levou a mala grande para o quarto e voltou à sala. Abriu a maleta e tirou de dentro um pequeno pacote de presente cheio de fitas e laços. Tirou também outro embrulho que parecia uma peça de roupa. Colocou os dois pacotes sobre a mesa. Acomodou-se no sofá, pegou o telefone e ligou para o asilo:
— É Bob. Quero falar com Adeline.
— Ela avisou que não viria trabalhar hoje.
Bob foi para o quarto, abriu a mala e colocou os ternos no roupeiro. Foi guardando tudo e, por fim, guardou a mala.

Foi ao banho. Vestiu o roupão e secou os cabelos com o secador. Saiu pelo corredor e chegou à cozinha.

— Maria, Adeline vem almoçar em casa?

— Não. O senhor vai ter de aguardar mais uns 30 minutos pelo seu almoço.

— Tudo bem... tudo bem...

Ele voltou para a sala. Tirou alguns papéis da valise, prendeu-os juntos. Olhou atento um por um. Levou a maleta e os papéis para o quarto e atirou-se sobre a cama. Pela porta entreaberta viu Maria passar em direção à sala. Levantou-se e foi para a mesa. Do seu lugar, viu o ônibus chegar defronte à cancela. Prestou atenção. Adeline não apareceu. Continuou a comer.

Deitou-se no sofá, esticou o braço e pegou o telefone.

— É Bob. Adeline apareceu por aí?

Ouve e fica quieto. Cruza os braços sobre o peito e dorme.

Bob acorda-se de repente. A sala está na penumbra. Ele olha para fora e já está anoitecendo. Vai para a cozinha e não vê Maria. Volta para a sala e faz outra ligação para o asilo.

— Quero falar com o Padre Rovílio. É Bob.

— Não. Não apareceu. – o Padre diz.

Então, ele saiu pela cozinha e foi ao mato, no círculo das árvores. Nada de Adeline. Voltou e foi para a casinha. Nada de Adeline. Parou um pouco e voltou quase a correr. Abriu a porta do quartinho e foi direto ao roupeiro. Tudo lá. Respirou aliviado. Voltou-se para a estante, pegou uma caixinha de madeira e vasculhou por baixo de cartas e cartões. Achou dinheiro – 500 reais. Revirou e encontrou duas caixinhas de pílulas anticoncepcionais. O sangue lhe ferveu. Largou tudo, foi para a sala e pegou o telefone.

— Quero falar com Rafael.

— Papai está na casa de campo. Volta só domingo à tarde.

— Quando é que ele foi?

— Ontem à noite.

— Obrigado.

— Domingo à tarde! – repetiu Bob, dando um soco na mesa.

SEGUNDA PARTE

~~~///////\\\\\\\~~~

É domingo à tarde. Bob está na janela e a cada barulho de carro na rua ele presta atenção. Está anoitecendo. O ônibus para e desce Adeline. Ela vem devagar pela calçada estreita. Quando chega à frente do terraço, Bob abre a porta da sala. Ela o vê sobre os degraus e entra. Ele agora está fervendo o rosto vermelho. Adeline encosta-se na parede. Ele vem perto dela e aspira o perfume dos cabelos. O nariz encosta nos cabelos. Então, ele se vira de costas, ergue a mão furioso e grita:

— Amanhã à noite os advogados virão para os últimos papéis! Esteja em casa! Ouviu bem? Esteja em casa!

Ela nem se mexe para sair dali.

Bob volta-se e chega perto de novo:

— Desde quando você toma pílulas?

— Desde que Aline nasceu.

Bob colocou as mãos sobre o próprio peito. Ficou surpreso e chocado. Não sabe o que dizer.

Adeline vai pelo corredor e entra no quarto. Atira-se na cama, enfia a cabeça no travesseiro e começa a chorar. Bob, que ficara imóvel na sala, foi pelo corredor, furioso, abriu a porta do quartinho e entrou. Adeline suspende o choro e contorceu-se para olhá-lo. Olhos vermelhos.

Bob represava no peito uma enxurrada de impropérios. Mas não conseguiu falar. Moveu os lábios apenas.

Ela aguardou. Ele não falava. Então, ela disse:

— Bob, diga agora tudo o que você tem direito. É a última vez que eu vou ouvir você. Amanhã eu assino os papéis e vou embora.

Ele engoliu em seco. Cobriu o rosto com uma das mãos.

Ela aguarda. Por fim, ele diz, mais calmo:

— Vamos conversar na sala. Me devolva aquela cópia.

— Aquela cópia é minha. – ela diz.

Ele vem e senta nos pés da cama. Olha fixo para ela e vai dizendo a sussurrar:

— Agora você sabe por que eu nunca tive confiança em você? Agora você sabe o que eu queria dizer quando eu falava que era só uma questão de tempo? Agora você sabe por que eu prefiro prostitutas?

Ele sai pisando firme, sem fechar a porta.

Ela se levanta, vai atrás e diz baixinho:

— Bob? Você acha mesmo que eu sou a pior das piores? Eu já tenho mais de 30 anos, Bob. Estou velha, Bob, por dentro e por fora. Você não vê? Amanhã eu saio daqui. Por favor, não me insulte mais.

Ela vai para o quarto e fecha a porta. Balança a cabeça. Olha para os livros na estante. Pega uma caixa de papelão que está debaixo da cama, põe no chão ao lado da estante e vai pondo os livros dentro. Coloca-os empilhados e apertados. Vai colocando até que todos estão na caixa.

Ela pega aleatoriamente um livro e abre a primeira página. "Eu amo você. John". Ela sorri.

Olha ao redor. Abre o roupeiro. Empilha as roupas sobre a cama. Pega a caixa de roupas de baixo e põe por cima. Passa o braço e apanha tudo. Olha para o guarda-roupa que está com as portas abertas e confirma: está vazio.

Ela abre a porta e sai para a cozinha. Bob a vê da sala com as coisas e vem apressado.

— Onde é que você vai?

Ele olha para as roupas.

Ela não responde. Olha para os olhos dele.

— Estou falando com você. Onde é que você vai?

— Estou levando as minhas coisas para o asilo.

— Não, senhora. Pode guardar. E fique em casa. Você só vai depois de assinar os papéis, amanhã à noite.

— Eu venho amanhã à noite; eu venho.

— Vá guardando, eu já disse! E tem mais uma coisa: não se iluda com Rafael. Ele jamais vai ficar com você. Vocês são dois desesperados que se encontraram numa esquina qualquer, numa noite escura.

SEGUNDA PARTE

Na segunda-feira de manhã, Bob entra na sua sala, larga a pasta em cima da mesa e vai contornando-a para chegar até a sua cadeira. Senta-se e olha para o lado. Uma senhora que está sentada levanta-se rápido ao notar que foi vista, e diz:
— Bom dia.
Bob não responde, só inclina a cabeça.
Ela continua:
— Sou Helena Ribeiro. Estou começando hoje. Só vim me apresentar e conhecer o senhor.
— O que é que você sabe fazer?
— Nada. É meu primeiro emprego. Sei datilografia. Sou ótima. Não sei nada com microcomputadores.
— Vai trabalhar na correspondência; tem que saber! – diz Bob indignado.
Ela fica parada olhando para ele.
Bob impacienta-se na cadeira.
Ela continua:
— Eu tenho paciência para aprender. Se tiver alguém com paciência para ensinar...
Bob agora tamborila os dedos sobre a mesa.
Ela aguarda, aguarda, aguarda. E pensa que ele deve ser meio maluco, deve ser. Ela então diz:
— Fico ou posso ir embora? Gostaria de saber já. Sei que na vaga que Loretta me ofereceu não para ninguém. Deve ser um serviço horrível... Tenho que ver outras empresas. – e ela mostra três fichas que tem na mão.
— Vai trabalhar em que se não sabe nada? – grita Bob.
— Não grite comigo que eu não sou surda! Na inscrição que eu fiz, na sua empresa, o pré-requisito é datilografia... Tenho aqui a proposta de uma lavanderia...
Ele a olha surpreso.
— Faz contabilidade e vai trabalhar numa lavanderia?
— Qualquer coisa me serve. Pelo menos serei um burro de carga remunerado.
Bob a olha interessado, mas não fala.

— Por favor, – ela diz – não me faça perder tempo... – e olha para o relógio.
Ele aperta o interfone. Loretta vem.
— Loretta, ensine à Dona Helena só impressão nos micros. Só, só, só. Nada mais. Faça um modelo de cada carta.
Elas saem juntas.
Bob apoia os cotovelos sobre a mesa e o queixo sobre as mãos. Está pensativo. Pega o telefone e liga para o asilo.
— É Bob. Quero falar com Adeline.
No asilo, Ana vai chamar Adeline na lavanderia.
— Negativo. Falaremos hoje à noite. Diga isso a ele. Eu não vou falar com ele no telefone. Não vou mesmo.
Bob está impaciente com a demora.
Por fim, Ana vem e lhe diz:
— Ela não quer atender, senhor Robert. Disse que falará com o senhor à noite.
Ele bate o telefone. Sai da sala, pega o carro e vai para o asilo. Nem termina de descer do carro e vê Adeline vindo para o portão.
— Precisamos conversar, Adeline.
— Não, Bob, não.
— Vamos dar uma volta... ou melhor, entre aqui no carro. Só quero conversar com você.
Ela sai do portão e entra no carro.
Ele olha para ela e diz baixinho:
— Afaste-se de Rafael, é tudo o que eu quero.
Ela permanece imóvel, olhando para longe através do para-brisas.
Ele continua:
— Afaste-se de Rafael e eu esquecerei tudo. Papai já comprou seu carro. Aqui na cidade, ninguém tem igual... Sairemos para dançar... vamos ao cinema... vamos à Praia, você gostou tanto... Afaste-se de Rafael. Eu não lhe pedirei mais nada...
Ela abre devagarinho a porta do carro. Ele a segura pelo braço.
— Mal agradecida, isso o que você é!

SEGUNDA PARTE

Bob entra na sua sala e vai direto para a sala de Averi.
— Chame os advogados, urgente, agora, já!

※※※

Adeline e Padre Pão estão na capela do asilo. Ela tira o pó com um pano úmido. O Padre está de batina preta e separa algumas roupas e leva-as para a sacristia da capelinha. Volta. Arruma a lamparina. Adeline lava o pano no balde e põe sobre o ombro. Pega do chão um pano maior e limpa os dois degraus de desnível do altar. Joga o pano no balde e sai.
O Padre sai logo atrás e diz para ela:
— Estava pensando: nos domingos vou rezar a missa às dez horas. Depois almoçamos e à tarde... vamos passear! Um domingo destes vamos pescar na barragem do rio Passo Fundo.
Adeline vai para a lavanderia. Lava os panos e estende. Abre a lavadora e tira as roupas lavadas e vai jogando num grande cesto. Vai para o varal e vai estendendo os lençóis. Termina e vai para dentro. Para. Está ouvindo uma flauta tocar? Ela vai devagar até a sala. É o Padre Pão ensaiando algumas notas. Ele para. Começa de novo. Para. Ela chega perto e ele diz:
— Aqui não tem piano. Preciso ajeitar a flauta... Piano é melhor. Enquanto eu toco posso cantar, falar, declamar poesias...
Ele estende as mãos no ar, dedilha um teclado imaginário de piano e começa a cantar baixinho:

"Que nenhuma família comece em qualquer de repente,
que nenhuma família termine por falta de amor:
Que o casal seja um para o outro de corpo e de mente
e que nada no mundo separe um casal sonhador..."

Ele para e sorri para Adeline.
— O Padre Rovílio me contou a sua história. Um dia eu vou

lhe contar a minha. Eles se olham. Adeline está triste. Agora ele não imita mais o piano. Levanta e caminha lentamente. Vai para perto da janela e canta baixinho:

*"Que a família comece e termine sabendo aonde vai,
que todo homem carregue nos ombros a graça de um pai..."*

Ele põe as mãos sobre o próprio peito.
O Padre, então, volta-se devagar e olha para Adeline. Ela sente no peito uma infinita tristeza. E pensa que aquele homem bonito, ali na sua frente, chegou aqui andando por caminhos traçados semelhantes aos seus: de abandono, solidão, amargura e dor. Bem como os seus. Ele não precisa nem contar. Isso ela já sabe... Isso ela já viu...

Adeline chega a casa e vai direto para a sala. Um advogado já está a postos com os papéis sobre a mesa. Ela olha para Bob e ele desvia os olhos. Ela se volta e o advogado estende-lhe uma folha de papel. Adeline passa os olhos e vê que é mais extensa que as outras. Esta possui timbre da empresa nas margens. Ela inclina-se e lê. Pelo que está entendendo, ficará com o Edifício Granville, muito dinheiro e muitas ações...
— Vamos, assine! – disse Bob, apontando os papéis.
Ela diz:
— O edifício Granville é do asilo. John fez usufruto dos aluguéis todos, menos a cobertura e o terraço, que ele deixou para o caso de você querer morar lá.
Bob fica surpreso.
Adeline mostra com o dedo.
— E aí, o que mais você está me dando que não é seu?
Bob vai para o telefone:
— Pai, o Edifício Granville você...

SEGUNDA PARTE

Ele escuta longos momentos.
— Seu burro! Seu burro! – e desliga.
Bob voltou para o advogado; ele está inquieto. Ele põe as mãos sobre a mesa e grita:
— Livre-se de Rafael é só o que eu peço!
O advogado assusta-se e olha para Bob, surpreso. E Bob continua, gritando:
— Foi meu ódio por você que me impelia para o trabalho. Quanto mais eu odiava, mais eu trabalhava. Tudo o que eu tenho é fruto do meu ódio por você! Você merece metade de tudo o que é meu! Pegue!
Adeline não se moveu.
O advogado está nervoso. Começa a recolher os papéis. Olha para Adeline. Ela continua do mesmo jeito: olhos fechados, braços sobre a mesa. Bob chega perto e toca-lhe o braço. Ela está fria. Ele toca uma das faces.
Bate a mão de leve no rosto dela.
Ela não reage.
Então, o advogado diz:
— Chame um médico.
— Cala a boca! Você é um zero à esquerda!
Ele sai. Bob então tenta tirar Adeline da cadeira e não consegue. Maria pega um copo de café na mesa e segue o advogado. Ele está no carro e já vai dar partida.
— Espere. Tome um café. Mesmo que as coisas não tenham dado certo, vá para cima. Bota preço, cobre caro, enfie a faca.

Agora, o médico examina Adeline. As enfermeiras colocam soro. Bob abre uma gaveta do seu roupeiro, tira um pijama e alcança para as enfermeiras. Ele se dirige ao médico.
— Melhor levá-la ao hospital?

Já no hospital:
— Uma injeção para ela dormir resolve. Relaxante muscular. Afinal, o que houve? Ela está em estado de choque.
— Estamos nos divorciando.
— Ah...

De manhã, Adeline sai do hospital numa cadeira de rodas ainda sonolenta.
Uma enfermeira vem colocá-la na cama em casa.
— Ela ficará bem. Dormirá até à tarde.
— Você deve ficar. – Bob pede à enfermeira.
— Não, não há motivo, acredite.
Bob sentou-se na cama. Passou a mão na nuca e abanou a cabeça.
O telefone tocou na sala.
— É Rafael. Quero falar com Adeline.
— Adeline não está. – disse Bob.
Rafael então ligou para o asilo.
— É Rafael. Quero falar com Adeline.
— Ela está em casa.
Rafael liga de novo.
— É Rafael. Quero falar com Adeline.
É Maria que atende.
— Ela não pode atender. Está sob sedativos.
Rafael desliga, pega o casaco e sai.
Em casa, Bob faz uma ligação.
— Dinah? Amanhã na primeira hora manda aqui em casa roupas de quarto, roupas íntimas, tudo, para Adeline... Pode ser?
Rafael toca a campainha da porta.

SEGUNDA PARTE

Bob vai abrir e não quer que ele entre. Rafael põe o pé na porta e força para entrar. Bob então se afasta e leva Rafael para o quarto.

Rafael sentou-se na cama ao lado de Adeline e olhou para o soro.

— Adeline, você arrancou o soro! Não devia! Não devia!

Ela não responde.

Rafael olhou para Adeline, inclinou-se e lhe beijou o rosto várias vezes. As mãos sobre as orelhas dela.

Bob na porta, observando.

Levantou-se e foi para a sala. Bob seguiu-o.

— Você viajou com ela no fim de semana, não é?

— Sim, ela estava comigo na casa de campo.

Rafael olhou para Bob e viu a sua indignação.

— Por que a levou? Para confundi-la, atrapalhar a nossa vida? Seduzi-la descaradamente?

— Não aconteceu nada. Eu não quis; ela bem que queria.

— Ha ha ha... Você é muito convencido.

Ficaram os dois lado a lado, calados. Por fim, Rafael foi até o quarto, beijou Adeline nas faces, voltou para a sala e olhou para Bob.

Lá fora, antes de entrar no carro, Rafael olhou a paisagem ao redor, e pensou: é mesmo um bonito lugar.

Bob foi para o quarto e dirigiu-se a Maria:

— Eu quero ficar a sós com Adeline.

Bob inclinou-se e beijou Adeline na boca. Abanou a cabeça. Passou a mão na nunca. Tirou os sapatos e se deitou ao lado dela, por cima das cobertas. Com o rosto tocando os cabelos de Adeline, ele sussurra:

— Perdão, Adeline.

No outro dia, Rafael ligou às sete horas.

— Não acordou. – disse Bob – O médico falou que acordará à tarde.

À tarde, Rafael chega à casa de Adeline. Vai para o quartinho dela. Ela dorme. Maria está na cozinha. Ele beija Adeline no rosto e vê Bob chegando rápido e exaltado.

— O abutre está aqui de novo?

※

No outro dia, Adeline vai para a parada do ônibus.

— Hoje nós vamos de carro. – diz Rafael.

Ele parou o carro junto à praça. Reclinou um pouco os bancos e virou-se para Adeline:

— Se você quiser me contar...

Ela olhou para ele e sorriu triste. Escorregou para junto dele, abraçou-o, escondeu o rosto em seu pescoço.

— Você e Bob conversaram?

— Não.

— Vocês precisam conversar.

— Ele estará me esperando... Quer conversar comigo. Ele quer que eu nunca mais veja você. É claro que eu vou ouvir um monte de palavrões. Ele decorou uma ladainha de impropérios. O advogado veio com outros papéis. Eu ficaria com a metade de tudo o que Bob tem. Eu não quis assinar. Por que eu quereria as coisas dele? Aí Bob explodiu. E disse que eu tinha direito à metade, sim, porque tudo o que ele conseguiu nestes anos todos foi fruto do ódio que ele sempre sentiu por mim.

Ela chora.

— Como é que Bob pode ter transformado todo aquele amor em ódio?

— Não era amor.

— Era sim, Rafael. Eu sentia!

— Então agora não é ódio.

— É sim... Você viu, Rafael? Ele não aceita o meu amor e eu tenho que aceitar o seu ódio.

Rafael entregou-lhe um lenço.

— Hoje vamos fazer um programa diferente.

SEGUNDA PARTE

Rafael estacionou o carro na garagem do hotel e entrou pela porta dos fundos.

Foi ao saguão e entrou atrás do balcão e foi ao claviculário. Olhou para as chaves de cima. O funcionário encarregado aproximou-se.

— Boa noite, Rafael.
— Olá. Quero a suíte A. Não vejo a chave...
— Agora é lá.
— Ah, sim.

Rafael pega a chave e sai.

Traz Adeline para dentro.

— Vem ver minha sala.

Ele a leva para o seu escritório. O funcionário do balcão olha para os dois. Logo vem outra funcionária e para pra olhar. Um garçom sai do restaurante em direção à copa, lá do outro lado, e para pra olhar e praticamente espia por entre duas colunas. Os dois rapazes do bar não fazem mais nada. Estão perdidos no tempo olhando para Rafael que conversa contente com Adeline. Ele a beija nas faces e a abraça. Ela retribui o abraço. Estão de costas para os curiosos lá fora. Rafael ergue o braço e pega um livro da estante e mostra para Adeline. Ela continua a abraçá-lo pela cintura. Os funcionários continuam olhando, parados no mesmo lugar e na mesma posição.

Por fim, Rafael e Adeline voltam-se e vão saindo da sala, conversando alegres. Eles não veem ninguém. Os funcionários só se movem para seguir seus afazeres quando os dois somem no corredor rumo ao elevador das suítes.

Entram na suíte. Rafael vai direto para o banheiro. Fecha a porta, e faz uma ligação.

— Quero falar com Bob.
— É ele mesmo.
— Crápula. – e desliga.

Rafael pega o cardápio de cima da mesa.
— Vejamos... vejamos... ah?
— Qualquer coisa... Se você gosta, eu vou gostar. – diz Adeline.
Ele corre, atira-se sobre a cama e faz voar as cobertas. Pega o telefone e pede a comida.
Ele vem correndo e abraça Adeline pelas costas. Ela se volta na cadeira e pergunta:
— Você me quer, Rafael?
Ele se debruça e beija-lhe os cabelos.
— Não vou transar com você. Desiste. Você tem que encerrar o capítulo da sua vida com Bob.
Ela fica triste.
Chegou a comida. Rafael faz sinal para o garçom indicando a mesa no terraço. O funcionário sai e os dois começam a jantar. Rafael olha para Adeline e ri de novo. Ela come com prazer e a cada bocada vira os olhos e emite um som de aprovação.
Adeline está com a tigela da sobremesa na mão e olha para Rafael. Ele balança a cabeça e vai comendo alegre. Olha para ela, olha para o prato, olha para ela, olha para o prato.
Ela está curiosa.
— Rafael, se você não quer transar comigo, quais são suas más intenções para hoje?
— Vamos dançar no Le Grand. Você só vai para casa às duas horas. Vamos cozinhar aquele lá – e ele faz um gesto apontando para longe, referindo-se a Bob.
Adeline olha-o maliciosa e diz rindo:
— Doutor Rafael... Vou apalpar você lá no escuro. – Se eu bolinar você, você garante?
— Garanto – ele sorri.
Os dois estão rindo curiosos.
Adeline debruça-se:
— Onde estão os seus pontos fracos: na orelha? no pescoço? Ah,

SEGUNDA PARTE

se você não aparar esta barba, vai faltar rosto para eu acariciar...
Adeline enfia o dedo indicador pelo espaço entre dois botões da camisa.
Rafael então diz:
— Não vale abrir a camisa, veja bem, estamos numa boate... Ah, gosto de beijos no rosto e no pescoço. Não vale chupar — e ele aponta o dedo indicador para o próprio pescoço – lembre-se: estamos numa boate.
Rafael então levanta da cadeira, sai detrás da mesa e deixa os braços caídos.
— Adeline, estou em suas mãos!
Rafael, com os olhos semicerrados, cuida atento os movimentos dela. De repente, Adeline sobe com as mãos e faz cócegas nas axilas. Rafael dá um pulo e ri. Agarra as mãos dela e imobiliza.
— Ai, ai, ai!
Adeline tenta libertar-se.
— Cócegas não! Estamos numa boate, lembre-se!
Rafael não a solta. Esprime-a dentro dos seus braços cada vez mais.
— Ai, ai, ai!
— Promete?
— Aai, ai, ai, prometo!
— Tem que jurar!
— Eu juro, eu juro... Cócegas não mais!
Rafael solta-a e Adeline atira-se sobre o sofá do terraço, rindo alegre. Ele vai para a amurada e olha as luzes da cidade. Volta-se e olha para ela deitada sobre a grande poltrona.

Agora os dois estão sérios. Rafael encosta-se e fica de frente para Adeline. Ela senta, olha e vê. Vê pela primeira vez um homem inteiro. Rafael inteiro. Ele está tirando do bolso do paletó um pacotinho de fumo e tira uma porção para mascar.

Os olhos azuis claríssimos de Rafael, os cabelos negros quase lisos, rosto de pele clara, a boca...
— Rafael... Rafael... – ela pede.
— Não. Suas coisas com Bob têm que ser resolvidas.
Ele olha para ela e vê nela o calor.
Rafael vem devagar para perto. Olha dentro dos olhos dela e pensa que poderia até mudar de ideia e... e... Ele olha dentro dos olhos dela. Aqueles olhos negros... e o calor...
Os dois desviam os olhos ao mesmo tempo.
Rafael olha o relógio.
— Já são 23 horas. Vamos ao Le Grand?
— Vamos para a sua casa no campo? – ela pede.

※

Rafael pega um vestido do roupeiro e mostra para ela.
— Deve servir.
Alguém espia por uma porta entreaberta do outro lado da sala e cuida os dois no quarto. Rafael olha para Adeline e a vê sem sapatos. Sobe numa banqueta e abre a porta de cima do roupeiro e vai olhando dentro de algumas caixas. Entrega-lhe um sapato cor de manteiga. Saem do quarto contentes e vão para o elevador.
— Vamos para a casa de campo? Rafael... Rafael...
Ele pensa um pouco e sorri.
— Está bem, casa de campo: chuveiro e cama. Adeline, não me atente.
Enquanto tomam banho conversam alegres.
— Como está o Padre Pão?
— Oh, Rafael! Você nem sabe o quanto eu me divirto. Aquele Padre Pão chegou para alegrar todo mundo. Ele sabe tocar flauta e piano. No asilo não tem piano. Ele prefere piano porque pode declamar poesias e cantar...

SEGUNDA PARTE

Ela suspira alegre.
— Agora ele resolveu assim: reza a Missa todas as tardes às 17 horas, depois que todo mundo tomou banho. Aí jantamos todo mundo junto. Então ele começa com as peripécias e quem aguenta vai ficando. Ele toca flauta, canta, conta estórias...
Já na cama Adeline sorri com os olhos brilhantes.
Rafael pega de cima do balcão na cabeceira da cama um pacotinho de fumo. Abre a dá para Adeline cheirar. Então, ele tira uma pequena porção e põe na boca para mascar e devolve o pacotinho para o balcão.
Ele a observa escorado num cotovelo. Adeline acaricia o braço dele.
— Rafael? Estou com uma cópia do divórcio. Bob deixou desaforadamente sobre a mesa da cozinha. Já legalizado. Eu quero um beijo.
Ele não responde. Ela insiste:
— Um beijo só, Rafael... Um beijo só...
Ele a observa.
Ela suplica:
— Por que não? Por que não? – ele continua ouvindo – Rafael... Rafael...
Ele escuta ainda imóvel.
— Bem devagarinho, bem devagarinho, para eu acordar de manhã e pensar que foi só um sonho... Rafael... Por que não?
Então, ele leva lentamente a mão deslizando sobre o abdômen dela e devagarinho vai descendo até a virilha. Ele vai se movimentando para iniciar tudo... tudo devagarinho.
E então ele sai correndo em direção ao banheiro. Ela vai atrás e bate na porta.
— Vagabundo! Vagabundo!
Ela espera na porta do banheiro. Quando Rafael sai do banho, ele encosta-se à parede do quarto e vai secando o cabelo com uma toalha pequena. Põe a toalha no ombro e olha para Adeline.
— Somente para constar, eu não tive tempo para ser vagabundo.
Adeline surpreende-se e olha para ele, que está quieto, de olhos baixos braços cruzados. Ela põe a mão na própria testa. Sim, ela

precisa desaprender essas palavras. Ela vai para frente de Rafael, que continua de olhos baixos, e sussurra:

— Pedir perdão não é o suficiente, não é?

Ele levanta os olhos para fitá-la e diz:

— Para mim, é.

Adeline encosta-se nele e o abraça. Ele descruza os braços devagar e a puxa contra o peito.

— Eu vou desaprender, Rafael. Eu vou.

Na cama, olhando fotos de Rafael criança de um ano de idade começando a andar, ela pergunta:

— Que lembranças você tem do dia em que você nasceu?

— A voz dele. A voz do meu pai, nas minhas lembranças desde sempre.

— E de sua mãe?

Ele pensa um pouco e balança a cabeça.

— Não lembro dela. Nada nada na minha memória.

Adeline aconchega-se a ele e fala:

— A sua vida, Rafael, foi plena de brandura e conforto.

— Isso não quer dizer que não tive que abrir meu espaço com escolhas difíceis. O que somos depende também de vidas passadas.

Ele olha para ela.

— Adeline, às vezes de uma família de situação lamentável emerge alguém tão diferente, digno, ético, amoroso e gentil e nos surpreende. Como se explica?

Ela escuta com atenção. Ele continua:

— Vidas e vidas e vidas e vidas. Muitas viagens. Viagens longas. A incansável busca da perfeição.

E o silêncio.

De manhã, estão bebendo chocolate na cozinha. Ele segura o rosto dela com as mãos sobre as orelhas.

SEGUNDA PARTE

— Quando você estava no hospital fui para o seu quartinho fuçar. Você vai me recriminar. Eu pedi licença para Maria, se isso ajuda.
Ela sorri. Ele continua:
— Livros, agenda, boneca, flauta e pílulas anticoncepcionais. Desde quando você usa pílulas?
— Desde que tive Aline.
— Duas décadas, Adeline?
— É, mas Bob nunca mais transou comigo e ultimamente até acha um jeito de me levar para a cama. Um dia eu digo que estou menstruada e ele sai chutando cadeiras, outra vez eu deixo bem claro que ele deve usar duas camisinhas, duas. Ele fica puto e sai porta afora. Agora que aprendi a rejeitar os avanços dele, não preciso mais de pílulas. Já faz uns quatro meses que larguei.
Rafael arregala os olhos e diante do rosto dela ele geme.
— Oh!
Ela pensa um pouco e cai na real.
— Oh!
Rafael abre o calendário do mês no celular.
— Você sangrou...?
Ela vem para perto e põe o dedo numa data.
— Veja aqui, minha bela. Gravidez na certa. Olha o que estávamos aprontando.

Adeline desce do ônibus. O dia está ensolarado. Ela abre a cancela e começa a descer rumo à casa, devagarinho. Está triste e pensativa.
Bob está na janela e aguarda ela se aproximar para, então, abrir a porta.
Ele encara Adeline.
— Onde você estava?

Ela não responde. Ela entra na cozinha e senta à mesa. Maria está passando café no coador, pega uma xícara e põe na frente de Adeline... Serve café e traz um pratinho de biscoitos.

Ele começa a ficar furioso e grita.

— Onde você estava?

Ela olha para ele.

— Vi um carro estranho na garagem. É John? Quero vê-lo.

Ele se acalma e suspira.

— Adeline, não subestime a minha inteligência. Eu sei o que está rolando.

Ela responde:

— Não sabe, não.

John vem para a cozinha. Ela vai ao seu encontro e dá-lhe um selinho sobre os lábios. Ele a abraça apertado. Ela suspira. Bob olha para os dois. Então os dois soltam-se e se olham com carinho, segurando as mãos. Bob olha para o rosto do pai, olha para o rosto de Adeline, volta para o rosto do pai, e de novo para o rosto de Adeline.

Maria passa com a bandeja rumo à sala. John e Bob seguem-na.

Na mesa, Bob olha para o pai que está em silêncio, repartindo pão para ir passando manteiga.

— Pai, Adeline não precisa de seus apertões. Ela tem um bando de urubus lá no asilo que fazem isso todos os dias.

John olha para Bob. Não fala. Baixa os olhos e volta a comer.

— E agora entrou em campo um tal de Rafael. Que só usa roupa preta! E suíças longas. Numa sexta-feira 13, à meia-noite, sem lua, num encontrão com ele, você grita.

John nem demonstra que ouviu. Vai tomando o café devagarinho. Levanta-se e vai para a cozinha. Pela porta aberta ele olha para a campina em silêncio.

Então ele se volta para Maria, que está de costas, e vai para perto.

— Vou levar Adeline para um passeio. À toa, sem rumo. Vamos tomar sorvete e flanar por aí. Almoçaremos em qualquer lugar.

Adeline sai do quartinho e vai calçar as botinas. John diz:

SEGUNDA PARTE

— Fique com os chinelos. Vamos... por aí... vamos... sei lá... para qualquer lugar.

Bob está saindo de carro e vê o pai entrando com Adeline no outro carro. Ele os deixa ir e vai para dentro de casa, entra na cozinha.

— Maria, onde aqueles dois vão?

— Adeline está naqueles dias e ela pediu uma carona até o hospital. Ela não está se sentindo muito bem.

— Por que não pediu pra mim?

— Seu pai não trabalha. Se demorar, ele pode esperar.

— Ah! – Bob sai.

John vem devagar em direção ao jardim das rosas. Adeline está sentada no banco. Quando ele chega, ela se levanta e o abraça de lado.

— Vamos para a sala. Quero ver a sua cicatriz.

John abre os botões da camisa e expõe o tórax com a cicatriz.

Padre Rovílio vem, pega-a pelo braço e a leva para a cozinha quase arrastada. Ela se submete e então dá uma joelhada nas virilhas do Padre, que se encolhe, e sussurra no ouvido dele:

— Nunca, nunca, nunca mais me tire de perto de John.

Ela abre a mão e dá um tapão do ouvido do Padre.

John vê tudo da porta da cozinha.

Ela diz:

— Ele gosta de dar joelhaços e tapões, então tá.

John olha para o Padre e fala:

— Vai nos deixar em paz, querida sogrinha? Não queira me ver enfurecido.

Maria, Ana e Maurício estão assustados com a confusão. Maurício vem para perto e Adeline vai contra ele, que rapidamente puxa uma cadeira para frente das suas virilhas para defender-se. Ela olha furiosa para Maurício e grita:

— Não facilita! Não facilita!

GAVINHAS

~*~

Em seu apartamento, Rafael está pensativo. Bateu com as mãos sobre as coxas, levantou-se e foi para a sacada. Lá ficou por horas. A cadeira de balanço imóvel. A brisa fria da noite despenteando o seu cabelo negro. Ele puxa a manta de lã até o pescoço, e fica, e fica, e fica...

~*~

Na mansão, estão todos na cozinha. John faz sinal para Maria alcançar-lhe uma xícara de café.
Adeline diz amargurada:
— Amanhã levo as minhas coisas para o asilo.
John fica imóvel com a xícara tocando os lábios.
Bob insiste:
— Livre-se de Rafael. É só o que eu quero. Livre-se de Rafael!
Bob vem para perto dela e fala baixinho:
— Vem para a minha cama!
— Não.
— Não?
— Não, ainda não estou pronta.
Bob encara Adeline rosto quase colado ao dela. Ela fala:
— Estamos divorciados, esqueceu?
— Devolva aquela cópia que você levou. Ela não vale.
— É minha. Não devolvo. É minha.
— Ela não lhe dá o direito de sair por aí com Rafael!
— Como não?
— Ela não V-A-L-E!
— Como não?
— Adeline, não seja estúpida. Não foi para cartório algum. Não vale. Não houve divórcio.
Adeline suspira.

SEGUNDA PARTE

— Bom... problema seu... por mim tanto faz.
— Devolva aquela cópia.
— Está com o Padre Rovílio. Ele ficou feliz. Vá falar com ele.
— Não. O último bofetão que eu ele me deu no ouvido ainda está zunindo. Aquela mãozona... Que padre grosso!
Adeline fala olhando para Bob.
— Você também levou um joelhaço, esqueceu? Eu vi, ninguém me contou.
John ergue as sobrancelhas e volta a bebericar seu café.
Adeline vai para o seu quartinho e Bob a segue.
— Adeline, não estou mais saindo por aí... sabe? Eu quero você na minha cama. Quando você estiver pronta, quero saber. Quanto tempo terei de esperar?
Ela pensa um pouco.
— Vinte anos.
— Vinte anos?
— O mesmo tempo que esperei por você.
— Pense melhor, Adeline. Logo estaremos em Roma. Ares diferentes.
— Vou pensar.
Ele sai pisando firme em direção à sala, mas volta rápido.
— John, onde vocês foram durante todo o dia?
John olha para Maria.
— Me alcance aquele caderno aí, Maria, que eu vou fazer o relatório para o distinto cidadão. Vamos lá: parei para mijar três vezes...
Bob vai para a sala e abre a porta da rua e a fecha com força.

Agora John e Bob conversam no quarto dos fundos. Maria está arrumando as duas camas de solteiro. Eles olham a noite escura pelo janelão aberto.

Bob fala:

— Pai, estou tentando convencer Adeline para vir na minha cama, não dou folga. Vou deixar ela louca até ela aceitar, ah vai! Já pedi 50 vezes.

John olha para o filho.

— É assédio. É imoral. É crime.

— Assediar a própria esposa é crime? Só faltava essa! Estou subindo pelas paredes. Se tenho que me aliviar, que seja com ela! O que custa ela vir para minha cama 15 minutos? Se ela abrir as pernas por cinco minutos já dá. O que custa ela me agradar?

Maria vai arrumando as camas e ouve tudo.

Bob suspira.

— Pensando bem, Adeline era uma chatinha na cama, sempre querendo que eu demorasse mais. "Fica mais um pouco Bob, fica mais um pouco Bob." E eu lá tinha jeito de aguentar mais um pouco? As mulheres não entendem o que nós homens...

John ergue a mão:

— "Nós" não, Bob. Não me inclua nessa categoria.

Os dois olham pela janela. Lá adiante uma luz apaga-se.

— Adeline apagou a luz da varanda. Todos estão dormindo. Adeline chega logo.

John olha para o relógio, são 23 horas.

— A noite está fria. Deu geada na serra. – ele diz.

John deposita o cachimbo numa bandeja em cima do balcão, desce a escada e vai em direção à cozinha. Maria já está esquentando leite. Adeline chega e John tira o próprio roupão de veludo e cobre as costas dela. Ela senta e Maria traz o leite. Ela sorri para John e estende a mão para acariciar o seu rosto. Os dois fitam-se longamente.

Ele então comunica:

— Preciso ir antes de vocês. Tenho muitas coisas para resolver.

Adeline aperta os olhos e olha para dentro da xícara. Então, vai estendendo a mão esquerda sobre a mesa e abraça o pulso de John. Com a testa sobre a mesa ela chora baixinho. Longos momentos. Então ela vai soltando-se, devolve o roupão, inclina-se, beija os lábios de John e vai para o quartinho.

SEGUNDA PARTE

John olha para Maria e aponta o litro de *whisky*. Ela põe duas boas doses em dois copos e se senta.

John fala pesaroso:

— Ela está pedindo socorro.

Os dois bebem em silêncio. Longo silêncio.

John sabe que Maria ouviu tudo lá no quarto.

— Luiza seduzia Bob com viagens e passeios pelo mundo com os amantes dela. Ele nunca passou férias comigo. Na idade que precisava bons exemplos, ele só tinha os dessas pessoas que confraternizavam com ela. Bob foi irremediavelmente moldado nesse comportamento fuleiro e cínico.

Longo silêncio. E mais uma dose de *whisky*.

※※※

No outro dia à tarde, Bob e Adeline saem para fazer compras. Adeline dirige o carro de Bob. Ele ri satisfeito. Estacionam em frente a uma loja.

Adeline entra e Bob fica fora do carro, encostado, lendo o jornal, virado de frente para a fachada envidraçada das vitrines.

Adeline conversa com uma balconista. A moça leva-a para um canto da loja. Adeline olha os *tailleurs* de seda e pega três. Pega também dois chapéus e vai ao provador. A moça volta para o balcão, olha para fora e vê Bob lendo jornal em frente à loja, lá na rua. Ela fica olhando curiosa. Duas balconistas vêm para perto e encostam-se ao balcão. Agora são três olhando para Bob. Outra garota sai de trás de uma cortina, vem para o balcão, apoia-se nos cotovelos e fica olhando para Bob.

Lá fora, o Padre Pão vê Bob e para pra conversar. Ele está de batina preta. Encosta-se no carro de Bob e os dois conversam alegres. As quatro moças no balcão não se mexem.

Rafael vem pela calçada, vê Bob e o Padre Pão e para pra conversar. Os três homens lá fora estão conversando como velhos amigos...

Lá dentro, a dona da loja vê as quatro balconistas escoradas no balcão, levanta-se furiosa e vai para lá. Então, ela vê os três homens lá fora. Os três encostados no carro e virados de frente para elas. A velhota coloca-se ao lado das moças, escora-se no balcão e fica olhando sem piscar.

Adeline sai do provador com os cabides na mão. Vê as cinco mulheres imóveis olhando para a rua. Ela se volta e vê os três lá fora. Olha para as balconistas. Adeline, então, vai para trás do balcão, escora os cotovelos e fica assim olhando para os três bonitões que estão "dando sopa" lá na calçada.

Aguarda um pouco e diz alegre:

— Eu suspiro pelo judeu. Ele masca fumo. Cheiro de homem. Gosto de homem. Beijos de homem.

Então Adeline apontou três conjuntos de seda.

— Eu levo estes, mas tem que subir a barra dez centímetros. Levo os chapéus também.

Lá fora, Rafael já se afastou e o Padre Pão também. Então Bob vem para a porta de vidro, abre e entra. Adeline olha sorrindo para ele:

— Mais um tempinho, Bob. Preciso esperar a bainha das saias...

Ele abre o paletó e entrega para ela o cartão de crédito.

— Vou aguardar; não tenho pressa – ele diz, e vai para uma poltrona perto da vitrine, abre o jornal e se põe a ler. As moças espalham-se e a velhota, dona da loja, atende Adeline.

A velha senhora não se contém e pergunta baixinho:

— O que você é do Doutor Robert?

— Esposa. Por mais alguns dias. Levei um pé na bunda.

— Pensei que ele era solteiro.

— Era sim. Há duas décadas atrás. E vai voltar a ser solteiro. Pode pegar ele pra você.

Adeline sorri e entrega o cartão de crédito.

Bob olha um dos trajes.

— Vista este agora.

Saem da loja. Bob joga os pacotes dentro do carro e vão a pé pela calçada, abraçados.

SEGUNDA PARTE

Ele então diz:
— Vamos até o escritório; é um minuto só.

※※※

Sobem na sala.
Adeline tira o chapéu e os cabelos longos caem-lhe pelos ombros. Bob fala com Averi junto à porta do outro lado.
Loretta vem e sorri para Adeline. As duas aguardam Bob. Ele dá mais algumas instruções e vem. Vê as duas e fala:
— Loretta, esta é Adeline, minha esposa.
Elas se beijam no rosto e apertam-se as mãos.
— Adeus! – diz Bob passando a mão pela cintura de Adeline e levando-a para fora.
Loretta ergue a mão e abana alegre. Então Loretta fecha o sorriso e vai para a mesa de Bob. Olha a foto no porta-retrato. Ainda não está lembrando. Faz um gesto com a mão como a dizer "deixa pra lá".

※※※

No clube, Adeline senta-se no bar com um livro nas mãos. Dali ela avista Bob lá na campina acompanhado de Jair.
Jair está dizendo para Bob:
— Então, vocês vão casar na Igreja? Sim, senhor!
— É o sonho de Adeline. Ela não me devolve a via dela do divórcio antes disso. E nem transa comigo antes disso. Estou na seca.
— Vinte anos é um tempão maluco, hein? Vale a pena? Você casaria de novo?
— Casaria. Mas... Mas...
Jair fica quieto, atarefado com o jogo. Para, olha para Bob e pergunta:

— Acharei alguém que me queira? – diz Jair, olhando-se a si próprio e fazendo um gesto com a mão.

Bob ri e responde:

— Há um bando de meninas loucas para casar... Tem que ter alguém para você!

— Não, menina nova não, Deus me livre! Eu quero alguém que saiba pelo menos que Leonel Brizola foi governador e não bispo.

Os dois riem às soltas.

Concentram-se no jogo.

— Eu sou estéril. As meninas novas que eu sempre namorei queriam ter filhos, se aninhar... Não ficaram comigo.

— Elas provavelmente não o amaram de verdade, só isso. Vocês poderiam adotar. O asilo sempre tem uns bastardinhos à disposição.

O homem fica chocado.

Bob ouve risadas femininas e fala:

— É impressionante o número de mulheres que fazem do mundo um imenso shopping center. Olha lá. – e fez um sinal com o dedo polegar em direção à piscina, às suas costas.

Ele continua:

— Elas têm segredos, ficam absortas em longos silêncios. Você não consegue saber sobre o que pensam. Isso me incomoda. Mas é sempre melhor do que ouvir aquelas relinchadas.

Jair pega os tacos e diz:

— Já volto.

Mas não voltou. E nunca mais marcou jogo com Bob.

Está anoitecendo. Adeline e Bob voltam para o escritório. Averi os vê entrar abraçados e olha intrigado por uma fresta da cortina. Levanta-se e vem para a sala com dois arquivos nas mãos.

— Averi, esta é Adeline, minha esposa.

Apertam-se as mãos.

SEGUNDA PARTE

— Eu conheço a senhora de algum lugar?
— Acho que sim. Eu estou sempre por aí... Trabalho no Asilo Santa Marta. Dirijo o furgão...
— Ah, claro! – Averi ri satisfeito – é isso aí! – e estala os dedos das mãos.
Ele se volta para Bob:
— Doutor Robert...
Adeline afasta-se e deixa-os analisar os papéis sobre a mesa. Ela abre a porta e sai. Olha ao redor. Os outros funcionários já se foram.
Bob sai com Averi. O funcionário vai embora. Chama Adeline e voltam para a sala. Agora estão os dois abraçados junto à janela olhando a rua. Ele então fala:
— Quando eu sentia saudades de você, eu ficava olhando lá para baixo e pensando em como fazer para tudo voltar a ser o que era antes... Sempre procurando um jeito de ter você de volta. Se chovia, qualquer sombrinha vermelha que eu avistava eu imaginava você...
Ele a aperta e pergunta:
— Você também pensava em mim quando chovia?
Ela está séria:
— Pensar em você era perda de tempo, você sabe disso.
Ele ouve submisso, as mãos no peito.

A capela do asilo está cheia de velhos e crianças. Adeline está de vestido branco, simples, à moda camponesa. Nas mãos, flores do campo; na trança, pequeninas flores entremeadas de fitas. Padre Rovílio e Padre Pão estão juntos ao altar.
O Padre Pão faz Bob repetir aquelas palavras de sempre. Ele repete. Quando chega a vez de Adeline, ela fica calada, mas trocam alianças.
Agora todos vão saindo para o terraço. Uma grande mesa de salgadinhos e doces está arrumada sob as árvores. Lá no portão encosta um caminhão.

Ana olha e vai lá. Logo volta com uma nota fiscal na mão. Adeline olha e entrega para o Padre Pão.

— Um piano. É seu.

Adeline volta-se rindo para Bob.

— Foi Rafael, é claro! Só para ele que eu falei que o Padre Pão sabe tocar piano...

Bob ergue as sobrancelhas. Está sério.

— De novo ao redor de Rafael? Você parece uma mosca varejeira.

— Eu vou agradecer a Rafael.

Adeline faz a ligação, mas não completa. Ela desiste e ele fala baixinho:

— Você está trepando com Rafael? Estou sentindo. Está sim. Está sim.

Padre Pão chega para os dois:

— Acho que vou deixar a barba crescer... fumar cachimbo... Preciso achar um jeito de parecer mais respeitável... O velho Tadeu, não tem jeito, só me chama de garotão.

Adeline sugere:

— Use sempre a sua sotaina e compre um chapéu de capelão de Hospital.

— Vou ficar "assustadô"!

Maria está com Adeline no quartinho. As caixas com as coisas que Adeline vai levar ainda estão lá, prontas. Adeline olha na estante, abre uma gaveta, tira as caixinhas de pílulas e leva para o lixo da cozinha.

— Não, Adeline. Bob vai engravidá-la. Não! Não!

— Sem chance, Maria. Sem chance!

— Adeline!

SEGUNDA PARTE

John estaciona o carro no portão e Adeline vem encontrá-lo. Rovílio vem para fora e aponta o dedo para os dois.
— Vocês estão passando dos limites. Adeline é casada com Bob. Estão desmemoriados?
John responde.
— Rovílio, em algum momento desta vida, você será minha sogra. Comece a andar na linha desde já. Comigo não vai ter moleza.
O Padre põe as mãos na cintura e está indignado.
John fala sério.
— Então, sogrinha, vai nos deixar namorar em paz?
O Padre abre os braços e se vai.

Adeline chega de ônibus na parada. Rafael a aguarda contente. Andam os dois de braços dados. Ela olha para cima e diz alegre:
— Apareceu lá no asilo um piano. Misteriosamente. O Padre Pão quase desmaiou...
Rafael ri contente. Entram no RICZ. Sentam-se. Rafael pergunta:
— E então?
— Oh, Rafael! Queria tanto lhe contar... Trocamos alianças. Sem promessas. Bob queria prometer. Eu me recusei a prometer. Você deveria ter visto: bizarra a cara dele.
Ele a olha. Levantou-se, então, da sua cadeira em frente à Adeline, contornou a pequena mesa e foi sentar-se ao lado dela.
— Fala a verdade: não é melhor assim?
— Não, não é. Cada promessa que Bob faz vem com uma enxurrada de insultos. Eu não vou transar com ele. Nunca! Nunca! Ficou estabelecido que quando eu estiver pronta eu aviso: vai esperar

um século. Ele quer de volta a via do divórcio. É minha! Não vou devolver! E a aliança está na horta no meio das alfaces.

Ela encosta-se a Rafael e diz:

— Vamos para a Itália. Roma, onde mora John. Bob morou anos lá... Vamos também para a Suíça... Bob estudou lá. Ficaremos 30 dias. Ele insiste em me mostrar onde viveu, onde estudou. Ele não vê que eu não me interesso? Que nunca me interessei?

No clube, os quatro amigos da kombi estão na sacada que dá para as cocheiras. Lá embaixo, as quatro mulheres caminham em direção aos estábulos. Vitor diz satisfeito:

— Hoje é quarta-feira, dia de soltar os bretões de Bob. Até a meia-noite, ele não os pega. É para facilitar a festa do vinho lá na mansão. Os capuchinhos sabem abrir vinhos e deixar como se nunca tivessem sido mexidos, preenchem com vinho de sagu e Maria põe um selinho embaixo da garrafa.

Os quatro homens riem com vontade.

John vê o garrafão de vinho colonial sobre a imensa mesa da sala. Maria diz alegre:

— Você sabia, John?

Ele ergue as sobrancelhas.

— Festa do vinho, John. Estamos abrindo as melhores safras e substituindo por vinho de sagu. Às três horas. Você nos ajuda na seleção, tá bom? Alguém tem que usufruir aquilo tudo!

Ele sorri.

— Sei, sei.

SEGUNDA PARTE

— Os que "já era" têm esta etiquetinha embaixo, vê?
Ela tira do bolso do avental uma cartela com selinhos autocolantes.
— Sei, sei.
— E o garrafão sempre a postos para o caso de Bob aparecer.
John tamborila os dedos satisfeito.
— Hoje vou fazer um risoto para nós dois. Oh, céus, que paz, sem aquele meu filho desagradável.
Maria serve duas doses de *whisky* e os dois acomodam-se para bebericar. Estão bebendo em silêncio e Bob chega da rua pela sala, vê os dois na cozinha e serve-se de uma dose de *whisky* também. Ele degusta e fica imóvel. Olha a garrafa, vira para olhar o vencimento, aperta os olhos para ler o nome do importador, toma mais um gole, balança a cabeça como a dizer "deixa pra lá". Ele termina de beber, vai para a sala e abre a porta da adega. Alguns momentos depois, ele vem para a cozinha pisando firme.
— Pai, você anda tomando meus vinhos?
— Sim.
— Cinco garrafas?
— Maria fez sagu para mim.
— John, sagu com vinhos de 1500 reais a garrafa?
— Eu não gosto de sagu com vinho mata-rato.
Bob olha indignado para o pai.
— Vou passar um cadeado na porta da adega.
John diz calmamente:
— Vou estraçalhar com ela.
Bob vai para a sala revoltado. John grita:
— Qual é, Bob? Seus vinhaços que Noé conseguiu salvar?
Bob volta para a cozinha, põe as mãos na cintura e fita o pai indignado.
— Bebum! Cinco garrafas num dia? Bebum! – E volta para a adega.
Maria debruça-se para John:
— Essas cinco garrafas?
— Levei para o asilo no mês passado. Ele conta as garrafas? Pão-duro!
— Deve ser, mas não sei como. Deve ter mais de mil garrafas!

Bob volta para a cozinha inconformado e interpela Maria:
— Onde estão as garrafas vazias?
— Botei cocô de galinha a fermentar. Preciso de adubo para a salsinha.
Ele volta para a adega e retorna para a cozinha com uma nota de supermercado na mão.
— Maria, nós compramos quatro quilos de queijo?
— Quatro quilos de arroz. Aí diz queijo?
— Oito salames? Oito salames?
— Aí diz salames? São os biscoitos que Adeline come à noite quando volta do asilo.
— Tá bom. Dá uma conferida se é o mesmo preço deixa para lá. Preciso ir.
John tamborila os dedos na mesa. Está satisfeito.
— Hoje à tardinha, vou namorar com Adeline fedendo a salame.
Ele vai tamborilando os dedos sobre a mesa. Está contente. Maria grita:
— Bob, almoce no Centro. Estou com problemas no asilo. Não vou ficar aqui o dia todo. O jantar sai às dez horas, tá bom?
— Pai? – Bob grita de volta.
— Vou almoçar no asilo. – John grita também.
E Bob já saindo, resmunga:
— E eu tenho que ouvir isso!

※☆☆☆☆☆☆☆

John chega a casa pela porta da frente e mal fecha. Encosta-se nela e passa as mãos pelo rosto.
Bob vem.
— São duas horas da madrugada, pai... – ele então observa John e fala consolando – As primeiras vezes são sempre assim. Já, já você se acostuma.

SEGUNDA PARTE

John vai para a cozinha. Bob serve duas doses de *whisky*. Os dois ficam em silêncio. Mas Bob está impaciente. Então se inclina para o pai.

— Pai, estou na fase mais prazerosa da minha vida. Agora, eu demoro mais... Nunca senti tanto prazer na minha vida... Quando mais eu demoro, mais prazer eu sinto...

— Era esse tempo aí que Adeline tanto queria e você negou. – fala John, sem levantar os olhos do copo.

Longo silêncio.

— Pai, hoje eu vou esperar Adeline. Ana avisou que ela vem bem mais tarde. Vou falar com ela... Teremos uma conversa entre marido e esposa...

John levanta os olhos e fita o filho.

— Sem chance, Bob. O seu cavalo encilhado já passou faz 15? 20 anos?

— Pai, eu preciso de um conselho.

— Agora, depois de toda essa merdice?

— Oh pai, mas eu preciso de algumas referências... Como era com você e Luiza?

— Nós tínhamos 17 anos quando ficamos juntos. Nenhum de nós dois havia tido um parceiro. Aprendemos juntos. Ela me ensinou tudo... Ela era uma fofa.

— Adeline é quieta, silenciosa. E chorava o tempo todo. Eu não conseguia entrar nela sem forçar... O que é que ela teria para me ensinar aos 13 anos se nem tinha sangrado ainda?

John está triste. Olha para o filho que ouve ansioso e aguarda uma resposta. Então John fala baixinho:

— Tudo, meu filho. Tudo.

Adeline chega pela porta da cozinha e vê os dois com um copo na frente de cada um.

Maria desce as escadas e chega apressada.

Ela vai pegar leite para esquentar para Adeline. Adeline fecha a sombrinha e põe para fora da porta. Ela bate os pingos de chuva das mangas da jaqueta.

Bob fala:

— São duas horas. O que você ficou fazendo lá até agora? A luz da varanda apagou faz horas.
Ela não fala. Ele vem para perto e dá-lhe um safanão no ombro. Ela não fala. Ele lhe dá outro safanão.
— Vamos, fale!
Ela então diz:
— Fiquei namorando o homem dos meus sonhos.
— Ah, bebe logo esse leite e vai dormir. Sai da lua, baixa pra Terra!
Bob vai apressado para sala e volta com alguns papéis em tempo de ver Adeline indo em direção à campina com um cobertor enrolado embaixo do braço.
— Aonde Adeline vai?
— Ela foi ouvir os bambus cimbrarem com o vento, Maria fala abanando com a mão.
Na porta da cozinha eles esperam Adeline voltar. A cadeira improvisada ali na porta ficou até o amanhecer depois de toda a chuva da noite.
Bob está quieto. John ficou na mesa com o seu copo de bebida, mãos estendidas sobre a mesa e olhos molhados. Maria está quieta e imóvel. E naquele silêncio todo Bob olha para John e sussurra:
— Pai?
— O que foi?
Bob pensa um pouco e por fim fala:
— Nada.

Adeline chega e vai direto para o banheiro, deixando um rio pelo corredor e fecha a porta.
John bate na porta, ele tenta abrir e está destrancada. Adeline está deitada dentro da banheira, com roupas e colcha encharcadas. Ele senta na borda da banheira e abre o chuveiro para que ela receba sobre o peito uma água aquecida.

SEGUNDA PARTE

Os dois ficam olhando-se em silêncio. Aqueles silêncios longos que tanto incomodam Bob.
Ela fala baixinho:
— Io voglio morire...
Mais silêncio...
E a banheira vai enchendo.
— Minha querida, não faça nada para se ferir. Não me deixe sozinho. Faça por mim. Escolha viver. Por mim, por mim... Escolha viver.
Ela sorri e vira-se para olhá-lo.
— Io ti amo, John.
Mais silêncio.
Adeline chapinha com as mãos abertas a água morna que lhe cobre o pescoço.
— John, será que o útero materno é quentinho assim? Será que antes de eu nascer eu ouvi cantigas de ninar?

John estaciona o carro lá em cima no portão. Adeline vai ao seu encontro. Ela vê que ele está diferente, olhos molhados, cansado e triste.
Está chovendo e está escurecendo. Adeline leva-o para a sala e lhe indica o sofá. Ela então vai para a cozinha e encontra Padre Rovílio, Padre Pão e Ana jantando:
— Olha aqui, vou estar na sala com John até não sei quando. Não quero ninguém interrompendo, certo?
Todos olham para ela e ninguém responde.
Adeline vai para a sala, senta ao lado de John. Os dois olham-se e se beijam as mãos.
O Padre Pão vai para trás de uma cortina num canto escuro perto da janela do lado de fora da casa e vai escutar tudo.
— Como você aguentou Bob todos esses anos? Ele ainda lhe dá safanões quando quer que você fale. Maria me conta tudo. Ele

suspeita de você, e quer que você dê motivos. O que é que ele acha que é o asilo? Um bordel como aqueles que ele gosta de ir? O pai dele era igual, e onde ele está? Num asilo, cego, com AVC e mal de Alzheimer, 92 anos, vegetando. Bob vai conhecer o pai biológico dele e vai levar dois solavancos: um que é filho bastardo e outro que o pai biológico dele que está lá, de tão ruim que foi na vida, não consegue nem morrer...

— John, Bob não sabe que quando ele faz isso comigo e com as pessoas do asilo ele está jogando sal nas próprias feridas. Um asilo está no nível mais baixo da sociedade e Bob se empenha em empurrar todos ainda mais para baixo. Não existe mais para baixo.

Silêncio.

— Minha querida, você sonhou há mais de 20 anos que Bob não era meu filho biológico, como você viu isso?

— Eu não sei. Alguns espíritos bons talvez queiram apenas dar alguns... algumas...

— Esses espíritos são bons? Como você sabe?

— Eles cuidam de mim.

— Eles vêm de onde?

— Do céu.

— Se eles cuidavam de você, onde eles estavam quando Bob fez o que fez com você?

— Eu não sei.

— Tiraram o dia de folga? Estavam dormindo? Estavam de porre?

— Eu não sei.

— Estavam no Carnaval? Numa balada? Num puteiro?

Silêncio.

Então, ele segura o seu rosto e cola seus lábios e começa a derramar lágrimas silenciosas.

Ela fala:

— Eles consertaram a negligência que tiveram comigo: botaram no meu caminho só homens fortes, bons e amorosos... Oh, John... Para de chorar, John... Chora aqui no meu ombro, tantas vezes eu chorei no seu... Você só vai encontrar paz quando alcançar o entendimento de que tudo está no seu devido lugar, que tinha que ser assim. Maktub.

SEGUNDA PARTE

Ele se recompõe, mas está reclinado no ombro dela.
— Como são esses espíritos que você vê?
— Lindos e jovens. Quando vamos para o céu, nós vamos no nosso melhor momento. Pode ser este momento que estou recebendo carinho de você e tenho o coração cheio de amor. Pode ser o seu momento, agora, que me olha cheio de amor. Para o céu, só vai quem tem o coração cheio de amor. Um velho quando morre vai para o céu com a aparência que tinha no melhor momento de amor da vida dele, que é, claro, quando era mais jovem. Quando somos jovens, como eu e você, temos que buscar sempre um melhor momento...

John tem lágrimas nos olhos. Ele beija de leve os lábios dela. Longo silêncio e bitocas silenciosas.
— E, John, tanto você quanto eu, poderemos ter outros melhores momentos. A vida vai nos levando... vai nos levando...

Adeline pede para ver de novo a cicatriz da ponte de safena. John abre a camisa e ela põe a mão no seu peito nu. Padre Rovílio chega e surpreende os dois. Ele pega Adeline pelo braço e a tira da sala. Ela tenta defender-se e grita:
— Fresco! Fresco! Fresco!

Ela corre para a varanda e o Padre Rovílio para em frente a John. Vê a camisa aberta e a longa cicatriz no centro no peito. John levanta os dedos.
— Nunca vou botar a mão nela, mas se ela me quiser, estou pegando.

O padre aponta-lhe o dedo:
— Primeiro o filho e agora o pai?

Lá na varanda Adeline enfrenta o Padre.
— Não me humilhe. Eu já tenho Bob para isso. Você não sabe o que é amar alguém. Você nunca saberá. Você é um fresco, só frequenta

clube de homens, jogando baralho, falando mal dos outros e das mulheres. O seu anjo da guarda está para abandoná-lo!
Ela respira fundo.
— Eu vou lá na sala. É a última vez que você me arrasta!
Ela volta para o sofá e se senta ao lado de John. Ela diz:
— Agora estou proibida de amar você? Rovílio vive dizendo que eu sou casada com Bob. Ele me obrigou a casar porque estava cansado de criar filhos bastardos, e Bob me obrigou a casar porque sabia que o filho era dele. E agora o bandido aqui é você, John? Você?
John levanta-se furioso e vai para a varanda para encontrar Rovílio encostado na parede ainda com a respiração alterada. Ele chega perto do padre.
— Um momentinho, Rovílio. Se você fizer de novo com Adeline o que fez agora, eu vou lhe mostrar como se faz com um hipócrita. Acabo de saber que o senhor obrigou Adeline a casar com Bob. É mesmo?
— É o que se espera. Um filho legalizado.
John dá um joelhaço na virilha do Padre.
— Você roubou dela e de mim a chance de sermos felizes.
John então começa a dar socos no estômago, no rosto, na cabeça e chutes na virilha. Rovílio sangra pelo nariz e pela boca e cambaleia. John dá-lhe mais socos nas têmporas e o padre cai no chão.
— Ana, por gentileza chame Bob aqui no asilo. Diga que Adeline está com um problema.

~~⋅⋅⋅⋅⋅⋅⋅⋅⋅⋅⋅⋅~~

Bob chega logo e entra apressado pela varanda da frente. John enfrenta-o.
— Você obrigou Adeline a se casar com você?
Bob assusta-se, mas logo se recompõe.
— Eu não ia deixar ela por aí criando um filho meu como um bastardo.

SEGUNDA PARTE

John vai para cima de Bob e começa a socá-lo no estômago, dá um joelhaço, socos no rosto e na cabeça.
— Você roubou a liberdade dela e a filha dela!
John bate a cabeça de Bob contra a parede. A cabeça dele sangra; o rosto está coberto de sangue. Bob leva mais socos no estômago e vomita sangue.
John volta para a sala. Estão todos assustados com a violência dele. Ele chega perto de Adeline e fala indignado:
— Por que estou sabendo somente agora? Vinte anos depois de tudo? Aos poucos eu vou descobrindo as cafajestadas de Bob e do Padre que se diz seu pai. Que vergonha o acobertamento de coisas que deveriam ser expostas à luz do dia. A hipocrisia do Rovílio que criou filhos dos outros e não quis criar o seu. A hipocrisia de Bob que manteve você prisioneira. Por que você não falou comigo, Adeline?
— Você não vinha para ouvir queixas, John.
— Adeline, você devia ter pedido divórcio!
— Eu perderia você, John.
John olha incrédulo para ela e para todos que estão na sala. Põe a mão sobre os olhos e pede:
— Ana, por gentileza chame o Gregório e uma ambulância do pronto-socorro.

※※※

Gregório chega com a viatura e John está esperando na varanda. Os dois sentam e olham para Bob e o padre Rovílio, que estão escorados com as costas na parede, cheios de sangue pelo rosto e gemendo alto. John está ofegante e se dirige ao delegado:
— Gregório, aqueles dois obrigaram Adeline a casar-se para dizerem a ela, diariamente, que ela era casada com Bob, quando, agora eu sei, ela nunca foi esposa de Bob, nunca. E o Padre também, porque não queria criar mais um bebê bastardo.

A ambulância chega e vai levando os dois. Gregório apressa-se:
— Vou na ambulância. Passarei a noite lá para garantir que eles não recebam analgésicos, remédios anti-infecção e nem sedativos. Os gemidos serão música para meus ouvidos.
John fala para Gregório:
— Viajo daqui a dois dias. Não pense que estou fugindo.
Ao que o delegado responde:
— Se der B.O. eles brigaram. Eu vi.

Ana atende o telefone. É Rafael.
Agora Adeline espera Rafael no portão.
Ele abre a porta do carro sem sair e ela entra.
— Vamos tomar um chocolate e jogar conversa fora.
Ela sorri.
Estão no RICZ. A cafeteria está lotada. Ela se vira e pede:
— Vamos para a casa de campo?
Ele sussurra:
— Minha bela... Oh, minha bela... Um de nós tem que ter juízo... Você vai viajar com Bob. Você precisa resolver as suas pendengas.
— Vou para conviver com John. Bob já saiu da minha alça de mira.
Rafael ri com vontade e a abraça. Então os dois vão andando pela calçada, abraçados pela cintura.
Adeline fala:
— Preciso de um casaco quentinho. Bob fez as malas e não me deixou ver. Mas sei que vou precisar de um casacão.
Na casa de Rafael, ela escolhe um casaco preto grosso de pele sintética.
— Leve no braço. Se for frio na chegada, já está à mão.

SEGUNDA PARTE

Olham-se. Adeline põe seus olhos nos olhos de Rafael. Seu olhar fica anuviado e distante. Rafael toca-lhe a testa com a mão.
— O que foi, Adeline?
— Estou com medo.
— Medo de quê?
— De Bob... da distância... de alguma coisa que ainda não sei...
Rafael aguarda em silêncio.
Adeline põe as mãos sobre o próprio peito e diz baixinho:
— Medo de despedidas, Rafael. Eu morro de dor.
Rafael então fala:
— Sabe a secretária de Bob, Loretta? Diz que quer falar comigo; que precisa mesmo falar comigo.
— Quando nós voltarmos, você me conta tudo.

Na mansão, Adeline está com a sua mala pronta e uma bolsa grande de mão e o casaco. Tudo sobre a mesa. Maria está na cozinha com ela:
— Adeline, pensei numa estratégia que vai ser tiro e queda. Você vai ter todos os chiliques de uma mulher grávida: reclamar de cheiros, perfumes, loção de barba, cigarros... de tudo. Se Bob se aproximar ou sentar na cama, empurre ele com o pé, dê um coice. Ele vai saber que se você está grávida o filho não é dele. Ele vai enlouquecer. Ele vai para a farmácia e traz para você o teste de gravidez. Vai dar negativo, claro. Aí você começa a se queixar que está estressada, que quer voltar para o Brasil... Enche o saco dele! Ele vai enlouquecer. E não saia de perto de John. Se ele diz que vai sair, você diz que vai junto. Não fique mais de dois metros longe de John...
Adeline fica em silêncio. Está séria. Maria a vê assim e diz:

— Faça isso, Adeline, e seja o que Deus quiser.
Adeline vai para o quarto de Bob. Ele está com duas grandes malas. Ele olha para ela e vai dizendo:
— Vestidos para manhã... vestidos para tarde... vestidos para noite...
Ele se abaixa, pega uma calcinha e a suspende com o dedo.
— Calcinhas... nenhuma. Você nem vai usar...
Adeline está séria. Ela olha para Bob e pensa: "Ele está cheio de hematomas sobre os olhos e nas bochechas e não perdeu a pose".
— Dona Adeline, você acha certo me botar os chifres logo agora que eu prometi ser um bom marido?
— Você acha certo esculachar com Rafael que eu amo tanto?
— Traidora! – Bob está indignado – Não fale mais esse nome! Você me deixa emputecido!

Estamos em outubro.
A ex-Kombi de Júlio para no portão do asilo e descem as quatro mulheres e os quatro homens. O motorista amarra com uma corda a porta lateral.
Todos chegam alegres e vão em direção ao mato. O senhor com o pé enfaixado senta num sofá do solário em frente a John. John está ajeitando o cachimbo e o outro tira o seu do bolso da jaqueta e também se prepara para... veja só... uma boa e velha amiga fofoca.
Um dos garotos de seus 15 anos aponta o dedo para cima e grita:
— As pitangas lá de cima são mais doces. Elas pegam sol à tarde!
A turma se vai.

SEGUNDA PARTE

No solário, os homens estão dando as primeiras baforadas.
Então o outro começa:
— Aquele seu filho desagradável... A única coisa que ele teme é repórter e polícia.
John pergunta:
— Repórter?
— Uma ocasião, num rodeio, uns dez repórteres estavam conversando num bolinho, cada um com seu microfone na mão e Bob chegou e disse alegre: "Se os microfones não cabem, usem um vibrador feminino". Ele apanhou tanto com os fios dos microfones que deu dó. Aí enfiaram ele de volta no carro. O carro passou a noite lá. A noite mais fria do ano. De manhã foi acordado com um esguicho de água gelada.
O homem sorri tamborilando os dedos no braço do sofá.
— Noutra ocasião ele veio aqui no asilo buscar Adeline e o Frei Rovílio disse para ele: "Minha filha não sai com pederastas". "Filha? Qual é?" Ele levou um joelhaço do Rovílio que deve estar doendo até hoje. Daí em diante ele não entrava mais, ficava no portão esperando... esperando... esperando... Vê? A uns 50 metros de distância que era para se garantir. Ele também tem medo de sabonete. Quando Maria denunciou que ele estava estuprando Adeline, ele foi para a cadeia do capitão Gregório. Lá as coisas ganham outra dimensão. Judiou de mulher e criança? Xá comigo. É a lei do aperitivo. Sabonete três vezes ao dia, logo antes das refeições. O capitão segura uns três dias e solta. Nem registra a prisão. Mas ele põe um relatório no "computador da sujeira". E despede o crápula dizendo: "Volte sempre, momô". Gregório sempre recebe recrutas novatos: "Trouxeram a toalha e o sabonete? Então tá". É o primeiro comando. Eles não sabem para que servem, mas logo saberão. O segundo comando: "O joelhaço é meu". Eles não sabem o que é isso, mas logo saberão.
Baforadas... Baforadas...
— Uma ocasião, um rapazinho recém-formado em Direito Penal foi lá no Gregório e meio que insinuou que sabia sobre o tratamento cruel dado aos malcriados. Ele não viu sangue... Não viu

aparelhos de tortura... Tudo limpo. Ficou meio sem saber o que dizer. E o Gregório na cola dele. Quando ele se dirigiu para a porta de saída, Gregório indicou a cadeira em frente ao computador da sujeira: "Meu ilustríssimo rábula. Vá rabular na Liga de Proteção aos Animais. Leia isso aí. Tudo. Assimile. Dessa gente cuido eu".

"Como é que eu sei de tudo isso, John? Eu frequento o Clube Reumatismo. Você devia dar uma xeretada por lá. Aqui na cidade se alguém soltar um pum em dó maior não tem 24 horas já está no ventilador. Entre um vinho brabo e outro, a gente se atualiza."

"Frei Rovílio gostava do Clube. Ele dizia para os empresários da cidade: 'Não liga para o SERASA, fala comigo, é *di grátis*'."

John continua a baforar seu cachimbo e sorri para o outro. Então se inclina para frente e fala:

— Você não sabe da missa a metade.

O outro está satisfeito, e continua:

— Seu filho desagradável apareceu alguma vezes por lá. O zelador cobrava ingresso cada vez mais caro... Ele parou de nos agraciar com a sua honorável presença.

Baforadas... Baforadas...

— Apareça lá, John. Não tem ingresso, não. Você só paga o carreteiro. A vinhaça é cortesia da casa.

Mais um pouco de fumo... Baforadas... Baforadas...

— Sabe, John, estamos vendendo as nossas casas lá no bairro Macacos. Compramos um andar inteiro num prédio antigo lá mesmo. Quatro apês na cobertura com direito ao terraço. Estamos reformando com parcimônia – uma sanquinha de gesso aqui, outra ali... Pequenos, mas aconchegantes.

'Vamos morar todos perto para cuidarmos uns dos outros. Nossas garotas são primas entre si e nós quatro somos primos entre nós. Todos nós estamos com algum parafuso desapertado. Pressão alta, diabetes, artrose... Vamos vagabundear por aí até que dá, mas já sabemos que a nossa boa vida não é *ad eternum*. Este asilo aqui pode ser a linha de chegada de alguns de nós...

Baforadas... Baforadas...

Então ele se volta para John.

SEGUNDA PARTE

— Eu vou lhe dizer uma última vez: Se aquele seu filho desagradável ou a sua neta nojenta se aproximarem de Adeline, eu vou matá-los pessoalmente. Sei de gente que vai me condecorar. E sei que ninguém vai se importar. E bem, eles vão procurar suspeitos. Uma cidade inteira de suspeitos? As mulheres já queriam matá-lo há vinte anos.

John não se manifesta. Está triste. Olhar ao longe, pensativo.

As mulheres voltam do mato com as mãos cheias de pitangas e todos vão saindo. Uma delas se atrasa para tirar alguma areia de dentro do sapato. Ela olha para John, que está com lágrimas nos olhos.

— Você é extremamente bonito. Homem bonito puxou à mãe. A sua mãe era bonita, bonita mesmo.

John sorri, olhos molhados.

— Ela era muito fofa.

Adeline vem para o solário e dá uma bitoca em John.

Ele fala:

— Gostaria de falar com Rafael. Quero ter a certeza que você ficará com ele quando voltar. Eu posso não querer mais vir para cá.

— John, pode ter certeza. Ele sabe que é o único homem por quem valeria a pena eu morrer. Você precisa ir. Daqui a três horas é seu voo. Nos veremos daqui dois dias. Quero ver a sua casa antiga, onde você nasceu; você disse que ela ainda está lá. Quero ver o túmulo da sua mãe e dizer a ela que foi muita safadeza por parte dela ir embora tão cedo. Quero dizer a ela que o homem que ela criou fez do mundo um lugar mais bonito, alegre e gentil. E que se ela puder voltar logo, seria bom, porque o mundo está um caos, todos fazendo maldades uns com os outros. Que o amor que ela trará vai mudar um pouquinho o lugar onde vivemos. Eu vou saber que é ela quando as rosas do jardim florirem fora do tempo.

Adeline sai e deixa os dois homens.

— John, por que é que não sabemos da missa a metade?

— Vou fazer eutanásia assistida. Adeline só vai saber no dia anterior. Quero viver com ela bons momentos enquanto meus olhos estão bons e tenho os dois pés. Quero morrer inteiro. Eu me recuso a ser cremado aos pedaços.
Victor fica perplexo. Ele se levanta e vai falar com Rafael, na sala da enfermaria.
Rafael abana a cabeça e olha para John lá no solário.
— Eu não posso curar aquelas feridas. Elas vão ter que se curar sozinhas.

Os quatro casais vão para o aeroporto no corredor da sala de embarque e mostram a faixa SEE YOU LATER para John. Ele diminui o passo, sorri e acena em despedida.
Ao entrar no avião, ele se volta e lê de novo a faixa que todos seguram acima de suas cabeças. Acena de novo.

Bob chega para o almoço e Maria vai logo dizendo:
— Gregório quer você lá às 14h. Se você não for, ele vem buscá-lo com a viatura.

Num quartinho da delegacia Bob leva saraivadas de sabonetes enrolados em toalhas.
Ele apanha em silêncio.

SEGUNDA PARTE

Gregório manda parar; pede para ele sentar na sua frente. O delegado olha para Bob.
— Você está diferente. O que é que está havendo? Não soltou um gemido sequer.
Bob fica em silêncio. Então, explica:
— Aquelas lesões nas pernas de Adeline são picadas de mosquitos. Meu pai levou-a para a prainha ontem. Nessa época é assim. Nenhum dos dois sabia...
Bob está quieto e passa as mãos abertas sobre a mesa.
— Todas as surras que eu levei por conta das lesões de Adeline foram injustas. Eu nunca, nunca, nunca mais machuquei Adeline.
Gregório ajeita-se na cadeira.
— Mulher e criança machucada sempre caíram da escada... sei... sei...
O delegado observa Bob, longos silêncios, então diz:
— Meu pai foi médico. Ele queria que fôssemos alguém que poderia fazer o mundo melhor, curar o sofrimento dos outros. Meu irmão formou-se médico, e no juramento da sua formatura eu repeti as mesmas palavras, só que eu era delegado de polícia. Eu também queria melhorar o mundo. Estou fazendo com outra filosofia, mas estou fazendo. Meu irmão desistiu de clinicar. Ele foi ser médico de almas: a cura mais ignorada pela medicina. Você o conheceu? Frei Boaventura.
Bob levanta os olhos surpreso. O delegado continua:
— Você não tem ideia de quantas vezes Adeline chorou no ombro dele. Como foi difícil a cura daquela menina, sempre se atrasando por conta de seus insultos diários.
Longo silêncio.
— Você nunca teve um vislumbre de como você teria sido feliz com aquela garota? Era só esperar mais um tempo e logo as nêsperas estariam maduras.
Longo silêncio.
O delegado continua:
— Seu pai vendeu todas as terras e disse que está indo embora. Vou lhe dar um conselho: vá embora também. Você está jurado de morte. Não desafie o ódio das mulheres e homens honestos da

cidade. Você foi poupado esses vinte anos porque conhecemos seu pai. Você deveria investigar a sua estirpe. Você definitivamente não é filho biológico de John.

Silêncio. O delegado toca o braço de Bob.

— Vou repetir: vá embora, ou o seu pelego vai parar na cerca.

Bob vai saindo da delegacia na mesma hora que dois brigadianos trazem, de arrasto, outro sujeito.

Gregório assiste à surra de sabonete do grandalhão que está praticamente perdendo as calças. Ele manda parar e o gorducho vem sentar-se em frente a ele, ainda gemendo de dor.

Gregório ajeita-se na cadeira.

— Você vai para a jaula. E trabalhar na marcenaria. Você vai despertar para uma nova profissão. Você vai gostar de fabricar prendedor de roupas... descascador de pinhão... bodoque... bilboquê... banquinho de gaúcho... E o seu salário vai para a sua mulher. A sua amante vai ter que rodar a bolsinha de novo. Agradar a biscoitona para ter um bom retorno não é mais o seu caso. Na minha cadeia, todo mundo é amigo de todo mundo, se é que você me entende... Acostumar-se é uma questão de empenho. E visitas só da sua boazuda. E toda vez que ela perguntar quando é que você sai, você diz "sábado que vem", como você dizia para a sua mulher quando ela lhe pedia dinheiro para comprar comida para os pimpolhos. Sábado que vem... sábado que vem... sábado que vem...

Bob chega a casa todo dolorido, com as mãos segurando os quadris e ofegante. Na cozinha, Maria está com Adeline.

SEGUNDA PARTE

— John já deve estar no seu voo. – ele diz, e se senta.
Maria serve-lhe um café. Adeline está quieta. Bob fica em silêncio e vai bebendo o café com o nariz em cima do vapor da xícara.
— Já arrumei as nossas coisas, Adeline. Faz uma semana. Não precisa se preocupar.
Ela diz:
— Comprei uma mala só para mim. Vou levar aqueles vestidos que comprei, você viu, e um casaco no braço... e alguns sapatos e...
Bob está ofegante, respirando pesado.
Adeline observa-o, calada e triste.
Ele olha para ela e pega na sua mão. Quer falar alguma coisa, pensa um pouco, e não consegue. Larga a mão dela.
— Vou subir.
Ele sai da mesa e vai pelo corredor em direção à sala.
Adeline olha para Maria.
— De onde ele veio assim tão... tão... amassado?
— Não sei.
— Parece que levou uma surra.
— Parece.
As duas agora bebem seu café em silêncio. Adeline olha para a campina pela porta aberta da cozinha.
Ela sorri alegre.
— Vou cantar como um canarinho. John vai me esquentar. Eu acharei uma brecha para estarmos íntimos. Vai ser a minha despedida de solteira.
Maria olha meio desconfiada, e então ri, achando graça nas palavras de Adeline.

John está sentado num salão de beleza em Roma.
Uma atendente de meia idade, de cabelos brancos, vem alegre.
— Oh, John!

Ela o beija nas faces e vai pegando uma touca de borracha.
— Gostaria de fazer as três mechas hoje... Bob chega amanhã... Lia, por favor...
— Sim, John, voando! Voando! Eu não quero Bob por aqui. Como ele é desagradável!
John sorri.
— Ele vem com a esposa Adeline. Ela é muito fofa...
— Esposa?
— Sim. Ele é casado há vinte anos.
— Vinte anos... com Bob? Ninguém merece.
— Casados há vinte, separados há 19 anos e 9 meses. Parece que ela superou as grosserias dele. Ela está amando dois outros homens. Um deles sou eu... ela vive me passando cantadas... – ele ri – Um dia pode ser que você a conheça. Ela é muito fofa...
— E o outro homem?
John suspira.
— Rafael. Com Rafael não posso competir, não posso. Ela tem que decidir, ela, ela. Eu nunca pedirei, nunca.
A atendente vai para frente dele e fita-o nos olhos:
— Você não precisa pedir. Conquiste-a com pequenas carícias, preste atenção quando ela fala... Dê-lhe umas bitocas nos lábios. Quem sabe?
— É... quem sabe...
— Bob sabe de Rafael?
— Sabe. Ele fica enlouquecido quando ouve o nome dele. E ela não deixa por menos; fala o nome Rafael o tempo todo. Agora ele quer que ela volte para ele. Ela aceitou viajar com ele... vamos ver... vamos ver... Ele pegou ela com 13 anos. Mas agora ela já tem 33. Ela não vai mais aceitar as crueldades dele. Eu estarei por perto. Na minha frente, não.
A atendente Lia vai puxando as mechas.
— Você aceitará ficar com ela se ela escolher você?
— Vou. Ela precisa encerrar o capítulo da vida dela com Bob de uma vez por todas. Ela não vai dizer que está perdidamente apaixonada por mim, mas eu estou... Mas quando ela decidir ir embora,

SEGUNDA PARTE

eu vou deixá-la ir. Eu nunca pedirei para ela ficar comigo, nunca! Mudei o meu conceito de amar. Eu acho que a maior prova de amor não é segurar; é largar.
 Os dois sentam a um canto do salão enquanto esperam. Ela diz:
 — John, você tem tudo para competir com Rafael, tudo... tudo... tudo... Olhe para você!
 John então fala:
 — Encontrei Rafael na rua uma tarde, já estava anoitecendo. Paramos os carros um do lado do outro, ele me viu e me convidou para jantar com ele no hotel. Ele tem um hotel muito bonito. E eu fui. Jantamos, conversamos e ele me convidou para sentar num canto privado para assistir a palestra que ele iria dar para uns 20 rapazes. Era um curso de noivos. Ele sentou em frente aos jovens:
 — "*Listos?*"
 — E pegou uma lista do tamanho de uma rabiola de pandorga de uns cinco metros de comprimento, com bilhetes, pedaços de papel, novos, velhos, amassados, todos grudados um no outro com fita adesiva. Sacudiu para a ponta cair no chão, apontou o dedo indicador acusadoramente para aqueles jovens e foi lendo... lendo... lendo com toda aquela calma que Deus lhe deu. Então terminou sacudindo aquela rabiola. Isso está impresso, peguem na saída. Tem alguns nomes de livros que vocês devem ler.
 'Eu só assisti os rapazes. Mas ele me mostrou a rabiola que ia ler no dia seguinte para as moças. Não tinha mais que 15 ou 20 bilhetes grudados. Aí eu perguntei: Os homens se queixam tão pouco assim das mulheres? *A maioria dos homens não se queixa, se as mulheres abrem as pernas está tudo bem... Eu fico constrangido com isso. Como posso dizer a elas que façam carinho, que sejam amorosas... que sejam alegres, tranquilas... sossegadas... que assim terão um casamento longo e feliz... que às vezes é prisão desde os primeiros anos? Os pais criam as meninas com amor, com cuidado, e elas caem nas mãos de um Bob qualquer...*
 Rafael me olhou e sorriu. Não espere que eu peça desculpas. Aí eu falei: "Me mata uma curiosidade, Rafael: Vê aí a última queixa, esse último bilhete aí". Rafael pegou a rabiola curta: *Minha mulher comprou um sapato de 400 reais. É o fim da picada.*

'E agora vamos ao contraditório: – ele vai passando o dedo e procurando um determinado bilhete colado na rabiola longa – Aqui: *meu marido armou um barraco por conta de um sapato que eu comprei por 400 reais. Os pneus que ele usa no kart custam 400 reais cada um e dá para uma competição só. E ele sempre diz para os amigos que pagou uma pechincha.*

Agora Dona Lia pega toalhas para ir secando os cabelos de John. Ele continua:

— Rafael é espiritualizado. Ele tem a serenidade pueril de quem acredita que o céu existe. Que nosso espírito pode voltar a rever o bem-amado que deixou...

Longos momentos.

— Então, Dona Lia, tenho alguma chance?

Ela balança a cabeça.

— Zero.

E John acrescenta:

— É. Um zero bem redondo.

Lia e John vão para a pia lavar o cabelo de John para fazer um segundo tom de mechas, e enquanto isso vai falando:

— Esteve aqui na semana passada uma senhora casada com dois filhos grandinhos já. Antes de entrar ela viu você na rua, entrou no salão e ficou olhando para você indo lá ao longe.

— *É John* – eu disse.

— *Eu sei. Eu estive com ele 15 dias há... uns dois séculos atrás. Deixei ele aos gritos e, meu Deus, como eu me arrependo.*

— Como é o seu nome?

— *Marguerita* – ela me disse. *Eu soube que ele não teve mais ninguém depois. Eu sempre me pergunto: ele me amava tanto assim?*

John ergue a mão:

— Claro que eu me lembro dela. Ela me feriu de morte antes de jogar as chaves na minha cara... Olha só, Lia, ela queria sair para as noitadas. Eu até tentei acompanhá-la. Aí, ao chegar em casa, ela queria que eu fosse um contorcionista na cama. Olha só, eu danço abraçando a mulher amada, de frente, rosto colado, cantando a música, falando coisas no ouvido... Na hora da transa eu gosto de ver

SEGUNDA PARTE

a mulher amada de frente, beijar a boca, o queixo, olhar para ela de frente. Ela foi embora me chamando de mosca morta! Mosca morta! Mosca morta! Gritando pelo corredor.

— Dona Lia, eu sou sossegado, não tenho grandes arroubos, mas gosto de tudo devagarinho, silencioso, faço tudo com o maior cuidado, sou gentil... Só não gosto de entrar pela porta dos fundos. Aí, Bob me deu o golpe de misericórdia: trouxe uma fita de vídeo com um filme pornô da Cicciolina. Fiquei horrorizado. E Bob me dizendo: "É isso aí que elas gostam. É isso aí que elas querem. Te pluga, John, te pluga!". E foi assim, apavorado, que eu me tornei um celibatário. Mas agora, a minha amada por perto, eu não posso mais garantir os meus votos.

Agora John despede-se de Lia. Ele acaricia com uma das mãos a face dela até as orelhas a canta baixinho: "*Remember me... Remember me...*".

As malas estão na porta da sala e Adeline então avisa:
— Bob, vou até o asilo me despedir de Rovílio.
— Vou com você para o caso de ter de enxotar um urubu.

Ela está abraçada com o Padre, e diz:
— Rovílio Maines. O nosso nome é igual. Bob soube que tem gente achando que sou sua filha... Como eu queria que fosse... Como eu queria que fosse...

O Padre está com lágrimas nos olhos, cheio de hematomas nos dois olhos, na testa e no queixo.

Os dois se abraçam. Os dois sabem. É adeus de verdade.

No avião, Adeline e Bob estão lado a lado. Ele se encosta nela, pega a sua mão e vê que ela não está usando a aliança.

— Cadê a sua aliança, Dona Adeline?

— E a sua, Bob? Eu também não estou vendo.

Ele fica quieto e recosta-se na poltrona. Ele então sussurra no ouvido dela:

— Vou matar Rafael, que é quem está no seu coração. A punhalada vai doer em você. Você há de se arrepender; há de se arrepender!

— Bob, Rafael veio para uma missão, ele não pode ser interrompido. Mate a mim, eu só vim com um propósito que pode ficar para uma outra viagem. Mate a mim.

— Você daria a sua vida pela de Rafael?

— Estou dando, Bob, é só pegar.

— Adeline, Adeline, não subestime o meu ódio. Quero saber até onde você foi.

— Ninguém me penetrou, Bob, só você. Pare com suposições. É você que pensa no sexo antes do amor. Olhe para trás, vinte anos, eu nunca tive ninguém. Na verdade, eu só tinha John que me tratava como um ser pensante. Ele nunca me insultou ou fazia pouco caso do que eu falava. Eu só tive ele, acredite.

Bob acomoda-se na poltrona e fecha os olhos. Adeline faz o mesmo. Ele ainda murmura:

— Vou dar um fim em Rafael. É ele... É ele que me deixa inquieto...

Ela diz:

— Bob, eu insisto, Rafael veio para cumprir uma missão.

— Missão?

— Sim, ele trabalha na cura de pessoas instáveis como você, que a sociedade chama de loucos, procurando o momento certo em que você deixou de amar, o momento certo em que você perdeu a última pessoa que lhe amou. Você precisa entender que todos nós viemos nessa breve viagem que é a vida para amarmos e sermos amados.

SEGUNDA PARTE

Você precisa de ajuda, Bob. Você é instável. Você precisa entender que é o amor que nos dá equilíbrio.
Bob murmura:
— Dona Adeline, eu insisto, vou dar um fim em Rafael.

John está no aeroporto de Roma com Aline.
Bob e Adeline chegam e todos vão pegar as malas. Aline olha para o rosto do pai.
— Pai, o que aconteceu?
Bob passa as mãos no rosto.
— Caí da escada.
Ela se satisfaz com a explicação.
Adeline e John ficam para trás.
Ela fala alegre.
— Você está muito veranil.
— Esta vez fiz mechas mais claras.
— E barba mal crescida. – ela faz um carinho no rosto dele – Vai me espetar.

Já no apartamento, todos estão sentados nas poltronas. John pega um pacotinho de fumo e vai ajeitando o cachimbo. As baforadas espalham-se pelo ambiente. Adeline, que está ao lado de John, fecha os olhos e aspira o aroma perfumado da fumaça. Ele então leva uma migalha de fumo à boca para mascar e oferece o pacotinho para Adeline cheirar. Então guarda no bolso do paletó.
Aline observa os dois atentamente.
Bob e Adeline entram num quarto.

— Era o meu quarto quando eu morei aqui.
Adeline olha para cima e vê o grande lustre. Então, baixa os olhos e vai dirigindo-se para a janela. Abre uma fresta na cortina branca e olha para a cidade lá fora. Bob vem para perto dela e diz:
— Oh, Adeline, você aqui comigo... Eu sempre fui tão sozinho neste quarto...
Adeline ouve um barulho de barbeador elétrico e sai do quarto. Ela vai até o banheiro e vê John fazendo a barba. Ele sente a presença dela e os dois fitam-se. Ele faz um gesto com o barbeador e sorri.
Aline está atenta. Ela tenta captar alguma coisa no ar.
John convida a neta.
— Vamos para algum lugar comer, ouvir música...
— Não, vou sair com amigos.

John estaciona o carro no meio-fio e os três descem. Caminham uns metros a pé pela calçada e sobem uma escada de mármore branco ladeada por folhagens.
Adeline olha admirada para o tapete vermelho que sobe os degraus num trilho belíssimo.
Chegam ao restaurante.
Um pianista no outro lado vai tocando, suavemente, uma balada.
Leem o cardápio.
A comida vem.
John inclina-se e fala:
— Luiza apareceu faz alguns dias.
Os três vão jantando. John toca o braço de Adeline.
— Nós fotografávamos juntos. Ela era muito fofa. Aí nós resolvemos ficar juntos. Como sofríamos assédio de agentes, fotógrafos, empresários, aonde um ia o outro ia. Nós cuidávamos um do outro. Tínhamos dezessete anos na época. Ela queria ter um filho... Só fa-

lava nisso. Nessas alturas, ela já estava no pó. Sabe aquela cultura da magreza? Pois é. E ficou grávida. E deixou Bob para eu criar. Jogou as chaves no chão e se foi. Quando Bob tinha cinco anos ela veio buscá-lo. Eu não podia fazer nada. Ela era a mãe...

Ele se volta para Bob e toca o braço do filho.

— Bob, ela partiu meu coração quando levou você. Eu quase me ajoelhei na frente dela pedindo "fica comigo, fica comigo". Ela atirou as chaves no chão mais uma vez e se foi.

John olha para o teto, olha ao redor e diz:

— Luiza gostava muito daqui.

Adeline olhou-o séria. Ele viu a reação dela e continuou.

— Nós nos amávamos, Adeline. Fui feliz um mês; apenas um. Foi aqui que jantamos a última vez, trinta dias depois do nosso casamento. Ela trouxe para o jantar os papéis do Fórum. Indigno jantarmos com um envelope de pedido de pensão sobre a mesa. Um dia eu lhe conto a história.

Então, John volta-se para Bob.

— Há uns dois meses ela veio me ver. Toda delicada para saber como eu estava. Aline me contou que ela havia voltado da Austrália com muita grana. Trambicou alguém, segundo Aline. Aí eu pensei: Não quero ela por aqui. Enquanto ela falava de suas aventuras aspirando carreiras em pó sobre a mesinha, fui pensando em alguma estratégia. Bingo. Pedi dinheiro emprestado a ela. Eu disse que estava por aqui de dívidas. Ela se levantou indignada, passou a mão no pó, foi para a porta, com toda aquela indignação de quem se sente explorada e se foi. Drogada como sempre, vigarista como nunca.

John olha em volta.

— Ela insinuou que seria um jantar romântico, eu estava apaixonado. Então a sobremesa daquele jantar foi um pé. Pediu indenização por engano de pessoa. Eu? Ela se enganou de pessoa! Depois mandou uma prostituta com um pimpolho dizendo que era meu filho e queria pensão alimentícia. Eu teria nove anos quando gerei aquele piá. Nenhum juiz foi louco. E veja só: está gorda. Não adiantou nada aquele pó.

Adeline e Bob escutam atentos. Então Bob volta-se para Adeline.

— Fui morar no iate com minha mãe. Era do namorado dela. Quando ele começou a ficar doente, ela o levou para uma casa de saúde. Ela cuidou dele até que ele morreu.

John olha para o filho. Então era isso que Luiza falava para Bob...

※

Saem do restaurante. John sugere:
— Vamos até ali.
Estão diante de uma porta de vidro que funciona como vitrine. Estão lendo alguma coisa, interessados nos papéis expostos.
Bob então coloca a mão sobre o peito.
— Meu Deus! Como é que as ações da ÁTILA podem baixar tanto? Assim de repente!
John olhou preocupadíssimo.
— Você tem muitas?
— Nenhuma.
Os dois riem.
John aconselha:
— É hora de comprar. Deu essa queda porque o sênior morreu. Já vão reagir. Os filhos estão tocando os negócios.
— Aqueles dois bananas?
John olha para o filho indignado.
— Bob, você não me parece muito ligado. Aqueles dois bananas estão à frente de tudo faz mais de dez anos. E veja só, os dois bananas triplicaram o capital nos últimos cinco anos.
Agora, caminham pela calçada. Adeline troca olhares com John. Ela está alegre.
Bob olha para o pai.
— Pai, estou esperando você me falar das mulheres.
— Bob, você sabe que eu não erro mais o pulo.
Bob olha para Adeline e fala:
— John está apaixonado; é só olhar e ver.

SEGUNDA PARTE

Ela sorri.
John está alegre.
— Ah, a mulher amada nos braços, a música, o desejo... E o vento levou.
Bob olha para Adeline.
— John nunca teve a mulher amada nos braços, porque nunca teve uma mulher amada, acredite se quiser.
John vai falando, está sério.
— As mulheres que eu tive eram inteligentíssimas. Elas viam logo que o meu coração era vazio. Foram se afastando... se afastando... e o vento levou.
— Pai, olha pra mim. Você está apaixonado. Por isso quis viajar antes. É só olhar nos seus olhos. Está aí. Acho que desta vez você não vai dizer "e o vento levou". Adeline? Pode começar a chorar. Você vai levar uma rasteira. Você vai continuar esperando John naquele banco duro.

※※※

No asilo, Padre Rovílio sente-se mal. É madrugada. Ele se move devagar. Falta-lhe o ar. Massageia com as mãos o próprio peito. Vai superando a crise sozinho. Olha o relógio no pulso. São cinco horas. Ele tenta sentar na cama. Após várias tentativas, consegue sentar-se e devagarinho levanta-se e sai da cama. Calça os chinelos e vai para a sala. Senta-se ao lado do telefone, acomoda-se melhor e faz uma ligação.
— Preciso falar com Rafael. É o Padre Rovílio do Asilo Santa Marta.
— É Rafael.
— Preciso falar com você, filho. Se você puder vir... Não lhe roubarei mais do que quinze minutos...
Rafael ouve e nota que o velho Padre fala com dificuldade.
— Sim... agora?

— Pode ser?
— Estou indo.
Rafael estaciona o carro e vem às pressas pela alameda. Pula para cima do terraço e vai andando. Vê luzes e para junto à janela. Vê o Padre. Vai até a porta e abre. Está preocupado.
— Sente-se, filho.
Rafael senta-se e olha para o Padre. O Padre Pão também aparece. É evidente a dificuldade que o velho tem para respirar. Ele ergue a mão, como se assim falará melhor.
— É sobre Adeline. Você tem que tirá-la de perto dele...
O velho descansa um pouco e continua:
— Use de todos os recursos... Aqui está o papel do divórcio. Olha a cachorrada que ele fez! Veja!
Rafael pega o papel, abre e lê. Aperta os lábios. Dobra de novo e guarda no bolso do casaco.
O velho Padre continua:
— Não demore, filho... Ela não vai aguentar.
O Padre força a respiração.
— Comigo ela estava segura. Eu estou mal. Olhe por Adeline, é tudo o que eu lhe peço. Você a ama, não é?
— Sim, mas ela ama o marido.
— Não está mais amando. É certeza absoluta. Fique com ela, Rafael.
— Eu cuido de Adeline. Prometo.
Rafael pega um pouco de fumo para mascar e fica em silêncio. Padre Rovílio pega um envelope pardo que está ao seu lado na poltrona e entrega a Rafael.
— As premonições e os sonhos de Adeline que deram certo, exatamente certo. Ano, dia e hora. Os que eu pude comprovar. Você ficará surpreso...
Rafael mete a mão dentro do grande envelope e tira um maço de papéis de todo tipo e olha. É mesmo uma infinidade de bilhetes.
Padre Rovílio diz:
— Este recorte de jornal aí é uma reportagem sobre a morte do pai de Adeline. Ela tinha cinco anos... Ele foi nosso benfeitor por seis anos, sob ameaça da minha parte, mas ajudou muito.

SEGUNDA PARTE

O Padre inclina-se e mostra o nome de uma mulher escrito à mão na margem.

— O nome da mãe dela e o endereço que consegui no Fórum nessa mesma ocasião, veja. Ela morava a menos de quinhentos metros daqui...

Rafael olha a folha de jornal e vê a foto do homem bem nítida e grande. Abre o casaco e guarda no bolso interno. Ainda está segurando o maço de manuscritos. Olha para o Padre acenando com a mão:

— Isso tudo aqui, Rovílio?

— Vamos queimar.

Na varanda na frente dos dois, uma panela de ferro onde Rafael inicia um fogo. Ele então vai pegando os bilhetes, faz bolinhas e vai jogando no fogo.

Então no maço que ele tem nas mãos desloca-se para fora o papel com o desenho do cordão de ouro com a estrela de Davi incrustada de diamantes. Ele puxa e vê o desenho de um vulto de rosto de mulher com cabelos negros cortados na altura do queixo.

Ele mostra para o frade.

— Ah, ela sonhou que a dona disso aí morreu. Catherine. Lembra que eu fui no enterro?

— Ela falou mais alguma coisa?

— Você quer dizer ouviu alguma coisa? Sim, ela escreveu aí.

— Não vejo nada escrito.

— Então, ela não escreveu.

Rafael guarda no bolso interno do paletó.

O Padre, na sua cadeira de balanço, ali no escuro, baixou a boina até cobrir-lhe os olhos, e pensou: que rumo teria tomado a sua vida se Adeline não tivesse aparecido? Era como se fosse sua filha. Incomodou-o como uma filha. Deixou-o furioso, às vezes. E muito feliz, tantas vezes...

— Como é a vida, não é Rafael? Adeline já criou um filho e o largou no mundo, e eu não consigo largar Adeline... Às vezes, criar um filho é tão difícil...

— Rovílio, me fale mais sobre Adeline.

— Oh, Rafael, você quer ouvir...? Ela foi uma criança estranha e especial... sim... especial...

GAVINHAS

Rafael está em casa. No quarto, sobre a cama, uma bermuda jeans velha e suja. Ele tira as calças e veste a tal bermuda. Olha-se no espelho. Pega a camiseta que está no encosto da cadeira e olha. Pega uma tesoura da cômoda e corta fora a bainha das mangas e do decote. Olha-se no espelho. Aprova. Desalinha o cabelo. Abre a última gaveta da cômoda e pega vários estilos de óculos e vai provando um por um. São todos horríveis. Aprova um. Abre a porta do roupeiro e pega uma caixa de pinturas. Passa os dedos num pó acinzentado e faz olheiras sob os olhos. Pega de novo com os dedos e esfrega as mãos como para sujá-las. Olha-se no espelho e vê que está de sapatos sociais e meias. Tira tudo e fica de pés descalços. Sai pelo elevador até a garagem e vai para uma velha estante, pega uma caixa de papelão e vira o conteúdo no chão. Cai rede de pesca, anzóis, linhas e um monte de caixinhas de plástico. Cai também um velho chinelo de borracha. Rafael calça os chinelos e sai de carro. Vai até a praça, estaciona, desce e dirige-se para pegar um táxi.

— Vamos para o bairro Assunção.

Rafael confirma o endereço e guarda o papel que leva na mão. Desce do táxi e bate na porta da casa.

— Procuro Adriana Reder. O endereço é aqui.

O jovem casal na porta balança a cabeça. A mulher diz:

— Nem conhecemos.

— Obrigado.

Rafael abana a mão e sai pelo portão. Olha para baixo no fim da rua e vê um barzinho na esquina. Vai para lá e entra. Chega para o dono atrás do balcão:

— Procuro Adriana Reder. Uma senhora loura de olhos azuis. Morava aqui em 1954...

O homem coça a cabeça.

— Não sei. Não conheço. – então, ele se volta para os fregueses que estão na mesa jogando baralho e bebendo pinga e grita:

— Alguém conhece Adriana Reder?

SEGUNDA PARTE

Os homens voltam-se e abanam negativamente a cabeça e continuam o jogo. Rafael sai e volta para o táxi.

Agora, Rafael está no Fórum. Está de terno e gravata. Um senhor simpático, de barbas e barrigudo vem pelo corredor.
— Olá, Rafael! Vamos para a minha sala.
— Como está? Preciso de um favor.
Rafael então entrega um papel ao homem.
— Quero saber o paradeiro desta mulher. Me indicaram como cozinheira.
O homem vai para a sala ao lado e diz para a funcionária:
— Urgente.
Os dois aguardam e conversam alegres.
— Trabalhar com as pessoas não é mole, Rafael. Eu só vejo abacaxi na minha frente. Vara de família... O Juiz é o domador de circo. – ele ri. Rafael ri também. O homem fica sério, respira fundo e prossegue:
— Você lembra do casalzinho aquele... Ela venceu o concurso Miss Brotinho no ano passado? Lembra sim! Catherine era do júri...
— Ah, sim. Sei, sei.
— Pois é. Casaram não faz dois meses. Benzinho daqui, benzinho dali. Beijinhos... beijinhos... Há duas horas atrás estiveram aqui, bem aqui. Quase se mataram! Aqui na minha frente! A socos e arranhões. Ele chamando ela de puta... Ela chamando ele de veado... Eu ainda ouço os grunhidos... – O homem olha para o teto e assopra para cima.
— Olha, Rafael, eu te juro, eu seria mais feliz vendendo mandolate nas gerais do Ypiranga...
A funcionária vem e entrega dois papéis.
— O endereço é do ano passado. Votou no mesmo bairro nos últimos 30 anos.

Rafael despede-se contente. Bate com a mão nas costas do amigo e convida:

— Vem jantar comigo um dia desses. À noite estou sempre por lá. Eu lhe conto as minhas desgraças e choraremos os dois sobre um cálice de um bom vinho. Dói menos.

Os dois riem.

Rafael agora está de novo num táxi com as roupas surradas. Chegam a outro bairro. Ele olha e diz para o motorista:

— Estarei defronte àquelas casas. Vá dando voltas pela quadra...

Rafael desce do carro e vai andando devagar. Está mesmo mal vestido. Olha o endereço no papel, olha para a casa e confirma. Guarda o papel no bolso do *short* e entra pelo portãozinho de ferro. É uma casa simples de gente pobre. Sobe o degrau da calçada e bate na porta. Uma menina de seus dez anos atende.

— Preciso falar com Adriana Reder.

A criança olha para dentro e grita:

— Vó!

Pela porta aberta Rafael vê uma senhora vindo pela sala. Ela chega até a porta. Cabelos brancos, olhos azuis bem claros, simples, envelhecida.

Então Rafael fala:

— Bom dia. A senhora é...

— Adriana Reder.

— Sim. – diz Rafael – a senhora tem uma casa para vender lá no bairro Assunção. Estou interessado.

— Quem informou? Eu vendi a casa já faz mais de 30 anos!

— Oh!

A mulher olha para ele de cima a baixo. Ele coça a cabeça e olha para a rua. Volta-se para ela e diz:

— Que preço estão os imóveis por aqui?

— Não sei...

A mulher olhou de novo para Rafael, movimentou-se para dentro e foi segurando a porta para fechá-la.

Rafael despede-se:

— Até logo. Obrigado. – e sai para a rua.

SEGUNDA PARTE

Olha para cima e vê o táxi vindo na pequena estrada lá no alto. Acena e o carro vem para perto.

Na sua sala no hotel, Rafael olha o recorte de jornal, o endereço no pequeno papel, põe um clipe para prendê-los juntos, abre a gaveta e pega um envelope escuro. Coloca os papéis dentro. Ergue o envelope nas mãos, olha... olha... e pensa: se Adeline questionar, está tudo aqui. Abre a gaveta e joga o envelope dentro. Senta-se de lado. Cotovelo apoiado na mesa, cabeça apoiada na mão, tamborila os dedos na sua própria face. Não sabe mesmo o que pensar...

O asilo está sendo reformado.
Um grande solário, uma piscina, duas enormes varandas. Padre Pão está além da horta dando ordem para o motorista de um pequeno trator.
— Costeando a cerca, dois metros de largura. Vai ser uma pista de corrida contornando toda a propriedade. – ele diz.
Chegam quatro homens com dois rolos de arame.
— Tirem os arames farpados. Vamos substituí-los por lisos.

Gregório vai ver Boaventura na Igreja dos capuchinhos. O frei está apitando um jogo de futebol de meninos. O delegado põe uma placa de granito em cima da mesa, ao lado do campinho de grama.

Nela está gravado *João da Silva *1920 +2020*. Boaventura olha rapidamente e continua com o jogo que agora vai para o intervalo. Os dois sentam e o frei olha para a placa.
— Gregório... Gregório...
— Olegário... Olegário... Bob está com os dias contados.
— Gregório... Gregório... Deus está vendo.
— Olegário... Olegário... Deus não está vendo.
— Gregório... Gregório... Deixe a justiça divina atuar.
— Olegário... Olegário... A minha justiça é profana. Não há de sobrar um.
Gregório tamborila os dedos sobre a mesa.
— Aquela gaveta pequena que tiraram a ossada e ficou vazia já tem dono? Bob há de caber nela. Vou amarrá-lo mais apertado que quitute de frango.

Duas assistentes sociais trazem um menino de seus dois anos para o asilo. O garotinho está muito machucado na cabeça de cabelo raspado e um bracinho com gesso. Maurício pega o garoto no colo e a assistente social entrega-lhe uns papéis, dizendo:
— Oportunamente viremos buscá-lo.
Maurício acena com os papéis.
— Eu não vou devolver este menino. Não vou.
Ela diz:
— Os pais estão sendo conscientizados sobre violência e...
— Onde? Quem está fazendo isso?
— Nós.
— Eu não vou devolver este menino e ponto final. Vou falar com Gregório. Onde é mesmo que estão esses dois bandidos que se dizem pais? A Certidão de Nascimento está nesses papéis? O mote desta casa é "nenhuma criança com a paternidade em branco".

SEGUNDA PARTE

Em Roma, no apartamento de John.
Adeline e Bob dormem na grande cama. Ela começa a agitar-se... vira-se rápido para um lado, para outro e começa a choramingar. Agita-se e então começa a gritar. Bob acorda-se, olha assustado e tapa com a mão a boca de Adeline. Ela se agita e Bob vê que precisa segurá-la com mais força. Então ele vai para cima dela, um joelho para cada lado e praticamente senta sobre ela. Uma das mãos tapa a boca e outra segura um dos braços que ainda quer resistir. Bob lhe dá um safanão. Adeline acorda-se assustada e para de chorar. Bob sai de cima, atira-se rolando para o lado e sussurra:
— Que susto!
Ela então diz baixinho:
— Está acontecendo algo ruim com o Padre Rovílio.
Bob ergue-se e senta na cama.
— Olha aqui: para com isso!
— Eu queria telefonar...
— São três horas da madrugada! – Bob olha o relógio em cima do criado-mudo – Não e não!
— Bob, que horas são no Brasil?
— Eu já disse não!
Adeline ficou quieta. Está chorando em silêncio. Ela estava pressentindo... era alguma coisa com Padre Rovílio, era sim. Bob a seu lado ainda está ofegante. Os dois vão acalmando-se. Então, Bob volta-se e vem para perto. Passa a mão sobre o ventre de Adeline, sobre os seios e sobe até o pescoço. Toca-lhe o rosto e faz voltar-se a encará-lo. Ele move os lábios para falar, mas não fala. Vai se chegando e pensa: Adeline assim, sem forças... e vai se acomodando sobre ela e envolvendo-lhe a cabeça com os braços. Vai se movimentando, afasta uma perna de Adeline, sobe com a mão por baixo da camisola e vai acariciando os seus seios. Começa a beijá-la na boca. Ela diz suplicando:
— Bob, por favor, não...

Ela se livra dele e vai para a janela. John observa da porta e vê Bob sem o mínimo interesse nela. Ele está esticado na cama de braços abertos. Então John aproxima-se e fala baixinho:

— Vamos dormir. Amanhã vamos para a Costa Amalfitana. A capa dos meus portfólios é sempre lá.

Então se volta para Bob.

— Você é um covarde.

— O capitão Gregório está lá no outro lado do mundo. Quem ele pensa que é me proibindo de trepar com a minha mulher? Esposa, que fica mais respeitável.

Belinha e Sarah estão cada uma com a sua mala, no aeroporto. Um casal está com elas. Estão todos alegres. Rafael beija as meninas e todos vão para a sala de embarque. Ele está feliz. Elas acenam mais uma vez da porta do avião.

Rafael sai do aeroporto e o seu celular chama. Ele ouve atento. Agora ele chega ao asilo e uma van do necrotério leva o frei Rovílio.

John está na sala com Bob.

— O que será que aconteceu lá no asilo?

— Sei lá. Alguém peidou em dó maior.

Adeline vem para a sala. Bob olha e suspira.

— Vou telefonar para o asilo. Está contente?

Ele faz uma ligação no telefone fixo. E ouve em silêncio. Então, desliga e olha para Adeline. Ela está quieta e de olhos baixos.

— Em que você está pensando, Dona Adeline?

— Quero falar com Rafael.

SEGUNDA PARTE

— Mas que merda! O Padre Rovílio bateu as botas ontem à noite e você aí me botando os chifres! Oh merda!
Bob suspira.
— Vamos voltar para a cama. Escutou Adeline? Você está sempre na lua?
— Só estou pensando...
— Em Rafael? Não ouse!
— Não, é que estou com uns calores, acho que é menopausa.
Bob põe as mãos na cintura e olha indignado para Adeline. Então, ele se deita de costas para ela.
— Enfim você ficou velha.
John olha da porta. Fica pensativo.
— Bob, não vamos amanhã. Vamos aguardar um ou dois dias. Estamos todos estressados.
— Eu não estou estressado. Eu estou é puto da vida.

Maurício corre com alguns meninos na pista de terra, lá ao longe, e Maria e Ana olham alegres. Estão na varanda e, ao lado delas, sobre uma pequena mesa, dois meninos de seus dez anos escrevem. Maria inclina-se e observa.
— Uma letra bonita tem o seu valor. Todos vão olhar para vocês de um jeito diferente. Um dia desses vamos criar uma assinatura.
Ana relembra a programação de verão:
— Maria, Adeline resolveu que todas as sextas-feiras de tarde é vinho, piscina e pão de forno para convidados. Domingos, futebol nos capuchinhos e piscina só para crianças.

No apartamento de John, os dois homens olham amostras de tecidos para ternos. John escorrega entre os dedos uma amostra, outra e outra.

Adeline observa e também está folheando alguns portfólios de anos anteriores, onde John aparece em todas as fotos. Inverno e verão. Ternos completos, bermudas e camisetas... As etiquetas "Warrior – ternos clássicos e casuais".

John fala simpático:

— Adeline, já esteve na minha confecção para encomendar meia dúzia de conjuntos sabe quem? O Onassis!

Bob mais que depressa fala com desprezo:

— Não adiantava nada. Ele até que se esforçava, mas parecia sempre uma cama desarrumada! Tire um tempo para ver as fotos dele na Internet. Uma cama desarrumada!

John e Adeline baixam os olhos e continuam fazendo o que estavam fazendo.

Bob olha para as capas de dois ou três portfólios que estão em cima da mesa e bota o dedo na moça que caminha de mãos dadas com John em direção ao pôr do sol.

— Quem será a vagabunda da vez? O fotógrafo traz cada draco para fotografar a capa com você. Ainda bem que a foto é de costas... De frente ia dar pra ver escrito puta na testa.

— Vai ser Adeline. – John responde ainda analisando as amostras de tecido.

— Pai, todo mundo vai pensar que ela é farinha do mesmo saco.

John toca a mão de Adeline sobre a mesa.

— Adeline vai ser a vagabunda da vez.

— Pai, você está ofendendo Adeline.

Ninguém se mexe. John nem levanta os olhos. Ele alcança um retalho de tecido para Adeline que também está de olhos baixos e desliza os dedos no tecido.

Bob olha ao redor e vai para o sofá, ajeita as almofadas e deita para descansar.

SEGUNDA PARTE

John está sentado na beira da praia.
Está de óculos escuros com Adeline a seu lado, e ambos com grossos cobertores nas costas. Bermuda caqui abaixo do joelho, camisa branca de linho, mangas arregaçadas e o seu cabelo desgrenhado. Adeline usa um vestido fino de seda branco. Estão esperando tudo ser arranjado. Ambos de pés descalços com os sapatos sobre os joelhos.
— Não podemos perder o pôr do sol. – Bob fala com o fotógrafo – John quer seguir e em algum momento eles se viram para olhar um para o outro. Não percam o momento.
Quando Adeline vai buscar uma garrafa de água na tenda, uma moça chega à frente de John e aponta o dedo.
— Quem é aquela mulher?
John olha para trás.
— Ela é a minha querida.
— Ela é a sua nora.
— Não é não.
— Ela é a esposa do seu filho, Bob.
— Não é não.
— Ela é a mãe da sua neta.
— Não é não. Querida, não sou o pai biológico de Bob. Não somos parentes entre nós.
Bob vê a moça e vem depressa com o braço estendido.
— Desafasta... desafasta...
Ela reclama:
— Hoje eu vou fotografar a capa do portfólio!
Bob vai empurrando ela para que se afaste.
— Não vai não. Não vai não.
John levanta-se, deixa os óculos e os cobertores nas cadeiras e pega a mão de Adeline. Os dois seguram os sapatos nas mãos. Eles vão depressa para a beira da água. Começam a caminhar de mãos dadas, os pés descalços na areia.
Então viram o rosto e olham um para o outro. Caminham mais um pouco e param. O fotógrafo vai até eles e mostra a foto. John sorri.
— Ficou linda.

Ele se debruça para Adeline e ganha o beijinho de sempre.
Um homem vem para perto.
— John, temos uma festa hoje à noite...
Bob vem rápido estendendo o braço.
— Desafasta... desafasta...
Outro homem vem para perto e antes mesmo que ele diga alguma coisa Bob vai empurrando com o braço para que se afaste.
— Circulando... circulando...
Agora todos começam a desmanchar o cenário. Fecham cadeiras, desmontam a tenda e vão guardando tudo num caminhão baú. Os três vão indo para o carro.
— Pai, – Bob fala – tem uma menina aí que quer tirar uma foto com você.
John olha para a garota e tira o cobertor dos ombros. Ele se aproxima e vê os pais dela cada um com uma filmadora nas mãos. Bob vem para perto:
— Ela diz que tem todos os seus portfólios desde que você usava fraldas.
John pega na mão da menina e diz aos pais:
— Vão para aquela duna. E nós vamos correr na praia.
Ele olha para a menina:
— Temos que filmar rindo, rindo bastante... Você tem medo do frio?
Agora, John e a menina estão com roupas de verão e pés descalços. Ela corre de braços abertos e rindo, ele corre atrás, alcança-a, ergue-a para o alto e rodopia. Ele a põe no chão e ela corre noutra direção. Ele corre e a alcança e rodopia com ela mais uma vez. Então, eles caminham de mãos dadas em direção aos pais dela e param a uma pouca distância. Bob vem correndo com dois cobertores, um para John, outro para a menina. John segura a mão da menina e leva-a até os pais. Aperta a mão do casal, beija o rosto da menina e canta olhando nos olhos dela:
Remember me... Remember me...

SEGUNDA PARTE

John e Bob vão para o carro.
Adeline já está no banco de trás. Eles batem a areia dos pés e calçam pantufas. John está no volante e ajeita o cobertor para poder acomodar-se melhor.
Bob vai entrando no carro e fala alegre para o pai:
— Uma vez pedófilo, sempre pedófilo.
Uma repórter vem correndo e pergunta para Bob:
— Quem é aquela menina?
— Uma das netas do John.
Bob vai sentando no banco. A repórter vem com o microfone para dentro do carro.
— Quantas netas ele tem?
Bob abre uma das mãos e acrescenta mais três dedos da outra. John olha para trás e sorri para Adeline.
— Quantos filhos John tem?
— Quatro filhas. Decente só aquela ali. As outras três, uma mais vaca que a outra.
Bob fecha a porta do carro.
John liga o motor e fecha os vidros automáticos. Adeline debruça-se para Bob.
— Você alimenta fofocas?
— As revistas gostam de putaria. É assim que elas vendem; é disso que elas vivem.
— A menina vai ter que desmentir mais cedo ou mais tarde...
Bob olha para trás.
— Pode ser que ela não queira desmentir. Já espalhei que John era veado. Que já teve mais de 500 mulheres porque gosta de variar os pratos... que é pedófilo, que já foi Padre... que se ele sumir de circulação é porque foi ser monge no Tibete. – ele ri satisfeito.
— John me chama de cretino. Eu adoro enrolar essas repórteres novatas. Vamos, John? Está esperando o quê?
— Marquei com um repórter... Lá está ele. Vou demorar um pouco.
John sai do carro com o cobertor nas costas e calçando pantufas. Os dois escoram-se no capô do carro e conversam alegremente. O repórter grava a conversa com um pequeno gravador.

Bob volta-se para trás.

— Adeline, taí uma raça com a qual eu não me meto: repórteres veteranos. Não dá nem pra fazer uma piada que já ficam nervosos.

Na manhã seguinte, Bob toma um copo de café preto e olha para Adeline.

— Ponha roupa quente, em outubro já está assim, bem frio. Vou alugar um carro. Vamos ver lugares lindos.

— Vou tomar um banho e me vestir. – ela diz.

Bob ficou em pé no meio do quarto. Olhou para Adeline que ia com um cabide na mão direto para o banheiro. Passou as mãos no rosto.

Saíram de carro. Andaram um pouco. Bob parou o carro em frente a uma velha Igreja. Adeline olhou curiosa ao redor e, ao olhar para frente, viu a escadaria e os portais. Virou-se para ele e disse:

— Bob, o seu conceito de turismo é visitar igrejas fedorentas? Vamos andar a pé?

Ele fica surpreso.

— Vamos andar a pé? – ela insiste.

— Vamos, vamos. Almoçaremos por aí e depois veremos.

Ela fica surpresa, ele até parece submisso.

— Quero comprar alguma coisa para a Ana... para a Maria...

Saíram de mãos dadas, atravessaram devagar a praça pavimentada de pedras e seguiram pela estreita ruela no outro lado.

— Bob? De tarde eu quero sentar naquelas mesas na calçada e tomar sorvete.

Ele olha para ela e diz:

— Deixa de ser vulgar! Sol e vento frio. E gente passando, passando, passando.

SEGUNDA PARTE

E sim, Adeline chega à sorveteria e senta na cadeira da mesa mais perto da rua. Bob vem sentar-se ao lado dela. O garçom traz a carta de sorvetes e Adeline escolhe "banana caramelizada".

— Pequeno, médio ou grande?

— Grande. Deixe um espacinho para um copinho de conhaque para eu derramar no sorvete.

Bob surpreende-se. O garçom olha para os dois e aguarda para ver se Bob pede algum sorvete. Ele cansa de esperar e vai embora.

O sorvete e o copinho de conhaque vêm e Adeline vai achando um lugar e derrama o conhaque no pote. Revira um pouco e começa a comer.

Um padre grandalhão passa por eles com uma bíblia nas mãos e cumprimenta alegre:

— Bom dia.

Bob olha firme e diz:

— Pedófilo.

O Padre dá uns passos para trás e bate com a Bíblia na cabeça de Bob; olha mais alguns segundos e segue o caminho.

Bob cruza e descruza as pernas.

Uma mulher de meia idade passa devagarinho, a passeio. Bob chama:

— Ô ô de cabelo vermelho!

Ela para e olha para ele. Bob então fala:

— Quantos maridos você já matou?

Ela olha para ele, pensa um pouco, então fala:

— Você precisa pôr um enchimento ali no meio das pernas, eu não estou vendo nada. Você é eunuco?

Ela segue o seu caminho. Bob apalpa os genitais.

— Ela é muito desaforada. Neste frio, qual é o pinto que não encolhe? Só se for o da Sadia.

Então, vem um garoto muito jovem, claramente passando a mensagem de ser *gay*. Bob debruça-se e fala:

— E essa bundinha de toureiro espanhol vai aonde, hein?

O garoto fica um instante parado, então se volta para Bob e ri alegremente.

— A sua cara parece uma galinha assada... – ele ri com vontade. Então fica sério e diz apontando o dedo: – Feioso.

Bob cruza e descruza as pernas. Está impaciente. Nessas alturas, os garçons e o dono da sorveteria estão todos cercando Adeline e Bob.

Adeline termina o sorvete, limpa com o guardanapo a boca, a colher, os pingos na mesa.

Bob ergue o cartão de crédito acima da sua cabeça para quem quiser pegar. O dono pega o cartão, passa na maquininha e alcança para Bob digitar a senha.

Ele faz menção de levantar-se. O outro o faz sentar, colocando o dedo indicador no peito de Bob.

— Se você aparecer de novo, eu chamo a polícia. Você vai sair algemado.

Ele olha para Adeline.

— Senhorina, volte sempre. Venha com seu sogro. Nós gostamos muito dele.

Bob e Adeline retiram-se. Ela se vira e acena para os garçons. Ele ajeita os cabelos desgrenhados e diz:

— Já sabem quem é você? O que é que eu não estou vendo, Adeline?

Os dois chegam a casa e Bob diz para o pai:

— Ela me obrigou a sentar na beira da rua, sol, vento e gente passando... passando... passando... Lá eu não boto mais os pés. Leva ela amanhã e sim, espera, espera, espera porque ela come um quilo de sorvete.

John olha para Adeline e sorri.

— Nós iremos. Vou esperar, esperar, esperar.

Adeline e John estão na sorveteria. O dono traz os sorvetes e dois copinhos de conhaque. Ele se debruça e fala para John:

— Aquele seu filho desagradável esteve aqui. O senhor me desculpe: se ele vier de novo, vai sair algemado. Vou chamar a polícia.

SEGUNDA PARTE

John balança a cabeça, concordando.
— Faça isso; faça isso.
Ainda na mesa da sorveteria, Adeline abre um livrinho e vai lendo.
— Olha que emoção, John.
Ele fica atento e ouve.
— "Então ele a beija no rosto delicadamente sem deixar um centímetro fora, beija a sua boca demoradamente. Então ele vai... vai... bem devagarinho para ela se ajeitar... e com os lábios no ouvido dela ele vai gemendo e dizendo eu te amo..."
— Você está lendo em português? Deixa eu ver.
Ele olha a capa.
— É um livro da história da arte.
— É?
— É, mas valeu a cantada.
Ele pega a mão dela e beija. Ele a fita longamente. E pensa: "Eu não posso pedir. Eu nunca pedirei".

Rafael conversa com doutor Sérgio na varanda do asilo. O velho médico fala tocando o ombro de Rafael.
— Então é com você a partir de agora.
Rafael entra no recinto da enfermaria para dar uma olhada geral. Olha arquivos, abre algumas gavetas e faz um gesto de aprovação com a cabeça.

Bob e Adeline estão no quarto vestidos para ir a algum lugar muito sofisticado. O vestido claro de Adeline, todo rebordado de brilhos no corpo e nas mangas, tem uma saia média leve de várias camadas.

Bob está prendendo os cabelos de Adeline em cima da cabeça com prendedores dourados quando a porta abre-se. John aparece na porta e diz alegre:
— Aline chegou!
Neta e avô vão para a sala. Agora Aline está sentada no sofá e observa os pais. Bob está sentado sobre uma mesa de canto e Adeline está de pé no meio de suas pernas. E ele ajeita os prendedores de cabelo dela.
John passa por eles e diz:
— Vou fazer um café. E amanhã tomaremos o desjejum todos juntos. Pelo menos uma vez na vida.
Ele vai saindo em direção à cozinha e completa:
— A família finalmente reunida!
Aline parece que não vê mais ninguém. Ela continua a observar as atitudes do seu pai. Está muito sem graça. Na verdade, está com ciúmes de Adeline. Não está mais aguentando ver o pai, assim, pendurado nela. E pensa: o que de tão especial está acontecendo para seu pai estar aí parecendo um idiota completo? E Adeline está vestindo uma roupa tão cara que nem trabalhando a vida toda conseguiria comprar...
Aline pede para John e Adeline saírem que ela quer conversar a sós com o pai.
John fala:
— Eu e Adeline sair? Saiam vocês.
Bob diz:
— Eu também não vou sair.
Ela puxa o pai pelo braço para que fiquem no canto da sala. Os dois sentam para conversar.
Aline suspira. Ajeita o cabelo, olha para as mãos.
— Pai, eu vi na minha certidão de nascimento que, fazendo as contas, Adeline não tinha 14 anos quando eu nasci...
— Sim. Ela deve ter engravidado na primeira... na primeira vez...
— Pai, como foi que você se chegou nela?
— Ela me dando bandeira e eu louco da vida.
— Pai, uma menina de 13 anos não dá bandeira.

SEGUNDA PARTE

— Mas ela dava. Andava pelas campinas sozinha, de noite, olhando a lua, contando estrelas.

John e Adeline escutam atentos.

— Pai, não importa se era dia ou se era noite. Olha o que foi que você fez.

Bob fica em silêncio.

Aline Continua:

— Ela foi morar naquele quartinho por quê?

— Eu não queria mais filhos. Ela não sabe até hoje quem são seus pais... E eu já tinha decidido: se o bebê fosse pretinho era só dela; se fosse branquinho era só meu.

— Você não amava Adeline?

— Aline querida, o meu amor por você era maior que o mundo. Não sobrou nada pra ela.

— Ela amava você?

— Pode ser que sim. Mas uma vez ela fez carinho nos meus cabelos e eu torci o braço dela, bem torcido, que doeu meses. Então pode ser que o pouco de amor por mim, caso existisse, morreu aí. Eu não faria isso de novo, não mesmo.

Bob volta-se e olha para Adeline. Ela está imóvel e apenas ouve.

— Pai, o que você acha que faria ela voltar para você?

— Oh, esta viagem é o meu sonho: eu quero uma noite de amor com ela. Beijos que eu nunca dei... Abraços que eu nunca dei... calores que eu sempre neguei... Então será tudo ajustado. Somos pessoas maduras... O que passou, passou...

Ele olha para Adeline que está com John no outro lado da sala. Ele a fita longamente. Aline está quieta e observa o pai, que está absorto olhando para Adeline.

— Pai? Pai?

Bob sai da sua concentração.

— Pai, dependendo do que você fez, o passado não passa. – Aline fala.

— Vou pedir perdão de joelhos.

— Pedir perdão não é suficiente.

Silêncio. Bob olhando para Adeline e... silêncio.

— Pai, Juliano se casou na semana passada. Estou para morrer...

Bob olha para o teto e passa as mãos no rosto.

— Nós dois fomos muito burros. Era só chamar *Querida Adeline, Mamãe eu adoro você, Mamãe olha os presentes que eu lhe trouxe, Mamãe dá cá um abraço, Mamãe eu morro de saudades de você.*

— Aline, nós devíamos ter planejado. Você estaria nos braços dele até hoje. Ele deve amar muito a mãe dele. As coisas que você falou naquele jantar foram um tiro mortal no amor dele por você. Eu devia ter comprado roupas bonitas para ela. Ela dormiria na minha cama... Ele jamais teria largado você. Você se pendurou no meu pescoço e ignorou Adeline. Nós somos dois jumentos, é isso o que somos!

Aline vai pegando a bolsa e se levanta para ir embora.

— Será que ela me amou?

Bob olha para ela e lhe aponta o dedo.

— Não se aproxime de Adeline. Ela não é sua mãe, nunca foi. Ela é minha, só minha. Não apareça por perto; eu vou enxotar você. A propósito: ela chorou por todos que passaram por ela. Por você nenhuma lágrima. Está respondida a sua pergunta?

— Oh, pai! Deixa de ser trouxa!

— Aline, não fale assim. Eu amo sua mãe, ela me ama. Temos de confiar um no outro... Eu passei a vida toda com medo de que ela me traísse, perdi o bom senso, fiz uma barbaridade atrás da outra... Ela nunca me fez nada... Oh, filha, entende? Eu quero ser feliz, finalmente. Quero amar, ser amado... Quero acordar de manhã, estender a mão e achar alguém ali do meu lado... Eu não sei como é que eu pude ficar tanto tempo sozinho... Estou cansado dessa minha vida estúpida.

Já na porta Aline diz:

— Case-se com outra. Você terá tudo isso. – Aline sai e fecha a porta.

Bob dá-se conta de que Adeline e John estão no canto da sala e ouviram toda a conversa. Ele fica sem jeito. Então ri alegre:

— Adeline? Sabe aquele namorado, Juliano, que Aline levou lá em casa? Lembra? Aquele que pulou do trem andando? Que sujeito de sorte!

SEGUNDA PARTE

Adeline fica no mesmo lugar.
John vai para a cozinha.

Agora John vem para a sala com a bandeja do café, coloca-a sobre a mesinha em frente ao sofá e olha em volta.
— Pode ser que Aline volte. Ela anda inquieta. Ela tem esses lances.
Bob então se debruça para servir-se de café e para de repente. Põe as mãos sobre o próprio peito e volta a recostar-se no sofá. De olhos fechados, ele diz num sussurro:
— Falta-me o ar... Falta-me o ar...
John movimenta-se rápido em direção ao telefone.

Um médico idoso chega apressado e vai entrando. No quarto, Bob está estirado sobre a cama ainda vestido para sair. Está muito pálido e assustado. O médico olha para John e faz sinal para saírem.
Lá no corredor os dois conversam ao pé do ouvido. Então, o médico volta para o quarto e fala:
— Bob, já para o respirador. Toda a noite.
Já instalado no hospital, Bob fala com o pai:
— Leve Adeline para dançar. Eu não quero ela aqui me olhando com cara de viúva.
Adeline ouve e fica imóvel. John a pega pelo braço e os dois saem pela porta, e aguardam no corredor.
Adeline caminha sozinha e deixa John e o médico sozinhos.
O médico para e observa o rosto do amigo por alguns momentos. Então, diz:

— Você soube do acidente que matou meu filho há seis meses, não soube? Pois é, eu pensei que ia morrer com ele, mas não morri. Me levaram para um Centro Espírita e lá me ensinaram a amar outras pessoas, entre elas eu mesmo. Aprendi que, por mais que eu negue toda e qualquer religião, ou qualquer deus, que a gente não acredita porque não vê, o amor às pessoas é uma força espiritual concreta e palpável. Você sente. Você vê.

John fala pesaroso:

— Os pontos de cegueira nos meus olhos estão evoluindo. Com diabetes incontrolável, mais uma ponte de safena assim fica inconcebível. O meu pé direito está morrendo: erisipela.

John fica em silêncio e os seus olhos umedecem-se. Giovani então beija o amigo numa das faces e os dois abraçam-se apertados, despedindo-se.

John volta para o quarto e, antes de abrir a porta, respira fundo e seca os olhos. Bob fita o pai e John sorri dizendo:

— Foi bom ter visto Giovani. Ele está bem. Depois que o filho dele morreu na queda daquele avião, ele diz que encontrou consolo no amor.

Bob pergunta alegre:

— Quem é a garota?

John sorri.

— Ele está apaixonado pela vida. E por ele mesmo.

Duas enfermeiras vêm e vão entubando Bob.

Agora Adeline e John estão em pé, de mãos dadas, num luxuoso salão. Casais lotam a pista de dança e a orquestra prepara-se para tocar a primeira música. John puxa Adeline pela mão e os dois caminham para o meio dos outros. A música inicia e os dois enlaçam-se para dançar. John fala baixinho:

— Estes salões são testemunhas de bailes memoráveis... Parece

SEGUNDA PARTE

que tudo volta em ondas de memória... A música... Os risos... O estouro dos champanhes... O tilintar dos copos de cristal...

John e Adeline vão para uma janela. Ele tira o cachimbo de um bolso e o fumo de outro, vai arrumando o fumo e pega uma pequena porção para mascar. Então começa a dar baforadas. A brisa fria que vem lá de fora refresca o rosto dos dois.

Adeline olha para John. Então, devagarinho ela se aproxima dele de costas, no meio das pernas dele, quase no colo. Ele reluta e então acaricia o abdômen dela com uma das mãos.

Ela fala baixinho:

— John, você não sabe o quanto eu quero esse colo.

A música segue romântica e suave. Adeline olha em volta e vê que os outros casais estão dançando com o rosto colado e bem juntinhos. Ela sussurra para o sogro:

— Vamos dançar bem apertados? Eu pensarei no homem que eu amo e você na mulher que você ama.

Adeline fita o rosto de John e espera a reação dele. Ele sorri e a toma apertado nos braços. Rostos colados, as bocas junto aos ouvidos um do outro. Ele vai falando baixinho:

— As únicas lembranças que eu trago nítidas em minha mente são desejo e música. Para mim tudo veio sempre junto.

Adeline sussurra:

— Desejos, só desejos. Calores nenhum. Eu desisti.

No salão quase às escuras, os dois prosseguem dançando. Ele pergunta:

— Bom ou mau ter essas lembranças? – ela não responde.

— É... E é só isso que restará. Acredite Adeline, só lembranças.

Ao ouvir esta última frase, Adeline para de dançar e olha indignada para John. Ele ainda a segura pela cintura e com uma das mãos acaricia o rosto dela dizendo serenamente:

— Não estou dizendo que não valeu a pena ter vivido. Posso lhe garantir que tudo valeu a pena.

Adeline volta a abraçá-lo.

— Pensei que você iria mentir para mim. Não tem importância se as pessoas que nós amamos não nos amaram com a mesma força, não é mesmo?

Fim do baile. Adeline e John descem as longas escadarias e param na calçada. Ela olha para o céu e pergunta:
— Quantos quarteirões até em casa?
— Vinte.
— Eu quero ir a pé. Eu realmente gostaria.
— Eu também.
John procura o seu motorista entre os carros que se aproximam e o vê. Vai até lá.

Agora John e Adeline começam a caminhada. O motorista segue-os de carro em marcha lenta. John acende o cachimbo e masca um pouco de fumo. Adeline caminha à frente de John, de costas olhando para o sogro. E pensando: "Ele não tem noção do quanto é querido".
Chegando a frente do prédio, John diz ao motorista:
— Eu assumo. Vá para casa. Obrigado.
Os dois entram no carro e John vai estacionar na garagem. Ele deixa o motor ligado para o ar-condicionado funcionar.
Ele inclina um pouco o banco e vira-se para Adeline. Ela também reclina o banco e vira-se para fitar John. Os dois olham-se longamente. Ele segura o rosto dela com as mãos, acariciando as orelhas dela.
Ela lhe dá um beijinho como sempre e sai do carro. Ele também sai do carro e a segura pelo braço.
— Hoje eu não quero beijos de menina. Hoje eu quero beijos de mulher.
Eles encostam-se ao carro, hesitam um pouco, então se abraçam. Beijos suaves, demorados. Beijos e beijos. Param para respirar.

SEGUNDA PARTE

— Você não tem noção do quanto você é querido.
Ele ergue um dos joelhos devagar para acariciar a virilha dela. E então beijos e beijos.
— John, você pode me apertar mais?
Então, ele sente o calor dela e espera. E sussurra no ouvido:
— Quando você pediu para eu dançar pensando na mulher amada, eu não precisei pensar. Você já estava lá, nos meus braços.
Os dois estão quietos. Ele fala:
— Doces lembranças... doces lembranças...
— John, será que a vida resume-se em viver de lembranças? Será que tudo que acontece deve ter sempre um sentimento de despedidas?
Os dois sobem pelo elevador. Rostos colados. Estão esperando Bob voltar do hospital.
John olha o relógio, vai para a cozinha, pega a cafeteira e vai preparando-se para fazer café. Ele tira de perto do balcão um livro com um marcador que está metade para fora. Adeline olha e é uma foto sua colada numa cartolina maior. Está escrito do próprio punho de John um poema:

"Quantas vezes pensei comigo mesmo: Por que me ensinaram a amar? Agora eu sei. É porque cada um dá o melhor de si dando amor. Porque nele está a verdade de tudo: Do sofrimento e da vida, da dor dos outros, de todos os que não são felizes. Talvez um dia todos compreendam o que compreendi eu agora: A vida nos ensina a querer porque é a única maneira de não morrer."

Adeline fica em silêncio. As mãos, por cima do balcão. Uma xícara fumegante na frente de cada um.
John vê o silêncio dela.
— Cada vez que eu começo um livro ele vai comigo. Não sei quem escreveu, copiei para lembrar de mim e de você. Nas marés que nos levam pra lá e pra cá, pra lá e pra cá.
Ele faz um gesto com a mão.
— E o amor que temos dentro de nós vira espuma... vira espuma...
Longo silêncio. Alguns beijos por cima dos cafés.

— Você foi saindo aos poucos do Brasil. Você tinha um esparrame de terras.

— Eu não pude contar com a ajuda de Bob. Ele bem que tentou. Ele não queria problemas. Só queria negociar ações. Ele dizia que plantar arroz não dava adrenalina. Ele veio uma ocasião, nas férias da escola, para ficarmos 30 dias. Queria vir... Queria não vir... Enfim veio. Na viagem, longa, já perdeu a paciência. Quando chegou já chegou arrependido e ficou possesso. Cismou que o Padre da Igrejinha lá do morro não tinha nada que tocar o sino às seis horas da manhã. Bob foi lá e cortou a corda do sino. O Padre botou outra corda e Bob foi lá e passou merda de galinha na corda. O Padre foi lá em casa reclamar. No outro dia, Bob botou um lampião com uma luz vermelha acesa na porta da Igreja e escreveu BATACLAN. O Padre veio reclamar aos gritos. Encontrei um litro de querosene na escada dos fundos. Bob ia botar fogo na Igrejinha? É? Fiquei assustado. Naquela mesma noite mandei Bob embora. Naquele dia que eu me atrasei para levar os livros que você me pediu, lembra? Você viu que tinha alguém no carro – era Bob. Eu estava levando ele para o aeroporto. Foi morar com a Luiza. Lá fez um curso de mercado de ações e um MBA de grosserias. Depois que aprendeu com Luiza todas as maldadezinhas que só ela é capaz de engendrar, ele não quis mais ficar por lá. Apanhou de colegas, foi expulso de todos os clubes e veio me dizer que queria trabalhar no Brasil para fugir do frio. Então tá.

※

Um barulho na porta. Bob chega do hospital e senta-se no sofá. Suspira. Aparenta estar cansado.

Adeline está na cama com a porta do quarto aberta. Ele vai para lá e senta-se no sofá ao lado da cama.

Ela reclama:

SEGUNDA PARTE

— Esse seu perfume enjoativo, você ganhou de alguma puta?
Ele franze a testa, então vai pegando um cigarro e o põe entre os lábios. Adeline ergue o dedo.
— Você não vai fumar.
Ele fica imóvel.
Ele se levanta e vem para perto. Ela fala erguendo os dois dedos em V.
— Se quiser transar comigo, Bob, você vai usar duas camisinhas, duas, duas.
Bob senta-se aos pés da cama e olha para ela indignado. Ela então dá um coice nele.
— Esta cama não dá pra nós dois. Vai saindo; vai saindo.
— Você é grossa.
E ao sair Bob dá um esbarrão no pai que está na porta e ouviu tudo. John ajeita o fumo no cachimbo e vai acendê-lo para fumar.
— Apaga esse cachimbo se não quiser levar uma puteada. A Cinderela perdeu os sapatinhos de cristal. Agora usa ferraduras!
John sai do quarto e coloca o cachimbo sobre a mesa. Bob acalma-se.
— Pai, o que vocês conversaram? Ficaram uma noite inteira juntos!
John aponta-lhe o dedo.
— Você, seu cachorro, você engravidou Adeline!
Bob para um pouco para pensar. Ergue o dedo indicador, pensa mais um pouco, então explode.
— Não não não não, mil vezes não. Isso é coisa de Rafael. Vou estrangulá-la.
Ele avança para Adeline. John ergue o pé, dá um empurrão e Bob cai no chão.
— Não se atreva!
Bob sangra na testa.
— Vou matar Rafael! - ele grita - Pai, desde que eu a engravidei de Aline eu nunca mais transei com ela. Eu juro!
John olha para o filho e aponta o dedo.
— Crápula!
— Crápula é você, coiote velho que olha para Adeline com paixão na minha frente sem conseguir disfarçar. Que se puder, vai

comê-la. Passei a vida espantando abutres de perto de Adeline e o predador estava aqui, bem aqui. Meu próprio pai!
John diz calmamente:
— Quanto a eu ser o seu próprio pai, isso é relativo. Você precisa falar com a sua mãe.
Bob pega a jaqueta, açoita o sofá várias vezes e sai porta afora.
Adeline ouve tudo da porta.
— John, não estou grávida. Estratégia da Maria para espantar Bob.
John vem para perto e sorri alegre.
— Minha companheira de trago nas noites insones e nas horas à toa, esperando à tardinha chegar para ir ver você. Ela trocava o *whisky* de Bob por cachaça. Nós tínhamos a bebida boa e ele a canjebrina. Cada vez que ele se servia, olhava a data... o fabricante... a empresa importadora... olhava... olhava... – John ri com vontade – o pão-duro.

※━━━━━※

John e Adeline estão no quarto. Ela está na cama e ele puxa a poltrona para perto.
— Não sabemos se ele vem calmo ou furioso. Nunca sei quando vai explodir. Não saia de perto de mim. Ele está para chegar.

※━━━━━※

Rafael recebe Loretta no hotel.
Ele a leva para um local privado e fecha bem as cortinas. Os dois acomodam-se. Rafael inclina-se para ela.
— Você quer falar sobre Bob... Coisas que eu ainda não sei... E quer que eu ponha tudo numa outra perspectiva.
Ela suspira.

SEGUNDA PARTE

— Sou idosa. Logo vou morrer. Mas eu preciso falar para aliviar o meu coração. Então escolhi você. Você que sabe da dor dos outros... Você que já viu de tudo.

Então ela começa:

— Quando John chegou com Bob, nos tardios de 90, e entramos naquela sala vazia, Bob me disse logo: "Você vai trabalhar comigo a vida toda. Você vai ser minha amiga de confiança porque você é preta e não vai alimentar ilusões comigo". Por uns quatro meses fomos amigos. Ele me dizia que estava apaixonado por uma menina. Mas ela só tinha 13 anos. E que ele não estava aguentando mais. Então de repente ele nunca mais falou comigo. Ele parou de exalar felicidade. O rosto dele se transfigurou, ficou sombrio e feio. Comecei a ver rugas no seu rosto. Então começamos a chamá-lo "o velho". Vivia nervoso. Começou a tratar mal os outros funcionários. Então ele foi o nosso "assunto do dia" – Loretta faz com os dedos para indicar entre aspas – todos os dias... Todos os dias... Todos os funcionários. Nós nos divertíamos com os coices. Os rapazes falavam horrores dele. E ríamos, ríamos... E Bob não deixava por menos. Ofendia, destratava, usava palavras feias que eu nunca havia ouvido antes... Jargões pornográficos, avacalhava com as mulheres. Esculachava com os padres, com o Centro Espírita e com você.

Rafael pede ao garçom, sem pegar o menu:

— Faz um entrevero. E *Martini* com cerejas.

O garçom vem com dois copos com *Martini* e dois potes de cerejas e divide o conteúdo entre os dois copos. Põe na mesa água e gelo e se vai.

Ela suspira, olha para dentro do copo e cutuca as cerejas com o dedo indicador. Então fala:

— Na semana antes de viajar, Bob estava na janela, sentado olhando a rua. Eu entrei na sala e fui para perto dele. Ele estava pesaroso e triste. E olhou nos meus olhos: "Loretta, seja sincera, você acha que pedir perdão é suficiente?". Eu disse: "Depende do pecado." Ele suspirou: "Vinte anos de maldades com Adeline". Eu não pude responder.

Os dois ficam em silêncio. Vão espetando as cerejas alternando com cubinhos de carne na travessa no meio da mesa.

Loretta suspira, larga o talher.

— Três dias antes de Bob viajar com Adeline, John veio para o escritório. Eu disse a ele que Bob só voltaria à tarde. Ele ficou naquela janela mais de uma hora fumando cachimbo. Então, criei coragem e fui lá.

Ele me olhou e disse: "Você aguentou Bob todo esse tempo...". Eu disse a ele que Bob nunca me tratou mal, nunca.

Ele me falou que veio vender as últimas glebas de terra e que não voltaria mais para o Brasil. Aí eu criei coragem para perguntar e resolver uma questão que me incomodava: "Senhor John, eu não consigo ver o seu DNA no seu filho". Ele olhou nos meus olhos e disse: "Você nunca verá". Bob não é filho dele, Rafael.

"Então, ele se calou. Fiquei lá naquela janela mais uma hora. Ele não falou mais. Viajou para a Itália naquela tarde."

"Então, dois dias depois Bob apareceu radiante, feliz como nunca tinha visto antes." "Loretta, estou nas nuvens. Estou levando Adeline numa lua de mel que nunca tivemos. Estou assediando ela, religiosamente, todos os dias. Estaremos a milhares de quilômetros daqui. Ela vai cair nos meus braços. Vou engravidá-la. Vou passar uma rasteira em Rafael." – Loretta seca algumas lágrimas – "Não quero mais ver aqueles abutres abraçando ela e suspirando. Por que tantos suspiros, deles e dela? Meu pai, só vem para cá para ganhar abraços de Adeline. Uma afronta."

Aí eu disse: "ela deve ter um calor especial. Você não nota?". Aí ele disse: "Será? Eu nunca abracei Adeline... Ela nunca teve um calor comigo. Se eu descobrir que ela teve um orgasmo nos braços de outro homem, eu estrangulo ela. Se for com Rafael, eu volto para matá-lo. Eu não vou aceitar uma rasteira dessas".

Loretta seca algumas lágrimas.

— Ele tem uma visão distorcida da imagem dele mesmo, ele diz "Adeline está cercada de homens bonitos, a começar pelo Frei Rovílio, aquele castelhanão com pinta de Laurence das Arábias. O Padre Pão, que só pode ser veado porque abraça Adeline com tanta delicadeza que parece que tem medo de quebrá-la. E Fareed, que se diz padrinho dela só para apertá-la. E como se não bastasse, deu um rasante por aqui um tal de Rafael..."

Loretta seca os olhos.

— Ele se desestrutura quando fala em você. Que você é muito certinho para ser verdade. Que ele ainda vai descobrir o bicho da maçã. "Rafael para ser um veado de luxo só está faltando um empurrãozinho."

Ela continua:

— E que Adeline era uma morta de fome se grudando num viúvo morto de fome. Dois desesperados numa noite escura. E que Adeline nem era tão bonita assim, que você devia ser muito míope. Que por falta de opção masculina por perto você pegaria Adeline e a usaria como... homem.

— Ele fazia isso com ela? Perdi muito sono pensando nisso.

Loretta seca as lágrimas.

— Ele apaga a luz de todos que passam por perto. Mas olha só Rafael, ele tem um charme especial. Usa ternos perfeitos da grife do pai. Quando está nos dias serenos, ele tem uma presença marcante, elegante. Agora lembrei: nas toaletes masculinas da empresa ele mandou tirar todos os espelhos. Ele tem uma relação estranha com a própria imagem. Ele não se gosta.

Mais silêncio. Ela suspira.

— Bob sofre de asma. Já vi muito surtos. Há cinco anos atrás fui para o secretario Averi e disse que telefonaram da Receita dizendo que havia erros no Imposto de Renda. Ele disse: "É golpe, não atenda mais. Anote o número do Bina e não atenda. Sou eu que cuido disso, não há um erro sequer, não há. Bob é estrangeiro; se mijar fora do penico, vai ser ejetado do país via catapulta. E nós ficaremos na rua". Aí eu admiti que menti. Eu só queria saber a quantas andavam as finanças da empresa. Bob havia ficado tão mal no escritório e foi hospitalizado que se ele morresse eu perderia o emprego. Faltavam na ocasião cinco anos para minha aposentadoria por tempo de serviço. Averi conversou comigo. Ele entendeu o meu medo. "Nós somos pretos, Loretta, velhos e gordos. Quem vai nos empregar nesta altura do campeonato e com um salário tão bom..." Mas nós passamos os últimos cinco anos angustiados, contando os dias.

Mais silêncio.

— Agora quando Bob voltar vou me despedir; já limpei minhas gavetas... Pedi aposentadoria, deu tudo certo. Vou para uma casa de idosos. Tenho muitos amigos lá... Averi fez o mesmo.

Eles ficam longos momentos em silêncio; as mãos sobre a toalha branca da mesa.

Ela suspira:

— John era pensativo, sossegado, gentil. Uma vez Bob disse que amava o pai e Adeline porque eles eram silenciosos, ficavam horas quietos, pensando. O que é que os dois têm que Bob não vê? Mas eu vi. Não faz três meses quando John tirou o cartão do bolso interno do paletó, veio junto e caiu no chão uma foto de menina de seus sete, oito anos. Ele recolheu e eu perguntei: é sua neta? "Não," ele beijou a foto, "é Adeline." Eu já vi esse filme antes. Um homem se apaixona por uma menina e espera ela ficar pronta. Se ela captar o amor dele, ela se entrega. Ele nunca pedirá.

"Mas Rafael, eis por que estou aqui, *ipsis verbis:*

"Adeline dizia ao meu pai enquanto namoravam naquele banco que podemos voltar para consertar erros, se quisermos. Então, sim, eu quero voltar num espírito amoroso e gentil. E proteger e amar uma mulher... receber amor... dar amor... Viver em dias mais claros. Nesta encarnação nada deu certo. Estou cansado. Seria bom se eu partisse logo. Não estou mais suportando esta névoa. E, sim, Loretta, às vezes nos meus momentos de lucidez eu penso em como eu teria sido feliz se eu aceitasse o amor de Adeline e não tivesse lhe roubado a filha e a liberdade. Ela tinha 13 anos... Talvez ela tivesse anseios, eu não sei... Por momentos de... de... volúpia e amor? Nos nossos primeiros... primeiros dias pareceu que sim, depois, logo depois, pareceu que não... Eu não sei... Eu chamei ela de interesseira. A colcha que ela usa na cama dela é de uma doação que foi para o asilo e já veio com furos de cigarro. Vai lá ver. O cobertor ainda está lá. É dela desde que ela nasceu. Um dia eu disse a ela que ia comprar um cobertor novo. Ela me disse: 'Pode trazer. Deve dar um bom fogo'. Ela não aceita de mim mais nada. Recentemente, dei falta das caixas de vestidos de festa e sapatos dela. Esperei que ela me dissesse alguma coisa sem que eu precisasse lhe dar uns safanões. Um dia cheguei em casa e vi uma fogueira na casa dela, mas não fui lá. Ela voltou duas horas depois com cheiro de querosene. Ela me olhou em silêncio. E ficou em silêncio mais de duas horas sentada numa cadeira na porta da cozinha olhando para a campina. Fiquei por ali. Ela não estava a fim de conversar. Aquele silêncio me incomodava. Então eu perguntei a ela: 'Se você tivesse que fazer um pedido, pode ser qualquer coisa... qualquer coisa... eu lhe dou...'. Ela respondeu: 'Quero morrer.' Naquela tarde, ela esteve passeando com Rafael. Eu vi que ela tinha chorado. Ela sabia que eu não lhe daria o ombro para chorar. Ela estava pensando em John. Ele tinha ido embora no dia anterior. Era aquele ombro que ela queria. Então, ela aceitou ir para a Itália, dali um mês quando John vai fotografar os portfólios da grife. Estou muito preocupado que ela pode se ferir. Ela desaparecia o dia inteiro para ficar no círculo das árvores. – não sei o que é, Rafael – E ficava lá, lendo e pensando, lendo e pensando".

Loretta continua:

— Então, ele a levou para comprar vestidos. E escondeu todos de medo que ela os queimasse. Arrumou a mala dela sem ela ver. Na véspera da viagem, ela apareceu com uma mala no escritório e com cinco vestidos de lá ainda nos cabides. Ele olhou e não disse nada. Ela entregou a Bob o cartão de crédito para dar a entender que os comprou. Eu vi o extrato no computador, Rafael, ela não os comprou. Não gastou um centavo. Aí eu perguntei a ela: "Você não comprou, não é?", "Rafael me deu. Eram da esposa falecida dele". Olhei assustada para ela. "Adeline, jamais diga que veio de Rafael. Bob vai matá-la. Ele vai matá-la. Ele vai matá-la!" Ela respondeu: "Vou para ver John. Ele é o meu amor infantil. Se dá, dá. Se não dá, não dá. Então se não dá, eu sempre terei Rafael. Ele é o único homem por quem vale a pena eu morrer". Adeline saiu da sala e foi para o sofá do corredor. Eu fiquei com ele. Bob começou a suar e ficou falando coisas sem lógica tipo assim:

"Quando eu voltar, eu vou reconhecer você lá na campina numa noite de superlua e vou ficar feliz com um beijo de menina e não vou mais cometer toda aquela covardia... Vou esperar você crescer para eu receber toda a entrega que uma mulher pode dar. Oh, você já está lá me esperando! Eu sei que é você porque o ar está pleno de perfume de lírios brancos."

Loretta suspira.

— Então, ele se voltou para John, que não estava presente: "E pai, quero que você venha comigo porque eu vou precisar de alguém que me ensine quando uma mulher precisa de um abraço para não cair. Adeline vai gostar de se segurar em mim." – Fiquei assustada e saí da sala.

— Rafael, esse seu celular aí tem como ver o que ele estava vendo?

— Superlua, Loretta, foi a noite em que ela nasceu, 11 de julho de 1987. Lírios brancos não temos até setembro, mas em novembro os cemitérios estão cheios de lírios brancos. Superlua agora... Só abril vinte vinte e um.

Rafael olha para Loretta. Balança a cabeça.

Ela continua.

— No outro dia à tardinha, fim de expediente, fui à janela onde ele estava. Ao lado dele uma grande mala no chão. Ele ia viajar aquela noite. Ele pegou minha mão e beijou várias vezes. "Loretta, vê meu coração? Está repleto de amor por Adeline. Vou vê-la na campina. É noite de superlua. Sente? Perfume de lírios brancos. Vê? Estrelas, muitas." Puxei a minha mão. Fui saindo de frente, fiquei com medo de dar-lhe as costas. Ele endoidou?

Rafael olha no celular.

— Superlua só em abril do ano que vem, Loretta. Está aqui: abril, vinte vinte um.

SEGUNDA PARTE

Agora Rafael está no convento dos capuchinhos e Frei Boaventura está com ele.
— Eis os escritos de Rovílio. Leve tudo, se quiser!
Então Rafael pega um caderno pequeno de capa dura. Abre e lê: "Vislumbres". Ele diz para o Frei:
— Vou ficar só com este.
— Leve, leve. Não vamos guardar tudo isso...
— Vislumbres – Boaventura fala apontando para o caderno que o outro tem nas mãos. – Um rasgo na cortina do passado, um rasgo na cortina do futuro. Às vezes lembranças de um passado sem desvios. Às vezes delírios e ajustes de erros que trazem sofrimento. O conceito da gravidade do erro e do arrependimento é particular, individual. A pessoa chega a se transfigurar e o espírito vai aonde a dor está. É um grande esforço físico, suores, falta de ar, dor no peito. É atroz. Ao fim de tudo o espírito volta e a pessoa se recupera de um cansaço físico e mental, e não se lembra por onde andou e o que buscou. É preciso ir até aquela dor. É como escavar um coração machucado para encontrar o espinho que sabemos que está lá. E ainda assim a ferida pode ficar aberta. Rafael, você vai receber no aconselhamento, raramente, uma pessoa que tem noção que passou por um vislumbre. Alguém tem que trazê-la e testemunhar o que viu.

Rafael segura o caderno que ele tenta guardar, mas não cabe em nenhum de seus bolsos.
Agora ele caminha no cemitério atrás da igreja, chega ao túmulo de Frei Rovílio e para pra refletir. Balança a cabeça e fica pensativo. Diante dele, o epitáfio de Rovílio:

Cada um que passa em nossa vida
passa sozinho mas não vai sozinho
nem nos deixa sós
deixa um pouco de si
leva um pouco de nós

※※※

John chama um café da manhã *delivery* em casa e Adeline come com ele.

— Eu casei e um mês depois descobri que era estéril. Luiza queria ter um filho. Eu disse a ela que deveria engravidar de alguém e criaríamos juntos. Nesse mesmo tempo, descobri que ela usava drogas. Ela fazia como Aline faz hoje: desaparecia por dias. Depois de uns cinco meses ela apareceu grávida. Eu assumi, mas ela, que tanto queria um filho, não se comportou como mãe. Bob só viu ela de novo aos cinco anos, quando ela voltou da Austrália.

※※※

Em Amsterdã, Bob está num asilo diante de um velho que obviamente está vegetativo numa cadeira de rodas. A enfermeira fala baixinho, olhando uma ficha:

— Não reconhece ninguém, 92 anos, AVC, mal de Alzheimer, está cego. Cegueira de diabetes.

— Ele recebe visitas?

— Luiza Warrior é a tutora dele. Ela ficou com todos os bens dele para cuidá-lo. Ela vem uma vez por semana. Ela não pagava a hospedagem dele, então avisamos o marido dela, John Warrior. Ele passou a sustentá-lo. Trazia fotos suas para ele ver. Dizia que você era um bom menino, um bom rapaz, um bom homem, um bom marido, um bom

SEGUNDA PARTE

pai. Ele gostava de você. Olhava as fotos e sorria. Então ele foi perdendo a consciência, com sucessivos problemas. A visão se foi... No mês passado, o senhor John deixou uma grande quantia em dinheiro, disse que iria para o Brasil e provavelmente não viria visitá-lo novamente.

Bob chega a casa no fim da tarde. Está ofegante. Vai para o quarto e vê Adeline lendo com o livro acima da cabeça e o pai no sofá perto da cama, também lendo.

Ele se agarra com uma mão em cada marco da porta. Fica assim de braços abertos em cruz. John e Adeline olham para ele. Ninguém fala. Bob então vai para o sofá da sala, arruma as grandes almofadas e deita para descansar e... morre.

Naquela manhã, John está na cozinha fazendo café. Adeline vem para perto e fala:

— Eu não quero nem pensar, mas Bob parece morto...

John e Adeline saem do cemitério, vão caminhando até o carro. Ela fala:

— Estou sangrando. Gostaria de não caminhar muito.

Ele olha e sorri.

— Vamos até a sorveteria e vamos para casa.

No apartamento, ele a vê no banho e vem para trás da cortina. Adeline o vê. Ela aguarda alguns momentos e abre a cortina. Está com os seios à mostra.

— Pode olhar, John, você já viu antes...

Ele abre mais a cortina e se senta na beirada da banheira.

— É verdade que você nunca teve um orgasmo com Bob?

— É. Ele dizia que eu tinha uma pedra de gelo aqui embaixo. Eu não conseguia esquentar nos um ou dois minutos que ele... ele... Bem, ele fazia como queria, com pressa... com pressa... com pressa... E John, com toda aquela pressa, eu nem preciso lhe dizer o quanto ele era rude... Antes, durante e depois. Eu dei graças aos céus quando ele se desinteressou por mim. E John, eu não sou fria.

John põe a mão no chuveiro.

Ele sorri.

— Eu sei.

Silêncio.

Ele continua com a mão sob o chuveiro.

— Adeline, Bob estava a cada dia mais furioso, com a vida, com todos, comigo e com você. Eu estava prevendo um duplo assassinato. Vocês dois tinham coragem, não pensavam no perigo? Você saía com Rafael à luz do dia. Bob seguia vocês. Então, vocês foram passar um fim de semana na casa de campo. Maria me contou que você voltou naquele domingo muito diferente e ouviu calada tudo o que Bob tirou daquele coração negro. Você ouviu calada.

— Rafael... Eu encontrei nele... Encontrei nele... Eu não sei. Alguma coisa nele me perturbou. Pensei sobre isso muitos dias.

— Vocês se deitaram juntos. O que realmente houve para Maria, que lhe conhecia bem, poder ver em você algo estranho, diferente. Você foi parar no hospital. Não foi o papel do divórcio que você teve que assinar, foi?

— Não, não foi. Eu conheci Rafael naqueles três dias. Eu não tinha visto ainda um homem que me enlevasse tanto. Foi o choque

SEGUNDA PARTE

da diferença. Cheguei em casa depois de receber a delicadeza e a cortesia de Rafael e ser sacudida com o ódio de Bob. John, Rafael levou dois livros manuscritos que alguém queria publicar. Eu li um, ele leu o outro. Nós brincávamos na cama, brincadeiras de bobeira. Ficávamos só nos amassos. Uma hora ele se excitou e correu para o banheiro. Me deixou no "ora veja". A alternativa? Gravidez.

Ele fez as contas no celular.

John a fita curioso.

Ela sorri.

— Você não transou com Rafael nenhuma vez?

— Não. Nem beijos, se quer saber a verdade. Ele disse que não queria ser perseguido por um marido louco. E que eu tinha que resolver essas duas pendengas, Bob e você. Ele chamou você de pendenga.

— Pô, e agora o que ele vai dizer?

— Eu, euzinha vou dizer: "Tudo resolvido, momô". Ele sabe de tudo o que está acontecendo, John. Ele quer que eu volte resolvida. Ele tem razão. Investi tanto em você, e ia ficar só na pindaíba? Mesmo se ele impedisse eu viria. Ele chegou faz dois meses e você vinte e cinco anos, tem dó. E eu ainda ia ter que pensar? Tem dó.

Silêncio.

Ela fala:

— Meus bons espíritos farão o meio de campo e tudo ficará bem.

— Adeline, tá bom que depois que eu vi Bob fazer tudo o que fez, comecei a acreditar no inferno, mas você ainda não me respondeu onde aqueles putos estavam quando acontecia tudo aquilo?

Adeline fica em silêncio.

Ele continua.

— Não tenho religião. É pré-requisito acreditar em anjos-da-guarda e espíritos bons? Qual é a melhor religião?

— A que faz de você uma pessoa melhor.

— Saiu pela tangente. Se eles não estavam do seu lado, onde estavam eles? Convença-me com uma resposta lógica, onde estavam eles?

— Cuidando de você. Você estava precisando de ajuda mais do que eu. Estamos aqui, agora. Como seria se você estivesse mais quebrado do que eu?

John deita-se de costas e olha para o teto.

Ela também se deita de costas e segura a mão dele.

— Onde você estava há vinte anos atrás, John? Eu sei. Querendo ser amado, como eu; cheio de esperanças, como eu; procurando o amor, como eu; e sim, tão sozinho quanto eu. Os espíritos não nos salvam de maus momentos. Eles apenas tentam nos indicar os caminhos. Temos o livre-arbítrio. As escolhas são nossas, só nossas.

Uma semana depois Aline chega.

John senta ao lado dela no sofá.

— Bob morreu faz uma semana. Não sabíamos onde você estava. O telefone só chamava e chamava.

Ela ouve impassível. Então abre a bolsa e espalha um pó branco sobre a mesa de canto e aspira tudo com impaciência. Vai fazendo as carreiras.

John abre um papel sobre a mesa.

— Vendi este prédio, preciso sair em 30 dias.

Aline assusta-se.

— E onde eu vou morar?

— Na fábrica de vinho. Passei para o seu nome a minha parte, 25%. Na sede há quatro suítes, uma delas é sua. Você vai trabalhar e morar lá.

— Trabalhar?

— Se não quiser trabalhar, venda a sua parte para os outros três sócios e vá morar com Luiza. Ela curte esse pó aí com devoção, quase rezando. Vocês vão se dar bem.

SEGUNDA PARTE

Aline vai aspirando pó.
— E você, vovô, aonde vai morar?
— Vou para o Brasil. Vou morar na casa de campo de Rafael.
— Sozinho como um cão sarnento?
Aline continua a aspirar pó. Ansiosa, nervosa, com as mãos trêmulas. John afasta-se para não ver aquilo. Ele vai para o quarto, separa alguns ternos e põe na embalagem da lavanderia.
Aline entra e vê sobre o balcão o pequeno baú com os prendedores de cabelo de Adeline. Ela abre, olha, fecha e vai levando. John vê e a alcança, segura firme com força e consegue tirá-lo das mãos da jovem.
Nenhum dos dois fala.
Ela vai furiosa para a sala, recolhe as suas coisas do sofá, passa a mão sobre a mesa para limpar o resto do pó.
John aproxima-se.
— Me dê as chaves.
Ela entrega, ergue os braços e grita.
— Que merda de vida!
Ao que John responde:
— Eu também acho.
Ela sai e John passa as trancas na porta.
Adeline assistiu tudo da sala.
Ela olha para John amargurada.
— Que pena... Que pena... Aline era tão bonita.

Agora Adeline abraça John pelas costas.
— Sabe aqueles confessionários da Igreja Católica que têm uma treliça para o Padre não ver o rosto dos arrependidos? Bom, você não está me vendo, então eu vou confessar. Eu não quero só absolvição. Eu quero indulgência porque nem sei quantos pecados vou cometer.

John vira-se e a levanta do chão. E a leva para o quarto e a joga sobre a cama fofa. Está se divertindo e rola-se na cama. Ele se ajoelha na cama e pergunta?
— Camisinha? Sim? Não? Sim? Não?
Ela não responde.
— Vou descer até a farmácia.
Ela aponta o dedo para a porta.
— Vê primeiro se Bob tinha na mala.
Ele vai para o outro quarto e vem com uma caixa de preservativos tamanho atacadão. Adeline diz séria:
— Pedi para Maria sumir com as camisinhas da gaveta porque Bob já estava assimilando que poderia até usar duas como eu estava exigindo... A última vez que ele me empurrou para a cama, não achou as camisinhas. Ele ficou pê da vida. John, você precisava ver como Bob ficava quando perdia uma ereção. Deve ter saído para comprar quando viu aí na caixa 50% OFF... Pão-duro...
Ela começou a rir.
— Bob pensou que iria me pegar... quantas vezes?
John observa a caixa.
— Aqui tem 300 unidades. Em um mês dez por dia. Oh, vai vencer em 15 dias. Então são 20 por dia. Vocês iam ter que agilizar.
Os dois rolam na cama.
— Vou descer até a farmácia. – ele diz.
— Fale com o farmacêutico. Eu tenho medo que você me machuque. Sabe, a porta está fechada há muito tempo e o ferrolho deve estar enferrujado.
John olha para ela e pensa, então sai.
Ela vai para o banho e vem rápido para a cama.
John chega e abre o pacote que tem algumas embalagens.
— Olha só, coloridas... Agora é assim? O farmacêutico pegou no meu pé.
— Oh, o Padre vai botar em dia a contabilidade!
— Ele sabe que as fofocas das revistas são só fofocas. E pode ficar segura: se as revistas disserem que eu estou me deitando com minha nora, ninguém vai acreditar.

SEGUNDA PARTE

Agora, os dois rolam na cama. Ela olha para a caixa de camisinhas, espicha o pé e dá um chute, e a embalagem voa para fora janela.

— Oh! Eu não vi que a janela estava aberta!

Ela corre para olhar para baixo e vê a caixinha batendo em várias sacadas e finalmente cair na rua.

— John, vem! Vem! Vem! Vem olhar quem recolheu a caixinha.

Ele chega à janela em tempo de ver um velhinho de bengala ir andando com a caixinha debaixo do braço.

— Se foi Deus que atirou, ele tá botando fé.

Ele pega uma camisinha, levanta e olha. Então, fica sério.

— Você tem ideia de como eu amo você?

Ela se aninha junto dele.

— John... John... Você aqui tão perto. É só eu estender a mão e pegar!

— Deixa eu ver se decorei o roteiro. Sim, é tudo devagarinho.

Ele se volta para ela e começa a beijá-la no rosto. Ele tenta penetrá-la. Está difícil. Os dois estão tensos. John deita-se ao lado dela, respira fundo e sussurra:

— Fui aconselhado a usar a mão no caso de... de... difícil acesso.

Ela ri.

— A mão toda? Vou começar a gritar.

Os dois riem. Ela faz cócegas nele e ele se vira de lado para proteger-se. Então ele ergue a mão e fala:

— Perdi a ereção, agora só daqui a seis meses.

— Vagabundo, vou derrubá-lo da cama.

Ela o empurra e ele se agarra na roupa dela e a leva junto para o chão. Então, a mão de John apalpa por baixo do travesseiro para pegar a camisinha que está lá, e a mão de Adeline apalpa o travesseiro e o puxa para o chão.

Mais tarde estão os dois na cozinha sentados tomando café com biscoitos. Estão só de roupas íntimas e descontraídos. A campainha toca. John levanta-se com dificuldade e põe as mãos nos quadris.

— Oh, Adeline, não tenho mais idade para curtir um chão duro, ai... ai...

Ele abre a porta. É Aline.

— Vim buscar minhas coisas.

John suspira.

— Finalmente veio pegar seus mijados. Leve tudo hoje. Não volte mais. Estaremos fora vários dias... ai... ai...

— O que foi, vovô?

— Caí da escada, ai... ai...

Aline olha para a mãe, que está com uma camisola curtinha e dá bem para ver, sem calcinhas. Ela olha para o avô, para a mãe, para o avô, para a mãe... parece hipnotizada. Então John vai para perto dela e, junto ao seu ouvido, grita "Bu!". Aline assusta-se e vai para o quarto buscar suas roupas. John põe as mãos nos próprios genitais.

— Apresse-se, Aline, estou tendo uma ereção, outra só daqui a seis meses.

Ela pega uma grande mala com sapatos que está aberta no chão e vai empurrando-a com a ponta do pé até a porta e nas mãos ela leva uns vinte cabides com vestido, calças e casacos. John vai para perto dela e fala:

— Aline, querida, o banco eliminou o cartão de crédito adicional. Você está sem dinheiro.

Ela olha incrédula para o avô. Ele diz:

— Luiza sabe que eu estou cheio de dívidas. O Banco não está mais me considerando um bom cliente e deu um créu no meu limite.

Aline sai porta afora e volta para batê-la com força.

John vem para a mesa satisfeito e os dois voltam a tomar café.

— Você dizia palavrões, chamava Rovílio de fresco. Era pecado ou não era? Você já se confessou naqueles confessionários?

— Sempre a contragosto. Eu tinha que contar o mesmo pecado de sempre: chamei o Padre Rovílio de fresco. Cada vez que eu dizia um palavrão, Rovílio mandava eu me confessar e lá ia eu. Para eu parar com isso, eu disse para o padre Maizena lá da gaiola que o Padre Rovílio estava tramando um plano para ele sentar naquele banquinho. Nunca mais vi o Maizena, que era estupidamente branco. Disseram que ele alegou motivos pessoais e pirulitou. A gaiola ficou às moscas.

John fala alegre:

SEGUNDA PARTE

— E os capuchinhos? Lá tem gaiola?
— Pelo que eu sei, eles já estão de saco cheio de ouvir confissão de um pecado só, tão insignificante que nem purgatório dá.
— Tipo...?
— Afanei um vinho do finado Bob.
Os dois riem.

John sai do banho e vai conversando com Adeline e fazendo a barba. Termina e guarda o barbeador num estojo. Então, pega um barbeador feminino e tira os pelos de cima das mãos e no pulso onde vai o relógio.
E vai falando.
— O meu cachê começou a valorizar quando eu tinha 15 anos, eu já era crescidão; adulto. Você não sabe o que eu fiz para dar um *up* nos meus cachês. Essa você precisa saber: recebi uma proposta irrecusável, mas foi de minha mãe a última palavra, e foi: SIM.
'Tiraram umas 500 fotos de mim com todos os pelos que eu tinha direito. Depois me raparam inteiro, tudo o que se podia ver. Fiquei mais lisinho que bundinha de nenê. E mais de 500 fotos para uma revista *gay*. Minha mãe se encarregou de contar na vizinhança que eu era homem com H por isso eu fui contratado. "*Gay* quer ver homem". Ela não mentiu, afinal.
John coloca o relógio no pulso. Vai para a necessaire e pega uma pinça, faz um trejeito com os lábios e localiza alguns pelos junto aos lábios e os arranca. Pega o barbeador feminino, retira a parte lavável e leva para lavar embaixo da bica da pia do banheiro.
— Adeline, agora você vai amar esse lance. Eu amei o cachê e fui bem faceiro. Pediram para eu aparecer num clube *gay* que todos queriam me ver ao vivo. Fui todo rapadinho e pelado como vim ao mundo. Deixei claro que eu não desceria do palco, mas responderia todas as perguntas: curiosas, pornográficas, cretinas,

cínicas... E também cantadas, algumas até muito educadas. Eu tinha que, de vez em quando, me mexer na cadeira e abrir as pernas para a rapaziada alegre ver o meu pacote. Fui simpático; muito simpático. Estive bem à vontade. Já de volta, atrás da cortina, um fotógrafo me contou que para eu ganhar esse contrato milionário os agentes engendravam uma dezena de ciladas para ver se eu caía. Se eu fosse *gay*, eu não levava. Eu não sabia se eu ria ou ficava puto. O fotógrafo era bem humorado. "John, eles ficaram estarrecidos que você ama a sua mãe, a beija e abraça, e nem é *gay*!" Aí eu tive que rir com ele. Ele foi meu fotógrafo por muitos anos. Fiz essas visitas em clubes *gays* meia dúzia de vezes. Estranho, não? Pagar para ver um homem nu quando se pode ver de graça em casa no espelho do banheiro...

Ele segue em frente ao espelho. Penteia as sobrancelhas para cima e corta alguns fios mais longos. Ela observa encostada no balcão da pia.

— Viu, Adeline? Esse vagabundo aqui fez essas vagabundagens.

Ele continua em frente ao espelho.

— O dinheiro, sempre o dinheiro. Minha mãe dizia que eles não precisavam do meu dinheiro. Ela era filha de pescadores. Não preciso nem lhe dizer que o dinheiro era curto, não é? Peixe, arroz branco e farinha. Meu coração ficou tão doído quando ela me contou que quando ela, já mocinha, ganhava um vestido novo, ele ficava dias em cima da cama arrumadinha para ela entrar no quarto a toda hora e olhar para ele.

John guarda tudo e empurra Adeline pelos ombros para fora do banheiro.

— Quando meu pai morreu eu tinha 11 anos. Minha mãe tinha um pacote de dinheiro. Íamos nos mudar para Milão. "É lá que está o dinheiro", dizia Dona Giovana. Mas ela também ficou com medo de levar tanta grana. Então combinamos que eu tinha comprado um bilhete de loteria e que, se eu ganhasse, o prêmio seria todo dela. Ela distribuiu para os amigos de meu pai, e meu tio, claro. Todos compraram congeladores, geladeiras, reformaram as casas, os barcos, compraram roupas. Com a outra parte do dinheiro comecei a minha grife.

SEGUNDA PARTE

Adeline e John sentam-se no sofá. Ela se debruça no ombro dele. Ele continua:

— Sabe, Adeline, o que mais me deixou feliz? Foi eles terem aceitado o dinheiro. Minha mãe achou que eles não acreditaram muito na história do bilhete. Mas aceitaram. Aceitar ajuda e presentes é uma forma de amar. Se eles se ofendessem e recusassem, minha mãe sofreria, eu sofreria e quem recusou sofreria. A amizade talvez tivesse se corrompido aí. Nunca mais seria a mesma. Vê, os amigos de meu pai eram boas pessoas. Se veio de uma amiga, por que não? Fui fazendo portfólios, fotos promocionais... Eu tinha 16 anos quando o pavilhão ficou pronto, completo. Máquinas, costureiras, alfaiates.

'Então eu tinha 16 anos e pude registrar a minha grife.

'Então eu tinha 17 anos e minha mãe morreu.

'Então apareceu Luiza que matou o meu amor no ninho.

'Então eu vi que a vida podia ser cruel.

'Então foram anos de solidão e amargura.

'Então eu conheci você.

'Então eu vi que um coração vazio pode ressuscitar o amor dentro dele.

'Então eu vi que o desejo me tornava um homem vivo.

'Então eu tive você como a única pessoa no mundo por quem valeria a pena eu viver.

'Então a longa espera... E você aqui.

Ele a aperta contra si.

Estão caminhando pela calçada ensolarada.

Eles param diante de uma vitrine de *lingeries*. Ele se inclina para observar melhor uma determinada peça.

— Aquela parece ser a sua camisola. Adeline inclina-se para ver.
— É sim, mas sem as pérolas.
Numa lojinha de aviamentos, John compra pérolas, e na mesa da sala, com uma pinça vai colando uma por uma na camisola. Ele diz a ela:
— Para você não dizer que a vida foi cruel, que você é assim traumatizada porque lhe roubaram uma camisola de pérolas, tá bom?
Os dois riem.
Ele suspira.
— O meu primeiro portfólio da Grife Warrior pronto e a sugestão da minha empresária Dona Giovana Warrior, que ela nem chegou a ver: Na parte da frente do pavilhão de costuras, mandei fazer uma vitrine com vidro até o chão. Um roupeiro sem portas com roupas de todo tipo e ternos completos. No chão, alguns sapatos. Boa iluminação. Eu chegava só de cuecas, escolhia uma muda de roupa no roupeiro e ia me vestindo. Então, eu confirmava no espelho: de frente, de costas, de lado. Então eu abria a porta e ia embora. Era o tempo de eu tirar a roupa e voltar para vitrine só de cuecas para escolher outra muda de roupa, isso até o roupeiro ficar vazio. Sempre às seis horas da tarde, quando todo mundo saía do serviço e podia ter tempo de ficar lá me olhando. Em momento algum eu olhava para fora. Era como se eu estivesse num quarto me vestindo para sair. Eu enfeitava um pouco para demorar, olhava as etiquetas externas e internas. Se era terno, eu calçava as meias, aí eu ia escolher o terno, a gravata, a camisa, os sapatos. Aí eu trocava de gravata uma vez, duas, três, até que me agradava. E ia amontoando gente lá fora. Era uma boa propaganda a custo zero.

Vão para a porta de saída.
No elevador, ele conta:
— No primeiro lançamento de bermudas fiz isso numa praça,

sem camisa, só cuecas e bermudas longas. Eu estava muito desejoso que a polícia me botasse pra correr. Um pequeno escândalo até que iria bem. Não deu. Os policiais ficaram olhando como todo mundo. Era melhor um rapa, mas não deu.

John ri e aperta Adeline. Ela ri.

— Se você fosse pelado dava um rapa. Ainda mais se as mixarias dos policiais fossem mesmo umas mixarias. Quer ofender um homem orgulhoso, diz que as mixarias dele são mesmo mixarias e que virou até piada no clube. Você não deve ficar muito perto dele, nunca mais. Homens vaidosos não lidam bem com esse tipo de coisa.

Ele ergue as sobrancelhas.

Ela sorri.

Ele então se lembra de algo.

— Ui!

Cantinas italianas. Jardins. Pôr de sol. Passeios sem rumo. A beleza de qualquer dia quando se pode estar com a pessoa amada.

Na mesinha da sorveteria estão os dois concentrados, misturando o conhaque nos sorvetes.

Ele está calado. Adeline toca-lhe o braço.

Ele suspira.

— Luiza tão parecida com a minha mãe... Tão diferente da minha mãe... Será que um dia ela teve noção de quanto eu a amava? Ela encontrou um amor maior do que o meu? Qual era o projeto de vida dela em que eu não podia participar?

Ele balança a cabeça.

Os dois olham para o sorvete à sua frente.
Adeline toca-lhe o braço.
— Quando você perde no jogo, as cartas lhe mostram por que você perdeu. A vida não nos dá essa chance.

Na sala, John tem folhas em branco com croquis de roupas.
Ele pinta com tinta guache os desenhos de bermudas para o verão. Mais longas, mais curtas, comprimento capri. Bermudas verdes, vermelhas e azuis de vários tons. Pega as amostras de tecido e esfrega com os dedos polegar e indicador, olha contra a luz. Pega outra amostra e faz a mesma coisa. Então pendura as folhas de papel num varal que atravessa a sala com prendedores de roupa.
Então, se senta a uma distância de uns três metros e observa os desenhos coloridos. Fica assim concentrado longos momentos.
Então, abre a porta de um armário no canto da sala. Sobe numa escada de dois degraus e pega duas sacolas grandes de papel e vai tirando de dentro alguns blusões felpudos e vai estendendo sobre o balcão. Olha a etiqueta de um, de outro, lê com atenção a etiqueta que serve de orientação para cuidados com lavanderia... Vira do avesso, observa as costuras...
Agora ele vai para um canto da sala e, junto ao aparelho de som, escolhe o CD que quer ouvir. Então, bem baixinho, enche a sala a canção *Like a bridge over trouble waters*. Ele volta e, ao passar pelo quarto, vê Adeline dormindo e o livro no chão... Ele sorri e volta ao trabalho com os blusões de lã.

Agora Adeline está com ele.

SEGUNDA PARTE

Uma pilha de blusões de tricô sobre a mesa da sala. John observa:
— São terceirizadas. Precisamos testar usando direto sobre a pele. Se não irritar, eu aprovo.
Ele tira a camisa e veste uma branca. Adeline tira a camisa e veste uma amarelinha.
— Anos atrás muitos clientes devolveram blusões por causa disso...

~~~~~~~~~~~~

Os dois vão para o sofá atrás da vidraça da varanda. Ela senta-se sobre ele; inclina-se para trás. Os lábios dele no ouvido dela.
— Vendi a confecção para um conglomerado árabe. Eles negociam com o ocidente e estão usando ternos. Não querem destoar do resto do mundo. Este é o meu último trabalho para a grife.

~~~~~~~~~~~~

Um árabe vem no apê de John.
Então ele vê Adeline. Ele olha para ela que está numa cadeira de balanço lendo. Ele pega uma xícara e vai para o micro-ondas. Pega a xícara fumegante, põe uma colherinha de café solúvel e coloca na mesa.
John está pegando amostras de tecido e vê que o jovem vai para perto dela. Então ele diz para o homem, sem se virar:
— É minha; eu vi primeiro.
John volta-se e vê o jovem com o rosto bem perto do rosto de Adeline. Os dois estão olhando olhos nos olhos. Ela então diz num puxado inglês:
— *You are very, very beautiful.*
Ela toca o queixo dele. Ele a olha encantado. Ela ri alto. Um riso infantil.

Então, o jovem vem para a mesa. John olha para ele e vai falando inglês:

— É a minha brasileirinha... Ela é a minha querida desde que ela tinha seis anos...

※※※

Eles olham tecidos para ternos. O outro vai analisando tecidos, vendo os desenhos de ternos, croquis, botões...

— Sei... Você foi dando linha... foi dando linha...

John sorri.

— Se essa linha se chama amor, então foi. Ela vai ficar mais duas semanas e vai embora.

— Não deixa, fecha ela no quarto, amarre ela no pé da cama... Não deixa...

— Entenda uma coisa: o amor não aceita grilhões; ele morre. Quando uma mulher quer ir, ela deve ir...

— Não, não. Não e não. Uma mulher que tem tudo, tudo, tudo, pra onde ela vai querer ir?

— Para os braços de outro homem.

— Eu mato ela.

— É uma opção. A outra opção é uma mulher fria na cama.

— Você vai deixá-la ir?

— Vou.

O homem assina algumas faturas, pega algumas notas fiscais e vai guardando tudo na valise. Então, ele olha para Adeline e vem para perto do rosto dela e de novo a olha encantado. E vai com a mão para dentro da blusa dela e belisca o seu mamilo.

John fala para ela:

— Acho que ele quer ouvir de novo...

Então, ela acaricia o rosto dele até a orelha:

— *You are very, very beautiful.*

SEGUNDA PARTE

Vou botar o meu pé quentinho no meio das pernas dele. Olha John, ele fechou os olhos, vê? Ele está gemendo. Isso eu queria ter feito com você lá nos jardins das rosas, mas com Padre Rovílio espiando... Não podíamos, não é?
O árabe suspira e então sai do devaneio, pega a sua valise e acena em despedida sem olhar para trás.
Ela ri alto; um riso de criança.
Ele então se despede e vai embora. John vem para perto dela:
— Você fez a alegria daquele bonitão.
Adeline ri ainda.
— É... Eu sou um para-raios de homens bonitos.
John estende a mão para ela e ela sai da cadeira de balanço. John leva-a pela mão para o quarto.

Eles estão na cama. Ele faz cócegas no queixo dela e ela ri aquele riso infantil que ele nunca ouvira antes. Ele pensa: "Vou interromper com um beijo? Não. Vou aquecer estupidamente esta menina que está sob o meu peso, que ri como uma criança e abre-se para mim como uma flor...".
"Este é o meu melhor momento?"
"Este é o meu melhor momento!"
"Eis... Eis... Eis..."

Ele consulta o relógio de pulso.
— Temos que ir.
No aeroporto o acesso para o embarque para Milão.

John e Adeline estão num quarto de hotel em Milão.
— Está frio lá fora, Adeline...
Os dois estão vestindo-se para sair. Ela escolhe entre os cinco cabides e pega um.

John pega o vestido branco de lá para olhar as etiquetas uma por uma, analisa de perto as costuras da gola, verifica os botões se estão bem pregados. Ergue o cabide diante dos olhos e gira para ver as costas do vestido. Sorri e faz com a cabeça um sinal de aprovação.

Adeline observa-o.
— Rafael tem bom gosto, não é? – ela diz alegre.
— Rafael lhe deu esses? – ele se surpreende.
— Deu e não deu. São de Catherine, a falecida mulher dele. Sapatos combinando, vê?

John põe as mãos sobre o peito, Adeline faz um carinho no rosto dele.
— Eu sempre usei roupas dos outros, doação que o asilo recebe. Para mim é normal.

John continua incrédulo.
— Eu sei, John, que você já me disse que é ímpio até o último fio de cabelo, mas eu vou lhe contar. Um dia fui falar com Rafael no portão do asilo sobre o livro. Entrei no carro e acabamos indo no apartamento dele. Eu estava com roupas sujas, sabe, caseiras. Ele me convidou para tomar chocolate e eu disse que não iria porque ele iria passar vergonha. Ele disse: "Vou não, vou não, mas o porteiro não vai deixar você entrar".

Então, ele abriu o roupeiro onde estavam os vestidos de Catherine. Eu disse: "Ela vai gostar disso? Eu usar os seus vestidos?". Então eu vi, John, eu vi, uma mão de mulher com um bonito anel passar o dedo indicador sobre os cabides das roupas. Rafael também viu. Então sem falar nada ele foi num porta-joias, pegou aquele anel e veio me mostrar. Nenhum de nós falou... Ficamos um tempão em silêncio. Então, ele esco-

SEGUNDA PARTE

lheu um vestido para eu usar. "Leve, Adeline, são seus. Leve todos". Dois dias antes de viajar eu pedi para Rafael me trazer um casaco quentinho. Aquele ali.

John ainda está com as mãos sobre o peito. Olhos fechados. Ela o beija de leve.

— John, olhe pra mim... olhe pra mim... Eu só usei roupa nova quando casei. Aquele terninho azul-marinho que Bob se encarregou logo de sumir com ele. E claro, os vestidos para as festas do clube feitos sob medida, prenúncios de posteriores maus-tratos também sob medida.

John vem para perto e segura-a pelos ombros.

— Eu ainda não me conformo que eu cheguei tão atrasado na sua vida.

— Mas chegou bem a tempo de me amar.

※※※

Passeando no centro comercial eles passam em frente a uma vitrine com um manequim vestindo um traje feminino. Os dois olham e Adeline diz:

— Prefiro os de Catherine.

Seguem andando e Adeline volta-se para John.

— Passou o susto, John?

— Já. Mas cá pra nós, Bob mataria você... mataria... mataria...

Ele ri e vai dando baforadas no cachimbo.

※※※

No galpão dos alfaiates, Adeline reencontra o árabe, agora o dono da grife. Ele está provando um paletó sob medida, cheio de fios e alinhavos. Ele vem para receber John e leva-o para outros funcionários junto a computadores e volta para olhar para Adeline. Os dois estão em pé frente a frente. Estão sérios.

Ela então sorri com malícia e com um trejeito:

— *Did you like it?*

— Você me humilhou.

— Oh, você fala português!? Pisei na jaca.

— Você me usou.

— Foi você que começou.

Ele senta e acena para que ela sente ao seu lado na outra poltrona. Ela continua a fitá-lo nos olhos. "Ele está indignado", ela pensa. Ele se inclina.

— Você me usou para excitar John. Ele precisa disso?

— Você é um filho da puta, abriu minha blusa e beliscou meu mamilo. – ela sorri e fala com malícia – Eu até que gostei, seu crápula.

Ele olha sério para ela. Ela está usando luvas grossas de couro, maiores do que o seu tamanho e coloca as mãos sobre os joelhos.

Ela olha para ele, com malícia.

— Momô, foi você que começou.

Ele não perde a pose. Então ele tamborila os dedos no braço do sofá.

— Qual é o seu preço por uma noite comigo?

— Oh, eu sou uma mulher muito cara. Você não tem saldo suficiente para me pagar.

— Eu? Sem saldo?

— Eu vejo o seu coração vazio, zero de amor, tudo frio. Seu espírito, que deveria ser brilhante, está com muitas nuvens sobre ele. Viu? Impossível fazer negócios com você. Sem lastro.

Os dois fitam-se longamente.

Então ela pede:

— Gostaria de um café.

— Não. – ele recusa. Ainda está pensativo.

Então ele chama um funcionário.

— Traga duas xícaras. Uma cheia para mim e outra vazia para ela. Ele pede no idioma deles.

Ele traz e entrega primeiro para o patrão a xícara cheia. Ele a segura e observa qual será a reação dela diante da xícara vazia. Ela

SEGUNDA PARTE

tira as luvas e pega a xícara que começa a fumegar. Ela agradece e já toma um gole satisfeita.

— Vou aquecer minhas mãos. Hoje está frio.

O homem olha para a própria xícara e vê que ela está vazia. Olha para a xícara de Adeline e vê as suas mãos rudes, sem anéis, unhas curtas, aquecendo-se na xícara que está fumegando. Ela bebe mais uns goles de café e mostra satisfação.

Ele olha para ela e repara suas mãos.

— Sem anéis?

— Sem anéis. – ela abre a mão direita – Eu trabalho muito, muito. Crianças, muitas crianças, banho, roupas, comida.

Ela faz um gesto embalando um bebê de colo ganhando uma mamadeira.

— E bebês.

— Você tira os anéis?

— Eu não tenho anéis; eu trabalho.

Ele ainda está indignado. Ela vê a sua seriedade, o cenho franzido.

— Você, seu filho da puta, dispensa suas mulheres e renova o time. Todas choram quando são chutadas, não é? Não é não. Uma delas não chorou. Ela o amava de verdade. Você desperdiçou um amor verdadeiro, seu legítimo filho da puta!

— Eu sei quem é; ela me ofendeu. Devolveu todas as joias que eu lhe dei.

— O que ela fez com você nas alfombras foi por amor; ela não queria ser paga por isso.

— Ela se recusava a usar batom; era rebelde.

— Ela queria beijos.

— Não costumo beijar as minhas mulheres.

Longo silêncio. Adeline está surpresa.

Então, ela lhe aponta o dedo.

— Por amor ela até pregaria esse botãozinho da sua camisa que está se soltando aí. E arrumaria o seu nó da gravata. E lhe chamaria de querido, e lhe amaria de todo o coração. E se deitaria com você para lhe dar, por amor, tudo o que pode dar uma mulher quando ama. Sem compromisso; só por amor. Essa você perdeu.

John vem para perto, pega a mão de Adeline e a faz levantar do sofá. Então ele estende a mão para o outro homem, que retribui, mas não se dá ao trabalho de levantar da poltrona.

Os dois saem e no corredor Adeline protesta.

— O bonitão fala português! John! Ele ouviu tudo aquele dia do meu pé!

— Ele não fala português, Adeline, sem chance.

Adeline para de andar e John também.

Ele olha para ela.

— Sem chance. Ele arranha um inglês sofrido. Português ele vai precisar 10 anos como eu. Aqueles plurais, aquelas flexões verbais, adjetivos e advérbios, femininos, masculinos... Um absurdo. Oh língua difícil de aprender.

— John, ele fala Português!

— Vamos para o aeroporto.

— John, acredite em mim!

Ele balança a cabeça e a conduz pelo corredor até o elevador.

Em casa, John fala alegre.

— Lá nos meus antigos arrozais na fronteira do Rio Grande do Sul com a Argentina ninguém fala português puro nem espanhol puro. Tem francês, russo e até inglês, tudo misturado, parece que estão falando esperanto. *Tutti con la parlata de suo paese. Una Babele.*

— John, acredite em mim.

— Estou para ver aquele árabe falando português, minha querida brasileirinha.

Ela suspira e deixa para lá. Desiste mesmo.

Então momentos depois ela se anima e ri para contar alguma coisa engraçada.

— John, hoje eu deixei o bonitão muito fulo. Pedi café e ele pediu para o mordomo trazer uma xícara cheia e uma vazia. Embaralhei

SEGUNDA PARTE

a cabeça do mordomo e a xícara fumegante cheia de café veio para mim! Aquele funcionário vai levar uma biaba na orelha, ah vai!

John ouve, mas não se concentra muito tempo no assunto.

John e Adeline estão vendo TV, deitados na cama. Ela olha o papa dando benção da sacada, no Vaticano.

— Tenho uma pena do Bergoglio. Ele prega o perdão entre as pessoas. Então, os católicos acham que pedindo perdão está tudo resolvido. O Chicão sabe que é mentira, mas ele não pode fazer nada. Ele devia ter ficado na Argentina, pegando o trem para visitar os arrabaldes onde todos gostam dele. Ele brigou contra a ditadura com unhas e dentes. Ele tinha forte liderança política. E foi fazer o quê? Pregar o perdão. Ele devia voltar para casa.

John recebe pelo celular uma chamada para um trabalho.

— Vamos lá, Adeline. Você vai ver o meu trabalho.

Ele chega num pavilhão onde está tudo preparado para um comercial de joias e carro. Quando lhe apresentam uma jovem maquilada, mas aparentando pouca idade, ele a olha nos olhos e pergunta:

— Qual é a sua idade?

— Catorze.

John volta-se para os executivos.

Eles se apressam em explicar:

— Você sai de carro, dá a volta pela frente, abre a porta dela, deixa aberta com as luzes do painel acesas, puxa a garota para si e vai encostando-a no carro e vai por cima, e vai beijando-a só no rosto. Não tire o batom. A sua mão direita com os anéis e o relógio fica em cima do carro, acima da cabeça dela. As joias dela têm que ficar bem à vista, com a mão esquerda no seu ombro. Tem que ser bem erótica a pegada.

Uma caixa com joias está aberta sobre a mesa. John, que ouviu atento às orientações, ergue a mão e fala:

— No meu contrato não incluiu mulher. Está ali.

Um dos executivos retruca:
— Fotografar joias sem mulher? Isso não existe.
— Ela é uma criança. Eu não vou fazer isso. Contratei duas horas, o tempo está andando. Vou até lá na janela com a minha querida. Resolvam vocês. Essa menina, não.

Um dos homens vem para perto exaltado:
— Você já fez de tudo, vai agora amarelar? Olha o tamanho do cachê! Olha o tamanho do cachê!

John também fica exaltado:
— Quando tem mulher, tem que ser mulher, não criança! Se você sabe que eu já fiz de tudo, você também sabe que nunca botei a mão em criança! Bem, estou lá na janela.

Ele chega para Adeline:
— É uma cilada: não é menina, é menino. Aquele pominho de adão não me engana. Vamos completar as duas horas que eu disponibilizei.

Os executivos vão todos saindo e os cinegrafistas encaixotam tudo. Ficam só John e Adeline. Ele fala:
— Quando é assim, eu sou o único perdedor. Mas, às vezes, atrás de uma cilada vem coisa boa. Mas agora só no Brasil.

John e Adeline ainda conversam.
— Um dia antes de eu vir, encontrei Rafael e ele me convidou para jantar com ele. Ele havia passado a tarde no aconselhamento do Centro Espírita. Estava exausto. Conversamos sobre negócios, política e cada um falou das suas desgraceiras. Gente que não paga e tem que correr atrás... Nossos presidentes malucos e políticos estúpidos. As grosserias e palavrões de Berlusconi. A gentileza e as poesias de Temer. FHC olhando perplexo para a atual conjuntura. A Receita Federal tão canibal quanto pode ser. Os Médicos Sem Fronteiras que lutam para que as crianças pobres e famintas sejam consideradas patrimônio da humanidade. A corrupção que está

SEGUNDA PARTE

por todo lugar, até na alface que Rafael compra para o hotel... Antes de nos despedirmos, ele ainda conversou com alguns rapazes que pretendiam casar. Eu vi lá uma tempestade com raios e trovoadas de puros hormônios...

John suspira, abana a cabeça e vai falando:

— São meninos, quase crianças. Eu me perguntava olhando para aqueles jovens: Quantos deles serão contorcionistas e, se não, serão chamados de mosca morta? Quantos deles querem uma esposa só para ter alguém para torturar e dar safanões, como fazem com o cachorrinho lá em casa? Adeline, – John ajeita-se na cama e suspira – nunca tive liga com homem, mas vou ter que admitir: Rafael é um fofo.

John ajeita-se sobre o cotovelo e respira fundo. Está sério e vai acariciando o abdômen de Adeline.

— Não tive coragem de alongar a conversa e perguntar o que mesmo ele faz lá no Centro Espírita.

Ela então vai dizendo:

— No aconselhamento quando alguém chega e na hora de conversar começa a chorar e chora, chora sem parar... É o primeiro pedido de socorro. Estou falando de drogados. Os espíritos vão procurar seus afins. Olha Aline com aquele pó. O espírito que está com ela é alguém que apreciou o pó, ou até morreu de overdose. Ele vai tentar afundá-la do jeito que ele afundou. É isso que Rafael faz. Buscar o início onde e como tudo começou. É preciso achar a raiz. Isso se a pessoa vai buscar ajuda. É tudo tão doloroso essa busca. A primeira coisa que a pessoa faz é chorar, chorar e chorar. É nessa hora que o espírito mau se assusta. É nessa hora que o espírito mau começa a esquentar as turbinas para ir embora. Às vezes a cura envolve regressões... hipnotismo... É um longa luta muitas vezes inglória. Pais, mães e o próprio viciado em algum momento vão se culpar, se acusar um ao outro. Para que o tratamento avance, Rafael deixa bem claro: a culpa é de ninguém.

Rafael entra na varanda do asilo, agora uma casa enorme. Lá adiante um solário ficando pronto com dezenas de poltronas. O sol batendo no teto de vidro e muitos velhos jogando baralho e se aquecendo.

Ele caminha devagar e passa pela porta da sala de música. Ele vê o Padre Pão debruçado sobre o piano, sério e pensativo. Rafael entra devagarinho.

— Você parece um gatinho aquecendo-se embaixo de um fogão à lenha.

O Padre nem se mexe. Rafael então se debruça ao lado do piano e olha demoradamente para o outro que continua imóvel.

Rafael então pega o pacotinho de fumo para tirar a porção de sempre e se põe a mascar. É para ganhar tempo. Então, ele fala:

— Deus criou dois céus. Um aqui na Terra, que podemos confirmar, o outro a confirmar. Meu jovem, você tem 50 anos pela frente. Ame uma mulher. Não desperdice o amor de uma mulher. Se ele vier, fique atento. Você ainda vai continuar a ser um homem bom, o que vai mudar? E você será recompensado com o carinho e o amor de uma mulher. Não desperdice. Você não precisa usar essa farda aí. Use jeans velhos rasgados, camisas puídas, tênis do jeito que for. Todos vão amar o Padre Pão que vai surgir em trajes caseiros. Experimente. Você será livre de todas as suas promessas que fez aos 22 anos sem saber do que estava abrindo mão. Ame uma mulher. Ame uma mulher...

Nisso entra uma jovem bonita com jaleco branco trazendo uma seringa de injeções. Ela coloca tudo numa pequena geladeira a um canto. Ela abraça o Padre Pão pelas costas e ele então se vira para abraçá-la. Eles trocam um longo beijo e ela se vai.

Rafael fica vendo tudo, então o Padre Pão volta a debruçar-se por cima do piano. Rafael fala:

— Celibato, celibato, celibato... Mas que palavra odiosa!

Maurício olha para o outro, balança a cabeça e fala:

— Adeline foi obrigada a casar por Bob e Rovílio, que se negaram a ouvi-la. Ela não tinha para onde correr. Naquele ano John estava no Sul, nos arrozais, e não apareceu por aqui. Ela pode ter pensado que ele a tinha esquecido... e aceitou Bob. Ela tinha lá seus anseios.

SEGUNDA PARTE

Rafael olha para o outro e fala:
— Não somos culpados pelos hormônios que carregamos. Eu casei com dezoito anos porque eu queria sexo limpo. Eu tive um pai que me ouviu. Minha mãe só ficou sabendo quando eu já era pai de duas meninas. Ela já tinha tentado me empurrar uma dúzia de moças, filhas de amigas. Se sentiu traída. Ela está de mal comigo desde lá.
Maurício fala:
— Se você está esperando por Adeline, você vai morrer esperando. De todas as conversas que eu ouvi dela com John, você não tem a menor chance. Segundo eu sei, eles namoraram durante 25 anos. Você chegou somente agora, por acaso.
Ao que Rafael responde:
— Nada é por acaso.
Maurício balança a cabeça em sinal negativo e diz:
— E ela ainda tem Bob para administrar, aquele louco.
Os dois ficam em silêncio. Rafael mascando fumo e Maurício quase dormindo sobre o piano.

Em Roma, John e Adeline estão na sala olhando para os croquis de roupas de verão.
— Quando nós conversávamos naquele banco percebi que, atrás de nós, nas roseiras, alguém estava nos espionando, todas as noites. Aí eu disse para você: "Amanhã os gêmeos capuchinhos vêm às três da tarde beber vinho com Maria. É todas as quartas-feiras, três da tarde. Eles abrem os melhores vinhos de Bob...". E veja só, o Padre Rovílio nunca mais esqueceu nem o dia nem a hora.

John recebe uma chamada para um trabalho.
Ele diz:
— Adeline, vamos para a Marina. Você vai amar. Uma revenda de barcos e iates, já fiz muitos trabalhos com eles. Não posso perder essa.

※※※

Agora John está num grupo e um deles lhe apresenta roupas brancas, que John veste ali mesmo diante de todos. Então, lhe alcançam um ponto eletrônico e ele põe no ouvido. Ele se dirige rapidamente para o iate onde uma mulher e três crianças esperam-no. Com a orientação que recebe pelo ponto, John vai movimentando-se no leme, nas poltronas, na grade, e fica nesses movimentos por quase uma hora. Então, para tudo. O grupo vai para a filmadora e repassa o filme para finalmente aprovar. John recebe ordem de sair da cena e vem trocar de roupa. Senta-se com os executivos para receber o cheque das mãos do homem mais velho e se despede.
Agora com Adeline, ele se dirige para o carro. Está satisfeito.
— Esse é o meu trabalho, minha querida. Viu? Sombra e água fresca.

※※※

É uma tarde ensolarada. Os dois estão na sorveteria e o garçom traz para ela, como sempre, sorvete e um copinho de conhaque e, para John, somente o conhaque. O dono da sorveteria vem para perto e inclina-se para John.
— Minha filha se formou em Jornalismo e está batalhando uma vaga num jornal ou revista. Você toparia dar a sua biografia para ela elaborar uma reportagem? Ela vai tentar mostrar o trabalho nas entrevistas para emprego.

SEGUNDA PARTE

No outro dia, John traz quatro folhas de ofício e todos os seus portfólios desde que era criança. Ele mostra para a jovem o primeiro trabalho que fez.

— Não é lenda, não. No meu primeiro trabalho eu ainda usava fraldinhas. Tenho aqui também foto dos meus pais. Por que *remember me*? Meu pai, na hora de morrer, fez um carinho no rosto da minha mãe e falou isso, e eu nunca mais esqueci. Temos que fazer umas fotos no aeroporto, como se você estivesse lá na hora que aconteciam as coisas, tipo assim: o último colo, o último beijo, o último abraço e o último *remember me*. Pegaremos nestas fotos um avião lá ao longe.

John pega uma caneta e pergunta para a jovem:

— Em Inglês ou em Italiano?

Ela liga o gravador e John começa a contar sobre sua vida, sua carreira, sua família, seu amor antigo. E fala para a jovem:

— Garimpe o que você achar mais interessante.

No café da manhã.

John mistura as farinhas e vai falando:

— Uma colher de farinha natural, uma colher de farinha branca e água. Amassa bem, faz bolinhas e com um rolinho abre uma por uma.

Ele vai alcançando para Adeline colocar na frigideira seca.

Na mesa da cozinha, vários potes de geleia, nata e requeijão.

— Aprendi a fazer piadinas com cinco ou seis anos. Minha mãe gostava de me ver cozinhando.

GAVINHAS

※※※※※※

— Adeline, vamos para a Costa Amalfitana? Quero que você veja onde vivi até os meus onze anos. E você vai conhecer a irmã gêmea da minha mãe. Elas eram idênticas. Logo que a minha mãe morreu eu ia lá para olhá-la. Minha mãe estaria assim... Passaremos por paisagens muito bonitas, você vai ver.

※※※※※※

No carro viajando para a Costa Amalfitana, Adeline está quieta no banco do passageiro. Está quase dormindo. John para o carro e inclina-se para acionar a trava do banco que agora fica bem confortável para ela dormir. Ele põe no rádio músicas italianas. De vez em quando, ele olha para ela e sorri.

※※※※※※

Na casa da tia de John, eles olham fotos sobre a mesa.
Ele olha para a foto da mãe.
— Ela mechava os cabelos. Eram loiros, mas ela os deixava mais loiros. Um dia eu pedi para ela mechar os meus. Algumas mechas mais claras. Eu gostei. Então desde os sete ou oito anos eu mecho os meus cabelos. Esse visual de cabelo queimado de sol me rendeu bons trabalhos. Nessa época, uma revista que fazia cursos de beleza e preparava meninas desde cedo para concorrer a Miss Itália comentou que se eu fosse menina era de começar já a me preparar para o concurso. Que eu até mostrava ter um futuro promissor. Pensei que meus pais ficariam indignados. Não. Mas quando meu pai chamava "Miss Itália! Miss Itália!" era melhor eu correr! Minha mãe era

muito fofa. Me ensinou a usar creme no rosto, aplicava rodelas de pepino na pele... Meu pai era pescador e voltava nos dias quentes tostado de sol. Com ele, nada de cremes ou rodelas de pepino.

John olha algumas fotos. Ele rodeado de meninas. Adeline olha as fotos e sorri.

— Uma vez pedófilo, sempre pedófilo.

— Quando eu era menino e já fotografava, muitas meninas vinham ao meu redor. Eu me sentia um pouco arredio. Meu pai dizia: "Elas amam você e você tem que amá-las. Elas vão crescer e uma delas vai ser o seu grande amor. Espere e verá". Ele também me deu conselhos que eu prontamente obedeci: "não fume... não beba...".

Os dois riem. Guardam as fotos na caixinha.

— Você nunca fez desaforos para seu pai?

— Meu pai gritou comigo sobre algo que eu fiz nas redes de pesca, nem lembro mais, e no almoço fritei sardinhas com tripas e tudo. Ele teve de limpá-las na hora de comer. Acredite, Adeline, foi só. Eu era um garoto bonzinho.

John vai para a cozinha e beija a tia. Muitos beijos e aquele último carinho. "*Remember me... Remember me...*"

— Adeline, vou lhe mostrar a minha casa. Você disse que queria ir no túmulo da minha mãe. Ainda quer?

A casa de três cômodos atrás da casa da tia ainda está lá. Paredes caiadas, vazia de móveis. John vai para perto da janela, onde seria cozinha e sala.

— Aqui ficava o fogãozinho elétrico de duas bocas. O banheiro era lá fora.

Agora estão no cemitério.
— Giovana Warrior — John afasta-se. Não quer ouvir.
Ela sussurra, diante do túmulo:
— Volte logo. O mundo está precisando de amor. Está um caos, pessoas fazendo maldades umas com as outras. Faça as roseiras florirem fora do tempo, atrás daquele banco, e eu saberei que é você.
Caminhando na praia de Maiori, John vai falando.
— Sou filho de ingleses. Meu avô chegou aqui nos anos 1930 para trabalhar em construção de barcos. Meu pai era jovem e veio nessa aventura, conheceu minha mãe e ficou para sempre.

De manhã, John e Adeline estão fazendo piadinas na cozinha. Ele toca o braço dela.
— Hoje você vai conhecer o pai biológico de Bob. Em Amsterdã, numa casa de saúde.
— Eu não quero ir.
— Mas vai. Dessa visita depende a conversa que teremos depois.

Estão na sala de embarque do aeroporto rumo à Amsterdã.
Na casa de saúde diante do pai de Bob, Adeline olha fotos que vai pegando num pequeno baú de madeira. Ela se surpreende ao ver fotos dela com John, Bob e Aline. Fotos que ela nunca tirou. Ela pega quatro e segura na mão como se fossem cartas de baralho, põe na frente do rosto de John.
Ele olha para ela e fala ao ouvido dela:
— Montagem para o pai de Bob achar que tudo estava bem; estávamos todos felizes. Ele olhava, sorria. Entendia tudo, mas não

falava. Dei a ele algumas alegrias na sua vida de abandono. Luiza o amou? Ele amou Luiza? Eles amaram Bob?

Adeline guarda as fotos. Emociona-se.

— John... John... John... Aquela sensação de despedidas... John... John... Eu não estou conseguindo chorar... O que está acontecendo, John?

Na volta de Amsterdã, Adeline chora em silêncio. John embala-se de leve na cadeira de balanço.

Ela fala:

— John, sai dessa cadeira. Eu quero abraçar você.

Ele não atende.

— John, vamos ficar juntos num abraço, John.

Ele não reage.

Ela pega uma cadeira e vai se sentar perto dele.

— John, você vai partir sem acreditar em nada? Você tem que acreditar na vida após a morte. Você não sabe de onde eu venho, e você precisa saber. Eu venho de um mundo iluminado para onde você poderá ir, mas você tem que acreditar em alguma coisa. A primeira vez que eu conversei com você naquele jardim de rosas eu soube logo que você era o que eu procurava. Um espírito gentil e amoroso, confiável e correto. Se você morrer sem acreditar em algo divino, seu espírito vai para a sombra. Eu não poderei encontrá-lo. Eu volto quantas viagens eu quiser. Mas nós temos que acertar o passo: ou eu venho mais cedo, ou você vem mais tarde. Vinte dias não foi o suficiente para você ver minha alma. Nós merecemos uma viagem mais longa... Pelo amor de Deus, John, acredite em alguma coisa! Só assim eu poderei reencontrá-lo. Ou então não nos veremos nunca mais, nunca mais!

Ambos estão com lágrimas nos olhos.

Adeline põe os vestidos numa mala, sapatos e lingerie noutra. Ela olha a passagem. Está triste. Ele levanta o rosto dela.
— Vamos.
Eles saem do apartamento.

No aeroporto despacham as duas malas. Então John mostra-lhe uma mochila.
— É para Rafael. Ele saberá o que fazer. São papéis valiosos. Cuide bem. Se for ao banheiro, leve-a junto. Não a perca de vista.
O alto-falante chama para o voo. Ela abraça John e lhe diz no ouvido:
— Por favor, ainda dá tempo. Meu amor, ainda dá tempo.
Ele ouve e a segura firme.
— Repete.
— Meu amor... meu amor... meu amor...
— Mais uma vez... mais uma vez...
— Meu amor... meu amor... meu amor...
Ele a aperta e a beija na face, muitos, muitos beijos.
Sussurra no ouvido dela:
— Este é o meu melhor momento.
Eles se soltam e ela vai para a sala de embarque. Antes de entrar no avião, ela o procura e o vê na sacada do aeroporto. Então ela põe as mãos no peito e sorri para aquele homem que tanto enlevou a sua vida.

SEGUNDA PARTE

Rafael vem buscá-la no asilo.
— Vem chorar comigo lá em casa, vem... vem...
— John mandou uns papéis para você. É aquela mochila ali.

No apartamento em cima da editora, Adeline fica junto à janela e chora, e chora. Rafael levanta o queixo dela.
— Você está chorando por Bob...
— Eu deveria?
Rafael a abraça e ela chora no seu ombro.
— É John. Me deixou no aeroporto e naquela tarde ia para o hospital para uma eutanásia. Como fazem para os cachorrinhos. Bota para dormir e não acorda mais... E eu não pude estar lá para segurar a sua mão, não pude estar lá para segurar a sua mão... Não é justo... Não é justo... Sabe aquele livro do André Trigueiro, *Escolha viver*? Eu não podia dizer isso a ele, eu não podia. Ele estava com pontos nos olhos, ia perder a visão logo. O diabetes incontrolável lhe fará logo amputar um pé. Como eu poderia pedir a ele "escolha viver, escolha viver"? O pai biológico de Bob está com 92 anos, cego, com mal de Alzheimer e um AVC. Vegetando. Como é que eu poderia pedir a John "escolha viver"? Ele me deu todos os calores que Bob me negou. E eu não pude estar lá segurando a sua mão...
Ela chora no ombro de Rafael. Ele lhe acaricia as costas.
— O espírito de John precisa ir. Deixe-o ir... Deixe-o ir...

Rafael enche a banheira de água e Adeline entra com o vestido e sapatos.

Mergulhada até o pescoço ela chapinha na água com as mãos abertas. Rafael observa. Os dois estão em silêncio.

— Rafael, você cantava *lullabies* para as meninas antes delas nascerem?

Ele sorri.

— Sim. Quando Sarah nasceu, ela chorava muito. Mas no meu colo ela se acalmava. Ela sabia que eu era aquela voz. Era só falar com ela.

Adeline vai chapinhando a água morna da banheira.

— Se eu tivesse ouvido acalantos, eu lembraria.

CHÁCARA JOÃO GUERREIRO. Averi está com Rafael e Maurício.

— Doutor Rafael, a rua lá do portão não é pública. O asilo paga IPTU além da rua onde há árvores e uma pequena praça arredondada e a parada de ônibus. Maurício sugere:

— Vamos botar cancelas e células fotoelétricas.

Averi fala ainda:

— Vamos trazer todos os computadores de Bob. Montaremos uma sala para cuidar das ações que Adeline trouxe.

No hotel estão um casal de meia idade e uma mocinha de seus 18, 20 anos.

Rafael chega ao saguão. O homem pede para a jovem retirar-se que quer falar a sós com o filho.

Adeline levanta-se e fala:

— A proposta de seu pai é boa. Se eu aceitar deixar você, vou ficar rica. Estou pensando seriamente.

O pai pede para Adeline:

— Deixe-nos a sós.

A mãe de Rafael aponta o dedo em direção a Adeline, que sai pelos corredores.

— Ela usa as roupas de Catherine?

— Sim.

— Ela está tentando, digamos assim, pegar você nas lembranças. – fala o pai.

— Pai, ela é minha mulher.

Ao que a mãe interfere gritando e apontando-lhe o dedo:

— Ela não é sua mulher; você casou no Brasil. Você é solteiro!

— Mãe, abstenha-se de falar comigo dessa maneira; eu sou viúvo.

Na despedida no aeroporto todos se despedem com toques nos ombros e, quando o pai de Rafael vai beijar as mãos de Adeline, ele para alguns instantes para olhar as mãos dela, que são mãos ásperas, sem joias, sem aliança, unhas curtinhas.

O casal vai para o avião e o senhor Rafael fica pensativo. A mulher vem e estende-lhe um pacotinho de balas. Ele observa a mão dela: muito polida, unhas feitas e os dedos cheios de anéis.

Ele então pega o celular.

— Rafael, onde vocês estão?

— Saindo do estacionamento.

— Volte e estacione. Quero falar com você.

Rafael deixa Adeline no carro, atravessa a sala do aeroporto e vai encontrar o pai perto do avião.

Ele olha para o velho e aguarda em pé, mãos nos bolsos da calça. Os dois olham-se. O velho então fala:

— Preciso me desculpar com Adeline...

— Não faça isso. Você vai ofendê-la de novo. Ela não lida bem com desculpas e perdões.

O velho Rafael balança a cabeça.

— Estou com um caroço na minha garganta. Eu não devia ter feito o que fiz. Não devia.

— Engula esse caroço, pai. Vocês não gostaram dela. Ponto final. É a vida.

— Eu tenho um grande projeto, filho. Nós trabalharemos juntos no futuro.

— Pai, eu já estou no futuro. Eu tenho meus próprios projetos. Você não faz parte deles.

— Nós deveríamos conviver amigavelmente. Nossos próximos netos terão avós mais presentes. Eu prometo.

— Vocês não gostaram de Catherine e não conviveram com Sarah e Belinha quando podiam; quando deviam. Pai, eu fiz vasectomia, não haverá convivência amigável, não haverá netos e, ouça bem, dispenso as suas visitas; não vou recebê-los. Não apareça por lá.

Os dois olham-se.

— Vou tirar-lhe o hotel. Fique com os seus projetos e saia do hotel. Aquilo não é mais seu.

— Prontamente. Amanhã não estarei mais lá. Fique mais um dia e tudo estará resolvido. Só vou tirar as roupas pessoais e alguns objetos de Adeline. Fique até amanhã. Eu dispensarei os funcionários agora mesmo e lhe entregarei os papéis e as chaves nas primeiras horas da manhã lá no asilo.

— Pois bem; estou ficando. Até amanhã.

No hotel, Rafael reúne os oito funcionários.

— Pagarei vocês seis meses. À medida que vocês vão se relocando, darei baixa nas carteiras de trabalho, com todos os direitos assegurados. Peguem suas coisas e saiam agora. Meu pai tem intenção

SEGUNDA PARTE

de vender, eu acho. Então vamos todos sair. Qualquer contato é com a Chácara dos Guerreiros. Estou sempre por lá.

※※※

É madrugada.
Padre Pão acorda com luz piscando no quarto. Levanta e sai correndo para a varanda e vai bater noutra porta e grita:
— Bebê no portão! Bebê no portão!
Ele corre e Rodrigo acompanha-o.
Maurício grita ainda:
— Fecha a outra cancela!
Um Fusca antigo tenta manobrar, mas fica preso entre as duas cancelas.
Agora Gregório está na varanda com o casal e uma assistente está com eles. Padre Pão e Rodrigo rodeiam o carro e olham a placa. Rodrigo fala:
— Vieram do Paraná para deixar o bebê aqui?
O delegado bate no ombro do jovem e fala alegre:
— Veja só, eles também ficarão aqui.

※※※

No dia seguinte, um carro para em frente ao portão do asilo. É o pai de Rafael. Rafael sai do seu consultório e caminha em direção ao portão. Está levando uma pasta de couro com um molho de chaves amarrado na alça dela.
— Meu filho, não vim buscar nada. Eu me precipitei. Vamos conversar.
— Pai, você sabe que quando me tira uma coisa eu não quero mais de volta.

— Você ainda lembra da bicicleta, do *skate* e do *mini kart*? Será que não dá pra esquecer as nossas velhas encrencas?

— Pai, se você não pegar essa maleta e as chaves, vou mandar tudo para a sua casa, pelo correio. Não quero nada de volta. E pai, esquecer é uma coisa que eu aprendi muito cedo. Eu me esforcei para isso. Esforce-se também.

Rafael põe a maleta no chão e desce para a casa sem olhar para trás.

※※※

À noite, Rafael e Adeline saem para dançar no clube Le Grand. A um canto do salão, Correntino observa os dois junto à janela.

※※※

Na manhã seguinte, ainda não clareou o dia e Rafael Sênior já está no portão do asilo. Adeline sai da cozinha, vem com uma xícara de café na mão e olha lá de baixo.

— É aquele Correntino que pensa que é o pai de Rafael. Rafael já mandou ele cuidar do próprio rabo. Vou lá... Ninguém merece...

Adeline põe a xícara sobre o parapeito da janela e sobe devagar; ainda está escuro.

— Rafael só chega às sete horas.

— Eu sei. Eu quero falar com você.

Ele está fora do carro e encosta-se na porta aberta.

— Vem aqui fora. Rafael me proibiu de entrar aí.

Adeline olha para o homem. Está desconfiada, mas sai e vai encostar-se ao carro. Rafael Sênior fecha a porta e também encosta-se ao carro.

Ele se volta para ela.

SEGUNDA PARTE

— Só vim lhe dizer que eu não sou assim. O que eu lhe disse saiu da minha boca porque vi você com o vestido de Catherine. Não nego. Eu vi uma vigarista. Pronto, falei.

Adeline sorri.

— Eu entendo. Tens noção o quanto eu entendo você. É olhar e ver!

— Você não me conhece.

— Mas vi logo que você nunca amou ninguém. Acertei? Bati na trave?

O velho fica em silêncio. Aqueles longos silêncios que Adeline tanto aprecia. E logo há uma aurora em frente a eles. Tudo vai ficando iluminado. Ele continua pensativo.

Adeline olha para o céu e abre os braços.

— O que é que está acontecendo com o mundo? Um montão de gente sozinha e cada um num canto. Se fosse um baralho, era só embaralhar. Os pares iriam se formando.

Longo silêncio.

— Senhor Rafael, o senhor não veio só para dizer que o que foi dito eu tenha que considerar não dito. Fale.

— Ontem eu segui vocês até a bailanta. Fiquei com inveja de Rafael, daqueles beijos na janela... Eu queria beijos assim... Eu nunca tive.

— Você me vê como os brinquedos que tirava de Rafael. Você vai tentar me tirar de Rafael sabendo que ele nunca vai querer de volta o que você tirou.

— Não, absolutamente não! Absolutamente não!

— Então, fale de uma vez.

— Meu pai e os pais de Fanny nos arranjaram um casamento para não correrem o risco de entrar uma pessoa estranha nas empresas. Muitos filhos dos sócios casaram entre eles pelo mesmo motivo. Fanny ficou na minha cama até engravidar de Rafael. Depois que ele nasceu, ela foi para os braços do homem que ela amava. Escancaradamente. Ostensivamente. Quando os pais dela criticavam, ela dizia: *business, papá; business, mamá*. A esposa do homem engolia e eu tinha que engolir também. Então, veja só o que eu estava querendo para o meu filho: um casamento arranjado por motivo financeiro. Aquela moça que está lá no hotel topou o jogo. Mas ela também já avisou que vai para o colo de outro. Não vou nem lhe falar o que estou ouvindo todos os dias. Ela se afinou com Fanny e tiram o tempo para me enfurecer. Elas têm pressa; querem ir embora logo. Eu vou ficar para sempre.

Os dois ficam em silêncio.

Então Adeline fala:

— Passamos anos buscando alguém para amar... Anos buscando alguém que nos ame de todo o coração. É uma busca silenciosa e desesperada que ninguém vê. Ninguém nos socorre. A solidão de cada um que passa por nós está tão escondida que ninguém se importa. Senhor Rafael, se beijos curariam a sua dor, eu lhe daria muitos, muitos beijos. Acredite, muitos, muitos.

Rafael chega e entra com o carro e vai estacionar lá embaixo junto à casa. Ele olha para cima e acena para os dois.

Adeline vai para baixo e o pai de Rafael entra no carro e vai embora.

Rafael olha para ela e sorri.

— Teve joelhaço?

Ela sorri.

— Alguém assoprou. Ele ficou a uma distância segura. Ele vai ficar para sempre, você sabia? E a parrudinha que ele trouxe para casar com você anda de ferraduras por lá. Ele está pingando fel.

— Olha só a minha felicidade, ele vai cuidar do hotel! – Rafael ri contente.

— E aquela correntina amiga de Maria Madalena, que se diz sua mãe, vai... vai... vai... Vou mandá-la para...

Adeline abana com a mão.

— Deixa pra lá.

SEGUNDA PARTE

Agora Rafael Sênior fala com o filho numa sala de espera no corredor do hospital.

— Você conseguiu se enquadrar numa vida tranquila.

— Pai, você vai bater em muitos *rails* até se enquadrar numa vida tranquila.

— Pare de falar naquele mini kart! Não dá pra esquecer?

— Quem fez a maldade foi você. Você é quem não consegue esquecer. Quem ofende sempre demora mais para esquecer.

— Filho, veja só, você tem tudo o que eu sempre quis. Sem a minha ajuda, sem a minha presença, sem a sua mãe também, é claro.

— Você é ganancioso. A vida não dá tudo o que queremos. Ou muito, muito dinheiro e nada, ou alguma coisa no meio do caminho - pouco dinheiro e tudo de bom que há no mundo. Se você só olha para o dinheiro, fica difícil.

Rafael suspira.

— Pai, livre-se de quem não gosta de você. Leve mamãe embora de uma vez. Deixe-a livre. Faça um divórcio amigável; seja generoso. Deixe-se esfolar e volte a gostar de si mesmo. Você tem trinta anos pela frente, trinta anos!

— É... Preciso mandá-las embora. A tua parrudinha chora tanto que, de meia em meia hora, eu mando um funcionário lá em cima para ver se não tem um alagamento.

Na suíte *master*, Deise chega para a faxina e está alegre.

— Correntino, corre lá pra baixo. Você vai perder essa. Corre, corre.

Ele tira o pijama e ela lhe alcança uma calça e uma camiseta.

— Apresse-se.

No saguão do hotel, as cinco malas de Fanny estão sendo levadas por uma van de logística do aeroporto. Elas vão pegando mais algumas bolsas de mão e dirigem-se para um táxi. Saem sem se despedir. Sênior sorri satisfeito.

Rafael Sênior agora fala com a Dona Deise na suíte. Ela trabalha cantando baixinho. Ele se interessa e faz algumas perguntas:
— Você é viúva? Diz na sua ficha do hotel.
— Há um ano. Meu marido era representante comercial. Morreu num acidente. Não pagava previdência social. Voltei a trabalhar.
— Você tem filhos?
— Um menino de cinco anos.
— Onde ele fica enquanto você está fora?
Ela suspira.
— Fechado em casa. Deixo leite e biscoitos.
— E os seus pais?
Ela responde sem olhar para ele.
— Morreram em um acidente de avião. Sempre os acidentes, não é?
— E seus irmãos? Você tem irmãos?
— Uma irmã. Fomos morar no colégio das freiras e trabalhar na faxina. Minha irmã até gostou do ambiente, tanto que é freira. Sabe, sombra e água fresca.

Eu queria casar e ter filhos. E casei logo com um homem bem bacana. Demoramos dez anos para ter o nosso bebê.

Ela vai terminando de arrumar o material de limpeza.
— Quantos anos você tem?
— Trinta e cinco.
Rafael Sênior então fala.
— Vou dar uma saída. Me espere. Volto logo.
— Não posso esperá-lo.
— Não?

SEGUNDA PARTE

— A faxina que eu vou depois daqui a dona me dá as sobras do almoço. Disso depende o nosso jantar.
Ela vai para um quartinho e guarda o balde e a vassoura. Alguns panos de limpeza ela põe num saquinho plástico e coloca numa bolsa grande.
— Estou indo.
Ela sai sem olhar para trás. Rafael Sênior fica sentado na poltrona. Está quieto.
Então ele faz uma ligação.
— Adeline?

Adeline está com Rafael. Ela está com os cabelos um pouco mais curtos e vai levantando uma mecha, mais uma e mais outra, sempre prendendo cada uma com os pegadores de ouro.
Rafael observa:
— Joias caras, diamantes... Esmeraldas... Pedras brasileiras...
— Você quer que eu me desfaça delas, Rafael?
— Não, Adeline. Não.
Ele segura o rosto dela entre as mãos. Ela o beija de leve. Então ele a abraça apertado e sente, sim, que agora ela voltou para ficar.

No balcão, Rafael diz a Fabrício:
— Voltaremos dentro de uma hora e meia.
Foram para as garagens. Saem de carro.
Ele vai dizendo:
— Na semana em que você viajou, houve uma conferência sobre direitos humanos. Começou bem; começou bem. Aí uma ala feminista resolveu fazer a segunda palestra. Um grupo de mulheres feministas.

Elas escarafuncharam tantos defeitos nos homens, tantas baixarias a respeito de nós, os malditos aproveitadores de mulheres, que eu fiquei magoado. Mulheres jovens, bonitas... Inacreditável. Há tantos homens bons querendo um amor, uma paixão, beijos, abraços, e elas negam... Elas negam... Assim elas nunca terão ideia do que é amor e saudade.

Chegam numa doceria e Rafael pede chocolate e alguns biscoitos doces.

Estão na varanda cheia de orquídeas floridas. Ele senta ao lado dela, ergue o seu rosto e a fita. Olhos nos olhos. E o silêncio. E o abraço. E o silêncio.

Espíritos que se alimentam do silêncio.

Rafael e Adeline estão na enfermaria do asilo.

— Rafael, estou para saber mais de você. Enquanto eu lidava com gravidez e maternidade aos 13 anos, você também estava por aí enfrentando alguma coisa. Não imagino o que um garotão dessa idade estaria fazendo na Recoleta.

— Depois de todas as brigas dos meus pais, a última que eu vi foi um horror. Minha mãe atirou contra ele tudo o que havia na mesa do café da manhã: xícaras, geleias, pães, e o meu pai encostado na parede só se defendendo. Aí ela atirou a forma de queijo que ele pegou no ar. Ela tirou a aliança do dedo e atirou contra ele. A aliança voltou e quicou sobre a mesa e saiu voando pela janela. Meu pai falou satisfeito: "Sem aliança, sua mesada caputz". Ela entrou em pânico e foi para o jardim procurá-la. Ficou mais de uma hora de quatro procurando e meu pai na janela provocando: "Estou vendo

SEGUNDA PARTE

ela daqui. Estou vendo ela daqui". Ele mostrou a ela onde estava. Ela veio para dentro e os dois olharam para mim. Ficaram chateados, aí eu disse: "Vou morar com tia Lola". Eles não deram muita bola. Eu arrumei minhas coisas numa mochila. Meu pai foi bem incisivo: "Quero falar com Lola".

Peguei o ônibus e fui para a casa dela. Vinte horas de viagem. Cheguei lá estava a maior esculhambação. Vi logo que ela era muito dada e festeira. Contei a ela que em casa com minha mãe eu não ficaria mais.

Tia Lola então se vestiu bem cafona, quase uma freira. Óculos grossos, sapatões de homem... E mais vinte horas de viagem. Na frente dos meus pais prometeu tudo – dar roupas, pagar escola, curso de línguas que eu estava fazendo. Eles hesitaram, mas, quando ela prometeu que não perderia uma reunião de Pais e Mestres, eles liberaram na hora. Aí, quando eu fiquei para sempre e vi tudo aquilo, pedi para o meu pai que fizesse um banheiro só para mim. Que tia Lola trazia gente da Igreja todas as noites e era muita reza e cantoria e eu tinha que me concentrar nos estudos. Meu pai ficou uma semana até o banheiro ficar pronto e se foi. Dava para ouvir a quilômetros os suspiros de alívio de tia Lola.

Ele ri alegre:

— Gostou? Quer que eu te conte outra vez?

Ele para um pouco para pensar.

— É... Depois que eu vi tia Lola dançando só de calcinhas em cima da mesa da varanda, eu pensei: aqui também não posso ficar. Estudei como louco para o vestibular de Medicina. Quando eu digo "como louco", pode crer, minha Bela. Passei, mas fiquei morando com ela. O namorado dela tinha uma gráfica e eu fui aprendendo a fazer panfletos políticos, livros de receitas e, por fim, livros de verdade. Quando ele voltou da Espanha doente para morrer, meu pai comprou a gráfica para mim, aqui embaixo. É ainda ela, mas agora máquinas na era digital. Depois fui construindo por fora e para cima.

Em casa, à noite, Rafael e Adeline estão no quarto. Estão os dois sentados escorados em travesseiros com as pernas cobertas. Rafael então pega, de dentro de um envelope pardo, o desenho do sonho com a estrela de Davi e põe sobre o cobertor em frente a ela.

— Precisamos falar sobre isso.

Adeline surpreende-se.

— Você tem um retrato de Catherine para eu ver?

Ele tira do envelope um retrato só do rosto da mulher. Adeline olha e diz:

— O cabelo dela era curto, pelo queixo, mas é ela.

Ele observa o rosto de Adeline. Ela vê a incredulidade dele.

— Não gosto desses meus sonhos; eu preferiria não sonhar.

— Minha Bela, Rovílio falou que Catherine me disse alguma coisa. Você não escreveu, escreveu?

— Não tive... Pois é... Fiquei constrangida... Ela lhe disse: "Você será o terceiro homem na vida da mulher que lhe fará feliz". Pronto, Rafael. Agora você já sabe sobre John e eu e todo o nosso enlevo. Por favor, não me julgue.

— Não vou julgá-la, mas Catherine falou mais alguma coisa?

— Falou mais algumas palavras em outra língua e eu só lembro de *vis amari*.

Rafael pega o retrato de Catherine e mostra o verso para Adeline ler: *Si vis amari, ama*.

— É é bem isso que ela falou. É bem isso aí. E, Rafael, ela olhou para mim e perguntou: "E o seu livro?".

Rafael ajeita os travesseiros para deitar-se de lado olhando para Adeline e sussurra beijando-lhe a mão:

— E o livro de nossas vidas vai virando mais uma página.

Longo silêncio.

Ela então fala:

— Esse sonho foi um sonho bonito. Tive tantos sonhos feios

SEGUNDA PARTE

e misteriosos. Eles me roubaram muitas horas de pensamentos e silêncios. Sabe o que de maior valor eu perdi enquanto fiquei com Bob? Os meus silêncios. Ele invadia os meus silêncios.

Rafael chega ao asilo acompanhado de um fotógrafo, e vão entrando pelo terraço. Agora estão na sala fotografando as mãos de Rafael e Adeline para a capa do livro. Ela ri. A pequena mão dela sob a mão grande de Rafael.
O fotógrafo diz indignado:
— Rafael, a mão dela é melhor ficar por cima. Não. Melhor por baixo. Tem que sugerir proteção. Essa mãozona aí está escondendo tudo! Vamos lá, – ele vem para perto e ajeita as mãos a seu gosto – a mão de Adeline precisa aparecer também, ora bolas!
— Ô, Pedrão! – diz Rafael rindo.
As fotos vão sendo tiradas de um lado, de outro, mais perto, mais longe... O Padre Pão e Ana estão olhando.
Rafael e o fotógrafo vão embora.

Rafael está no cemitério diante do túmulo de Frei Rovílio, nos fundos da Igreja dos Capuchinhos. Adeline sorri e balança a cabeça.
— Agora sim, Rafael, fiquei órfã.

Rafael tira do bolso interno do paletó a foto do jornal com o

retrato do pai biológico de Adeline.
— Frei Rovílio me deu isso. É seu pai biológico, Adeline.
Ela olha, abre as mãos e fala.
— Na verdade, Rafael, o que ele faria por mim que Rovílio não fez? O que eu pediria hoje para ele?
Rafael pega a foto e guarda. Então ele senta sobre o túmulo do Frei e faz um sinal para que ela se sente também.
Rafael segura a mão dela.
— Encontrei a sua mãe biológica. Posso arranjar um jeito de você vê-la sem que ela suspeite.
Adeline sorri.
— Rafael, você parece uma metralhadora giratória atirando pra todo lado! Eu não quero mais saber de coisas que não aconteceram, pais que nunca existiram e vazios hipotéticos que deixaram na minha vida. Nunca senti falta deles. Para com isso, Rafael!
Ele sorri.
— Achei que isso teria algum significado para você. Sei de gente que fica louca procurando os pais biológicos.
— Eu admito, Rafael, que houve momentos que eu ficava indignada por eles não considerarem que eu cresceria logo e não daria mais trabalho para ninguém. E então, Rafael, de repente, apareceu John. E de repente, mais que de repente, eu me apaixonei. É de amor e paixão que se trata a vida.
Ela fica em silêncio. Rafael inclina-se para abraçá-la pelos ombros. Ela continua agora com lágrimas nos olhos.
— Você não imagina a minha dor quando eu tive de me soltar do último abraço dele.

~~~~~~~~~~

No apartamento Rafael mostra para Adeline um envelope com uma foto saindo para fora.
— Meu pai me trouxe. Estivemos juntos nessa viagem.

SEGUNDA PARTE

Adeline olha para o homem ao lado de Rafael. Cabelos totalmente brancos. Ela vira para ver no verso.
— De novo isso? – ela fala.
— Meu pai escreveu: "Se queres ser amado, ame". É o que quer dizer. Um mês depois que Catherine se foi eu vi que estava sozinho. Eu teria 50 anos pela frente... Meu pai me ligava e eu não conseguia falar de tanto que eu chorava. Então, meu pai me levou para aquele muro. "Você não vai se lamentar; você vai pedir", ele falou. Então, eu pedi para amar perdidamente uma mulher, que ela fosse amorosa e me desse sexo por amor, com amor. Eu queria de novo tudo isso que eu perdi... Eu me encostei naquele muro e chorei como um desgraçado. No dia seguinte, fui para a gráfica e estava exausto da viagem, da solidão e de tudo. Então, vi você entregando o pacote do seu livro.

Adeline pega a foto, olha bem, então olha o verso e lê de novo. Rafael fala:
— Veja só ele tentando me ensinar a ser feliz. Ele que por ele mesmo não conseguia. Nunca me falou de namorada; nunca trouxe ninguém. Era generoso com minha mãe e só levava desaforos.

No asilo, Adeline está junto ao piano com Padre Pão.
— Quem é você? De onde veio?
Ele senta, dobra a batina sobre os joelhos e cruza as pernas.
— Eu me chamo Maurício Bread. Me criei num orfanato. Duas famílias tentaram me adotar, mas me devolveram porque eu urinava na cama. A segunda adoção foi quando eu tinha onze anos, quando voltei fui direto para o seminário. Estudei, ordenei-me Padre e cá estou. Eu lecionava lá. Aí senti vontade de sair, ver o mundo mais de perto, saber da vida aqui do outro lado dos muros... E surgiu esta oportunidade.
— Quantos anos você tem? – Adeline perguntou.

— Trinta e oito.
— A idade que Padre Rovílio tinha quando me achou no portão do asilo...

Adeline volta-se para a janela e fica de costas para a sala. São breves instantes. O suficiente para lembrar-se do Padre recém-falecido e toda a sua vida com ele. Como num relâmpago, ela se volta novamente para o Padre Pão.

— Como você foi parar no orfanato?
— Minha mãe era prostituta e o juiz me recolheu. Eu tinha dois anos, não lembro de nada. Andava largado pelos cantos. A vadia não tinha nem me registrado...

Ele para alguns segundos e continua:

— O meu nascimento, foi assim... um acidente de trabalho.

O Padre olha para Adeline e sorri tristemente.

— Sendo como eu lhe falei, Dona Adeline, qualquer um pode me chamar de filho da puta que eu não posso nem me ofender.
— Oh, Padre Pão! – diz Adeline indignada.

Ficam em silêncio. Olhos apertados. Coração apertado.

Adeline e Rafael estão na cama.

Ele se apoia num dos cotovelos e olha para ela que está seminua. Ele pega da cabeceira um pacotinho de fumo para tirar alguns grãozinhos para mascar. Vai mascando devagar e passando e dedo indicador desde o pescoço até a virilha dela.

— Você está com cara de quem quer ouvir mais uma vez "*marry me*?". Não, minha Bela, estou desistindo. Agora é com você.

Ela faz um muxoxo.

— Vai sobrar pra mim?

Ele pega da cabeceira da cama uma caixinha e abre. Duas alianças de ouro estão bem colocadas no veludo. Ele olha para o rosto dela.

— Espero que você não faça como a aliança que Bob lhe deu,

SEGUNDA PARTE

jogue fora e diz que perdeu na horta de alface.
Ela olha para as alianças e sorri.
— Preciso pensar mais um pouco.
Ele a puxa para perto para rolarem-se na cama e ele ri aquele riso claro e alegre que tanto mexe com ela.

Na editora, Rafael olha no computador edições de revistas estrangeiras.
— Adeline veja isso. Veja isso.
Ela se inclina e vê a capa de uma revista italiana. É John e uma pequena tarja preta no canto da capa e com letras transparentes, passando pelo rosto dele "*Remember me*".
Adeline fala:
— Homenagem? Talvez a entrevista que ele entregou no aeroporto... A menina disse que ia tentar vender a entrevista e conseguir um emprego. Ela publicou em Inglês?
Rafael vai clicando.
— Vou encomendar; vai demorar uns dois ou três dias.

As filhas de Rafael aparecem na tela do computador em uma videochamada para falar com o pai. Ele ri alegre. Adeline está atrás dele, participando. Ela diz:
— Elas vão iniciar as aulas logo.
Rafael olha para trás.
— Elas estão trabalhando com a tia-avó materna fazendo documentários. Voltar para a escola está fora de cogitação. Estão aprendendo algo que requer criatividade. Deve ser emocionante!

— Mas Rafael... – Adeline tenta argumentar – O futuro pode cobrar um diploma.
Ele diz tranquilo:
— Elas vão achar o lugar delas. Como é que eu iria dizer não?
— É... Eu também não gostei muito de escola. Por que é que a gente tem que saber como é que o porco-espinho transa?
Rafael ri.
— É como é, Adeline?
— Devagarinho, com muito cuidado, eu acho. Nunca ninguém explicou direito.
Ele ri aquele riso claro e limpo que tanto mexe com ela. Adeline ouve a ressonância que sempre trouxe na memória. Ela põe as mãos sobre o peito e fecha os olhos. E então ela sabe que encontrou o espírito que procurava.
Rafael ainda observa as filhas que se empurram para aparecer melhor para o pai, e ele vê a filha mais velha acenando um lencinho vermelho. Ele ri com vontade, achando engraçado. Adeline olha curiosa. Ele então fala, ainda rindo alto.
— Quando Catherine amarrava um lencinho vermelho no abajur do banheiro, eu sabia que estava começando um recesso de três ou quatro dias.
Ele ainda ri e aponta para o lencinho vermelho da menina que ri alegre na tela.
— Sarah ficou mocinha; é o recado.
Ele comenta alegre:
— Os hormônios estão despertando e logo aquele coração estará apaixonado.
Ele põe a mão sobre o coração.
— Oh, o enlevo de uma paixão.
Ele pega a mão de Adeline e a beija repetidas vezes.
Ele continua a rir contente olhando para as filhas, aquele riso claro e limpo que Adeline tem na memória. Ela fecha os olhos e a ressonância da musicalidade que ela trouxe nesta viagem inunda-lhe a alma. Foi isso que ela veio buscar. É Rafael.

SEGUNDA PARTE

Rafael está com a revista sobre a mesa de jantar no apartamento.

— Pelo amor de Deus, Adeline, você tinha só seis anos! O homem tem coragem de dizer que se masturbava pensando em você!

Rafael está furioso.

— Pelo amor de Deus! Aquele pedófilo enrustido!

— Ele não é! – ela diz exaltada – Não é!

— O que ele fazia com você naquele banco?

— Segurava a minha mão, Rafael!

— Ele mexeu nas suas calcinhas, pôs os dedos dentro das suas calcinhas? Você achava que era carinho. Você não sabia o que estava acontecendo, mas ele sabia... Ele sabia!

Rafael está gritando:

— Tente se lembrar... Tente se lembrar...

Adeline está indignada.

— Para de gritar, Rafael! Não havia nada, nada, nada, era tudo uma questão de amor e solidão.

Rafael continua a gritar:

— Pelo amor de Deus, ele se masturbava pensando em uma menina de seis anos!

Rafael ergue as mãos e grita:

— Oh Deus, dai-me sabedoria!

— Para de gritar, Rafael! Deus não é surdo! Ele me via como mulher...

— Pelo amor de Deus!

— Rafael, você nunca se masturbou pensando na mulher amada?

— Eu não vou nem responder!

Então, Adeline fala:

— Já respondeu.

Ela vai para perto da mesa e olha para a revista aberta na frente de Rafael.

— Você engasgou no meio do caminho. Leia toda a entrevista até o fim. Ponha amor nessas palavras. Eu estava com ele.

Ele falou o tempo todo me beijando a mão e brincando com os meus dedos. Ponha amor nessas palavras... Você está se comportando como um marido traído, não, amante traído, o que é bem pior.

— Não me chame de amante! Não me chame de amante! Nesses últimos trinta dias, quantas vezes eu pedi você em casamento? Trinta? Quarenta? Se quer saber, não estou com ciúmes; estou é com raiva. Ninguém cuidou de você! Pelo amor de Deus!

Adeline vai para o quarto pegar a bolsa.

— Vou para casa. Não precisa levar minhas coisas. Eu não quero nada daqui. Indigno você tentar anuviar todo o amor que eu tenho por John. Você tisnou o que eu sentia por você. Eu não gosto mais de você.

Rafael levanta-se e vem para a porta por onde Adeline vai sair. Ele se acalma e fala baixinho:

— Se tudo tem que acabar, que seja no mesmo lugar onde tudo começou. À tardinha pego você no portão.

Ela olha para ele.

— Você está chegando agora. Com John foram 25 anos... Ele sempre foi alguém por quem valia a pena eu viver. Indigno de você botar malícia no meu amor infantil.

※

Rafael debruça-se e olha para a capa da revista. Põe a mão aberta em cima. Ainda está aborrecido. Então, abre a capa e procura a página da revista e abre para ler.

Era uma vez um homem que amava uma menina de seis anos... que se masturbava pensando nela, vislumbrando nela a mulher que ele tanto buscava... E ele esperou... esperou... esperou...

Eu a conheci num jardim de rosas. Ela tinha seis anos. Ela trazia dentro dela desejos de mulher adulta. Eu me masturbava pensando na

SEGUNDA PARTE

menina nos banhos quentes de espuma...

A entrevista continua:

Ela vivia com pessoas espiritualizadas que acreditavam em céu, inferno e purgatório. O purgatório, ela dizia, é um pit stop que pode ser demorado. É melhor buscar o nosso melhor momento e ir direto para o céu, onde haverá um banco num jardim de rosas, para nós, do jeito que sempre foi... e o perfume das rosas.
Nós trocávamos carinhos no rosto e bitocas. Ela me pedia beijos de verdade, de homem. Ela queria um rala-e-rola na minha cama lá na mansão. Eu a proibi de ir lá quando eu estava. O nosso namoro seria sempre ali, naquele jardim de rosas, ali, naquele banco. Nas tardinhas de pôr do sol.
E me doía o coração. Quando ela queria um rala-e-rola era evidente que ela queria colo. Ela cuidava dos bebês do asilo, trocava fraldas, dava mamadeira, dava colo. Ninguém se lembrava que ela também precisava de colo. E eu ali e não podia pegá-la sobre os meus joelhos, eu iria direto para a cadeia.
Um dia ela me pediu um dicionário, porque queria ver se a palavra sim existia, porque todos ao redor dela só falavam não.
Um dia o Padre que ela chamava de pai me interpelou. Ele achava que eu a estava seduzindo. Eu disse:
"Você está ouvindo as nossas conversas escondido atrás das roseiras. Você sabe que é ela que faz isso."
"Mas ela só tem seis anos!"
"Mas o espírito dela é adulto. Por favor, Padre, não me tire daquele banco."
Eu precisava dessa espiritualidade que ela me passava sentadinha do meu lado naqueles silêncios longos... naquelas noites enluaradas... às vezes invernais, às vezes primaveris, e aquele perfume de rosas... E depois aquele meu banho de espuma...

A entrevista segue:

E um dia, assim, de repente ela virou mulher. Assim, tão de repente. Então eu não precisei mais dos banhos de espuma... A mulher que eu vislumbrava estava ali.

E a minha espera começou. Eu nunca pediria... Eu jamais pediria... Mas eu queria... Eu queria... Só Deus sabe o quanto eu queria...

Comecei a ir para o Brasil mais seguido. Era uma questão de amor e solidão. A minha solidão e a dela. O meu amor e o dela. Silenciosos e incompletos. Ela tanto queria e eu negava. Eu tanto queria, mas calava. Porque havia um muro na minha frente. Eu estava encantado. Eu tinha encontrado uma mulher por quem valeria a pena viver. Mas havia um muro. Então veio uma tempestade forte e derrubou aquele muro e eu vi o céu aberto.

Nessa nossa convivência de 20 dias, eu tive a graça de entender o quanto o tempo não é um fator para perdas e ganhos. Os momentos de amar são atemporais. Tudo foi como se sempre estivéssemos juntos, desde sempre, a vida toda.

Então eu tive de contar a ela que eu iria partir e que eu precisava encontrar o meu melhor momento. Porque eu queria ir no meu melhor momento se eu quisesse reencontrá-la. E foi no dia em que ouvi Adeline rir um sorriso pueril e alegre como eu nunca ouvira antes. Eu não ia interromper com um beijo. Então eu aqueci com devoção aquela menina que estava sob o meu peso e se abria para mim como uma flor. Eis aí o meu melhor momento.

Rafael olha as quatro fotos e lê as legendas.

Último colo.
Último beijo.
Último abraço.
Último Remember me (ele tocando o rosto de Adeline).

Outra foto: os pais de John.
E a legenda:

Por que "remember me"? Quando meu pai estava morrendo, minha mãe se inclinou para beijar os lábios dele. Ele então ergueu a mão com

dificuldade, fez um carinho no rosto dela e falou "remember me" e deu o último suspiro. Gosto de usar essas palavras. Elas nunca saíram da minha cabeça.
Remember me.
Adeus.

John.

PS: As cinzas estão naquele jardim de rosas, atrás daquele banco.
Rafael olha as horas. Daqui a pouco vai pegar Adeline no portão. Então, ele desce para a editora e senta-se numa poltrona. Está respirando fundo, está cansado e triste. Ele então olha para a mesinha de centro e entre jornais vê a revista aparecendo pela metade.
Ele vai para a mesa, pega a revista e pergunta ao funcionário que está atrás do balcão.
— Esta revista?
— Ah, uma mocinha esteve aqui, veio da Itália só para trazer as cinzas de um amigo. Estava com pressa, só pediu se podia deixar a revista... Ela queria falar com o senhor, mas estava com pressa e não quis esperar.
— Quanto tempo faz?
O homem pensa.
— Umas... duas semanas... é... mais ou menos isso...

Maria telefona para Rafael.
— Estou indo aí para conversar sobre Adeline.
Rafael a recebe na sala de espera da editora.
— Precisamos falar sobre Adeline criança, lá naquele banco das rosas. Entre bitocas, ela, ela seduzia John. – começa Maria – Ele não avançou, acredite. Ensinei-a a ler. Ela já foi lendo para a escola, bem, ela lia todos os livros que tínhamos... – Maria suspira – Vou

começar com a história de uma camisola de pérolas, que veio numa doação. Rovílio ouviu ela dizer para John que ela iria guardá-la para quando ele aceitasse se deitar com ela, então ela lhe mostrou e ele perguntou se ela ia ficar gorda assim, e ela disse que para dormir tinha que ser folgada para ele entrar com as mãos por baixo e, conforme Rovílio ouviu, fazer o que quem se ama faz na cama. Ela guardou numa caixinha e Rovílio deu um fim nela. No ano seguinte ela achou a caixinha vazia e chorou no ombro de John. Então John comprou uma camisola de pérolas, fez um pacote de presente, com um bilhete como se fosse a dona de um bordel, dizendo que estava com saudades do Rovílio, e dizer que o carteiro entregou no portão. Eu vi e ouvi tudo. E John trouxe peixes podres para Adeline jogar no roupeiro dele. O ódio de Rovílio nasceu aí e continuou crescendo. Antes de John viajar, você soube?

— O quê? – Rafael interessa-se.

— John quase matou Rovílio e Bob. Bateu tanto que achei que iria matá-los. Ele ficou sabendo que os dois obrigaram Adeline a casar, porque ambos não queriam que o filho dela fosse criado como um bastardo. Ela nem queria contar para Bob que estava grávida. Casaram e ele enfiou-a naquele quartinho e já dizendo aos gritos que se o bebê fosse pretinho era só dela, se fosse branquinho era só dele. Eu ouvi, eu estava lá. E nasceu branquinha a menina e, nas mãos de Bob, se fez tão ordinária quanto conseguiu ser. Tenho uma ladainha de indignidades que Bob fez com Adeline, a começar pelo estupro. Ele fazia tudo sob o choro dela. Um dia não aguentei e a trouxe para o doutor Sérgio. Gregório tomou as dores e me obrigou a ir para o banho com ela. Cada risco, arranhão, picada de mosquito eu avisava o delegado. A primeira vez ele veio buscar Bob com a viatura às seis horas da manhã, as outras vezes ele ia quando Gregório chamava, por conta de alguma coisa que eu via na pele de Adeline. Bob apanhou tanto de sabonete nesses vinte anos…

Rafael interrompe:

— Sabonete?

— Sabonete embrulhado em uma toalha para não deixar hematomas. Dizem que dói pra caramba. Só não mataram Bob porque

SEGUNDA PARTE

conheceram John, que era muito simpático, honesto, gentil e, Rafael, ele mandava maços de dinheiro para o asilo. Uma negrinha de nome Loretta entregava lá no portão. Ainda bem que Bob morreu por lá. Gregório já tinha até uma gaveta reservada no cemitério. John contou a todos que ia fazer eutanásia, só Bob e Adeline não sabiam. Você sabia, Rafael? Eu sei que você sabia. Se Bob voltasse, ele ia pegá-lo na mesma noite. O capitão Gregório sempre diz: "Estuprador aqui? Não há de sobrar um".

Rafael cobre os olhos com uma das mãos. Maria continua.

— Adeline era quieta, silenciosa, não ria. Ela tinha hormônios de mulher madura, acredite. E esperava por John, que vinha uma vez por ano e ficava dois ou três dias. Eram os seus dias alegres. Então o silêncio voltava. E Bob e Rovílio sempre lembrando a ela que era esposa de Bob quando eu sabia e todos sabiam que ela nunca foi.

Rafael continua com a mão sobre os olhos. Maria vai falando.

— Bob ultimamente comprava vestidos de baile e começou a levá-la para o clube a contragosto dela. Quando chegava em casa, a confrontava por tudo o que é motivo. Ela parou de sair com ele e botou fogo em todos os vestidos e sapatos. No ano passado, ela quis ver a cicatriz do peito de John, que havia feito ponte de safena. Ele abriu a camisa e ela botou a mão. Rovílio, que estava espiando, veio e arrastou-a para fora da sala, e despertou a fera. Adeline deu um joelhaço nos genitais do Rovílio e um tapão no ouvido dele. E John dando o maior apoio e chamando o padre de sogrinha. E no mês passado, Rovílio despertou outra fera. Ele e Bob foram o saco de pancadas de John. De novo foi por causa da camisa aberta e Adeline com a mão na cicatriz. Ela se queixou com John que Bob e Rovílio tinham obrigado ela a casar, e agora o bandido é você, John? Você? Eu vi, Rafael, a fúria selvagem de uma fera. De onde veio tanta força e tanta fúria? Ficamos assustados. Veio Gregório, veio ambulância, paramédicos... Os dois vomitavam sangue; achamos que morreriam. O delegado foi junto na ambulância para garantir que eles não recebessem analgésicos, remédios anti-infecção ou sedativos. E tranquilizou John que, se desse B.O., ele diria que os dois brigaram e ele viu tudo. Bob nem perdeu a pose. E Rovílio morreu

alguns dias depois. Ainda bem que Bob viajou para morrer por lá... ainda bem...
Maria suspira.
— Rafael, vou lhe contar o que eu ouvi atrás das roseiras:

"John, por que os apaixonados precisam esperar tanto para se beijar?"

Ele responde:
"Isso é ordem do bispo. Tem que obedecer".
"John, um dia vou querer beijos de homem, de verdade. Bitocas são para crianças".
Ele disse:
"Você precisa ter dezoito anos".
"John, vou ter que esperar... – ela pensa em silêncio e então fala – dez anos?".
Ele diz:
"Um homem adulto, se faz isso, vai para a cadeia. E lá ele não ganha comida. Tem que comer os ratos que entram pela grade".
"É?" – ela fica enojada.
"Viu? Eu não posso ir para lá".
"John, e rala-e-rola?".
"Assim, igual, dezoito anos".
"John, você sabe que eu já tenho dez anos. – ela continua – E se você cansar de esperar por mim?".
"Eu aprendi a esperar. Você também precisa aprender".
Adeline suspirou inconformada e convidou John como sempre fazia:
"Vamos para Xangri-lá do livro Horizonte Perdido?".
"Xangri-lá é ficção; nós já falamos sobre isso. O escritor só quis passar uma emoção. Eu ficaria como estou e você também. Será que vamos querer?".
"Eu nunca terei dezoito anos?".
"É... – John fala – se for verdade".
"É? É?" – ela se decepcionou.
"John, o seu quarto é lá em cima. Vou levar meu travesseiro na sua cama para você se acostumar com o meu cheiro. Para um dia

SEGUNDA PARTE

você, ao acordar, antes de abrir os olhos, vai pensar que eu estou lá".
Ele disse enfaticamente: "Você não pode ir lá na mansão! Não pode! O nosso namoro vai ser aqui, sempre aqui, só aqui".
Ela ficou indignada: "Mas que merda!".
Ao que John disse: "Eu também acho".
"John, por que eu não posso sentar ao seu lado? Hoje é tão frio...".
Ela foi bem devagarinho e sentou encostada dele. O braço dele continuou sobre o encosto do banco. Ele olhou para cima, soltou baforadas de fumaça e ficou em silêncio.

— Rafael, – Maria continua – ele nunca ultrapassou a linha, eu lhe garanto. Numa ocasião, ela colheu os primeiros botões de rosa, entregou a ele dizendo para ele por num copo no quarto para o perfume não deixar que ele esquecesse dela. À medida que eu me lembrar, eu lhe conto as conversas que eu ouvia. Eu não consigo culpá-los. Ah, lembrei de uma conversa bem maliciosa: "John, agora é verão. Que tal na sua cama fofa e branquinha um rala-e-rola pele com pele? Ãh? Ãh?". Ela era passadinha, Rafael. Já viu, né? Isso aos seis, sete, oito anos. Um dia ela entregou a John uma foto de seus sete, oito anos e falou: "É antiga. Mas eu tirei esta foto no dia em que eu tive certeza que estava apaixonada por você". Ele guardou no bolso interno do paletó e disse: "Aqui bem perto do meu coração". Ela já estava, nessa época, nos seus doze anos, antes de Bob aparecer. À medida que ela crescia, ela diminuía um pouco o assédio.

Rafael está sério, perplexo. Maria continua.

— Pois é, Rafael, não adiantou muito dela e dele tanto querer; as coisas só aconteceram quando tinham que acontecer. Talvez, com o tempo, ela lhe conte num momento isso, noutro momento aquilo. Nós erramos em deixá-la sozinha lá na casa dela. Eu falei com Rovílio que os hormônios de Bob e os dela ainda iam dar no que deu...

Rafael descobre os olhos e fita Maria.

— Em quem eu vou descarregar o meu ódio? Eu também tenho uma fera para acordar.

Maria diz:

— Rafael, vou lhe dizer algo que você precisa saber... julgar... pensar... Você, porque eu não sei mais o que pensar. Rovílio sonhou com a mamãe e saiu para a varanda para ver a mulher lá em cima no portão dando à luz Adeline. Ela disse para Rovílio que tentou abortar de tudo o que foi jeito, mas não deu. Rafael, esse bebê se recusou a morrer porque já foi interrompido uma vez. Meu pai matou minha mãe na minha frente quando eu tinha 13 anos. O asilo Santa Marta foi um manicômio e meu pai foi o último a morrer lá, alguns anos depois. Rafael, acredite: Adeline, que agora anda alegre e falante, tem o som dos risos e a voz de minha mãe. O que levou Rovílio a dar o nome de mamãe àquela menina? Por que é que ele batalhou tanto para que o abandonado manicômio fosse um asilo e orfanato? O que levou John a comprar a chácara com uma casa tão assustadora? O que levou John a concordar com o uso daquela casa como até hoje é, um abrigo para pessoas rejeitadas? Por que foi que Rovílio se decidiu a ser padre, se morreu sem acreditar em Deus? Por que ele se motivou tanto a frequentar o Centro Espírita e o Centro de Parapsicologia? O que é que ele buscava? Ele nunca nos disse.

Adeline está debruçada sobre o piano. O Padre Pão dedilha algumas notas agudas e parecem sinos. Ela fala tranquila deslizando os dedos sobre a superfície de madeira brilhante. Ela derrama lágrimas silenciosas.

— Sabe, Padre Pão, encerrei um capítulo da minha vida, e estou começando outro, este sim seguro e firme. Mas o que é que eu faço com as minhas doces lembranças?

— Liberte John, Adeline. Deixe-o ir; deixe-o ir.

O Padre Pão vai para a janela. Ela vai para fora e senta-se no banco das roseiras. Lá em cima no portão, Rafael para o carro, abre a porta e sai. Então ele vê um clarão ao redor de Adeline. A mão dela se estendendo para um vulto dentro da nuvem brilhante. Então a luz vai se desvanecendo lentamente e nada mais.

Rafael vem para baixo devagarinho, mãos nos bolsos das calças e para em frente à Adeline. Padre Pão viu tudo da janela e caminha

devagar até o banco. Ela levanta os olhos e chora. Eles aguardam. Ela então fala:
— John veio pedir para eu deixá-lo ir. Eu segurei a sua mão e disse adeus. Ele me disse que eu não tenho noção do quanto o céu é lindo.
Rafael estende a mão e espera. Longos momentos. Ela demora. Ele espera. Enfim ela pega a mão dele e se levanta.

Chegam à casa de campo e vão para o banho. Adeline vai para a janela, ele vem para perto e a abraça. Ela lhe dá um joelhaço nos genitais, ele se encolhe, respira fundo, mas não dá um gemido. Então, vai deitar-se na cama ainda encolhido com as mãos nos genitais. Ela chega perto.
— Rafael, me dá um espaço. Eu também quero dormir.
Ele vem mais para fora, reduzindo mais ainda o espaço na cama.
Adeline vai para a cozinha, senta sobre a pia e abre um vidro de cerejas. Olha para a janela. Está escuro lá fora...

De madrugada, Rafael acorda-se. Olha o relógio e vê que são 4 horas da madrugada. Olha na cama; não vê Adeline. Corre para o banheiro; acende a luz. Lá também ela não está. Vai correndo para a cozinha e a vê. Suspira aliviado.
Ele vai para perto e sussurra:
— A minha dor já está passando.
— A minha também.
Rafael veste-se para sair. E mostra para Adeline o celular. Vou deixar na estante da cozinha. Fique dormindo. Qualquer coisa é só falar na cozinha. Eu ouvirei tudo. Em menos de quatro horas estarei de volta. Diga à Rose que chego para almoçar.

Na cozinha, depois de ouvir o recado de Rafael, Rose olha para Adeline:

— A senhora não manda aqui. Não vou ouvir ordens de um filhote de asilo. Se pensa que usando os vestidos de Catherine você se iguala a ela, Ha! Olha só, o Doutor Rafael engravidou minha filha... Ela só tem 14 anos... E agora ele traz você aqui para ficar se achando...

Adeline fica com medo e vai para o banheiro, chaveia a porta e senta-se no vaso sanitário.

Rafael caminha no corredor do hospital e ouve tudo. Uma vez, duas, três. Então ele sai apressado.

Agora Rose e o marido e a menina Luzia estão no hospital. Está com eles uma mulher da assistência social. Rafael está sentado num canto da sala, e o outro médico pergunta para a menina que está deitada na maca:

— Você sabe por que está aqui?

Ela faz que não com a cabeça.

— Você vai ter que tirar a calcinha.

— Não, não! – ela protesta, protegendo-se com as mãos.

— Preciso ver se algum homem mexeu nos seus genitais.

— Não, não!

Então a mãe da menina vem.

— Deixe-a! Eu menti! Deixe ela em paz.

O médico bate na porta e entram dois policiais e algemam o pai e a mãe da menina, e a assistente social leva a garota.

SEGUNDA PARTE

Rafael volta para a casa de campo, e chama:
— Adeline! Adeline!
Ela abre a porta do banheiro.
Rafael não sabe o que dizer.
Adeline pede:
— Quero levar os vestidos de Catherine. Ela vai danificá-los.
Agora Rafael está com um funcionário do hotel na casa de campo. O funcionário vai tirando as roupas de Catherine ainda com cabides e põe numa mala grande. Alguns blusões de lã de Rafael vão também para a mala. Agora, eles vão para a casa de Rose e tiram as roupas do roupeiro e colocam num imenso saco de lixo preto. Vai tudo para o bagageiro do carro de Rafael.
Do banco do carona, Adeline vê uma escavadeira dar socos e começar a demolir a casa de Rose, e o trator vem para empurrar tudo num amontoado que vai para uma vala, cobrindo tudo com terra. Tudo. Rafael olha satisfeito para Adeline, sorri e pergunta para ela:
— Como é que você costuma dizer?
— "Pé na bunda".
Mas, Rafael, eu não ficaria nem um dia mais na casa. E se houver vingança?
— Rafael olha para Adeline e sente o medo. Então, ele sai do carro e vai conversar com o motorista do trator. É mais uma casa que vem abaixo.
O funcionário do hotel debruça-se para dentro do carro.
— Aonde vai aquele saco?
— Vamos para o hotel. Lá você pega outro carro e leva para a delegacia.
— Vou dar um *pit stop* no Gregório. Ele anda se queixando que está tudo meio parado. – diz o funcionário.

Adeline está na rede com um bebê sobre o abdômen e Correntino numa cadeira de praia, ao lado. Ela pergunta para Sênior:

— Você foi um aventureiro. Conte algumas das suas.

— Só descobri que eu era branco quando saí das catacumbas e banhos quentes com sabonete foram tirando as cracas da minha pele. Eu até botei um espelho grande no meu quarto. Eu, peladão, brancão, todo vaidoso na frente daquele espelhão. Eu me senti gente. Você não acredita, Adeline, éramos todos uns morcegos. Eu vivi assim desde os meus cinco anos, quando minha mãe me deixou lá com meu pai e nunca mais foi vista.

Ele pega um pacotinho de fumo picado e põe umas migalhas na boca.

— Redes eram comuns nas galerias. Quando chovia e inundava a entrada da mina, ficávamos, às vezes, dois ou três dias confinados. Era nelas que se dormia. Havia dias em que os biscoitos terminavam antes de a água baixar. Não era nada saudável a profissão do meu pai. Ele morreu com os pulmões pretos, como se fosse fumante contumaz. Eu gosto do cheiro e do gosto do fumo. Escolhi mascar e não fumar. Rafael também faz isso.

Ele pega mais uma migalha de fumo para mascar.

— Depois da carvoeira, meu pai e eu fomos para o norte dos Estados Unidos, minas de carvão de novo. Ficamos uns cinco anos. Aí meu pai recebeu uma proposta de dois sócios para vir ao sul da Argentina trabalhar com minérios de ferro.

— Seu pai gostava de fuligem.

Sênior ri.

— Ele era engenheiro de minas.

— E a sua mãe?

— Ela não gostava de fuligem.

— E você?

— Eu ia na sombra do meu pai, mas trabalhei duro. Aprendi o que precisava aprender.

— Então Correntino, você fala inglês e espanhol.

SEGUNDA PARTE

— Até os 14 anos de Rafael, que foi o tempo que ele morou comigo, eu só falava em inglês com ele em casa. Ele tem proficiência em inglês e espanhol. Prestou os exames. Espanhol porque a maioria dos livros de medicina era em espanhol. Quando ele foi morar com a minha irmã, eu gostei quando ela prometeu matricular o garoto na escola de línguas. Deixei Rafael morar com ela porque fiquei com pena da solidão dela. Fiquei com dó.

Adeline sorri. – É? É a versão dele. A versão de Rafael sobre como aconteceu é mais emocionante, ela pensa.

— Querida, nós amamos Rafael, mas não dedicamos nosso tempo para ele. Muito pouco tempo. O mérito de ele ser como é hoje foi da tia Lola. É de certeza que ele não vai chorar por nós como chorou pela tia Lola. Ela era muito recatada, quase uma santa. Muito religiosa e quieta.

Adeline sorri.

— Então veja só, quase que Rafael virou santo, não é?

Sênior olhou desconfiado para Adeline. Ela ri. Ele balança a cabeça e então faz um gesto de deixa-pra-lá.

Adeline balança-se na rede. Ana traz um bebê para Adeline segurá-lo sobre o abdômen.

— Rafael passou na faculdade de Medicina aqui na serra. Ele ficou muito sentido que teve que ficar longe de casa, deu pra ver. Deu dó.

Adeline sorri. "Então é isso, meu distraído Correntino? Rafael foi passando a ideia de um cortar-laços dolorido e triste? Esse é o meu momô!"

— Posso ver o seu brevê, Correntino? Você tem um táxi aéreo.

Ele tira a carteira e alcança para ela.

— Precisei me alfabetizar para obtê-lo.

— Como assim? Você não fala Inglês e Espanhol?

— Falo o suficiente para viver. Mas, quando Rafael fez os exames de proficiência, pedi para fazer uma avaliação. Nessas duas línguas, eu tenho o vocabulário de uma criança de doze anos. Precisei aprender a escrever correto. Eu argumentei: "Eu nunca vi placas de trânsito no céu. Tem?". Eu já pilotava um teco-teco na época. Adeline, você não tem ideia do que é sobrevoar a Lagoa dos Patos. Quando eu vinha ver Rafael, eu tirava um tempo só para isso. Um pôr de sol visto lá de cima... o espelho das águas lá embaixo... eu sempre sentia que havia alguém comigo. Eu até conversava com esse alguém, e eu dizia: "Veja, estamos no céu, estamos no céu". Você não precisa acreditar, mas eu lhe digo, eu nunca estive sozinho. Eu até botava um travesseiro extra na minha cama; ele exalava de manhã perfume de rosas. Eu não sei explicar essa sensação. Quando Fanny matou o meu respeito por ela eu toquei a minha vida assim, com uma amiga imaginária. Coisa de criança, não é? Ou de louco? Diga você.

Longo silêncio. Correntino continua:

— Meu pai morreu um ano depois do meu desastrado casamento e ele viu com tristeza o que aconteceu. Então ele me disse: "Não faça nada errado, você vai ter que perdoar a si mesmo e isso é duro. A vida não estabelece padrões, não caia nessa, não crie o seu próprio inferno". Adeline, você não precisa acreditar. O único erro que eu cometi até hoje foi consentir com Fanny a trazer aquela moça para Rafael... Fui amigo sincero dos meus sogros independente de tudo. Eles pararam e me convidar para reuniões de família, pois a minha presença exigia explicações. Fanny levava o amante. Eu não sei como eles administravam isso entre quatro paredes, mas eu estava sendo alijado, o que me deu certo conforto. Esses ajuntamentos sempre acabavam em discussões acaloradas. Meu sogro e minha sogra se exaltavam um com o outro. Fanny veio desse ambiente aí. Fui fiel a ela apesar de tudo. Ela sabe. Nunca tive tentações mundanas. A minha realização na vida era trabalhar duro e ver o resultado em lucros. Eu não deixava cair das minhas mãos um centavo sequer. Ganância é pecado? Pois foi a minha terapia. Agora estou aqui e quero ficar para sempre. Eu não planejei isso. E, Dona Adeline, quero ser feliz, eu acho que eu mereço. Chegou o dia em que eu cansei de solidão na cama e perfume de rosas.

Os dois ficam em silêncio. Adeline emociona-se e umedece os olhos. Ela passa a mão para secar uma lágrima. Isso ela já sabe; isso ela já viu.

Logo silêncio.

Então Adeline analisa o documento:

SEGUNDA PARTE

— Rafael Manzanas II. Manzanas?
— Sim, Manzanas. Maçãs.
Adeline balança a cabeça.
— Os documentos de Rafael têm o sobrenome Maçãs.
Então, Correntino conta:
— Quando Rafael veio para estudar no Brasil, o nojento da imigração perguntou o que queria dizer manzanas e eu disse maçãs. Ele fez todos os documentos com o sobrenome abrasileirado. Na escola, então, ficou tudo assim. Fui reclamar várias vezes e o puto lá botou o dedo no meu peito e disse: "Quer morar no Brasil? É Maçãs mesmo. Mas se você vier de novo me torrar, eu boto Rafael Bananas". Eu pensei um pouco e desisti. Também desisti de dar um soco e quebrar o queixo dele. O polacão tinha mais de dois metros de altura e era largo como uma porta. Parado, sem fazer nada, ele já era medonho.
Correntino fica um bom tempo em silêncio mascando fumo. Então fala:
— Hoje estou um pouco mais feliz. As coisas estão andando. Recebi online o pedido de divórcio da minha jararaca. Fiquei com o hotel aqui, as ações e o avião. Pensão nunca mais, o que é uma bênção. Fanny é de uma burrice galopante. Quis ficar com tudo o que dá mais lucro. Ela esquece que vai ter que aparecer para trabalhar. E vou lhe dizer: ela não vai suportar os incômodos do vai e volta. Ela vai querer ver dinheiro farto sem sofrer. Um burro que pega advogado sabichão vai se ferrar cedo ou tarde. Concordei com tudo. Estou satisfeito. Ela vai sentir falta da mesada que caía na conta e do cartão de crédito que, aliás, sempre me dava um susto. E das viagens pra lá e pra cá.
Ele imita uma voz feminina:
— Preciso ir para Punta del Este... Preciso ir para Montevidéu... Preciso ir para San Carlos... Preciso ir... Ela vai cair na real meio logo. Espero que não venha me cercear com os seus preciso ir.
Sênior ri.
— Mas falando sério, Adeline, que a dona Fanny vai se danar, ah vai! Para começar, veja só, o advogado dela é o próprio irmão mais

novo, que é vigarista e pilantra, PhD em rolos e trambiques. Esse é aquele que se apoderava de tudo do meu quarto lá em casa. Eu tinha que levar todo fim do mês uma mala com cuecas, meias, desodorante, barbeador e ficar atento. Já peguei ele dormindo na minha cama, o folgado. Quando digo que odeio cunhados, nem queira saber o quanto. Esse aí é advogado. Os outros cinco são de tudo um pouco, sempre destacando que ainda estão querendo matar o cara que inventou as leis trabalhistas. Trabalham no sistema *La Cumparsita*.

Adeline pergunta:

— *La Cumparsita*?

Ele diz:

— Dois passos para frente e um para trás. Um desaforo os brasileiros chamarem esse tango tão bonito de dança de borrachos.

※

Rafael está com Adeline na enfermaria do asilo. Ela questiona.

— Você falou da sua tia Lola dando um enfoque diferente do seu pai...

— Minha Bela, o que é que você quer saber?

— Você chorou muito quando ela morreu?

Ele vem e senta ao lado dela.

— Chorei muito. Ela foi a melhor mãe que eu tive.

Adeline espera.

— Ela nunca me disse "faça o que quiser, não me torra" ou "vire-se, não me enche que não tenho que ouvir você". Ela me ouvia e se importava comigo. Uma vez eu cheguei em casa 15 minutos depois da meia-noite. Eu tinha saído com amigos e perdi a hora. Ela me agarrou pelos cabelos e me sacudiu: "Sob a minha batuta, não! Sob a minha batuta, não! Agora vai ser assim: quando o sol estiver para desaparecer atrás daquele morro, você vai estar em casa". Ela continuou a me sacudir. Eu me mijei.

'No outro dia ela pediu desculpas, mas manteve a punição: "Eu me importo com você. Eu amo você. Você é o filho que eu não pude ter. Espero não ter outra conversa dessas com você". Eu respondi: "Não, tia Lola, nunca mais".

Adeline ouve atenta, então fala:

— Pensei que o Correntino estava inventando. Você e sua tia o enganaram bonitinho para você sair de casa.

— Ela me salvou de um abandono.

Adeline fica emocionada. Ele sorri e continua.

— Ela me dizia: "Não use linguajar de rua, não diga palavrões, não fale alto, seja elegante e gentil. Você pode ser a diferença nesse mundo de gente atropelada. Você precisa encontrar alguém que o ame, precisa ter uma profissão que o realize, precisa viver o seu conceito de felicidade. Então se apresse".

Ele se emociona.

— Noutra ocasião, depois da última reunião de Pais e Mestres no fim do meu segundo grau, ela veio para casa e me confrontou:

"Rafael, qual é a sua relação com aquela professora de meia cabeça raspada?"

Eu disse:

"A gente se fala... sobre livros."

"Onde?"

"Na sala dela."

"Olha aqui, ela falou com muito entusiasmo sobre você. O que é que há?"

Eu fiquei chocado.

"Ela tem 30 anos, tia Lola!"

"Ela está cercando você?"

"Oh, tia Lola, ela é lésbica. Eu a vi beijando outra mulher!"

"Lésbica? Mas eu senti que ela está mudando de ideia".

— Pois veja só, Dona Adeline, naquele último mês de aulas tia Lola passou as tardes inteiras numa cadeira no corredor, ao lado da porta da minha sala, com a ordem: "Se me perguntarem por que estou ali, vou dizer que você começou a sofrer de desmaios. Se perguntarem para você, diga que nunca me viu, nem mais gorda nem mais magra".

Rafael sorri.

— Mãe não se escolhe, mas eu escolheria ela. E pai, Dona Adeline, eu escolheria o Correntino. Ele vinha me ver todo o fim de mês e ficava algumas horas, sempre cheio de histórias. Lola se ausentou um ano. Foi cuidar do namorado na Espanha, que ao final morreu. Naquele ano que eu fiquei sozinho, quando eu sabia que meu pai estava para vir, eu estendia num varalzinho da varanda algumas calcinhas da tia Lola. Se ele perguntava por ela, eu dizia alternadamente "está na Igreja, está ensaiando no coral, está no convento, ela é muito amiga das freiras, está pintando uns casebres na periferia, ela é voluntária na prefeitura e foi limpar o cemitério..." Até hoje ele não sabe disso. E aí, Dona Adeline?

Ela balança a cabeça.

— Bem feito; muito bem feito.

Ele fala.

— Meu pai vinha para visitar só a mim. Naquela época meus pais ficaram anos sem se ver. Ela sabia que ele estava vivo porque a mesada caía certinho na conta. Meu pai era generoso. Ela mora na Recoleta e custa caro.

———※⚘※———

No restaurante do hotel, Rafael está com um casal. Adeline hesita em entrar.

— Entre, Adeline! – Rafael a chama.

O homem que está na sala volta-se surpreso. Adeline o olha também, com curiosidade.

— É você, Júlio?

Os dois beijam-se nas faces. Estão contentes.

Ele se volta para a mulher que está sentada, pega-a pela mão, a faz levantar-se e diz:

SEGUNDA PARTE

— Amanda, esta é Adeline. Esta é a minha esposa.
Elas se beijam nas faces.
Adeline olha para Rafael.
— Bob se exasperava quando Júlio vinha para perto de mim. Eu pegava no pé de Júlio, e Bob emputecia com as brincadeiras.
Júlio volta-se e diz para a esposa:
— Adeline das rãs, da raposa, dos ratos!
Júlio e a esposa riem com vontade. Adeline também.
Então Adeline diz rindo:
— Júlio, das diarreias dos cavalos.
— Que tempo bom aquele que nós tínhamos Bob de courinho.
Todos olham para Rafael rindo.
— Ah, Júlio, esses dias Vitor foi multado por baixa velocidade na BR com a sua Kombi, viu só?
— Ah não, ah não... Coitado!
Adeline pega a bolsa.
— Espero você à tardinha. – e sai.
Júlio observa:
— Ela chorou, o que houve?
— Bob morreu. Estavam todos em Roma. Depois de uma briga com o pai, ele foi procurar a mãe. Algumas revelações... O problema cardíaco e a asma. Uma noite ele foi dormir no sofá da sala e... morreu sem dizer um ai, só foram ver 12 horas depois.
Rafael balança a cabeça.
— Ela está chorando por John, o sogro dela. Ele fez eutanásia. Ela ainda está chocada. Ela transferiu o amor que Bob não aceitava para o sogro. Ele era o amor infantil dela. Por Bob? Nenhuma lágrima.

※※※

Dona Deise, a faxineira de Rafael Sênior, chega para o trabalho na suíte da cobertura e vê ele sair do quarto vestindo pijamas. Ela olha para ele e diz:

— Fecha a sua braguilha que eu não preciso ver as suas bobagens.
Ele põe as mãos nos próprios genitais.
— Ah, e vai saindo que eu tenho que diariamente limpar a suíte. Às terças-feiras e sábados são dias de trocar os lençóis, sempre. Se eu não faço, perco meu emprego. Vamos... vamos...
Ele fica surpreso.
— Então, a senhora não sabe? Eu, euzinho aqui, sou o dono deste hotel.
— É, eu sei, mas se eu não fizer o meu serviço os outros funcionários me demitem. Aqui ninguém ajuda a carregar o piano de ninguém. Vai sair ou não vai?
Sênior ajeita as almofadas no sofá grande e se deita.
— Vou ficar bem aqui.
— Bom, vou avisar o capitão Gregório que está difícil de lidar com o senhor.
— Capitão Gregório?
— Capitão Gregório. Ele odeia Correntinos.
— Não me chama de Correntino!
— Ô, ô Correntino, vai sair ou não vai?
— Por que todo mundo me chama de Correntino, posso saber?
Ela senta no sofá. Ele se levanta e senta.
— Lá na fronteira tem um Padre que vive de mal com a vida. No sermão de domingo ele sempre fala: "Era uma vez uma correntina muito dada chamada Maria Madalena... Era uma vez um Correntino safado que se chamava Judas...". Ele provoca a turma da devoção. Ele está mesmo querendo ser expulso pelos Correntinos que não são de brincadeira. O bispo mandou ele parar com isso por um ano e aí eles poderiam conversar a respeito de uma possível transferência.
— Deu certo?
— O Padre ainda está lá. Quer que eu lhe conte outra vez?
Ela ri. Ele ri também, mas está indignado. Ele para e pensa:
— Dona Deise, eu não entendi.
— Entendeu sim: você nasceu em Corrientes, então é Correntino.
— Você me fez de *paiaço*.

SEGUNDA PARTE

— É mesmo? Chamar de sênior é melhor? Escolha você.
Ela ri. Ele balança a cabeça.
— É... é... deixa assim.

※

Na delegacia de Gregório, Rafael Sênior está sentado ao lado do delegado que tamborila os dedos sobre a mesa.
— Correntino, o que é que você veio fazer no Brasil?
— Vim ver, ou melhor, conhecer quem era a vigarista que Rafael recolheu da rua.
— Da rua? Vigarista?
— Adeline, que eu pensei que fosse...
Não deu tempo de terminar a frase, Gregório agarrou Sênior pelos braços, arrastou-o para fora e o jogou ribanceira abaixo ao lado da delegacia. Ele se voltou para os recrutas:
— Tragam de arrasto.

※

Rafael Sênior põe-se em pé e avança sobre o delegado agarrando-lhe a barba longa e os cabelos e o sacode com violência.
— Golpe surpresa é coisa de covarde. Vem lá fora, vamos nos socos e chutes. Seu filho da puta, tu não és suficiente macho pra te botá comigo! Vou te atirar pro outro lado da ribanceira. Tu não és mais pesado que o Troller que eu tinha que empurrar na carvoeira de meu pai!
Sênior dá uma boa sacudida no delegado e solta-o.
Gregório ajeita-se na cadeira e volta a tamborilar os dedos sobre a mesa.
— Correntino, vou lhe perguntar mais uma vez: o que é que você veio fazer no Brasil?

— Tá bom. Estou fugindo da minha mulher. A vaca trouxe uma parrudinha para casar com Rafael. Ela acha que Rafael tem que casar com a filha de uma amiga que é casada com um dos meus sócios. A vaca...

Gregório corta o papo, dando um tapa na mesa.

— Peraí, você tá falando da mãe do Rafael?

— Sim ela, a vaca, tão vaca quanto pode ser.

Gregório tamborila os dedos.

Então põe sobre a mesa duas caixas de bombons, uma amarela e uma vermelha, e abre para expor os doces. Sênior olha para as duas caixas e com os dedos cata algum bombom.

— Não adianta ciscar, Correntino. Sonho de valsa é só sonho. Bombom de laranja e de figo nunca mais ouvi falar. Desaforados.

Gregório tamborila os dedos.

— Correntino, você tem que se aclimatar. Se você chamar sua ex-mulher de vaca, vão pensar que você é gaúcho; se você chamar de jararaca, você é catarina. Manezinho da ilha chama de traíra...

Correntino interrompe.

— Traíra é peixe de água doce. Já que aqui tem tanto mar deviam...

Gregório interrompe.

— Lá para baixo, lá por Itajaí, ex-mulher é caninana.

Correntino balança a cabeça afirmativamente.

— Captei.

— E, meu caro Correntino, ex-marido é universal: são todos anta, anta, anta.

Ainda tamborilando os dedos sobre a mesa, Gregório fala aborrecido:

— Eu também tenho uma jararaca. De tanto eu pensar no motivo de ela ter me deixado, cheguei a uma conclusão: acho que ela me abandonou porque sou muito peludo. Ela se foi com um cara imberbe, moreno e liso como um jundiá.

Ele dá um suspiro ruidoso e tamborila os dedos na mesa.

— Comporte-se, Correntino. Saiu na Internet que o prefeito Fabrício, de Balneário Camboriú, catapultou 250 argentinos festeiros. Lotou um ônibus.

SEGUNDA PARTE

Sênior interrompe erguendo o dedo indicador.
— Ônibus para 250 pessoas? Não tem!
— Tirou os bancos, viajaram de pé, ensardinhados. Claro, dois dias depois ficou provado que era *fake news*, mas deixou em pânico 30 mil argentinos. Correntino, vai por mim, arrume uma namoradinha e sossegue. Os hermanos que incomodam aqui a gente devolve para o outro lado do Rio Uruguai.

Sênior debruça-se e fala baixinho:
— Ô, doutor Gregório, se o Paulo Guedes descobrir que por aqui tem 30 mil argentinos, ele vai cobrar deles pedágio até para entrar em restaurante. Ele anda louco atrás de novas fontes de renda. É melhor não espalhar, já que todos nós ficaremos mais quietos depois de todo esse susto.

No outro dia, Sênior protesta quando Deise chega.
— Você, vocezinha, dona Deise, me botou nas mãos do brucutu Gregório. Que susto! Ontem à noite, a filha dele me deu bandeira no Clube Tarantela. Ela me convidou para sentar com a família dela. Olhei para lá e vi quem? Quem? O Gregório. E uns cinco ou seis meninos adolescentes gravitando ao redor dele. Estou correndo até hoje. Ele veio me buscar com a viatura, isso não dá para perdoar. Às três da tarde! Todo mundo viu! Isso não dá para perdoar, não dá!

Ela lhe aponta o dedo.
— Amanhã quando eu chegar, você vai estar aí no sofá sentadinho, de banho tomado e vestido como um respeitável senhor.
— Estou de olho em você. – ele diz alegre – Arrume a cama bem fófis que eu vou fazer um rala-e-rola com você.

Ela para o que está fazendo, olha para ele e então ri.
— É? Sério?

Ele levanta o dedo indicador.

— Pode apostar. Principalmente porque você não tem irmãos. Odeio cunhados. Principalmente porque não terei sogra nem sogro. Que combo, mama mia!
Ela vem para perto dele e sussurra:
— Vai se preparando. Compre camisinhas. Se eu cair nas suas cantadas e você não tiver isso aí, vai perder a ereção. E daí, eu sei, só daqui a uns seis meses. Acertei?
— Errou. Amanhã de manhã!
Ela volta ao trabalho rindo.
— Você tem mais um principalmente?
— Principalmente porque você já tem um filho e eu estou pegando o serviço pronto. Principalmente porque vai ser facinho tirar as teias de aranha.
— Chega!
Ela vai guardando balde e vassoura.
— Amanhã à tardinha vou lá na chácara. Lorenzo não quer saber de outra coisa. Está mesmo feliz, cheio de amigos. Eu sei que você gosta de Adeline, das suas conversas ao pé da rede... Vamos lá?
— Como brasileiro gosta de fofoca! – ele diz.
— Fofoca? Adeline quer falar com você.
— Amanhã de manhã, já está na minha agenda, ichcutô? Rala-e-rola. Ichcutô?
— Tem na sua agenda aí em que dia e hora o senhor pretende trabalhar?
— Quanto às conversas ao pé da rede, Adeline casou com um Correntino e fica especulando... especulando... especulando... Eu é que tenho que enrolar. Ela diz que todo argentino diz que nasceu em Buenos Aires e está ubicado en La Recoleta. Ela quer saber qual é o tamanho da Recoleta. E eu sei? Ela queria saber mesmo de que toca eu saí.
— Dizem que você olha com volúpia para ela...
— Como brasileiro gosta de fofoca!
— Fofoca? Adeline quer falar com você, ichcutô? Ichcutô? Ichcutô?
— Vou lhe falar, Dona Deise, algo que as mulheres não pen-

SEGUNDA PARTE

sam. Quando um homem tem um filho homem ele pensa logo em fazer um pedido a Deus: que o seu filho encontre alguém que o ame de verdade e lhe dê prazer. Esse é o desejo de um pai de bem com a vida, e que sabe que sem isso nenhum homem será feliz. Você tem um filho menino, pensa bem. Eu gosto de Adeline porque ela ama Rafael, é amada por ele e lhe dá prazer. Ela me excita. E daí? Estou vendo acontecer tudo o que desejei para Rafael quando ele nasceu. Você ichcutô bem? Eu não pedi uma mulher; eu pedi alguém.

Deise vai para trás do sofá e o abraça pelos ombros. Ele toca as mãos dela. Ela sussurra no ouvido dele:

— Sempre que você quiser. Eu sempre quero.

Ela vai para a porta e fala, apontando para as botas que estão ao lado do sofá.

— Compre sapatos sociais. O toc toc do salto dessas feiosas aí incomoda os hóspedes de baixo.

No corredor do hospital, Sênior fala com Rafael.

— Estou interessado numa senhorinha viúva com um filho de cinco anos.

— Pai, tire Deise de lá.

— Então você já ouviu? Como brasileiro espalha fofoca!

— Pai, ela vai sofrer insinuações maliciosas. Tire Deise de lá. Diga para os funcionários que ela não serve mais e a demita friamente. Proteja-a. Aqueles meus, agora seus funcionários são muito eficientes, mas são peçonhentos. Leve-a para a chácara. Há quartos disponíveis lá. Ela não precisa mais garantir sobras de almoço. Nem trabalhar do jeito que faz só para pagar luz, água e aluguel. Lorenzo já disse que não quer mais ir para casa. Então? Fale com Adeline. Peça uma dica para demitir sem ofender os outros.

Sênior esfrega as mãos animado.

— Rafael, olha só. Um casamento sem sogro, sem sogra e... sem cunhados, Rafael. Estou começando a acreditar no céu!
— Pai?
— Fala.
— Notícia ruim. Dona Fanny me ligou. O advogado dela quer como honorários a pousada de San Carlos.
— É? Justo onde ela leva as amigas? Ela vai ter um colapso.
— E, ela quer dinheiro, pai, não quer perder a pousada. Eu disse a ela que estou numa pior e você está cheio de dívidas, que o hotel não está se sustentando. E que ela deve entregar mesmo para o tio Garibaldi a pousada. E, pai, o amante dela morreu. Case logo com Dona Deise e garanta já o lugar dela na sua vida. Eu acho que pode vir chumbo grosso por aí.

※※※

Sênior chega ao asilo e vai direto para a rede.
Adeline explica:
— Estou dando a este bebê uma nova gravidez. Setemesinho, mãe subnutrida, lar violento...
Ela vai se acomodando na rede, abre a blusa, deixa os seios à mostra e coloca o bebê com a cabeça entre os seios. Correntino olha para tudo com simpatia. Rafael vem para a rede e põe uma bolsinha de água morna nas costas do bebê e debruça-se para cobri-lo com um pala de lã. Ele ajeita para que Adeline e o bebê fiquem bem agasalhados. Ela sorri e atira um beijo para Rafael.
Correntino embala a rede levemente.
— Você queria falar comigo... aqui estou.
Ele coloca uma cadeira ao pé da rede.
Adeline pergunta:
— Rafael, afinal, nasceu em que data? Cada vez que eu pergunto de surpresa... Pá! Ele dá outra data. Às vezes ele pensa, pensa mais um pouco e aí dá a data de 11 de julho...

SEGUNDA PARTE

Ao que Sênior completa:

— ...de um nove oito sete. Com certeza. Eu nunca vou esquecer. Era uma noite branca e, se não houvesse nuvens de teto baixo, seria uma noite de superlua. 11 de julho, vinte vinte, ele fez 33 anos.

Adeline fecha os olhos. Ela tem um vislumbre da sua própria chegada. A neve já se acumulando no chão, os flocos no ar, o pala de lã.

Sênior olha para Adeline e fala.

— Era tão frio, tão frio... Quando saímos do hospital, eu o enrolei no meu pala de lã.

Os dois ficam em silêncio. Adeline abre os olhos. Sênior sussurra-lhe:

— Desde criança ele troca a própria data de nascimento... Eu nem estranho mais. Só é correto quando ele diz 11 de julho. Eu estava lá.

Sênior vai balançando de leve a rede e começa a rir.

— A Fanny era muito apressada: "Vamos termina logo com isso, deixa de ser moloide". E me deixava sempre no subtotal. Rafael foi feito assim, às pressas, tão às pressas que eu achei que ia nascer só a metade.

Adeline ri alegre. Ele então pede:

— Vou trazer minha garota para morar aqui um tempo, posso?

— Deise.

— Mas como brasileiro gosta de fofoca!

— A suíte das rosas é minha e de Rafael. A do lado é sua. Talvez tenha que trocar o colchão, vê lá.

— Pois é, Adeline, tenho que demiti-la do hotel. O que você sugere?

Adeline pensa um pouco.

— Aqui na serra mulher não limpa nem lustra sapato de homem. Nem morta. Você usa botas, é pior ainda. Está para nascer a gaúcha que vai fazer isso. Vai para os funcionários da recepção, furioso, e pede o ponto da Deise, e bufa: "Deise está demitida. Pedi para ela limpar minhas botas e ela me mandou plantar batatas. Assim não dá!". As funcionárias vão amar ouvir isso, que é o que elas lhe diriam também. Não diga mais nada. Traga ela hoje mesmo. Proteja-a. Um dia vou lhe contar em detalhes o que Rafael fez para me proteger daquele serpentário. Você nunca verá nada igual.

ESCOLA TÉCNICA JOÃO GUERREIRO. Adeline olha o projeto da escola técnica. Ela estende, juntamente com um engenheiro, Averi e Rafael, as plantas baixas. Averi aponta o dedo sobre o papel:

— Três pavilhões, mais uma quadra esportiva e vinte salas de aula.

Adeline fala:

— As crianças devem fazer o segundo grau acompanhado de uma formação técnica. Ou então matricular-se para apenas uma formação técnica mesmo não sendo estudante. Curso superior ficará a critério de cada um ao longo da vida. Há países que dão muito valor a técnicos de várias áreas. É preciso aprender a trabalhar e ganhar a vida mais cedo. Veja só, Rafael precisou de sete anos para ficar pronto! Sete! Em três anos, dá para aprontar um técnico.

Adeline está na rede. O dia está chegando ao fim. Um jovem frei chega correndo pela horta e fala ofegante:

— Tem gente lá, Dona Adeline. Não vou botar meus pés de novo naquela adega. As garrafas se mexem, se batem entre elas...

Correntino sai da sua suíte acompanhado de Deise e Adeline convida-o para ir com ela até a mansão. Na porta da cozinha da casa, ele hesita e não entra; fica esperando por ali mesmo. Ela entra e vai para o quarto de Aline, olha por tudo, vê o grande retrato da jovem na parede abraçando o pai pelas costas. Ela vai para a adega. Ela sente a presença de alguém.

— Bob, você está aí? Você deve ir. Você precisa ir.

Uma garrafa que está na prateleira embala-se sozinha.

Adeline vai para o quarto de Bob e olha tudo. Abre o roupeiro,

SEGUNDA PARTE

olha para dentro e vê que nada está diferente, então fecha as portas. Correntino chama lá de fora:

— Adeline! Adeline!

Ela vem para a porta e ele aponta o dedo para o açude da casinha lá adiante, e os dois veem Bob caminhando devagar no dique. Então ele se volta, acena para os dois e desaparece. Correntino fica sem ar e treme as mãos. Adeline vê e fala:

— Não tenha medo; ele está mortinho da silva, eu vi.

— Mas... Mas...

— Correntino, aparições de mortos só assustam.

— Oh... Oh... – Correntino põe as mãos sobre o peito.

Agora Rafael está com o pai no consultório.

— Rafael... Rafael...

O outro pensa um pouco.

— Pai, acostume-se. Adeline é assim. Rovílio me contou muito lances. Acostume-se.

— Eu? Me acostumar? Não tem! Eu me borro!

— Os fantasmas só assustam. Eles vêm nos visitar numa boa. Acostume-se.

Correntino olha incrédulo para Rafael.

— Pai, você está sendo insensato. Todas as religiões se baseiam na vida após a morte. Vê, não é só na teoria. Às vezes a gente recebe a graça de confirmar isso. Pense um pouco.

As roseiras estão floridas. É noite. Adeline pega um copo grande de café preto e vai para a varanda. Senta-se voltada para aquele banco.

Maurício vem para fora também com o seu copo, e ambos veem John fumando, sentado lá, olhando alegre para os dois, levantando o cachimbo como um cumprimento. Maurício cobre os olhos e, quando tira as mãos, não vê mais nada. Adeline olha para ele e fala tranquilamente:

— Os mortos nos visitam.

Maurício põe as mãos sobre o peito:

— Oh... Oh... Ele virá... sempre?

— Acho que sim. É primavera e as roseiras estão no auge da floração e do perfume. John veio matar a saudade.

Uma noite de tempestade com trovoadas e raios. A impressão que todos têm é de que um raio atingiu a mansão. De manhã, ao chegar ao asilo, Adeline convida Maria.

— Vamos lá dar uma olhada.

Maria queixa-se:

— Com a tempestade, as janelas da mansão se abriram e bateram toda a noite. Se ouvia de longe... nem dormi....

Ao entrar na mansão, as duas veem a parede onde Bob costumava encostar-se, de braços cruzados, esperando Adeline chegar do asilo à noite, toda chamuscada, e ainda saindo fumaça. Então, elas vão para o quarto de Aline e veem o grande retrato na parede, da jovem com o pai, com um racho no vidro que atravessa de moldura a moldura, cortando o pescoço de Bob. Em seguida, elas vão para o quarto de Bob e veem a cama toda queimada. Só a cama. Ao redor está tudo ileso. Adeline abre os braços e grita:

— Bob, você precisa ir! Desinfete daqui, seu crápula!

Ela suspira indignada. Ergue uma das mãos e olha para o teto.

— E Bob, seu grandessíssimo filho da puta, aqueles vinhos são meus, não se meta! Cai na real, você está mortinho da silva! Chispa daqui! Chispa!

SEGUNDA PARTE

Maria e Adeline saem pela cozinha. As duas caminham pela campina de volta para o asilo. Adeline ergue a mão e fala, ainda furiosa:
— Ele está se recusando a ir para o inferno? Quanto tempo ele pretende ficar enrolando?

Maurício vem pela rua com a van e ele, Maria, Ana e Adeline vão tirando todos os vinhos da adega. Adeline orienta mostrando o fundo de uma garrafa.
— Os que têm este selinho aqui podem ficar.

Adeline está na porta da sala de visitas do asilo. Começou a nevar. Ela olha para longe e o seu olhar de todos os dias, ao anoitecer, vai em direção à mansão. Uma iluminação tênue que Maurício instalou em um poste com energia solar deixa as paredes esmaecidas. O minuano assobia nas venezianas que estão firmemente pregadas e formam caixas de sons, que imitam uivos de lobos. O plátano morreu e parece um espectro. A saga de uma casa que não lhe traz nostalgia. Um lugar que, até um ano atrás, ainda tinha o seu brilho, e agora só sensações estranhas. O corretor de imóveis que desistiu de mostrar a casa para vender e não sabe por que os clientes entram só até a sala e retiram-se com pressa. Maurício desviou a pista de corrida para não ter que passar lá por perto e o porquê ele também não sabe. O açude prolífero de rãs que ninguém mais ousa capturar para comer...

Abandonada e sozinha? Não, com certeza não. O que é que tem por lá que ninguém consegue ver, só ela? A turbulência de um espírito que se faz presente mesmo sendo invisível. Não para ela, que nestas noites escuras ainda pode ver Bob à beira do açude olhando para o chão como se estivesse procurando algo. Ela sabe o que ele procura – a única moeda valiosa que ele tinha para negociar a sua própria paz: o amor.

───※※※※※※───

Rafael sai da enfermaria e caminha devagar pela varanda em direção à sala. Vai até a janela e se debruça.
— Vamos, minha Bela?
Adeline vai com Rafael para frente do banco do jardim. As roseiras estão floridas.
— Vê, Rafael, aqui na Serra não é tempo de roseiras floridas; é tempo de geadas e neves.
Ela fecha os olhos e aspira o ar.
— Perfume de rosas.
Rafael olha para o céu.
— Vamos ter uma noite branca. As nuvens de teto baixo não nos deixarão ver a lua e as estrelas.
Adeline sorri.
Flocos de neve esvoaçantes salpicam os sobretudos negros dos dois. Ela vem para a varanda e apaga a luz. Todos estão fechados dentro de casa. As crianças já estão dormindo. Então os dois vão para o estacionamento pegar o carro. Rafael olha para o céu mais uma vez.
— Sim. Teremos uma noite branca e fria; muito fria.
Ela aspira o ar de olhos fechados.
— E perfume de rosas.
Em casa, Rafael e Adeline saem do banho. Ela vai secando o cabelo com o secador. Na lareira, dois grandes nós de pinho ardem aquecendo o ambiente. Os dois aconchegam-se no sofá e cobrem-se com um grosso pala de lã. Ele a aperta contra si, e lhe mostra as alianças. Ela pega as duas e as beija dentro das mãos em concha, e fala:

SEGUNDA PARTE

— Para sempre e além.
Rafael está sereno e sussurra ao ouvido dela:
— A vida está me dando mais uma vez o melhor presente que eu já tive. Estou vivendo novamente o meu conceito de felicidade.

Os dois assistem à TV.
Rafael fala:
— Mais de um mil por dia... a dor dos que partem e a dor dos que ficam. Não devia de haver tantas incertezas a respeito das partidas. Alguém lhes segurou a mão na passagem. Ninguém parte sozinho. Muitos deles voltarão num sonho para os amados que deixaram e pedir-lhes para não sofrer tanto, que está tudo bem e que o céu é lindo. E que encontraram muitos amigos no Umbral. E dirão para os seus queridos, num aceno tranquilo e sereno "vejo vocês mais tarde, mas agora eu preciso ir".

FIM